U0449923

国家社科基金重大委托项目
"中国少数民族语言与文化研究"

中国社会科学院创新工程学术出版资助项目

中国社会科学院民俗学研究书系
中国少数民族语言与文化研究

朝戈金　主编

个人叙事与地方传统
努尔哈赤传说的文本研究

Personal Narrative and Local Tradition:
A Study of Nurhaci Legends

刘先福 ｜ 著

中国社会科学出版社

图书在版编目（CIP）数据

个人叙事与地方传统：努尔哈赤传说的文本研究 / 刘先福著 . —北京：中国社会科学出版社，2019.4

（中国社会科学院民俗学研究书系）

ISBN 978 - 7 - 5203 - 4601 - 6

Ⅰ.①个⋯ Ⅱ.①刘⋯ Ⅲ.①民间故事—文学研究—中国 Ⅳ.①I207.73

中国版本图书馆 CIP 数据核字 (2019) 第 117827 号

出 版 人	赵剑英
责任编辑	张　林
特约编辑	王　萌
责任校对	周晓东
责任印制	戴　宽

出　　版	中国社会科学出版社
社　　址	北京鼓楼西大街甲 158 号
邮　　编	100720
网　　址	http：//www.csspw.cn
发 行 部	010 - 84083685
门 市 部	010 - 84029450
经　　销	新华书店及其他书店
印　　刷	北京明恒达印务有限公司
装　　订	廊坊市广阳区广增装订厂
版　　次	2019 年 4 月第 1 版
印　　次	2019 年 4 月第 1 次印刷
开　　本	710 × 1000　1/16
印　　张	20.25
字　　数	302 千字
定　　价	99.00 元

凡购买中国社会科学出版社图书，如有质量问题请与本社营销中心联系调换
电话：010 - 84083683
版权所有　侵权必究

努尔哈赤像

查树源在讲述罕王传说

青年查树源（左一）的课余生活

查树源的传承人证书

查树源的罕王传说手稿

"中国社会科学院民俗学研究书系"编委会

主　编　朝戈金

编　委　卓新平　刘魁立　金　泽　吕　微　施爱东
　　　　巴莫曲布嫫　叶　涛　尹虎彬

总　　序

自英国学者威廉·汤姆斯（W. J. Thoms）于19世纪中叶首创"民俗"（folk-lore）一词以来，国际民俗学形成了逾160年的学术传统。作为现代学科意义上的中国民俗学肇始于五四新文化运动，近百年来的发展几起几落，其中数度元气大伤。从20世纪80年代开始，这一学科方得以逐步恢复。近年来，随着国际社会和中国政府对非物质文化遗产（其学理依据正是民俗和民俗学）保护工作的重视和倡导，民俗学研究及其学术共同体在民族文化振兴和国家文化发展战略中，都正在发挥着越来越重要的作用。

中国社会科学院曾经是中国民俗学开拓者顾颉刚、容肇祖等人长期工作的机构，近年来又出现了一批较为活跃和有影响力的学者，他们大都处于学术黄金年龄，成果迭出，质量颇高，只是受既有学科分工和各研究所学术方向的制约，他们的研究成果没能形成规模效应。为了部分改变这种局面，经跨所民俗学者多次充分讨论，大家都迫切希望以"中国民俗学前沿研究"为主题，以系列出版物的方式，集中展示以我院学者为主的民俗学研究队伍的晚近学术成果。

这样一组著作，计划命名为"中国社会科学院民俗学研究书系"。

从内容方面说，这套书意在优先支持我院民俗学者就民俗学发展的重要问题进行深入讨论的成果，也特别鼓励田野研究报告、译著、论文集及珍贵资料辑刊等。经过大致摸底，我们计划近期先推出下面几类著作：优秀的专著和田野研究成果，具有前瞻性、创新性、代表性的民俗学译著，以及通过以书代刊的形式，每年择选优秀的论文结集出版。

那么，为什么要专门整合这样一套书呢？首先，从学科建设和发展的角度考虑，我们觉得，民俗学研究力量一直相对分散，未能充分形成集约效应，未能与平行学科保持有效而良好的互动，学界优秀的研究成果，也较少被本学科之外的学术领域关注，进而引用和借鉴。其次，我国民俗学至今还没有一种学刊是国家级的或准国家级的核心刊物。全国社会科学刊物几乎都没有固定开设民俗学专栏或专题。与其他人文和社会科学的国家级学刊繁荣的情形相比较，学科刊物的缺失，极大地制约了民俗学研究成果的发表，限定了民俗学成果的宣传、推广和影响力的发挥，严重阻碍了民俗学科学术梯队的顺利建设。再次，如何与国际民俗学研究领域接轨，进而实现学术的本土化和研究范式的更新和转换，也是目前困扰学界的一大难题。因此，通过项目的组织运作，将欧美百年来民俗学研究学术史、经典著述、理论和方法乃至教学理念和典型教案引入我国，乃是引领国内相关学科发展方向的前瞻之举，必将产生深远影响。最后，近年来，随着国内外非物质文化遗产保护工作的大力推进，也频频推动着国家文化政策的制定和实施中的适时调整，这就需要民俗学提供相应的学理依据和实践检验成果，并随时就我国民俗文化资源应用方面的诸多弊端，给出批评和建议。

从工作思路的角度考虑，"中国社会科学院民俗学研究书系"着眼于国际、国内民俗学界的最新理论成果的整合、介绍、分析、评议和田野检验，集中推精品、推优品，有效地集合学术梯队，突破研究所和学科片的藩篱，强化学科发展的主导意识。

为期三年的第一期目标实现后，我们正着手实施第二期规划，以利我院的民俗学研究实力和学科影响保持良好的增长势头，确保我院的民俗学传统在代际学者之间不断传承和发扬光大。本套书系的撰稿人，主要来自民族文学研究所、文学研究所、世界宗教研究所和民族学与人类学研究所的民俗学者们。

在此，我代表该书系的编辑委员会，感谢中国社会科学院文史哲学部和院科研局对这个项目的支持，感谢"国家社会科学基金"，以及"中国社会科学院哲学社会科学创新工程"。

朝戈金

序

尹虎彬

给本书作序的缘起，还要从几年前我和作者经过辽宁大学江帆教授介绍，前往辽宁新宾做田野作业开始说起。我们是通过江帆教授的亲自引荐，才结识了本书的主角，辽宁著名民间文学传承人查树源老人。记得那年的七月，新宾的天气还很炎热，我们在县文化馆同志的帮助下，来到查树源老人的家，拜访了这位老人。查树源家在县城边的小岗上，家屋不大，满堂生辉，庭前小园，是绿的一片菜畦。站在家门口可以远眺西南方向无尽的山峦。那次，我们和查先生做了一周时间的访谈。后面的几次，是刘先福博士自己去的。我听查先生的讲述是一种特别的享受，他说的话是我们辽宁东部的乡音，讲述的那些传说和个人经历，件件动人心魄。他的个人魅力和丰富的传统库藏，在这本书里有所体现，但是绝对只是冰山一角而已。作为一个青年学子，先福这本书从多个角度探讨了民间叙事长篇化的问题。单是论述这样的具体问题，也能挖掘得这么有系统和有深度，我们得承认查树源的确是"肚囊宽敞"的艺人，也反映出作者的理论修养和研究潜力。

今天的民俗学研究，专业化日趋显著，理论和方法即学科特性越来越浓厚。以往学界强调材料的积累，厚植了民俗研究的底蕴，但是仅凭主观感受，只靠传统的口耳之学，只靠对材料的熟悉，只靠出身于本民族而获得的与生俱来的本土知识，并不能建立起民俗学研究的大厦。民俗研究若成为一门学问，那并不是因为民俗本身的缘故。仅就民俗学的类型学研究而言，正是人们对民俗作为对象世界背后存在的千丝万缕的复杂结构，存在的人类范畴，吸引了大家以多种多样的方法来探究这些奥秘。类型学研究可以在不同的传统、不同的语言之间找到一种普遍性的、共同的、可分析和可验证的层面，即纯粹的形式层面，在不同的传统之间架起对话和沟通的桥梁。因此，基于类型学的理论理性，我们可以超越封闭的特殊主义的束缚，把民俗研究提升到方法论的高度，在学科自觉中不断拓展学术领域。

本书是关于努尔哈赤传说的民间叙事研究。作者把特定地方的传说作为对象进行整体关照，采用了结构分析的思想，借助口头传统研究的阐释学模式，构建了一个"传说集群"的文本世界。根据一个基本的理论假设，作者认为，传说的根基在于地方叙事传统的存在，它是传说形成以致"集群化"的强大动力源。作者类比"英雄诗系"创造性地运用"传说集群"（legend cycle）概念，分析并呈现了努尔哈赤传说的集群化。作为传说的主角，努尔哈赤是"箭垛式人物"，关于他的叙事有"英雄叙事"的特点，也可以称为英雄叙事的"罕王模式"。在"罕王模式"的建构中，隐含着假想的长篇思维。各个类型的"作品"围绕"英雄叙事"的主题，等待完成一次史诗意义上的融合。

要说清楚一个距离今天400年的历史人物，在没有充分的文字记载的历史资料的情况下，几乎是不可能的。本书所研究的传说主角，他不像那些适合于"古史层累"理论的分析对象。努尔哈赤的身世，即爱新觉罗氏所代表的家族血统，其先祖可以追溯到神话时代的仙女之子布库里雍顺。这些过去的事情不仅由史籍记录，也成为传说的重要素材。作者从迁徙史发现，努尔哈赤传说的分布状况，不仅源于他自己的生活范围，也不可避免地受到了"家族世系"演变的影响和渗透。

传说，正像其他形式的意识形态一样，需要在具体的人与社会的存在中加以探讨。我们通常把这个问题表述为传说与历史的关系。当然，这也带来一些平庸的分析和司空见惯的结论。传说和史诗都以祖先业绩为主题。那些传说最初仅仅把家族作为自己的同盟成员，在史诗的叙述中开始带上了民族的色彩。按照安德烈·约勒斯的观点，传说是一种精神的活动，这种活动是按照氏族、谱系和血缘关系来理解家庭整体。传说是指那种具有家庭、氏族和血亲关系这些符号的精神活动。如果我们暂时把传说的讲述者或作者悬置起来，对象化地谈论传说，那么，集团性特异质、心智层面的信仰活动就是核心内容。

民间传说归根结底是地方性话语的表述，它来自民众崇拜心理的驱使，叙事传统所营造的巨大的讲述动力让人们通过各种方式和各种文类延续。民间叙事传统需要有一种水土滋养，这就是民族性和地方性的融合。

在文学艺术领域，满族是一个善于创造和善于吸收他民族优秀传统的民族。我国东北地区的风土人情和深厚的历史底蕴，灿烂的民间传统文化，至今仍以活形态传承的民间故事，都有满族的身影。俄罗斯民族学家史禄国的民族志现场描述，勾勒了满族民间讲述活动的画面。"讲述传说和故事是满族人喜闻乐见的一种消遣方式。"讲述者通常是一种"半专业性的故事能手"，"满族人把幻想性的故事（他们称为'说古'）与历史性的故事相区别"，"他们更喜欢男故事能手，而不是女故事能手。"

从满族形成的历史轨迹，尤其是迁徙历史和路线看，位于今天辽宁省的新宾县有一座历史古城赫图阿拉城，这里是清代发祥之地，被称作"前清故里"。努尔哈赤也在此出生。作者从历史的视角分析了老城的重要性，而从传说文本分布的角度也可以得出相同的结论，即努尔哈赤传说的分布圈存在一个核心区，那就是新宾县。

这里是说书艺人辈出的地方。赫图阿拉老城，是人文荟萃之地，是说书人聚集之所。满族拥有乌勒本这样的古老的演述传统，它构成了地方性的民间叙述传统的内核。从20世纪40年代开始，在新宾县范围内卖艺表演的盲艺人就有18位，绝大多数是男性。20世纪50年代初在赫图阿拉老城里表演的"白大爷"非常有名。他们用东北大鼓传递着"老罕王传说"。

传承人，作为传统的传递者，他们的地位在今天这个"非遗"时代显然被提高了。围绕查树源的个人叙事，作者从艺人的生活史入手，深度发掘他的个人曲库，并探讨他独特的个人言语方式，以全面展现新宾地区努尔哈赤传说主要传承人的叙事魅力及地方传统对个人讲述的重要影响。查树源是一个"肚囊宽敞"的艺人，他完全有能力游走于不同的文类之间，在相对有限的语域内，充分发挥自己的创编才能。"罕王传说"仅是其中的一部分,更大的是包括东北大鼓书和民间故事在内的传统。个人库藏和他所在的传统之间的密切关联是一个存在的现实。

传承人的头脑里已经有了文类的等级化。查树源把民间讲述分成了上中下三等:上等讲述人是"讲说大书的"。所谓大书,就是指乌勒本这样的严肃的类型。查树源所讲述的内容,是一部"关于老罕王的巴图鲁乌勒本"。作者也指出,现实情况完全出乎意料,查树源的长篇是一个"未完成品",或者说是一个正在进行中的长篇讲述。查树源的罕王叙事并不能由一根线连接,而是多条线索并存。这也昭示着其来源的复杂性。

如果我们设想一个创作者的存在,那么,专门化的艺人,就是长篇叙事得以实现的重要条件。传说讲述者并非职业化、专门化。人人都可以成为传说的讲述者。每个人都自带传说。讲述者借助他的讲述而传递信息。因此,"传说家"似乎不能成为一个专有名词,这显然与故事家、史诗歌手相区别。

查树源的讲述之所以能呈现出不同于普通故事家的色彩,就在于他既具有说书艺人的属性,同时又兼具故事家的底色。因而,只有从整体维度去把握他的"全部才艺",方能回答我们提出的民间叙事中个人与传统的关系问题。

因此,文类是一个宏观性的议题。即便我们谈一个文类,也要把与特定的文类相关的其他文类纳入比较的范围。因为,文类总是在一个系统中存在的。比如,我们谈传说的时候,几乎不能脱离神话、史诗、历史和故事而单独地看待传说。神话是传说的根基。史诗里包含了传说的内容。谈到史诗,它首先是具有自身规律的叙事诗这种艺术形式。

罕王传说,尚未被文字记载,也没有书面化的文本化的事件,它有着成为史诗的潜在因素,可惜,这不是最终的事实。依照一个史诗的现成概念能否界定一个活形态的长篇讲述为史诗呢?答案是否定的。正如作者所认为的那样,理解文类不能局限于纯粹的机械划分或者主观的认知范畴,而应当以特定环境中所展示出的多重属性作为参考维度。文类有其文化实践层面的内涵。在一个特定传统里面,文化内成员共享文类的知识并有责任尊重制度化的约定。这在本质上是实践的产物。因为每一部长篇的形成都有着特定的时代背景,或特定的人类集团作为主体的主观诉求。史诗的认定，需要从一个民族的自我意识层面去理解。史诗是一个集团根据需要而有意识地建构，包括职业化的艺术家和权力的介入。史诗不是一个自然而然地、不经意之间就形成的类型。史诗不是我们今天所理解的纯粹民间的产物。因此，是否考虑到，史诗这样大型的文类，正是基于一个民族的或者时代的外部因素催化作用而产生的呢？

本书最重要的思考，是在民俗过程中理解文类。民俗过程的发现与学者对于"民"与"俗"的认知逐步深入关系密切。劳里·航柯认为的民俗过程（folklore process）源于人们对于民俗概念的不断变化。正因为僵化的民俗被动态的民俗观念所取代，人们才逐渐意识到了"民俗"作为流动概念的特征。

英雄叙事，往往具有宏大叙事的复杂结构和促使叙事传统不断生成的内在动力。以往的相关研究，有传说圈、中心地，箭垛式人物等核心观念。但是，真正打通了民间叙事各个主要文类的研究方法，非口头传统研究莫属。英雄叙事对各种类型的演述样式，有着综合性的汲取。没有多样性的表达，英雄叙事难以成其宏大叙述。另外一个方面，如果不是专门化的艺人，没有综合多种民间叙事样式的能力，不能融会贯通故事、传说、谚语以及各种说唱的艺术，就不可能形成长篇的演述。

从文类的角度看"努尔哈赤传说集群"，或统称为"罕王叙事"，很难将它视为一个文类的统一体。而作者所提出的"长篇罕王传说"应该是一种理想化的、结构完整的英雄叙事。

文类是在文化之间或文化之内作出的划分。文类在共时的层面上具有理论和逻辑的意味，在历时层面上不可忽略历史、传统和传承的特点。以往在文类研究实践中存在着纯粹的机械划分，抑或主观的认知范畴，这主要是来源于取例西方的倾向，以及图解式的、贴标签式的定名做法。这些做法是理想化和固化的思维，也是单一性、绝对化、抽象化的形而上学的做法。

本书作者从劳里·航柯的"民俗过程"概念入手，阐发当代中国语境中口头叙事的变迁模式，进而确立兼顾个人叙事与地方传统研究取向的民间文化研究进路。这体现了民俗学实践转向的意义。"实践转向"否定了以"绝对本体"为依托的、从客体和直观的形式看世界的哲学视角，而诉诸以实践为中介的现实的、感性的生活，把世界、存在理解为不断生成和显现的过程，从而实现了哲学的现代变革。这种转向体现在民俗学领域，表现为民俗学从关注静态转向关注动态，从关注结果转向关注过程，从关注社会事实到关注介入与操作。民俗学和其他人文学术一样，单一理论和单一因果逻辑难以解释现实的复杂性和多样性，因而我们需要摆脱现有体系理论的束缚，不断从实践中发展和创新理论。

本书是一个阶段性的研究成果，它有着现实意义和可持续性。我为作者感到荣幸，身处中国民俗学的伟大时代，有许多学界前辈不吝赐教和鼎力提携，这种学术氛围为青年人的成长提供了动力。希望中国民俗学书系将来能够容纳更多年轻人的成果，让更多的青年民俗学者脱颖而出。

目 录

绪 论 ·· (1)

第一章 努尔哈赤传说的形成 ··· (16)
 第一节 历史背景 ·· (17)
 第二节 地方讲述传统 ·· (26)
 第三节 传说素材的形成基础 ··· (35)

第二章 传说集群的文本分析 ··· (46)
 第一节 传说集群的理论来源 ··· (47)
 第二节 努尔哈赤传说的集群化 ·· (55)
 第三节 核心主题 ·· (65)
 第四节 典型叙事 ·· (74)

第三章 作为历史话语的英雄传说 ······································· (86)
 第一节 努尔哈赤的历史形象 ··· (87)
 第二节 满族的英雄传说 ··· (97)
 第三节 英雄叙事的罕王模式 ·· (102)
 第四节 塑造英雄的历史话语 ·· (108)

第四章 故事家查树源的个人叙事 ······································ (115)
 第一节 生活史:不是故事的"故事" ···································· (116)
 第二节 讲述史:一辈子的说说唱唱 ····································· (125)

第三节　个体曲库 …………………………………………（133）
　　第四节　个人言语方式 ………………………………………（148）

第五章　民间叙事的文类阐释 ……………………………………（170）
　　第一节　民间叙事的文类问题 ………………………………（171）
　　第二节　罕王叙事的文类界定 ………………………………（181）
　　第三节　民间传说的长篇化 …………………………………（189）

结　语　在民俗过程中理解文类 …………………………………（201）

参考文献 ……………………………………………………………（216）

附录一　新宾满族自治县地图 ………………………………………（225）
附录二　新宾风物传说图 ……………………………………………（226）
附录三　努尔哈赤传说分布图 ………………………………………（227）
附录四　新宾县艺人情况一览表 ……………………………………（230）
附录五　努尔哈赤传说文本类型总表 ………………………………（232）
附录六　查树源讲述的"罕王传说" …………………………………（257）
附录七　努尔哈赤年谱 ………………………………………………（288）

后　记 ………………………………………………………………（308）

绪　　论

本书是口头传统视野下努尔哈赤传说的个案研究，旨在从传说文本的形成原因入手，围绕个人叙事与地方传统相互影响的主题，通过考察文本的集群现象及当代形态，结合重点传承人的讲述语料，对民间叙事的文类问题作出实践层面的回应。"文本"一直以来都是民间叙事研究的核心部分，随着"语境"思维的引入，原有的文本观念得到了更新，僵化的以书面文本为中心的传统观念，被灵活的口头文本生成与传承观念所取代。因此，文本研究也应在辨析源流的基础上审视复杂而多变的结构形态，在采录个人叙事的过程中明确不同叙事传统滋养下的讲述变迁。

一　选题意义

努尔哈赤（1559—1626）是满族杰出的政治家和军事家。民间一般将小时候的努尔哈赤称为"小罕子"，称汗以后的努尔哈赤则被尊为"老罕王"。因而，努尔哈赤传说也被称为"罕王传说"。努尔哈赤传说在东北地区流传广泛，从小罕子到老罕王，这些传说的覆盖面很广，涉及努尔哈赤一生的各个时期。从青少年时期挖参、淘金、逃难的经历，到壮年时期定都赫图阿拉、统一女真各部、建立八旗制度，再到晚年与明军的战斗都借传说得以反映。这些传说被满族民众世代传颂，塑造了努尔哈赤武艺高强、足智多谋、雄才大略的民族首领形象。除了展现老罕王的光辉一生之外，传说还从不同角度反映出当时女真人的经济生活、社会组织和宗教信仰等内容。

关于努尔哈赤的民间叙事不只局限在民间传说中，满族说部就是另一个集中传承的文类。在已经出版的满族说部中，如《雪妃娘娘和包鲁嘎汗》《元妃佟春秀传奇》《扈伦传奇》等都有关于努尔哈赤的记述。此外，一些说部书籍中对于 20 世纪东北地区乌勒本讲述与传承的介绍，也从侧面印证了本书所构建的地方叙事传统。

近年来，满族民间文学的研究成果逐渐增多，特别是随着对满族说部研究的深入开展，人们对满族的口头传统有了新的认识，满族的讲古传统得到了进一步的发掘。说部的多样化文本形态所呈现出的不同面貌，让学者对于"长篇叙事"的形成与理解也有了新的思考。面对纷繁复杂的文本化过程，"如果一定要把它们援例剥离，分装到既定的民间文学的归档当中，不但勉强，而且还会偏离这样一个古老民族先民们对本身文化的自识价值观念"①。科学的做法自然是在比较各类文本差异的基础上，认真梳理作为特殊"文类"的个别文本是如何创编出来的，并在文本化过程中阐释其文化意义。

努尔哈赤传说作为一份厚重的语料，已然可以成为我们进一步讨论满族英雄传说以及更广泛意义上的民间叙事传统的基础。从目前已经出版的传说文本（主要是 20 世纪 80 年代以来搜集整理的"民间文学集成"资料本）来看，努尔哈赤传说主要流传在东北各地，尤以辽宁新宾为多。新宾满族自治县，旧称兴京，是清代"关外三京"② 中最早建立的都城。努尔哈赤出生成长在新宾县境内的赫图阿拉老城，其一生的大部分时间也都是在此度过，自然而然也就留下了大量的罕王传说。在新宾县出版的集成资料本中，又以查树源老人的讲述最多。近来，他还在讲述中不断地回忆与整理，将之前听到的"罕王传说"逐渐形成一个较为完整的长篇说唱作品，并将其归为"巴图鲁乌勒本"。因此，本书也选择了查树源作为田野调查的对象。如今他讲述的"长篇罕王传说"已不再是散乱的传闻野史，而是经过长期实践积累，在头脑中形成叙事框架的一类"英雄叙事"。从田野调查来看，查树源的讲述特点鲜明，内容丰富，具备进行深入研究的价值。

---

① 关纪新：《满族小说与中华文化》，社会科学文献出版社 2014 年版，第 77 页。
② 关外三京，指兴京（新宾）、东京（辽阳）和盛京（沈阳）。

当下的民间叙事研究指向已经从单纯探究文本的历史文化内涵转变为同时关注讲述事件，既包括优秀的民间故事家（群体），也包括特定地区的讲述传统及相关语境。这些变化表明，学者对于民间叙事的认知逐步加深，研究的目的性也更加明确。叙事的主体在人本身，而且民间叙事是在一个确定时空中的口头创作，文本是这一次"表演"的产物，更是过程的具体反映。因此，艺人与讲述空间的互动也得到了应有的关注。但所调查的对象还主要集中在单纯的民间故事家，即传统意义上的业余讲述人，而对于半职业化，甚至职业艺人参与形成的叙事技巧和地方传统讨论得还不够。实际上，具有认同功能和成为民族精神表征的长篇民间叙事，更多的是通过这样一群艺人得到传承。从散落的地方传说到查树源腹藏的"长篇罕王传说"中间的文本样态，正是口头传统应该聚焦的理论生长点。选择这一个案研究，对于民间叙事研究与口头传统理论的拓展具有一定理论和实践意义。

具体来说，努尔哈赤传说研究的多方面意义体现在：首先，传说本身已经形成一定的规模，累积了大量口头和书面文本，为研究历史人物的传说集群在一定区域内的形成和发展规律及固有的叙事模式提供了诸多便利之处，对于进一步深化口头传统理论的中国案例具有重要意义；其次，从方法论上来说，以一个典型艺人为中心，讨论其在多元叙事传统中的学艺与表演经历，也就是民间叙事的传承过程，对于深入挖掘艺人曲库与认知当代民间叙事文类有很大意义；最后，作为满族英雄叙事的努尔哈赤传说，也是民族史料的重要组成部分。当代史学已然认识到传说是民众历史记忆的一种表述方式，因此本书对了解民族心态史和民族性格等方面也有着重要理论意义。

此外，随着非物质文化遗产保护工作的开展，地方政府和学术界都意识到散落民间的口头传统对于地方文化保护与传承的重要价值。所以，研究努尔哈赤传说，对于以新宾为中心满族发祥地的地方风物传说的整合与开发十分有益，也有助于更深刻地认识地方文化资源和满族先祖的历史传统。同时，努尔哈赤传说所蕴含的生态认知与社会伦理知识，对于地方生态关系的保护也具有重要的实践意义。

二 相关学术史

努尔哈赤传说的研究涉及满族文学、清史、民俗学等多个学科领域。限于本书从口头传统理论出发的满族民间文学研究的学术取向,以下将重点梳理以努尔哈赤个人为中心的学术实践,具体涵盖文学与史学两个方面。另外,本书还关注了近来民间传说研究范式转换的学术动态。这些学术成果大多由国内学者贡献,而本书所应用的西方民俗学理论将在具体章节中详细阐述,以便于阅读与讨论。

1. 努尔哈赤传说及满族民间文学研究

从已有研究成果来看,直接以努尔哈赤传说为题的论文主要有以下几篇:孟慧英的《论努尔哈赤传说的民族特征》[①] 提出该传说在三个方面所体现的民族特征,即产生的独立根源性;传统文化在民族独有文化条件中的持续性;传说同民族心理的紧密结合。文章认为努尔哈赤传说的产生依赖于三个条件,即个人经历与功绩;统治阶级宣传编造;满族成员普遍的崇拜感情。因此,形成于满族崛起时期的努尔哈赤传说具有重要的历史地位。幺素芬的《浅谈罕王辽阳遇难传说的流变》[②] 通过对罕王"两次遇难"的六种异文进行分析,从比较文本变异性的角度观察到词语、情节、主题等方面的不同叙事,并且从外部进行类比,阐释变异性产生的原因在于阶层流动的差异和环境不同,历史的发展和时代变迁等因素。文章还考察了动态视野下民间文学所表达的民族情感与历史话语。高兴璠、孟宪玉的《罕王传说浅论》[③] 对罕王传说中的乌鸦黄狗救主、脚下有痣等传说进行分析,认为这些传说既来自建州女真历史文化的积淀,也吸纳和融合了其他民族的传说,并同时受到史籍、生活习俗和文学创作的影响。姜维公、陈健的《清太祖传说研究》[④] 以五则传说为研究对

---

① 孟慧英:《论努尔哈赤传说的民族特征》,《民族文学研究》1986年第4期,第82—89页。
② 幺素芬:《浅谈罕王辽阳遇难传说的流变》,《满族研究》1992年第2期,第44—51页。
③ 高兴璠、孟宪玉:《罕王传说浅论》,《抚顺清前史暨满族文化国际学术研讨会论文集》,辽宁民族出版社1999年版,第206—215页。
④ 姜维公、陈健:《清太祖传说研究》,《满族研究》2014年第1期,第58—64页。

象,即李成梁仆役努尔哈赤传说、满族插柳与背灯祭习俗来源、大清国号的来源、满族不食狗肉习俗来源、满族祭杆饲鸦习俗的来源,从历史文献角度对满族相关习俗进行溯源与考证。这些前人成果都成为本书思考努尔哈赤传说的基础。

另外,满族说部研究也为本书提供了多维视角。最近几年,满族说部及相关话题成为满族民间文学的热点之一,相继出版了高荷红的《满族说部传承研究》、郭淑云的《〈乌布西奔妈妈〉研究》等专著和论文集。发表的论文主要围绕说部文本的形成、传播、类型、历史文化意义和传承人性质等方面,如富育光的《满族传统说部艺术——"乌勒本"研考》、江帆的《论满族说部的生成和播衍》、隋丽的《满族说部复仇主题的文化阐释》、谷颖的《满族说部〈恩切布库〉的文化解读》、高荷红的《关于当代满族说部传承人的调查》等。此外,满族神话研究也一直备受关注,说部中涉及的大量原始性与活态性兼具的满族神话更带动了研究的开展,尤其是对萨满神话的探索,谷颖的博士学位论文《满族萨满神话研究》①就是代表。在满族民间传说故事方面的研究,黄任远的《满族故事家马亚川和女真萨满神话》、江帆的《满族民间叙事的文化质素与文本张力》、詹娜的《辽宁满族民间文学的史料价值探析》等论文或从宏观层面,或从传承人角度进行了阐述。

以上这些著作都是满族民间叙事在资料搜集基础上深入探索的研究成果,为本书在讨论传说集群的外围构架和满族民间叙事的核心主题与传承心理,以及满族传承人的群体性特征等方面提供了线索和帮助。就本书的核心研究范围来看,有关满族历史人物传说的学术关注度仍然不高,刘中平的《满族民间传说及其意蕴》、金天一的《满族讲祖习俗的演变》、白虹的《论清代满族人物传说》是为数不多的从历史文化意义角度作出阐释的论文。

2. 努尔哈赤与清前史研究

史学界对于努尔哈赤的关注源于清前史和满族史两个视角。20世纪初期,著名历史学家、清史学科的奠基人孟森就在其著作《清朝前纪》

---

① 谷颖:《满族萨满神话研究》,东北师范大学博士学位论文,2010年。

和《明元清系通纪》中对清前史和满族先世的谱系加以考论。由于女真族文字史料的匮乏和清皇室的隐讳等原因，早期清前史研究的开展受到了很多阻碍。由于当时的历史认识和错误的民族政策，也使一些人的研究出发点在很多地方有失偏颇。孟森在史料有限的情况下，参考《明实录》和《朝鲜李朝实录》等古籍，在一定程度上纠正了人们对于满族祖先的错误认识，对于部分诋毁满族与清朝的言论也进行了考辨。他还在考据满洲名称、八旗制度、清初历史人物等方面多有建树，对于推进清前史研究的发展起到重要作用。民国时期，谢国桢、郑天挺等学者也在搜集考辨清入关前历史史料方面作出贡献，并出版多部史料索引和著作。① 随着对清宫原始档案的发掘和逐步整理，清前史的很多问题得到了客观的重新认识，对努尔哈赤生平经历和历史功过的论证也将得以揭示和补充。

　　1949年后，清前史研究进入新阶段，清史和满族史专家王锺翰出版了《清史杂考》一书，系统论述了清初的社会经济形态和制度等问题。② 真正的研究热潮肇始于20世纪80年代，李治亭在《建国四十年来清前史研究述评》中认为，这一时期从人物传记到专题研究，再到史料的整理与出版成果丰富，但"史料不足仍是清前史研究的关键，即后金建国前，无民族文字记录；建国后，因为各种原因的改写，也造成了疑点"。③ 这就造成了清前史研究难点多、分歧大的现状，主要集中在清入关前的社会性质、明清战争和八旗制度等问题上。④ 就本书的论题而言，刘小萌的《满族从部落到国家的发展》、孙静的《"满洲"民族共同体形成历程》等著作在满族社会组织和心理认同方面的阐述给笔者很大启发。

　　目前，关于努尔哈赤的学术传记主要有滕绍箴的《努尔哈赤评传》、阎崇年的《努尔哈赤传》、周远廉的《清太祖传》等。这些专著通过钩沉

---

① 参见钞晓鸿、郑振满《二十世纪的清史研究》，《历史研究》2003年第3期，第144—179页。

② 王锺翰：《清史杂考》，人民出版社1957年版。

③ 李治亭：《建国四十年来清前史研究述评》（上、下），《历史教学》1995年第12期、1996年第1期。

④ 林存阳、朱昌荣：《改革开放三十年的清史研究》，载中国社科院历史研究所编《改革开放三十年的中国古代史研究》，中国社会科学出版社2010年版，第253—292页。

史料，对传主努尔哈赤的个人生平及爱新觉罗氏族源流迁徙等历史事实作出全面描述和有针对性的评论，为本书在史学方面的论述提供了重要参考依据。

近四十年来，涉及努尔哈赤研究的史学论文有两百余篇，总体来看，这些论文主要集中在以下方面：（1）姓氏问题，如肖景全、钟长山的《清太祖努尔哈赤祖系与姓氏问题考论》、张杰的《清太祖名为"努尔哈齐"论》、陈力的《努尔哈赤姓氏考》；（2）政治和军事思想问题，如谢景芳、麻晓燕的《努尔哈赤政治思想及时代特征》、陈涴的《努尔哈赤军事思想研究》；（3）社会组织和信仰问题，如范丽的《努尔哈赤创建的八旗制度》、滕绍箴的《努尔哈赤时期牛录考》、李国俊的《努尔哈赤时期萨满堂子文化研究》、张羽新的《努尔哈赤与喇嘛教》；（4）与周边民族关系问题，如王臻的《努尔哈赤对蒙古部的政策探析》等。综上，历史学视角下的考证与辨析为我们还原了一个愈渐清晰的努尔哈赤和他的时代。

本书属于民间文学范畴内的研究。传说虽不同于史实，但却与历史有着极为复杂的关系。在努尔哈赤研究的论著中，有些已经直接涉及对传说解释的支持或者反驳，有的文章也涉及努尔哈赤与李成梁的重要关系[1]，也有的文章讨论其兴兵的遗迹[2]，还有的文章讨论了萨满教对其天命观的影响[3]，这些都为本书的研究提供了不同的思考空间。

后现代史学将传说视为文献的一种，而传说研究也可以将历史的真实作为对照来反观民众口头传统要表达的现实意义。在众多论著中，更多相关的史学考据和地方性解释是由抚顺和新宾学者完成的。本书的田野调查地新宾，作为满族的发祥地，出版了许多根据地方史料考证的，与罕王有关的专著和论文集，如《从兴京到盛京：努尔哈赤崛起轨迹探源》《努尔哈赤·兴京·满族》《清前史人物图谱》《新宾清前史研究论

---

[1] 陈涴：《努尔哈赤崛起与李成梁关系史事钩沉》，《满族研究》2009年第1期，第39—44页。
[2] 高庆仁、张德玉：《努尔哈赤起兵前史迹新探》，《社会科学战线》1993年第6期，第194—202页。
[3] 薛洪波：《萨满教对努尔哈赤天命观的影响》，《满族研究》2007年第2期，第99—102页。

丛》《抚顺清前史遗迹与人物考察》等。傅波总结出抚顺地区清前史研究的成就表现在：清前遗迹的实地考察，清前史的人物研究，清前史的考证和有关满族家谱、民俗、宗教的研究。① 这些地方学者利用掌握大量一手材料和熟悉地方文献的优势，梳理出以清太祖为中心的满族入关前活动的历史脉络，对本书的写作具有重要参考价值。

3. 民间传说研究

陈泳超指出，20世纪中国传说研究主要有三种模式：一是历史流变研究；二是形态机能研究；三是意义与审美研究。② 的确，从顾颉刚的孟姜女故事研究以来的传说著作大多可以归入这个分类。随着西方理论的译介和中国学术界的反思，当代民俗学研究，包括传说研究的视角已经逐渐从文本中心转向语境中心。努尔哈赤传说的地方性和口头性特点明显，而在典籍里鲜有记载，虽然已流传数百年，但很大程度上还无法与汉族的一些历史人物传说采用相同的研究模式，即关注"传说圈"和"古史层累"的变迁，只能从传承人几十年的讲述历程和活动范围来映射传说在时间和空间上的变化。

近年来，国内的传说研究有了长足进展，在经典传说和地方传说的内部研究与外部研究方面都取得很多突破。这些著作阐明了当代中国民间传说研究的学术取向，如赵世瑜、王杰文、万建中、林继富等③对民间传说与集体记忆、民间信仰之间关系的思考和个案探索。此外，陈泳超和王尧对山西洪洞县"接姑姑迎娘娘"文化圈传说的持续关注研究④，提

---

① 傅波：《抚顺地区清前史研究评述》，傅波主编：《清前史论丛》，辽宁人民出版社1994年版，第1—9页。

② 陈泳超：《作为地方话语的民间传说》，《北京大学学报》2013年第4期，第94页。

③ 赵世瑜：《传说、历史、历史记忆——从20世纪的新史学到后现代史学》，《中国社会科学》2003年第2期；赵世瑜：《祖先记忆、家园象征与族群历史——山西洪洞大槐树传说解析》，《历史研究》2006年第1期；王杰文：《直义与隐喻——"十八打锅牛"传说的分析》，《民俗研究》2008年第3期；万建中：《传说建构与村落记忆——以盘瓠传说为考察对象》，《南昌大学学报》2004年第3期；林继富：《神圣的叙事——民间传说与民间信仰互动研究》，《华中师范大学学报》2003年第6期。

④ 陈泳超：《民间传说演变的动力学机制——以洪洞县"接姑姑迎娘娘"文化圈内传说为中心》，《文史哲》2010年第2期；王尧：《内部写本与地方性传说——以洪洞县"接姑姑迎娘娘"文化圈内传说为中心》，《民族文学研究》2011年第5期。

出了地方性传说的流变动力和内部特征等概念，认识到传说与当地人之间的复杂关系；刘文江的博士学位论文《传说：叙事的信仰实践形式》[①]扩展了个案研究的视野，从不同维度解释传说在相信性层面诉诸的不同渠道。在历史人物传说方面，尹虎彬的《刘秀传说的信仰根基》[②]通过洞悉"刘秀走国"的模式化叙事，进而推断这一系列传说的历史根源是古老的动物和植物由来的神话或解释性传说。这个类型与部分罕王逃难传说如出一辙。段友文和刘丽丽的《李自成传说的英雄叙事》[③]从传说圈出发，总结出英雄叙事的类型，并在与俗文学和正史的比较中解读民众群体通过英雄传说对史政、史实的评判等。

综上所述，前人在以努尔哈赤传说为中心及相关学科领域的研究中已积攒了不少有分量的成果，主要体现在文本的积累解读和史料的分析运用两个方面。这对于本书阐释传说与历史的关系和传说在地方传统中的实践等问题有很大帮助。但仍有一些传说研究在理论和实践中还囿于文类认知的传统思维，并没有扩大对"文本"概念的深入挖掘，也缺少以关注重点传承人为核心，从多元叙事传统角度的阐发。当然，这也是传说文类本身的讲述集体性所造成的。据此，本书希望从这些方向上作出一些尝试。

三 语料来源

本书所使用的传说语料有两个来源：一是已经出版的传说书面文本，二是笔者采录的查树源讲述的口头文本。

目前，仅笔者发现的已经出版的包含努尔哈赤传说的各类文本已经超过两百篇，其中大多数是20世纪80年代"中国民间故事集成"时期的搜集整理。从这些文本的整理规范来看，在篇末已经较为科学地标注了搜集时间、讲述人、流传地区和搜集整理者，部分还标有附记，即对

---

① 刘文江：《传说：叙事的信仰实践形式》，中国社会科学院研究生院博士学位论文，2011年。
② 尹虎彬：《刘秀传说的信仰根基》，《民间文化论坛》2004年第4期，第39—44页。
③ 段友文、刘丽丽：《李自成传说的英雄叙事》，《民俗研究》2009年第4期，第65—84页。

与文本相关的内容作以记录。

在《中国民间故事集成》辽宁卷、吉林卷、黑龙江卷等书中都有各省流传的主要故事类型图，其中就包括罕王传说的分布（见附录三）。这为本书寻找更多的文本提供了新线索，因此，笔者又从各地的县卷本中收集到若干文本，但这依然不会是"完整"的努尔哈赤传说文本库，或者说这个理想的"文本库"可能并不存在。即便如此，笔者仍希望在力所能及的范围内，将努尔哈赤传说的文本分析建立在更广泛的语料基础上，以得出更为准确和明晰的阐释。

东北三省的篇目分布，具体如下：

黑龙江省：哈尔滨市南岗区卷、哈尔滨市平房区卷、阿城市卷、甘南县卷、林甸县卷、富裕县卷、泰来县卷、牡丹江市卷一、海林县卷、穆棱县卷、密山县卷一、佳木斯市卷、上饶河县卷、鸡西市卷、望奎县卷、黑河地区卷上、黑河市卷、北安市卷、肇州县卷、延寿县卷、安达市卷。

吉林省：乾安县卷、双辽县卷、梨树县卷、公主岭市卷、长春市卷、吉林市卷、舒兰县卷、东辽县卷、四平市卷、伊通县卷、柳河县卷、辉南县卷、通化市卷、抚松县卷、永吉县卷、敦化市卷。

辽宁省：喀左县卷、锦州市卷、阜蒙县卷、黑山县卷、盘锦市卷、开原县卷、沈阳市卷、抚顺市卷、抚顺县卷、新宾县卷、本溪市卷、本溪县卷、鞍山市卷、辽阳市卷、辽阳县卷、丹东市卷、东沟县卷、长海县卷。

这些文本的分布不仅为本书的传说搜集提供便利，也反映出努尔哈赤传说的流布轨迹，对于研究的进一步思考也给予启示作用。至此，本书已经搜集到与努尔哈赤相关的各类传说书面文本257则，详见附录五的文本类型表。

另外，需要说明的是，占到本书使用语料大半的是以下五种图书，《新宾资料本》《罕王的传说》《满族民间故事·辽东卷》《启运的传说》和《清太祖传说》。它们是本书研究努尔哈赤传说的核心文本来源。

书面文本仅是不同时期的记录，还难以反映出当下的传说情况。为此，在田野中调查口头传说也是十分必要的。本书的主要田野调查对象是新宾县的查树源老人，他的传说在各个时期搜集的资料本中都有发表，可以说，他是努尔哈赤传说的代表性传承人。查树源老人虽然已经年近八旬，但仍然具有较高的讲述水平，是十分理想的田野调查对象。

笔者于2014年7月、8月、12月分三次对查树源进行了采录和访谈，获得了大量的一手材料，为本书的口头传说文类研究提供了难得的分析数据。这些录音资料和文本资料相互关联构成了一个努尔哈赤传说的叙事传统，涉及东北大部分区域，涵盖辽宁、吉林、黑龙江和内蒙古等地。从最早的20世纪60年代至今，所有文本的搜集时间跨度超过50年。丰富的语料是研究的基础，民俗学田野调查的核心特征就是在民族志调查的基础上，更加注重对代表性传承人的关注，在口述史以外，围绕目标文类进行集中的文本采录。虽然所谓完整"文本库"的构想不能成立，但本书对努尔哈赤传说的文本研究，依然建立在可控变量下相对闭合的语料中进行，保证了学术研究的严谨性和有效性。

四 研究思路

本书的研究思路是从个人叙事与地方传统的关系出发，在努尔哈赤传说的各类文本中找寻理论与实践的契合点。每一个地方都有属于自己区域的专门化叙事，这种叙事的独特性可能出现在任一方面，但并非是唯一的，即讲述的类型或者使用的语言与文类通常是互文的。努尔哈赤叙事——更确切地说是关于努尔哈赤的传说，是新宾地区的标志性叙事，在其他地方是不存在的。当然，这种叙事标志产生的原因很多也很复杂。本书选择了通过一个突出的代表性传承人来贯穿研究的脉络，也就是说，讲述者的个人叙事始终是与地方传统相融合的。他的叙事文本和讲述经历所反映的是新宾县几十年来的满族民间叙事语境，特别是以努尔哈赤传说为核心的讲述环境的变迁。而这一变迁也折射出地方史、国家史和民族史的巨大变迁。自清末以来，满族民间叙事在相当长的一段时间内是受到不同程度的抑制的，因此，并不具备理想的传承语境，但这些文本终究还是依靠着强大的传统承继下来了。并且随着近年来政策的改善，满族民间叙事又有了新的发展导向。

个人离不开传统，而传统也由个人展现，查树源的个案就充分说明了这一点。努尔哈赤传说文本并不只是汇聚于他一个人身上,但他却成为最具代表性的传承人。本书以一个艺人的大脑文本为分析对象,通过核心主题的采录,来讨论艺人如何调动整个腹藏曲库,将全部语料知识有效地融入"具体的歌"中,是一次有益的研究实践。它将一个历史人物衍生出的不同民间叙事文类放到一起讨论,进而分析短篇与长篇的结构关系,考察口头传统与书面传统在利用民间文学与俗文学资源的不同取舍。

因此,本书在研究框架上采取每章设定一个主题,充分考虑到研究的多向度,但在思路推进上由从文本到文类的讨论贯穿,也能够使论述在整体上构成相对完整的研究体系。第一章对努尔哈赤传说的宏大民族历史背景作介绍,并从细节提示文本所蕴含的文化语境。第二章与第三章使用出版的传说书面文本,在大量语料中描述传说的叙事特征与英雄主题,在文本化理念的逐渐渗透中,将纷乱的短篇传说过渡到统一的长篇叙事框架下来阐释。第四章详细介绍查树源作为一个讲述者的生活经历与个人曲库,分析他"罕王叙事"的来源与特色。第五章面对上文提供的类型各异的文本,提出对民间叙事文类界定的反思与转换可能性问题,描绘从传说到乌勒本之间的多维结构。结语部分以在民俗过程中理解文类的判断,将研究视野扩大到对当代民间叙事多元化的认知上,试图拓展个案研究的局限。

简言之,本书的研究思路出于对三个层次问题的理解。首先,努尔哈赤的传说如何形成并发展成现在的样子?其次,个人与传统之间究竟有着怎样解不开的关系?再次,如何抛开既有的理想模式来看待当代社会中存在的口头传统?回答这些疑问将是本书研究的出发点,并且所有的思考也是围绕这些问题展开的。

五 术语简释

国内学者对于民间叙事研究的话语体系虽然已经存在基本的共识,但在具体应用方面仍然有些许差别,特别是对于西方译介过来的术语概念,常常存在理解与使用上的偏差。因此,为了行文方便,有必要对本书所使用的一些通用术语加以简要说明。

1. 传说（legend）：有广义和狭义之分，广义上的传说可以包含民间口耳相传的叙事文类，这些流传的口头传统都可以视作传说来理解；而狭义的传说则相应地以其区别于神话与故事的特征来界定。在某种意义上，传说是一个模糊的文类，对它的研究更多是从主题与价值方面谈起，而很少纠结于文本的结构。实际上，虽然传说的口头文本变化较大，但其依然有着较为固定的基本结构。鉴于某些时候传说与神话、故事的界定并不清晰的事实，本书讨论的努尔哈赤传说基本上可以看作是关于努尔哈赤的民间叙事的集合，并不局限于短篇的传说概念。同时，少数民族传说在文献资料方面也与汉族文献存在一定差异。由此，传说更接近口头传播。从口头到书面，传说的文本化也对这一文类产生了影响。

2. 地方叙事传统（local narrative tradition）：民间叙事的形成和传播通常是以地方为核心，即具有一定的范围性。族群在特定的区域内生活，创造了属于自己的文化模式。这其中自然包含着叙事传统。中国文学的叙事传统起源于文字形成之前的口头叙事。"叙事文是一种能以较大的单元容量传达时间流中人生经验的文学体式或类型。"① 这是它不同于抒情传统的特征。地方性的叙事往往围绕一个或几个中心人物或事象展开。如果说叙事的主题带有普遍性的话，那么叙事的核心主角则具有差异性，这是由地方性和民族性决定的。本书论及的地方叙事传统指的是新宾地区以努尔哈赤为中心的叙事集合，它包含多个文类，具有一定的传承历史。

3. 文本（text）：作为民间文学的基本概念，"既可以指以文字、图像为主的各种物化形态，也可以指未被物化的以口语形式为主的一次性演述内容"②。其形态的多样化已成共识，学者们通过比照口头与书面的差异，重新划分了民间叙事意义上的文本类型。特别是史诗研究中得出的从演述到创编的文本类型表，即口头文本或口传文本、源于口头的文本和以传统为导向的文本，今天已经被许多国内学者引用，以分析差异

---

① ［美］浦安迪：《中国叙事学》，北京大学出版社1996年版，第8页。
② 陈泳超：《倡立民间文学的"文本学"》，《民族文学研究》2013年第5期，第115页。

化明显的民间叙事"作品"。本书从文本化的角度审视传说从口头到书面的过程，涉及包含口头文本在内的多种文本类型。对文本化的研究是分析文类、讨论叙事传统的基础。只有首先明确各文本在其叙事体系中的位置，才能准确把握它们之间的关系。

4. 语境（context）："语境中的民俗"已然成为当代中国民俗学研究转向的标志，"从静态的考察转向具体的、动态的民俗生活的考察，并且与民俗生活的社会、历史、文化背景相结合，呈现出民族志式的整体研究取向"①。这一趋势已成为当下学术研究的通则。学者们已经不再固守书斋中的文本，而是走向田野，采录现场的"声音"。语境，同样是一个复杂的范畴，从民俗学角度来说，它不仅包含情境性语境，也包含现场背后的文化语境。在实际的研究中，二者缺一不可。从某种意义上，本书的个人叙事与地方传统对应着上述两层语境，但需要明确的是，情境性语境的"这一次"表演是很难把握的。通常来讲，环境的复杂程度一方面为研究者提供了更充足的信息，另一方面也成为专注观察的干扰项。反过来说，如本书这样过于简单的一对一的采录模式，在比较短的时间段内也不大可能从讲述情境变化的角度来分析文本差异。因此，本书从实际出发，把语境部分的考察更多地放到努尔哈赤民间叙事的历史文化背景上。

5. 文类（genre）：本身是一个多元的复杂概念，在书面文学和口头文学中都有广泛而深入的讨论。本书所涉及的文类问题主要限定在口头传统范围内，指一般常见的民间叙事类型的界定和比较。"genre"一词在国内学界有多种翻译，在民间文学研究中就有体裁、类型、文类等，学者都从各自研究的角度阐释这一术语，但其重要性是得到认同的。本书将其翻译成较为通用的"文类"。需要说明的是，引文中的相关词语并没有改动。

此外，本书的部分研究框架沿用了芬兰著名民俗学家劳里·航柯（Lauri Honko）的概念体系，如"大脑文本"（mental text）、"民俗过程"

---

① 刘晓春：《从"民俗"到"语境中的民俗"——中国民俗学研究的范式转换》，《民俗研究》2009年第2期，第6页。

（folklore process）等术语，以及文类理论与史诗研究等重要成果，① 而对于这方面的中文译介，还稍显单薄，不成系统。因而，为了方便读者理解，本书将在具体使用中做出一些必要的介绍。

---

① 参见 Hakamies, Pekka and Anneli Honko (eds.), *Theoretical Milestones: Selected Writings of Lauri Honko*, FF Communications 304, Helsinki: Academia Scientiarum Fennica, 2013。

第 一 章

努尔哈赤传说的形成

关于一则民间传说起源于何时的问题,恐怕很难得出令人信服的答案。传说,作为古老的民间叙事文类,通常认为它最初的产生可能略晚于神话,但就中国上古神话的遗存来说,将其视为传说也并非完全武断。因为,现在我们保留的文字记载是远远晚于产生时代的,脱离语境的古代汉语纪录片段是难以让我们原景重现的。不过,对于这类"传说",运用"古史层累"的理论来梳理不同时间断限的史料,就能得出一个大致生成、发展的脉络。因此,传说的溯源也并非空谈。当然,这种理论不容易应用在晚近历史人物的传说上,特别是更为缺少文字资料的少数民族传说。

本书的研究对象努尔哈赤就是一个生活在距今四百年前的历史人物。由他的生活经历所创作的、曲解的、附会的传说,应该也讲述了四百年。一般来说,可以把传说产生的途径归纳为现实生活的想象化、神话的人性化、历史的传奇化、故事的粘附化。① 这些认识来自学者对民间叙事文类界限的思考,包含着散体叙事分类的基本判断与融合转换的朴素理解。从努尔哈赤的个案出发,我们发现,传说产生的背后还蕴含着厚重的民族历史因素。

本章聚焦于努尔哈赤传说的形成,从宏观与微观的历史角度找寻民族史与家族背景对传说形成的重要影响。随着社会的变迁与资料的不断丰富,回忆中的传说讲述活动变得可以被感知,结合书面记载与艺人口

---

① 参见程蔷《中国民间传说》,浙江教育出版社1995年版,第31—46页。

述史，我们进而可以构建出以赫图阿拉城为中心的近百年的民间讲述语境。总而言之，民间传说离不开其产生的历史条件，建州女真人的生活文化提供了努尔哈赤传说最初形成所需的原材料。

第一节 历史背景

历史是传说产生的客观条件。没有满族形成和发展的漫长历史过程，没有建州女真，尤其是努尔哈赤先祖世系漫长的迁徙过程，都无法形成努尔哈赤传说，而东北地域的历史变革与社会变迁更使努尔哈赤传说在当代得以保留与传承。本节将简略回溯这一历史发展轨迹，探寻传说产生的宏大背景。

一 从肃慎到满族

确切地讲，满族的定名时间较晚，作为民族名称最早出现在1635年。据《大清太宗文皇帝实录》记载，天聪九年十月十三日，太宗皇太极谕曰：

> 我国原有满洲、哈达、乌喇、叶赫、辉发等名，向者无知之人，往往称为诸申。夫诸申之号，乃席北超墨尔根之裔，实与我国无涉。我国建号满洲，统绪绵远，相传奕世。自今以后，一切人等，止称我满洲原名，不得仍前妄称。①

这是现在满族"颁金"节（满语音译，即诞生日）的由来。命名时间虽然不足四百年，但是我们不能否认满族人与世代生活在中国东北古老的肃慎系民族的族源及演变关系。因此，从整个历史发展轨迹来看，满族仍是一个历史悠久、生活在"白山黑水"间的族群。传说的形成不能脱离特定的历史阶段，因此，对于满族源流的考察有助于我们清晰辨别努尔哈赤传说的民族特征。由此，简要回顾满族及其前世的历史是

---

① 《清太宗实录》卷二十五。

颇有必要的。

根据古代文献记载，满族的形成经历了商周时代的肃慎、秦汉魏晋的挹娄、南北朝时的勿吉、隋唐的靺鞨，以及辽金之后称为女真的演变阶段。这些变化不只是名称上的更替，更是民族共同体的不断交流与融合。从地理分布来看，他们大抵在今天的辽宁、吉林、黑龙江及以北的广袤地区活动，东部濒海，也正是因为地域广阔，生产力的发展在部落社会形态下也极不均衡。当然，这只是大致的情况，具体的民族变迁史是十分复杂且具体的。

"楛矢石砮"是文献中对于肃慎族群的重要记载。据说，他们在武王灭商的时候就曾进献过这类工具。显然，那时大部分肃慎仍处于石器时代，生计方式以狩猎为主。《满洲源流考》点明了满族与肃慎之间的关系，"金国本名珠里真，谨案：本朝旧称满珠，所属曰珠申，与珠里真相近，但微有缓急之异，实皆肃慎之转音也。后讹为女真"[①]。这些记载证明了肃慎虽地处东北，但与中原王朝仍保持着一定的联系。

肃慎在东汉以后称为挹娄。据《后汉书·东夷传》记载，"挹娄，古肃慎之国也。在扶余东北千余里，东滨大海，南与北沃沮接，不知其北所及"。挹娄的社会生活承继了肃慎，地域广阔，农业生产有所发展，《晋书·肃慎氏传》云，"多畜猪，食用肉，衣其皮，绩毛以为布"。在冬季，他们以猪膏涂擦身体，抵御风寒。挹娄人擅射，会制造毒箭。史书上曾多次记载其向中原王朝纳贡，并进行物品交换。

南北朝时期的勿吉，也称为窝集，即森林民族。《魏书·勿吉传》云："勿吉国，在高句丽北，旧肃慎国也"。在生产方面，"其国无牛，有车马，佃则偶耕，车则步推。有粟及麦穄，菜则有葵"。勿吉在这一时期农业已有进步，但狩猎仍占主导地位，并且与中原交流更加频繁。

从北齐开始，靺鞨又等同于勿吉进入史书。隋唐时期，靺鞨形成了七个大的部落，其中粟末部"与边人往来，悦中国风俗"[②]，因此得到了

---

① （清）阿桂：《满洲源流考》，孙文良、陆玉华点校，辽宁民族出版社1988年版，第79页。

② 《隋书·靺鞨传》。

更快速的发展。公元713年，以粟末部为主体的靺鞨人建立了被称为"海东盛国"的渤海国。渤海国深受唐朝文化的影响，在政治、经济、社会、文化各方面都取得了一定成就。后来，另一支居住在黑龙江流域的黑水靺鞨部在契丹灭渤海国后，改称女真，并迁居到渤海旧地。

据《三朝北盟会编》记载，"女真，肃慎国也。本名朱里真，番语（指契丹语）讹为女真。或以为黑水靺鞨之种，而渤海之别族"。辽代的女真人分为生女真、熟女真、北女真、南女真、回跋女真、鸭绿江女真、长白山女真、濒海女真等部落。由于辽国对女真人残酷的剥削和压迫，以完颜阿骨打为代表的女真人进行了抗争，并且在公元1115年建立了金朝。一百多年后，金朝灭亡，女真人转而被元朝所统治。虽然社会在不断发展，但居住在不同地区的女真人的社会经济仍然极不均衡，如靠近辽东地区的女真人在生产力上要远超过松花江流域与黑龙江流域的女真人。

明朝初期，一些女真人部落为寻求更好的生态环境和生活条件开始逐步南迁。至明中叶，东北地区的女真人形成了三个主要的部落集团，即建州女真、海西女真和野人女真。

其中，建州女真人，也就是满族先民的主体部分，源于松花江下游地区的斡朵里部和胡里改部。他们经过数次迁徙后，主要分布在"抚顺以东，以浑河流域为中心，东达长白山东麓和北麓，南抵鸭绿江边"。海西女真人分布在"明开原外，辉发河流域，北至松花江中游大曲折处"。野人女真部主要分布在"建州、海西女真以东、以北的广大地区，大体从松花江中游以下，至黑龙江流域，东达海岸"[1]。居住地的差异也造成了生产方式与社会经济水平的不平衡。当建州与海西女真在不断壮大势力形成部落联合的时候，地处更北的野人女真依旧保持比较原始的部落组织状态。[2] 在这样的生存现状与历史机遇下，由努尔哈赤率领的建州女真人在16世纪下半叶应势崛起，逐步统一了女真各部。公元1616年，他在辽东的赫图阿拉城称汗，建立了以女真人为主体的王朝，史称后金。

---

[1] 白凤歧：《从肃慎到女真》，《满族研究》1986年第1期，第11页。
[2] 刘小萌：《满族从部落到国家的发展》，中国社会科学出版社2007年版，第5页。

努尔哈赤通过施行八旗制度、创制满文等一系列政令，为形成一个新的民族共同体——满族，做好了充分的准备。

二 爱新觉罗氏族迁徙史

努尔哈赤传说的形成离不开其族群历史的建构。按照君权神授的逻辑，爱新觉罗氏所代表的家族血统成为皇权统治的关键手段。史籍中所记录的努尔哈赤的直系祖先可以追溯到生活在元末明初的六世祖猛哥帖木儿（孟特穆），后尊为肇祖原皇帝，并将他之前的先祖一直推到"神话时代"的仙女之子布库里雍顺。

据《满洲实录》记载，清始祖布库里雍顺出生在长白山东北的布库哩山下的布勒瑚里湖。起初天降三仙女在湖中沐浴，长名恩古伦、次名正古伦、三名佛库伦，上岸后，三仙女佛库伦见神鹊衔来一枚色彩鲜艳的果子放在自己的衣服上，不忍释手将其置于口中，误食而孕，生下了布库里雍顺。这类感生神话在其他民族中也极为常见，如《诗经》中"天命玄鸟，降而生商"的故事。布库里雍顺出生后，被告知要平定三姓之乱，于是，他乘舟顺流而下，至人居之处登岸，来到了长白山东南被称为鄂谟辉的鄂多里城。那里的三个部落正互相厮杀，争夺霸权，见布库里雍顺举止奇异，相貌非常，又听说他乃天女所生，姓爱新觉罗，且奉天命到此平息战乱，于是，三姓人推举他为主，定国号为满洲。

> 历数世后，其子孙暴虐，部属遂叛于六月间，将鄂多理攻破，尽杀其阖族子孙。内有一幼儿名樊察，脱身走至旷野。后兵追之，会有一神鹊栖儿头上，追兵谓人首无鹊栖之理，疑为枯木椿，遂回，于是樊察得出，遂隐其身以终焉。……其孙都督孟特穆生有智略，将杀祖仇人之子孙四十余，计诱于苏克素浒河呼兰哈达山下赫图阿拉，距鄂多理西一千五百余里，杀其半以雪仇，执其半以索眷族。既得，遂释之。于是，孟特穆居于赫图阿拉。①

---

① 《满洲实录》卷一。

上面一段《满洲实录》的记载，虽然出自皇太极时期的档案编修，也被看作是满族源流及定名的官方记录之一，但显然与族源史实并不相符。不过，如果剥除其中的神话色彩，忽略掉事件的顺序与错置的人物关系，只保留故事的基干，却依旧可以反映出一定的历史真实。这正是建州女真部落的形成过程，即从黑龙江流域几经迁徙，到最终定居苏子河流域的曲折历程。

这里面最关键的人物就是历史上的都督孟特穆，也就是猛哥帖木儿。他是松花江流域女真斡朵里部的酋长，也是当时元朝在女真人居住地区设立的一个万户府的首领。据朝鲜人编撰的《龙飞御天歌》记载，"如女直，则斡朵里豆漫夹温猛哥帖木儿，火儿阿豆漫古论阿哈出，托温豆漫高卜儿阕"。这三个部落被称为"移兰豆漫"，翻译成汉语就是"三万户"。

元末明初，社会动荡，元朝的民族压迫政策接连引发地方部落之间的纷争，猛哥帖木儿率领的斡朵里部和阿哈出率领的胡里改部（即火儿阿）不得不带领族人避乱迁徙。从此开始，作为建州女真主体部分的两个部落就相继踏上了南迁的道路，并通过融合不断地发展壮大。

但他们的迁徙并未沿着同一条路。胡里改部来到了辉发河流域的凤州；斡朵里部则先来到图们江流域，后定居在朝鲜会宁斡木河流域（第一次迁徙），并与朝鲜民族有了广泛的接触，这也是为什么会在朝鲜文献中发现了不少关于努尔哈赤族源的传说，并且这些文本特点鲜明的原因。

永乐元年（公元1403年），阿哈出受明朝招抚，担任建州卫指挥。随即，猛哥帖木儿率部加入建州卫，被举荐为建州卫都指挥。永乐九年（公元1411年），斡朵里部也由朝鲜会宁地区迁至凤州（第二次迁徙），两部汇合。后来，明朝增设建州左卫，猛哥帖木儿成为建州左卫的首任指挥使。这一官职也成为爱新觉罗氏族的世袭职位。永乐二十一年（公元1423年），经明成祖朱棣批准，为了避免鞑靼和兀良哈对辽东的骚扰，猛哥帖木儿率斡朵里部再次迁回斡木河流域的会宁（第三次迁徙）。而随同这次迁徙而来的杨木答兀不受管束，以至于在宣德八年（公元1433

年），他勾结兀狄哈部族伏击了女真人的招抚部队，① 结果，猛哥帖木儿及长子阿古被杀，次子董山被俘，弟凡察逃走，建州左卫遭受重创。

再说建州卫，永乐二十二年（公元1424年），在阿哈出之孙李满住的带领下，胡里改部又来到婆猪江流域定居。不过，由于屡次遭到朝鲜军队的攻击，他们又在正统三年（公元1438年）迁徙到苏子河流域，也就是今天辽宁省新宾满族自治县境内。这里适宜居住和耕作的自然环境，也成为后来努尔哈赤率部崛起的重要保障。

正统五年（公元1440年），凡察与董山克服诸多困难，在李满住的帮助下，也将建州左卫残部从斡木河迁到了苏子河流域。至此，"部落的传统关系又有了新发展，标志着建州部落联合的初步形成"②。之后，凡察与董山二人又因为建州左卫掌印之事不合而产生矛盾。正统七年（公元1442年），明朝为了平息矛盾，又分出了建州右卫，由凡察掌管，原来的建州左卫仍由董山继任，再加上李满住的建州卫，这样就合成了"建州三卫"的局面。

不过，董山的建州左卫在强大之后，又屡次劫掠犯边，扰乱辽东，终在成化三年（公元1467年）被明军剿杀。明朝宣称："建州三卫女真，结构诸夷，悖逆天道，累犯辽东边境，致使圣虑，特命当职等统调大军，捣其巢穴，绝其种类"③。这样一来，建州女真再次处于部落散居的状态，统一发展的前景陷入低谷。直到明朝末期，经过近百年休养生息的建州女真又形成了苏克素浒、浑河、哲陈、完颜和董鄂五大部落和长白山三部，即鸭绿江部、朱舍里部和讷殷部，努尔哈赤家族一支就属于苏克素浒部。

较为详细地叙述建州女真的迁徙路线，是为了说明民族结集的道路是十分曲折和漫长的，而这一历史过程也正是民族思想意识和文化心理的形成过程。民间叙事显然不能完全从"史实"的角度出发，但却是另一种对集体记忆的转述。从《满洲实录》中出现的三仙女神话，到布库里雍顺出世，再到平定三姓之乱，以及后面"神鹊救樊察"的故事，在当时都是官

---

① 薛红：《明代初期建州女真的迁徙》，《东北师范大学学报》1978年第3期，第32—33页。

② 刘小萌：《满族从部落到国家的发展》，中国社会科学出版社2007年版，第8页。

③ 《李朝实录》世祖十三年九月丙子。

方认可的表述，而这个族源传说已经被悄悄地从女真人共同的记忆中抽出，嫁接到后世爱新觉罗姓氏自己的故事中，"变成努尔哈赤的宗系谱牒"①。反观当代搜集的口头传说，在一些文本中，三仙女生下的布库里雍顺已经换成王镐，而被神鹊救下的则是努尔哈赤。正如建州女真的大迁徙，从黑龙江流域开始至苏子河流域为终点，爱新觉罗氏族的传说也沿着这条祖先走过的路线传承着，尽管其中蕴藏了太多难以厘清的问题。

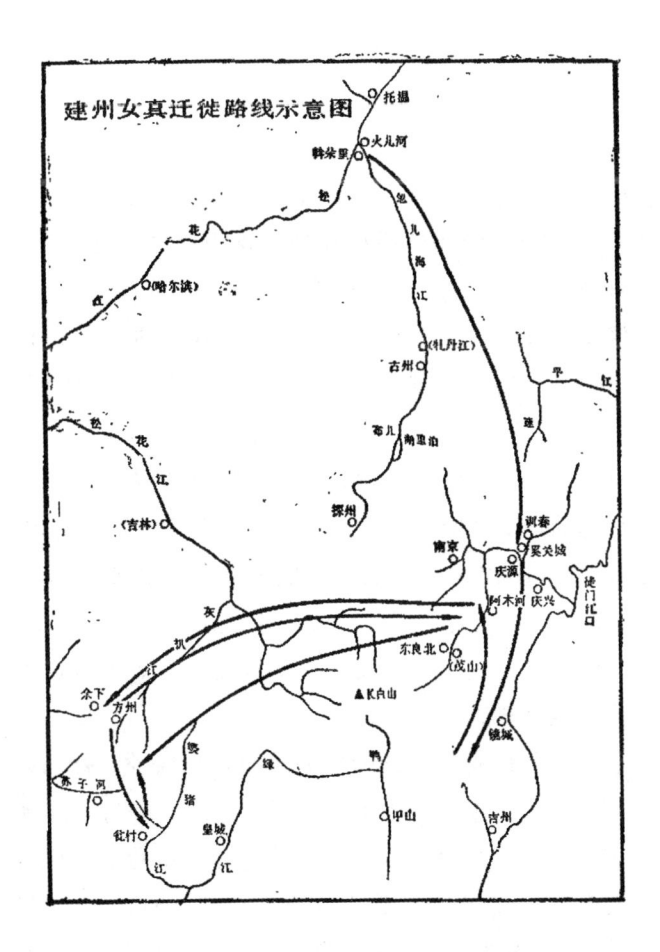

图1—1　建州女真迁徙路线示意图②

---

① 董万仑：《清肇祖传》，辽宁人民出版社1992年版，第1页。
② 转引自董万仑《清肇祖传》，辽宁人民出版社1992年版。

同时，从迁徙史可以发现，努尔哈赤传说的分布状况不仅源于他自己的生活范围，不可避免地也受到了"家族世系"演变的影响和渗透。这也提醒了我们，对于单个历史人物传说的考察往往不能局限在这个人物自身的经历上，而应该扩大到其氏族，乃至民族的大历史中，只有这样才能完整地展现"传说"作为民间叙事所要表达的深刻内涵。

三 东北满族社会生活的变迁

传说的形成与播布与人们的社会生活密不可分，一旦它脱离了现实，甚至在认同心理上也产生隔阂，那么,．传说的"可信性"就会大打折扣，被人们当"传说"来讲述的概率也会越来越小。因此，除了不可改变的自然风物仍提醒着人们"历史"的存在外，生活方式与风俗习惯的嬗变也制约着传说的发展。民间传说终究是饱含历史情感在内的民族讲述，它的叙事连接着一个民族的政治、经济、社会、文化等诸多方面。

东北地区是满族的大本营，在清军入关之前，那里是他们的主要居住地。作为肃慎族系后裔的满族，狩猎经济曾长久占据主导地位，但随着当时女真部落的几次大迁徙，畜牧和农耕文化都对他们的生产生活产生影响，原有的生计方式也在"南迁"中发生了变化。特别是建州女真人，在适宜耕作的辽沈平原上，一直与汉族和朝鲜民族有着频繁的互动，从而学习了许多先进的农业种植技术并熟练掌握了农耕生产工具的使用。因此说，"有清一代，东北地区的满族已开始进行大规模的农业开发"①。另外，女真人的迁徙不仅带来自身文化的改变，客观上也影响了整个东北地区多民族的融合与流动，意义深远。

从人口上讲，东北地区的居民除世居的各民族外，移民人口也占有很大比重。在清代数百年里，为了保护祖宗之地，曾将东北地区的"龙兴之地"封禁，圈定了严禁汉人入内的特定区域以免遭到破坏，而东北的物产，如人参、兽皮等也主要供给满洲贵族。这就是所谓的"柳条边"，简言之，就是为"适应这种打猎、放牧、采集需要而在辽河流域修的一条柳条篱笆，目的在于禁止八旗以外的汉人或其他民族成员迁入柳

---

① 江帆：《满族生态与民俗文化》，中国社会科学出版社2006年版，第276页。

条边内垦耕种植或采参"①。据《柳边纪略》记载，"古来边塞种榆，故曰榆塞。今辽东皆插柳为边，高者三四尺，低者一二尺，若中土之竹篱，而掘壕于其外，呼为'柳条边'"②。柳条边有新旧之分，老边建于顺治年间，也叫盛京边墙，新边则建于康熙年间。在当时的统治下，进出边门都需要持有特殊的证件并接受检验，违者都将论罪。但即便如此，也并不能完全限制汉人到柳条边外去进行生产活动，每年依旧有不少人涉险。

在清末废除封禁政策后，闯关东的移民愈加增多。在民国时期，迁往东北三省的人口大多为山东人，还有河北及河南人，灾荒和战乱是移民的主要原因。东北的广阔地域、肥沃土质对生活艰难的"关内人"有很大的吸引力，这些人虽在一定程度上保留了原有的文化，但同时也在适应东北自然条件的过程中，逐步吸收了满族及其他周边少数民族的生活文化，形成了特色鲜明的关东民俗。也可以说是某种"满族化"的结果。这是与我们长久以来讨论的满族"汉化"相对应发生的。

当然，入关以后，面对庞大的国家，为了真正融入这个已然存在千年的政治、经济、文化体系，"他们选择了在文化上破釜沉舟的路线"③。但这一过程并非想当然地"一边倒"，就总体和整个中国范围而言，"满汉文化从冲突到融合的过程，是以汉文化为主体的双向的互动过程，而绝非单向的——满族单向地接受，或汉族单向地给予——满族逐渐汉化，直到被同化的简单过程"④。就东北地区而言，满族文化的保留要更多一些。满族汉化的外在表现之一，就是人们常常提到的大多数满族人已经不会说满语了，而我们采录的口头传统，特别是民间叙事方面，也都是用汉语讲述，只是中间偶尔夹杂少量的满语词汇，其中一些称谓词正是语言中最顽固的部分之一。此外，在现代东北方言中，还大量存在着"汉语化"的满语词，这也是我们正确看待满族民间叙事的前提和出发点。总之，努尔哈赤已经不只是满族的一个英雄或者首领，而是东北历

---

① 朱诚如主编：《辽宁通史》第二卷，辽宁民族出版社2009年版，第377页。
② （清）杨宾：《柳边纪略》卷一。
③ 关纪新：《"后母语"阶段的满族》，《满语研究》2009年第2期，第101页。
④ 郭成康：《也谈满族汉化》，《清史研究》2000年第2期，第33页。

史上一个重要人物，对于他的事迹和传说，也不只局限在满族人中传播，在汉族和朝鲜族中都有流传努尔哈赤的故事。

考察满族的发展史不能忽略民国这个特殊的时代。由于辛亥革命初期错误的民族歧视，众多"旗族"，特别是满族人不得不隐匿自己的民族属性，刻意改变某些外显的民族特征和生活方式。这给民国时期包括口头传统在内的满族文化的延续造成了不可弥补的影响与损失。

新中国成立后，民族平等和民族区域自治政策相继开展，满族人民的政治待遇和生活水平也有了极大的改善。目前，我国有 11 个满族自治县，近 200 个满族自治乡镇。现在，满族人口已经超过一千万人，其中一半以上居住在辽宁省。这些政策的执行，也促使满族的口头传统得到更多关注。随着非物质文化遗产保护工作的开展，民间讲述活动在近些年来也得到复兴和发展。东北满族社会生活的变迁作为传说形成的历史背景之一，揭示了讲述传统的维系是需要外界环境支撑的道理。

第二节　地方讲述传统

20 世纪早期，俄国人类学家史禄国在调查通古斯人的过程中，就注意到满族民间的一些讲述活动。"讲述传说和故事是满族人喜闻乐见的一种消遣方式。这里有一种半专业性的故事能手，他们在人们空闲的时候表演。满族人把幻想性的故事（他们称为'说古'）与历史性的故事相区别，他们通常更喜欢历史性的故事。只有在冬天，满族人才为了听故事聚在一起，他们在下午和晚上花很长的时间听故事能手讲述。他们更喜欢男故事能手，而不是女故事能手。"① 一个民间叙事传统的衍生往往出自特定的生态空间和地方话语。赫图阿拉城正是我们讨论的努尔哈赤传说的核心区，对这里百年来讲述活动史的搭建，可以洞见传说形成的地域因素。

---

① ［俄］史禄国：《满族的社会组织——满族氏族组织研究》，高丙中译，商务印书馆 1997 年版，第 166 页。

一 以赫图阿拉城为核心的传说圈

赫图阿拉城之于努尔哈赤的重要性不言而喻。公元1616年，也就是明万历四十四年，努尔哈赤在此称汗，定国号为金（史称后金），年号天命。天聪八年（公元1634年），皇太极尊其为"天眷兴京"。赫图阿拉是满语音译（hetu ala），汉译为"横岗"，位于今天辽宁省新宾满族自治县永陵镇东南四公里。在清代，康熙、乾隆、嘉庆、道光四位皇帝曾先后九次来此巡游，并在永陵祭祖。乾隆皇帝在诗中言道："赫图阿拉者，横甸名垂久。初从俄朵里，徙此聊自守。基福即于斯，创业天命受。后乃筑兴京，馆幽众爰有。"作为清代发祥之地，这里积淀着深厚的满族风韵，被称作"前清故里"。

明正统五年（公元1440年），赫图阿拉的名字已经出现，但还只不过是城寨的草创阶段。当时，凡察与董山迁居苏子河流域就选在此地兴业。到了努尔哈赤的曾祖福满时期，他有六个儿子，"六人各筑城分居，而赫图阿拉城与五城相距，近者五里，远者二十里，环为而居，称为宁古塔贝勒，是为六祖"①。其中，福满与四子努尔哈赤的祖父觉昌安居于赫图阿拉，努尔哈赤也在此出生。

赫图阿拉城因为建立年代久远，现俗称"老城"。传说此地旱涝保收，皆因当年老罕王建都于此时挖了一口神井，保佑"老城"（总是丰收）。从地理位置上说，赫图阿拉依山而建，地势险要，南面有羊鼻子山，西面有呼兰哈达山（烟筒山），北面有苏子河，东面有纳鲁窝集山，又称老龙冈，在后金与明朝的对抗中具有重要的战略地位。

但随着迁都至辽阳、沈阳，再到北京，赫图阿拉虽贵为"兴京"，"实际上被降格为一般的八旗驻守点，从崇德三年设总管开始，与一般县城无异"②。不过，这并不能削减它作为努尔哈赤传说核心地的地位。原因在于，一是民间传说归根结底是地方性话语的表述，它来自民众崇拜

---

① 《清太祖高皇帝实录》卷一。
② 赵展：《赫图阿拉城的兴废与历史意义》，《中央民族大学学报》2004年第2期，第86页。

心理的驱使，叙事传统所营造的巨大的讲述动力让人们通过各种方式和各种文类延续。只要客观上，甚至心理上还存在"传说核"，那么必然就有口头传说的流行；二是努尔哈赤作为清太祖具有极大的社会效应与名人文化效应，传说在传播的同时，除了增强地方历史文化的自信外，还会带来其他附加效益，这也促进了核心传说地带的形成。如果说第一个原因带有被动性的话，第二个原因则是主动性的。

现在，永陵已经成为世界文化遗产，老城也成为著名景点，每年游客络绎不绝。努尔哈赤的传说也借导游之口得到了更广泛的传播。

努尔哈赤时期的赫图阿拉城兴建始于1601年，1603年内城建设竣工，1605年外城郭建设完成，内墙周长2027米，外墙周长5230米。据《建州闻见录》记载，"双城有内外，内城则以土石杂筑，高可数丈，阔可容数万众"。努尔哈赤在城中修建了"汗宫大衙门""八旗衙门"和"七大庙"等建筑，现在还有部分遗迹。特别是"七大庙"的出现，反映了努尔哈赤当时在宗教信仰方面的态度。这些庙宇和祭祀场所包括萨满祭祀的堂子、佛教的地藏寺、道教的显佑宫、文庙、关帝庙、城隍庙和供奉爱新觉罗氏先祖的昭忠祠。这样的修建策略背后是努尔哈赤的神权思想与笼络蒙古贵族的政治诉求，而这些思想也都在民间传说中有所呈现。

以上从历史的视角分析了老城的重要性，而从传说文本分布的角度也可以得出相同的结论，即努尔哈赤传说的分布圈存在一个核心区，那就是新宾县。

新宾县，旧称兴兵堡，是努尔哈赤起兵之地。全县境内流传大量"罕王传说"，仅据笔者统计就逾百则，占本书所搜集文本数量的四成。据此可以认为，努尔哈赤传说在这里真正汇聚。大量文本的涌现代表着满族民间传说依旧是活态的，仍在口头流传。虽然使用汉语讲述，或者我们也不确定之前是否有一个满语讲述的阶段，总之，从现实的情况看，文本的"制作"过程仍在继续。即便是为了宣传与开发的目的，使得一些传说成为书面化和书面改编的作品，但至少，我们现在仍然可以看到和听到丰富的民间传说。

1925年所修的《兴京县志》中，马恒昌撰写的序言提到，"兴京为女真旧地，古无史乘可稽。有清肇基于赫图阿拉城，天命初年始制满洲文字。迨定鼎燕都后，特尊之曰天眷兴京，设官留守。一切典谟训诰，均掌内廷，无从考核得实。八旗子弟重骑射，不尚搜罗。庠序创立甚晚，所由二百年间未有提倡修志之举也"①。由此可见，地方文献疏于记载，没有为我们留下更早时段的传说文本，因而只有靠口述的记忆来搭建这个叙事传统。

从老城村到新宾县，努尔哈赤传说越聚越多，但如果没有之前在整个东北其他地区发现的文本，那这个巨大的传说圈和所谓的核心区也就不复存在了。跟随老罕王征战的足迹和建州女真的迁徙轨迹，在辽宁省的辽阳、沈阳，黑龙江的阿城、双城也集中涌现了大量的传说，再加上辽宁、吉林和黑龙江地区搜集的零散文本，已经可以绘出"努尔哈赤传说圈"的大致范围了。这些传说的分布并不是均衡的，背后有着深刻的历史与现实原因。

二　白先生的"老罕王传说"与乌勒本

每一种讲述传统都由特定的讲述者与听众共同构成，缺一不可。一代代听众的审美情趣和欣赏标准激发着讲述者不断地打磨"文本"，提升讲述水平；反过来，艺人讲述技艺的提升也会吸引新的听众浸润在讲述传统之中。这样组成的听讲互长的群体才使叙事传统得到巩固和延续，逐渐塑造成地方文化的标志元素。就讲述者而言，每一代也都会有一位或多位突出的艺人出现，他们代表着当时技艺的最高水准，也受到听众的格外尊重。

就本书所讨论的努尔哈赤传说在新宾地区的叙事传统而言，也出现了这样一位集大成的说书艺人，他就是20世纪50年代初曾在赫图阿拉老城里表演的"白大爷"。这个称呼可以看作是对老年男性的尊称，他也被称为"白先生"，这是对说书艺人的尊称，具体的名字已经无从知晓了。

---

① 新宾县修志始于清光绪三十二年（公元1906年），名为《兴京厅乡土志》；宣统三年（公元1911年），刘熙春编纂《兴京府志》；民国十四年（公元1925年），苏民编修《兴京县志》，即本书所使用的版本；民国二十五年（公元1936年），又由李属春增修。

据本书的访谈对象查树源回忆,他幼年在老城村居住的时候,曾听过白大爷说书,地点是当时老城的兴京厅八旗公立两等小学校的教室里,也就是正白旗衙门旧址。白大爷经常讲唱的书目是被冠以"巴图鲁乌勒本"称呼的"老罕王传说"①。如果完整讲述的话,大约能持续半个多月。

据查树源描述,白大爷当时七十岁左右,由此推断,他大约出生在1875年前后,即清光绪年间。从外表看,他是一位身材高大、相貌清秀、须发皆白的满族老人,总穿着带马蹄袖的旧式满族衣服。他讲唱时,声音洪亮,吐字清楚,带动作和走场,白胡须也跟着飘摆,给人以博学长者的形象。白大爷的演述水准很高,声情并茂,引人入胜,能带着观众与之同悲同喜。

除"老罕王传说"外,白大爷擅长讲述的书目大致还有"布库里雍顺""今古奇观""石头记""四大传说"等。白大爷的每次讲述都能吸引数十名听众,这在当时已经很可观,教室里通常都坐得满满的。听众多是当地人,以老人为主,很少有小孩子。查树源因为爱听书,又不淘气,才被破例允许参加。由此可见,老罕王努尔哈赤的传说在当地的叙事传统中根深蒂固,在其他满族说部中记述的乌勒本讲述传统或许曾经在新宾也有流传。

白大爷应该是一位卓有成就的说书家,他对于讲唱本身有很多精辟的见解。查树源在日后的讲唱中总是提到白大爷对他的影响,虽然因为年龄太小,难以记住当时的内容,却记住了白大爷对待民间说唱内容的总结,即"不见书,不见传,老百姓里传个遍"。与出版的各类小说,或者说是书面形式的文学作品不同,民间艺人讲唱的内容一定要有自己独特的情节编排,不会与出版物雷同。你不会在任何书本中找到类似的情节,但它们经过代代艺人的讲述却在民间已然流传广泛。查树源也是本着这个原则进行表演的,对于这个问题,在本书第四章中会有详细的讨论。

此外,据说白大爷在讲述时曾使用过写在黄纸上的满汉双语抄本,

---

① 对于白大爷的讲述缺少更多的佐证,因为当时查树源年纪很小,也不确切了解书目的具体名称和其他信息,本书暂且用"老罕王传说"代替。

而且有在讲述前的开场白用几句听不懂的话（可能是满语）和老听众打招呼的习惯，但具体情形不得而知。从这些片段证据，我们有理由推测白大爷是一位与乌勒本讲唱密切相关的满族说书艺人，学艺时间应在清光绪年间，而且以专门讲述清代帝王故事为主。

这样分析来看，和其他学者的调查成果有诸多吻合之处。据满族著名故事家傅英仁回忆，在清朝末年，宫廷里曾经有过一个专为帝王讲述故事的讲评班。这些人十五岁被选入宫，二十岁还家。在宫中经过三个月的训练后，被分成南北两派，南派讲述汉族的历史传奇故事，北派讲述罕王的故事，傅英仁的曾祖就属于北派。这些人因为进宫后就穿上了皇帝御赐的黄马褂，所以被称为"黄大衫队"。传闻傅先生的曾祖曾给慈禧太后讲述过相关内容。之后，这一段在宫廷被视为禁书，不让她再听。原因可能是这些人所传承的《南北罕王传》中有不少宫廷忌讳的内容，在乾隆时期就有成为禁书的说法。①

又据清代德龄郡主《御香缥缈录》一书记载，慈禧的满文知识是十分肤浅的，"而伊对于满洲人的发祥史则又非常的注意，并且知道得非常的多，这就不能不使我认为是很诧异的了！"② 这本书是德龄郡主以亲历者回忆录的形式书写，可以称为是晚清宫廷生活非常珍贵的史料。显然，慈禧很可能是通过其他口传的途径了解到了满族的早期历史。

当然，这些佐证之间并无直接联系，也无法判断真伪，很难得出白大爷的学艺及人生经历与上述事件有关的结论。但可以断定的是，他所承继的类似乌勒本的讲述必然是经历过一定世代传承的满族传统的长篇说唱艺术。而且从已经出版的文本来看，说部本身涉及的内容就十分庞杂，体例多样，有长篇章回体，也有短篇传说集，很难一概而论。

乌勒本（ulaben）是满语音译，原义为传或传记，汉译可称为"说部"，主要指满族及其先民所传承的民间长篇说唱作品，也有"满族书""英雄传"等其他称谓。但实际上，乌勒本与说部之间也存在不少差异。

---

① 参见卉茵《论努尔哈赤传说的民族特征》，中国民间文艺研究会辽宁分会编：《民间文学论集3》，1985年版，第72—74页。

② （清）德龄：《御香缥缈录》，秦瘦鸥译，云南人民出版社1980年版，第186页。

高荷红认为,"乌勒本是历史名称,有其产生、发展、变化的过程,乌勒本发展到 20 世纪以后就成为满族说部"。① 目前整理出版的乌勒本作品大多已经使用汉语讲述,其间夹杂部分满语。满族传统说部按内容类型可以分为窝车库乌勒本、包衣乌勒本、巴图鲁乌勒本和给孙乌春乌勒本。除前文提到的《雪妃娘娘和包鲁嘎汗》《元妃佟春秀传奇》《扈伦传奇》等书中有涉及努尔哈赤的内容外,傅英仁的《南北罕王传》和马亚川的《女真谱评》②中也有不少努尔哈赤的传说,可惜这部分文本笔者没有见到。

对于白大爷的讲唱内容,由于疏于书面材料的留存,我们也无法得到更多关于其人和其讲述的详细信息。但仅仅通过查树源的回忆和描述,一个善于说唱巴图鲁乌勒本且表演技艺高超的满族老艺人形象已经浮现在眼前。对于这样一位前辈艺人,查树源是充满了崇敬和赞扬的,对自己未能传承他的文本也感到十分惋惜。

三 多元的民间讲述活动

叙事传统一般不是单一文类的集合,而是由多种文类共同构成的多元讲述空间。新宾的努尔哈赤传说也并不是只有白大爷的乌勒本讲述,盲艺人群体编演的东北大鼓书才是更为基层的传播方式,也是超越民间传说外,艺术化程度较高的文本来源。更为重要的是,它是查树源罕王叙事的技艺核心,而内容核心还是取自民间传说。

盲艺人说书是中国自古以来就有的传统。关于盲人说唱的最早记载,可能就是先秦时期的瞽矇了。他们在口传表演的过程中,一定程度上还肩负了传颂历史和讽谏君王的责任。由于视力上的缺陷,这些人往往在耳音上超出常人,具有极好的乐感。从宫廷到民间,这种技艺一直延续着。到了宋代,说唱艺术表演达到了一个高峰,陆游曾在诗中写道,"斜阳古柳赵家庄,负鼓盲翁正作场。死后是非谁管得,满村听说蔡中郎"。可见,当时盲人说唱已经是非常普遍和流行的事情了。据查树源回忆,

---

① 高荷红:《满族说部传承研究》,中国社会科学出版社 2011 年版,第 20 页。
② 在已经出版的《女真谱评》中并没有努尔哈赤传说的内容,原因不详。

大约从 20 世纪 40 年代开始，在新宾县范围内，卖艺表演的盲艺人就有十八位，绝大多数是男性。在流动的表演过程中，他们都逐渐有了各自的"领地"。盲艺人表演的形式是东北大鼓——一种起源于民间的曲艺品种。

  据老艺人传说，这种大鼓是乾隆年间在辽西农村产生的。起初是农民根据小唱本自吟自唱，无乐器伴奏，曲调为当地的民间小调；后来被盲人算命先生所采用，一个人边弹三弦边说唱；再往后才有了专业大鼓艺人，为二人搭档演出，一人左手拿木制云板，右手拿鼓键子击打扁鼓演唱，另外艺人手持三弦伴奏。艺人们走乡串户、赶庙会演出。咸丰年间，才有少数名艺人进入沈阳、锦州等大中城市撂地儿或进茶社演出。这种大鼓当时还没有定名，农民都称其为"屯大鼓"。①

具体来说，新宾县的鼓书艺人较为知名的有以下几位，如在南四社，即苇子峪、大四平、平顶山、下夹河四个公社表演的戴师傅；在西四社，即南杂木、木齐、上夹河、汤图表演的潘师傅；在东四社，即旺清门、红庙子、红升、响水河子表演的谭师傅（不是盲人）；在北四平及城郊表演的张化云、丁子荣、罗师傅和马师傅师徒四人。此外，刘家村还有从山东迁来的会唱西河大鼓和说评词的民间艺人李广平等。这些艺人绝大多数是满族人，各自都有代表曲目，主要是传统鼓书，有的盲艺人也兼算命，并且他们都能说唱一些罕王故事，常作为传统鼓书间歇的小段使用。但这些"故事"不同于民间故事，而是艺人编写的极富鼓书特点的段落。这批艺人的表演时段大约从 20 世纪 40 年代一直延续到 80 年代，他们能在不同时代顺应潮流，编演符合要求的新段子，在新宾地区有很大影响力。至今，他们的一些徒弟与传人仍在这里生活。

下面，摘选其中重要艺人作一简单介绍②：

张化云（约 1891—1988），远近闻名的鼓书大家，查树源对他的评价

---

① 耿瑛：《辽宁曲艺史》，辽宁大学出版社 2009 年版，第 18 页。
② 详细的艺人情况表见附录四。

是讲得好，弹得也好，擅长算命，会背口诀，老书目会得多，代表作是《响马传》。查树源听书时，他已经不大演唱，主要为徒弟弹弦伴奏。徒弟有丁子荣、罗师傅和马师傅，师徒四人常在一起卖艺。

丁子荣（约1910—1976），师承张化云，以唱功闻名，声音好听，唱多讲少，曲调婉转动人，特别受女性观众喜欢，但行业内有人评价其演唱油腔滑调，不大认同。擅长讲《薛礼征东》《老红灯记》《二十四孝》等书目，其中以罗家将为书胆的《响马传》最好，一次能讲一年时间。据查树源描述，丁子荣是"中等身材，长相好，梳分头，镶金牙，一笑两个酒坑"，其记忆力尤其好，被传为当时"新宾三杰"之一。

戴师傅（约1910—2000），据说曾跟东北大鼓著名艺人霍树棠①学过，擅长《罗成算卦》《草船借箭》《千里走单骑》等短段，会说传统长篇历史书和子弟书，板眼俱好。

潘师傅（约1912—2011），擅长《封神榜》《隋唐演义》，会算命。徒弟有张金芳（女）、上官孝东、贾振海。

李广平（约1910—2004），山东人，会西河大鼓和评词，以说为主。擅长《杨家将》《呼延庆打擂》，带山东口音。

这些艺人的出现并不是偶然现象，而是和新宾的历史地理因素有重要关系。通过有限的资料，我们可以看到辽宁说唱事业的发展脉络。抚顺地区的煤矿资源和交通要道的便利条件，吸引了大量的产业工人和民间艺人，自然为说书的发达提供了可能。"据老听众回忆，鞍山、抚顺等中等城市都有说书馆十家以上，大连市因为是天津曲艺艺人从海上下关东的第一站，说书馆更多，约有二三十家，其他各县、镇也都有说书馆，少则一家，多则二、三家不等。解放前辽宁全省各市县的茶馆至少在百家以上。"② 从城市到农村，蓬勃发展的民间说书，作为当时仅有的少数娱乐活动，具备了存在的条件。

各地艺人在此交流也促进了讲述技艺的精进，特别是当艺人注意到

---

① 霍树棠（1902—1973），辽宁北镇人，东北大鼓名家。由于嗓音洪亮，有外号"火车头"，拜师冯景和，对东北大鼓的唱腔和表演均有革新创造，擅长演唱"三国段"。

② 耿瑛：《辽宁曲艺史》，辽宁大学出版社2009年版，第65—66页。

"罕王传说"在新宾地区所具有的巨大听众市场时，这类相关作品也必然成为保留曲目。当然，每个艺人所掌握的数量和内容还是有一定区别的，这也是由其自身的演唱水平和表演风格所决定的。因此，散落的、新编的，以传统鼓书为基础改编的"罕王传说"层出不穷。这些段落使我们不得不抛弃原有的对于民间传说的定义，承认多元讲述传统的存在。

除此之外，新宾还有许多著名的故事家擅长讲述罕王传说，仅《新宾资料本》的记载中，就有洪福来、查树源、何春才、王庆华、刘德清、初秀敏、蔡克玉、袁鸿镐、郭景绵、富成祥、赵春山、关福清、韩凤、王贵良等十余人。新宾县广泛的民间戏曲基础也是地方叙事传统形成的一个重要方面。20 世纪 40 年代，"评剧大王"筱麻红就曾到新宾演出，解放后又有筱俊亭、筱凌云、马苓霜、毛淑艳等评剧名家在此表演。由此可见，东北大鼓和地方戏曲曲艺等艺术形式共同滋养了新宾人的业余生活。总之，新宾的罕王叙事自清末以来，就积淀着深厚的民间讲述底蕴与多元的演唱传统。

传说的地方性话语构成了独特的知识体系。如果说努尔哈赤传说的形成是一定历史条件下产物的话，那么，源自新宾民众生活本身的讲述就建构了传说的外壳，随着历史进程，一代又一代讲述群体掺杂进各式各样的讲述活动，最终形成了今天我们所看到的样貌。地方讲述传统深埋于民众的精神世界，却又有着以各个传说核为外显的表达。无论以怎样的途径作为传说信息的端口，其指向必然还是英雄历史的民众观点和生活伦理的价值判断。

第三节 传说素材的形成基础

民间传说并不是凭空而来的，它的形成有着诸多的现实基础。创作传说的素材大多来自人们的物质生活与精神世界。有了这些"砖瓦"，再附加上记忆中的英雄人物，就完成了最基本的民间传说的组建。作为沟通过去与现在的桥梁，民间传说不仅在讲述风格上，而且在主题思想上也渗透着质朴的地方话语。尽管这些素材并不具备统一性，但混搭的效果反而彰显了民间叙事的魅力。本节将当代传承的传说文本逐一拆开，划分出努尔哈赤传说的构成元素，力图全面阐释民众生活世界与传说文本所构拟的精神世界之间的联系。需要说明的是，在一个传说文本中，民俗生活的各个维度往往是兼而有之的。

一 满族生境构成及认知

传说的素材根基于人类的自然生境与社会生境，以及对二者的综合认知。生境本是生态学概念，强调的是生物与环境的相互影响。不可否认，自然环境是人类永远都要面对的显要问题。文化生态学认为，环境与文化存在辩证式的相互作用。环境对于人类而言发挥了积极的作用，而非仅仅是限制性和选择性的作用。[①] 也就是说，人类只有在与环境的交流中，才完整塑造了文化模式。这些因素是我们在讨论传说文本形成时不能忽略的。

简言之，"各民族对环境认识的取向，对环境认识的深度、广度和精度，主要源自于他们生产活动的实践需要和生存需要，此外不同谋取食物的生存方式对环境的认识也有着不同的要求"[②]。传说的形成离不开这样的过程：在特定的自然生态环境下生活的民众，不断地在与周围世界的互动中创造文化，经过了一再的选择与调适，终于建构起来一系列符合自身发展的生计方式、社会组织与信仰宗教体系。

就满族而言，其生境构成及认知离不开建州女真世代积累的生活智慧与地方性知识。经过数次迁徙，女真的生计方式也在向其他民族的学习中得到成长和丰富。原有的以狩猎为主导的一整套文化系统也随着农耕、畜牧的增加而产生变化。早期的哈拉组织（老氏族）也随之瓦解，并逐级发展成穆昆（新氏族），乌克孙（家族）和包（家庭）。[③] 信仰方面，除萨满教外，佛教、道教等其他宗教也被纳入满族的信仰体系中。

满族生活的中国东北地区，从整体来看是一个"山环水绕"的区域，东、北、西三面有山，南面向海。这样的地貌造就了生态类型的多样和

---

① 庄孔韶主编：《人类学通论》，山西教育出版社2007年版，第136页。
② 管彦波：《民族的环境取向与地方性的生态认知》，《中国农业大学学报》2010年第2期，第47页。
③ 刘小萌：《满族从部落到国家的发展》，中国社会科学出版社2007年版，第37页。

物产资源丰富的条件，然而，由于地理位置偏远、冬季寒冷漫长、交通不便等不利因素，一直以来并没有得到更好的开发。同时，生态区位的差异也使内部的发展不均衡。长久以来，满族及其先民就在这样一片土地上生息繁衍。

满族民间叙事也在此基础上得以产生并传承。"叙事文本的空间也可以视为满族社会现实生活空间的缩影。"① 仅从努尔哈赤传说的文本来看，这种认知表现得并不充分，原因在于传说本身的叙事目的并不是传播生产与生活知识，而是建构过去的历史与现在的生活之间的联系，并且努尔哈赤作为民族英雄和祖先，讲述上带有一定的稳定性和严肃性，没有太多的发挥空间。所以，这些文本并没有涉及更多对动植物的认知与日常生活的经验。不过，在多姿多彩的民间故事中，满族人的生态思维和生存之道得到了充分的展示。

即便如此，努尔哈赤传说还是提到了不少动植物的内容。比如，有多个文本提到虎崇拜，可见老虎在当时狩猎生产中的重要地位。野猪也是常见的动物，"努尔哈赤"的满语意思就是"野猪皮"。传说中也提到了一些植物的特征，如常见的桑树、杨树、腊木、柳树等，还有对草药的认知，如乌拉草可以保暖，龙胆草可以治跌打损伤，马粪包可以止血等。

当然，远不止这些例子。传说中所体现的生态观念对于今天处在环境矛盾之中的现代人来说，尤为重要。从传说角度折射出的满族生境构成及认知，更能帮助我们准确地把握传说的内涵和理解民间社会对于生活方式的选择。

二 生计方式

生计方式和经济类型是一个族群赖以生存和繁衍的基础与保障。一般来讲，生计方式取决于客观的自然条件和资源情况，在东北地区生活的女真人中，狩猎一直是最主要的食物来源，到了清代，骑射仍是满族人的基本训练科目。狩猎得来的这些物产通过边关的马市交换，可以获

---

① 江帆：《满族生态与民俗文化》，中国社会科学出版社2006年版，第173页。

得铁器等其他生产与生活的必备品,从而促进了社会的发展。努尔哈赤传说中有许多关于当时女真人狩猎、采参、淘金情形的生动描述。这些信息出于切实的生活感受,即便时过境迁却依然保留在口头传统中,特别是保留在描述少年努尔哈赤困苦生活的传说中。

1. 狩猎

可能是建州女真的生计方式已经发生了转变,在努尔哈赤传说中鲜有详细描述集体围猎的内容。不过倒有努尔哈赤射虎救人的故事。

《石柱子的来历》讲到,"只见一只吊睛大老虎,横叼着一个人在跑,罕王拈弓搭箭,一箭射去,正中老虎头上,疼得它大吼一声,扔下人带着箭逃跑了"。

《小罕打虎》讲到,"这青年随后就背身搭箭,嗖的一箭正好射中老虎的左眼。那猛虎疼得嗷的大吼一声,蹿起老高,便栽倒在地上,又拼命挣扎起来,朝着李总兵扑了过来。……就在这千钧一发的节骨眼上,只听得弓弦一响,嗖的一箭,又正好射中了老虎的右眼。这回老虎的左右两只眼珠子上,都插着一支箭,疼得老虎直打磨磨。方才射箭的那个青年人毫不怠慢,又搭箭弯弓,嗖的射出第三支箭,这一箭又正好射中老虎的'前夹半子',这回那老虎扑通一声摔倒在地,抽搐几下,一蹬腿就完蛋了"。

传说中赞颂了努尔哈赤的箭术,而这对于狩猎民族来说是相当重要的。明代女真人根据狩猎生产不同,分两种部落,"一是农、猎兼资部落,既耕种又狩猎,二是不事农业,终年狩猎部落"①。随着建州女真农业的迅速发展和人口的增加,狩猎经济已经让位于农耕,但骑射本领与狩猎养成的集体劳作习惯,依旧延续到征战和八旗制度中。

2. 采参

采参是女真人重要的经济活动之一。人参作为名贵的作物和中药材,在女真人与明朝的贸易活动中也占据重要地位。民间采参也称"挖棒槌",有一整套的规矩和程序,还有诸多禁忌和行业用语,如管领头人叫"参把头",人参的各个等级也都有不同叫法。

---

① 滕绍箴、滕瑶:《满族游牧经济》,经济管理出版社2001年版,第41页。

《罕王采参》中讲道，"那时候，咱这有上山放山的，放山就是采人参，也叫挖棒槌。放山得会一帮子人，约莫十几个人，这帮人里，有头棍、二棍、末棍、边棍。放山时候，每个人都得拿个索罗棍，用它扒拉草，先打草惊蛇，蛇走了，再找人参"。

明朝曾通过"停止互市"来打击女真人，导致人参腐烂数万斤，造成了女真人惨痛的经济损失。据记载，"曩时卖参与大明国，以水浸润，明人嫌湿推延。国人恐水难以耐久，急售之价，又甚廉，太祖欲熏熟晒干，诸臣不从。太祖不徇众言，遂熏晒徐徐发卖，果得价倍常"①。而努尔哈赤发明"蒸参之法"的史实在传说中也有反映，他将发明权给了了普通民众，但还是把这种方法处理的人参叫作"罕王参"。

如《罕王赏参》讲，因为人参放置太久而腐烂，罕王将其分发给众人。一位披甲的瞎眼讷讷（妈妈）误把人参给蒸熟了。不料，罕王又询问大家如何使用人参，披甲只得如实禀告。罕王看过蒸熟的红参后，认为这正是最好的贮存方法，这位披甲也因此得到了封赏。

3. 淘金

东北地区的金矿主要在黑龙江和吉林。据说唐宋年间，吉林桦甸的夹皮沟就有采金业了。历史上，民间的淘金活动虽被官方禁止，但仍一直延续下来。淘金也叫沙金，就是从河溪泥沙中提取金粉和小颗粒，工作十分辛苦。

如《七星泡》讲到，努尔哈赤因为救了一位落水的白发老人，而获赠七粒金豆子，实际上是夜明珠。出于好心，"一看淘金的人们顶着风雨，抡锤砸石，急水冲沙，十分辛苦。他就从怀里掏出了夜明珠，交给了淘金的人们。人们把这七颗珍珠放在河边的石头上，珍珠立刻放起光来，就像七颗明亮的星星，把这儿照得通亮通亮的"。而后，有人去抢夜明珠，努尔哈赤一气之下把珠子踩在脚下，却不见了。后来人们不断地为找珍珠挖地，直到出现了七个水泡子。

有关淘金的两则传说，《七星泡》流传在吉林珲春一带，《七颗红瘩子》流传在黑龙江勃和哈达一带，两篇互为异文，只不过一个挖出了水

---

① 《清太祖武皇帝实录》卷二。

泡子，一个成了罕王脚底下的红痦子。淘金传说的流传地点与金矿的分布有着一致性，辽宁地区暂未发现类似的传说。对于努尔哈赤脚底下七颗红痦子的另一种解释是，新宾地区传说中所宣扬的"天命观"思想①，即"脚踏七星"是与生俱来的。

三 社会组织民俗

努尔哈赤传说所反映的社会组织形式，不仅隐含了满族社会形态的演变，也提到了东北地区常见的"拉帮套"婚姻、"半拉子"劳动力、结义兄弟、采参帮、淘金帮的一些社会组织风俗。

1. 八旗制度

八旗制度最初源自女真人氏族社会时期的集体狩猎制度。在金代，发展成"猛安"和"谋克"组织形式。猛安是千夫长，谋克是百夫长。据金代史籍记载，"部卒之数，初无定制，至太祖即位之二年，既以二千五百破耶律谢十，始命以三百户为谋克，谋克十为猛安。继而诸部来降，率用猛安、谋克之名以授其首领而部伍其人"②。

到了努尔哈赤起兵之后，他建立起一支分四个兵种的军队。据《李朝实录》记，"左卫酋长老乙可赤兄弟，以建州卫酋长李以难等为麾下属。老乙可赤则自中称王，其弟则称船将。多造弓矢等物，分其军四运：一曰环刀军，二曰铁锤军，三曰串赤军，四曰能射军。间间练习，胁制群胡"③。这就是四旗兵的雏形。

万历二十四年（公元1596年），朝鲜人见到了当时建州女真的军旗，"旗用青、黄、赤、白、黑，各付二幅，长可二尺许"④。这样的五色旗帜在下面的传说中也有提到。

万历二十九年（公元1601年），努尔哈赤编制四色旗，万历四十三年（公元1615年）增为八旗。每三百人设一个牛录额真，五个牛录设一个甲喇额真，五个甲喇设一个固山额真。在黄、红、蓝、白的基础上，

---

① 参见金洪汉编《清太祖传说》，春风文艺出版社1987年版，第28—29页。
② 《金史·兵志》第四十四卷。
③ 《李朝实录》宣祖二十二年七月丁巳。
④ 《李朝实录》宣祖二十九年正月丁酉。

增设镶黄、镶红、镶蓝、镶白，共合八旗。而"牛录"一词就是满语"大箭"的意思，掌握"大箭"正是当初"出猎开围"的行动指挥者的象征。

有关八旗的三则传说都带有"天命"色彩，简述如下。

《神箭分旗》讲到，努尔哈赤意外得到了金代开国的宝弓，想用它来分旗。"金代是分五种颜色：红、黄、蓝、白、黑。红色代表太阳，黄色代表土，白色代表水，蓝色代表天，黑色代表铁。但是铁又生于土，有了土就可以不要黑色了。这样就只剩下四种颜色了。我们女真人，靠天靠地，有水有日，就能发迹。""罕王派人从山里采来四色石：有血红色的红石头；有天鹅色的白石头；蓝烟色的蓝石头；闪光的黄石头。把这四色石头，放在供奉祖先的石罐里。"先让佐领每人闭眼取石头，按颜色分四队，再让四个儿子等候分旗。罕王的箭射到哪面旗帜，哪个儿子就领受这个旗的军队。

《龙旗和八旗》与《八旗和启运殿》是两则神话性比较强的传说，前者讲的是，小憨子做了一个金龙戏珠的梦，后来按照梦中所见制作了龙旗，又将手下各部分为四旗，人多后，又分出四旗，共合八旗。于是八旗兵有了"随龙来"的说法。后者讲的是，八条小龙组合成了一个"金"字，落在启运殿，拱开了日月，象征着明朝灭亡。这些龙落在布上，被后金国当成八块"龙"图案的旗标，于是就有了八旗，龙王变成老罕王带领八条小龙打天下。

2. 其他社会民俗

《罕王出世（一）》讲述的是，仙女之子王镐与大罕的妻子生下了小罕。这也从侧面反映当时东北民间存在的一种"拉帮套"婚姻模式，也有称作"招养夫婚"。"拉帮套"本是赶车用语，有拉旁边的马匹以帮助大车前行的意思。引申义指已婚女子因为丈夫失去劳动能力，为了养家，而不得已另招一人为夫，共同负担家庭。这篇传说就内容来讲，本是为了突出王镐的不凡与小罕的特殊关系，意在强调罕王的身世。但正是因为"拉帮套"确实存在，而成了传说的素材。

《半拉子背》讲的是，小罕子做"半拉子"时帮助穷人惩治财主的故事。"半拉子"指未成年的长工，只能拿到一半的工钱。这种雇佣关系在当时也是普遍存在。

《努尔哈赤结拜弟兄》讲的是，努尔哈赤逃难被丛氏祖先搭救，为了报答，结为异姓兄弟。这种"拟血亲"的关系意在团结众人以达到某种目的。在努尔哈赤的其他传说中，也多次提到满族八大姓的佟、关、马、索、齐、富、那、郎都是他的磕头弟兄。而这些姓氏的来源也都有丰富的传说进行解释。

采参与淘金的行会组织前文已有提及，不再赘述。

四 宗教信仰与祭祀活动

民间信仰、宗教与各种祭祀活动在某种程度上丰富了人类的精神世界，让人类从现实生活的困苦中暂时脱离出来，得到心灵和情感上的寄托和慰藉。广义的信仰包含多样的崇拜对象，伴随着一个民族的形成，也经历了演化发展的过程。作为检视传说的一个重要维度，信仰因素不仅围绕着某个神灵和庙宇展开，更渗透到传说的方方面面。往往个人或族群的信仰不经意间就被掺杂进了民间传说的讲述中。某些带有超自然的叙述对于"可信性"的基本特征不但没有减损，反而有所增加。

满族信仰体系十分复杂，总的来说，既有原始的自然崇拜、动植物崇拜，也有萨满教，后来也信奉佛教、道教，并衍生出各种祭祀活动。这些民间信仰与宗教信仰有的来自女真人的传统，有的则是出于统治需要而倡导的，但都在努尔哈赤传说中较为全面地呈现。此处讨论的民间信仰、萨满教与民间祭祀也可看作是萨满教信仰体系在不同层面的反映。

1. 民间信仰

努尔哈赤传说中对动物崇拜和人神崇拜的描述较多，如乌鹊崇拜。在所有"小罕逃难"的异文中，乌鹊救命的情节单元是不可缺少的。《努尔哈赤与黑帝庙》中还为乌鸦建造了庙宇。满族人"将乌鹊视为连结天地之间的使者，清代满族家家户户'设竿祭天'，并且在竿上设斗，以肉米等物生置其中'用以饲鸟'"[①]。还有老虎崇拜与蛇崇拜，被称为"山神爷"的老虎是民间放山和淘金活动前都要去祭拜的神灵，在多篇传说

[①] 刘小萌：《满族的社会与生活》，北京图书馆出版社1998年版，第366页。

中都有提及。在《努尔哈赤封蛇王》中，大蟒蛇拦路，要罕王封官，获得了"青蟒贝子"的称号。

在人神崇拜中，救过罕王的歪梨妈妈①、笊篱姑姑的传说较多，而在清代到达鼎盛时期的关公崇拜也成为努尔哈赤传说的一大特征，这与国家层面的大力倡导分不开。建州女真随着南迁而受到汉族文化的影响加深，努尔哈赤本人也对关羽的忠勇仁义倍加推崇。"关玛法"的故事因此逐渐被满族人所熟知，这样就顺理成章地进入了民间传说中。

《赫图阿拉城》讲述了老城关帝庙的起源，有"先建庙后建城"的传说。在《兴兵堡的来历》中，从别人口中讲出，努尔哈赤是真龙天子，有关公保驾的天命观。《关帝庙》讲述，罕王在梦中受王杲指点，假扮关公退敌。《白脸关帝庙》讲的是，罕王要建关帝庙，找画匠给关公画像，可是画得再像也要被杀头，最后一个刘画匠索性按照罕王的相貌画了一个白脸的关公，反而得到了赏赐。

2. 萨满教

满族崇信萨满教，赫图阿拉老城中的"堂子"就是萨满祭天场所。皇太极后，民间禁止设立堂子，只由皇家独享。满族民间萨满分为两种：氏族萨满，俗称家萨满；职业跳神萨满，俗称野萨满。"家萨满主持宗族或家族中的各种祭祀，有时也给人治病。跳神萨满主要是召神、驱邪治病，地位低于家萨满。"②

《王八泡子的传说》讲到，洪水过后，水里出现了妖怪，老罕王就派神通广大的萨满大神前来查妖捉怪。于是，萨满跳起虎神舞，用"龙须、凤发、金丝"编织成宝网，降伏了水中的妖怪王八精。

《花翎顶戴的来历》中萨满罕讨子·差玛奉罕王命去为达子香公主治病。"正走之间，辽河洪水上涨，拦住了他们的去路。一百多萨满摆开阵势，对天祷告，差玛与天神沟通，天神命河神让路，还派来神鹰帮助他们渡河。"这些情节充分显示出萨满的威力。

《凤凰山的传说》讲到，继妃衮代去世，罕王因为有愧于她而心神不

---

① "歪梨妈妈"在民间有多种称呼，将在第二章第三节的逃难主题中详述。
② 张佳生主编：《满族文化史》，辽宁民族出版社1998年版，第544页。

宁，请了和尚、道士为她驱灾避祸，都不奏效。于是，罕王想到请萨满来祭祀衮代。传说中详细描述了萨满祭祀的程序和"出神"的状态。最后，罕王亲自祭奠了衮代，她化作丹凤飞走，落足的地方就成为今天的凤凰山。

3. 民间祭祀

背灯祭属于萨满祭祀活动，一般归为家萨满范畴，在午夜进行，要熄灭灯火。所祭祀的神灵多是星神或者黑夜守护神之类。但是，民间传说则认为，背灯祭是在祭祀"歪梨妈妈"，也就是李成梁的小妾。因为她裸身而死，所以"背灯"以显恭敬。

《满族吃背灯肉的传说》讲到，"李夫人因为搭救小罕子而死，而且她是被李总兵从被窝里拽出来打死的，死的时候身上没穿衣服。满族人感谢她搭救先祖，祭祀她的时候，怕她害羞，所以都背着灯光。就是在献肉、献酒祭拜她的时候，要熄灭屋里所有的灯，祭祀完了才重新点灯，好让李夫人来享受满族后人给她祭祀的猪肉，这就是满族吃背灯肉习俗的缘由"。属于原始自然崇拜的背灯祭与供奉"歪梨妈妈"的关联，显然是由信仰衍生的传说，并且"歪梨妈妈"在民间又有多个不同称呼，佛托妈妈①也是其中之一。

插佛托是新宾满族人的风俗。据《兴京县志》记载，"清明节民人祭墓并修墓填土，旗人以彩纸制佛头插坟上"②。民间传说中的解释附会到了一个叫"佛托老母"的满族战争女神身上。《插佛拓的由来》讲到，佛托老母本是小罕子的师傅，为了助阵而下山。小罕子的妻子佛三娘，也就是佛托老母的侄女不幸战死。佛托老母伤心之余，将拂尘插在了佛三娘的坟上。"事后，凡是满族人家死了人，就用木棍做杆，用四色纸做成像拂尘的东西，插在坟头上，表示祭奠。因为这是佛拓老母留下的，人

---

① 关于"佛托"两个字的写法，这里按照查树源的说法，而《新宾资料本》中则记为"佛拓"，以下凡是引文部分均不做修改。至于佛托老母与佛托妈妈的关系，查树源并没有解释，而认为佛托像摇钱树一样，主要的寓意是保佑子孙富有。另外，据学者考证，"佛托"一词本是满语，可译为"原始之长"，或"柳枝"，佛托妈妈是女性祖先神和生育神。参见张德玉《佛托妈妈性别考辨》，载《满族发源地历史研究》，辽宁民族出版社2001年版，第399—406页。

② 《兴京县志》第八卷，礼俗。

们就管这叫插佛拓。"这个风俗一直传承至今。

从背灯祭到插佛托,民间信仰经历了族群社会心理的变迁,其外显的传说文本,或者说解释体系也随之改变,由星辰的自然形象,生成了歪梨妈妈和佛托老母这些人格化的神,两者虽在形象上有差异,但在信仰层面上趋于统一,并且负载到努尔哈赤的传说后,增强了传承的有效性。

综上,一个地方的生境与其叙事传统是不可分割的。努尔哈赤传说的形成来源于满族的生产生活、社会组织、信仰体系各个方面。民众正是依靠这些来自身边的素材,结合世代传承的族群记忆,不断讲述祖先的历史。因此,从众多努尔哈赤传说文本中,我们既看到了他作为英雄人物的一面,也看到了他作为普通满族人的一面。这些讲述者身边的民俗文化就是传说形成的重要基础。伴随着传说的播衍,族群的生活世界也完成了一次又一次传承。

第 二 章

传说集群的文本分析

文本之于民间文学的重要意义无须赘言。口头传说因为其巨大的变异空间和难以掌握的文本数量,所以如何从传统叙事学的角度进行分析就显得困难重重。的确,一个传说可以有无数种讲法,短到一句话,长达上万言。陈泳超认为,"传说最稳定的基干,其实只是几个主要人物之间的关系"①。对于一则传说的异文来说,事实就是这样的。比如努尔哈赤传说中流传最为广泛的逃难传说,李总兵、小夫人和小罕子就构成这个稳定的架构,无论具体情节怎样变,人物关系是不变的。但这一论断在本书所研究的以一个人物为中心的传说集群中又有了不同的变化。由于文本的多样来源,人物关系的解释也就有了多样化的表现。如王杲和努尔哈赤的关系,就出现了姥爷与外孙、父亲与儿子、哥哥与弟弟等情况,这就需要我们从另一角度来审视这些文本。散存在民间的传说,本身的形成就极其复杂,再加上传承中的自然变异,以及书面文学的影响,想要在一个语境的平面上分析变得很艰难。不过,失去语境之外的书面文本却也残留其"生产过程"的印记,它能帮助我们正视努尔哈赤传说语域的谱系构成。

本章以 257 则短篇传说文本资料为基础,从探索"传说集群"的概念出发,构建努尔哈赤传说的集群模型,讨论不同时期采录文本在集群中的位置,认识"文本化"的影响,并集中分析传说的核心主题与典型叙事。

---

① 陈泳超:《作为地方话语的民间传说》,《北京大学学报》2013 年第 4 期,第 103 页。

第一节 传说集群的理论来源

民间传说研究视角的选择取决于文本的形态。对于古史传说的演变过程，我们已经有孟姜女研究的经典范式。对于族群源流的标志性传说，我们通常诉诸集体记忆与文化认同分析。对于历史人物的传说，我们更多的是从史实出发，寻找传说中阐发的民众历史观和民族文化内涵。以往对于传说文本的解读，通常以基干情节为核心，而一定程度上忽视了传说文本之间的另一种联系。换句话说，在描绘传说圈的过程中，并没有触及"文本化"所带来的文本样态的增长现象。

面对努尔哈赤传说文本的"共时产生"，即大多数的书面材料都是20世纪80年代以后的记录，因此，我们无法观察到一个内容嬗变的过程。可实际上，这些文本却又不一定是在一个平面上产生的。那么，它们有被放置在一起研究的理由吗？所谓的口述整理本与改编本之间有什么相似性？这些脱离了讲述语境，甚至仅为阅读而制作的文本，在书写的"格式化"中丢掉了哪些信息？这些问题都需要我们重新审视手中的传说文本，再做回答。

传说通常被定义为，"描叙某个历史人物或历史事件、解释某种风物或习俗的口述传奇作品"[①]。这是我们从中国本土浩如烟海的传说资源，及我们对于传说的基本认识出发作出的判断。其中，历史人物传说占据着很大的比重。我们不仅通过传说了解了历史人物的生平经历，还明晰了民众对他的价值判断。此外，现实生活周围的一草一木、亭台楼阁、山川风物，乃至俗语谚语、风俗习惯也都有被附加到历史人物身上，留下传说的例子。从这一点上看，历史人物作为一个原点，生发出的传说是非常复杂的，既有描叙性的，也有解释性的。可以说，历史化与地方化是传说的核心特征。正因为这一点，传说才不断地被人们自觉或不自觉地传播与汇聚，形成了传说圈、传说群。

唐戈里尼对传说下过一个定义，"从典型意义上说，传说是一个传统

---

① 程蔷：《中国民间传说》，浙江教育出版社1995年版，第6页。

的,(单一)情节的,高度生态型化的,地方化和历史化的叙事,它是在一个对话模式下作为可信事件来讲述的关于过去的事情。从心理学上说,传说是民间信仰的象征性再现,它反映了所属群体传统的集体经验和价值观"①。这个定义强调了民间传说作为一个叙事单元所应具备的一些要素,还有以可信性为核心的传说信仰体系,及对于传承者的心理诉求的观照。传说在其发生的情境中,预设了一个不熟悉地方文化的人接收信息的过程,它与其他叙事的不同点很大程度上在于传说必须具备的知识性,或者说是一种认知。

  本书是关于努尔哈赤传说的个案研究,如上文所述,传说有一个核心地域——新宾县,但却辐射到整个东北地区。在大量的文本搜集和整理过程中,笔者发现围绕努尔哈赤的传说可以自足地构成一个"传说集群",它们相互之间有联系,却又属于不同的生成系统。在多样的文本形态中,罕王叙事成为它们的交集,从最核心的口头文本,到最边缘的学术传记,中间夹带的或多或少的民间叙事充满了无限张力和可能。

  反思"传说集群"(legend cycle)概念的提出,最初源自于西方学者对于中世纪传奇的讨论。"cycle"也因此成为系列叙事的一个标志,如我们更多提及的史诗集群。西方术语并不能完全对应我们的传说材料,正如他们的"传说"分类与研究旨趣与我们有较大差异一样。中国的历史人物传说有着鲜明的特征,理应寻找本土化的实践策略。

  传说集群的现象是普遍存在的,它以一个地方性的历史人物作为标志性中心,兼容了不同形式的文本来源,但其共同点在于人物形象的塑造体现有核心性的集体价值和信仰,而这种集体观念正是集群形成的基本原理。无论这些传说文本是否符合理想的民间口头叙事的生成规律,它的文本都是指向一个由平面到立体的历史人物塑造轨迹。

  鉴于以上思考,有必要简要梳理一下对传说集群概念的形成有着较大启发的三个理论来源,即中世纪传奇、传说圈和英雄诗系。

---

① Timothy R. Tangherlini, *Interpreting Legend: Danish Storytellers and Their Repertoires*, New York: Garland Publishing, 1994, p. 22.

一 中世纪传奇

中世纪是一个欧洲文明概念，大体上指公元5世纪至15世纪欧洲历史上的封建制度时期。中世纪文学的特征在于其宗教思想的渗入，主要类型有宗教文学、英雄史诗和骑士文学等。而所说的中世纪传奇也是骑士制度下的产物。"传奇作品的人物塑造都是标准化和类型性的，所以有时同一个主人公会在不同的传奇故事中出现，有时同一事件会在同一传奇故事中反复出现。"① 虽然历史背景与具体的生成环境迥异，但还是可以发现传奇文学的基本特征与我们见到的一个历史人物的传说有很多相似之处。比如努尔哈赤传说中"逃难""萨尔浒大战"等情节就反复碎片化地出现。

中世纪传奇通常是关联一个核心人物（central figure）或者事件（event）的多个传说，而这样的一组传说也被称作传说集群。如亚瑟王和十二圆桌骑士的传说就被冠以"亚瑟王集群"（Arthurian Cycle），而在某一地域流行的传说也可以称为集群，像北爱尔兰的"阿尔斯特集群"（Ulster Cycle）。② 尽管有些中世纪传奇在发展过程中，随着宗教元素的强调，而演变成了"圣徒传"模式，不过，那些另有目的的书面文献显然与本书的讨论无关。

以"亚瑟王集群"为例，它的形成是中世纪传奇的一个标志性文本。虽然说对亚瑟王的历史真实性还存在质疑，但循着传说文本的形成过程，可以发现从早期的凯尔特人口头传统，到杰弗里（Geoffrey）搜集整理的散体拉丁文的《不列颠国王史》，再到瓦斯（Wace）用诗体法文翻译的《布鲁特传奇》，以及拉亚蒙（Layamon）用中古英语改写的诗作《布鲁特》③ 等文本，英雄人物形象逐渐清晰与丰满，并且当故事已经完全脱离口传语境后，仍在书面文学中不断地被发掘，直至当代，仍成为小说、

---

① 侯维瑞主编：《英国文学通史》，上海外语教育出版社1999年版，第17页。

② Jacqueline S. Thursby, *Story: A Handbook*, Greenwood Folklore Handbooks, Westport: Greenwood Press, 2006, pp. 34–35.

③ 参见肖明翰《中世纪浪漫传奇的性质与中古英语亚瑟王传奇之发展》，《四川师范大学学报》2008年第1期，第75—81页。

戏剧、电影创作的素材。这些来源不同的语料虽然被整合成不同文类，而不变的是人物的核心元素与民众对于英雄的渴望。亚瑟王集群提供了西方视角下历史与神话的结合范例，特别能被热衷于把自身神话化的社会所接受。①

另外，诸如《贝奥武甫》《罗兰之歌》《尼伯龙根之歌》等欧洲史诗也是在这一阶段形成，它们也或多或少地源自民间传说的汇编。这项工作通常由一个人来做，但并非一代人来完成。形成长篇叙事的过程是缓慢的，可是一旦形成，即便是因为某种原因而导致再次打散，但它仍然具有再复合的可能，而这个复合并不是原版复制，它将成为创编的另一个"作品"。

提及传说，总被贴上"历史化与地方化的传统口头散文叙事"②的标签。人们对于某种真实历史的探索往往从身边的实物出发，这就是传说的解释经常遭到怀疑的原因。但传说的价值并不在反证历史，而在于"它所反映的讲述群体对社会与历史环境的阐释能力"③。中世纪传奇研究让我们对中国传说的判断有了不同的理解。具体地说，是对于本书所思考的个人与传统的关系及长篇叙事的繁盛与衰落有参考意义。

二 传说圈

传说圈是中国传说研究中经常会用到的概念。从文本搜集看传说流布，再从流布范围看传说演变，已经成为讨论历史传说的基本操作规程。通过对传说圈的把握，可以使我们更清楚地看到一则传说（类型）在某个地域内的存在。

柳田国男在《传说论》中是这样阐释的，传说"在固定的小集团内谈论着……这就是一般人对传说所抱的态度。这个'小集团'有大有小，因之，也就又被人们分成为'著名的'或'不著名的'，而又形成了传说

---

① ［英］吉利恩·比尔：《传奇》，邹孜彦、肖遥译，昆仑出版社1993年版，第36页。
② Timothy R. Tangherlini, "Legend", Carl Lindahl, John McNamara, John Lindow (eds.), *Medieval Folklore An Encyclopidia of Myths, Legends, Tales, Beliefs, and Customs Volume* 2: *L - Z*, 2000, p. 588.
③ Ibid. .

的另一特征。为了研究工作上的方便，我们常把一个个传说流行着的处所，称作'传说圈'"。① 传说圈是认知传说的根本，但不能因为聚焦于单个传说圈而忽视了对传说本身的交流状态的关注。从微观上讲，传说是围绕"传说核"而生长的；从宏观上讲，成为传说核的实物却又是类似的。也就是说，"传说有圈，说明传说作品是地方的，从不是全国的、全民的。但圈的叠加、交错，使传说在总体上是全民的、全国的"②。一般来说，人物传说，特别是历史人物传说，他/她的传说圈是与其生活轨迹相符的，但也有像关公传说这样全国都有分布的情况。传说圈的概念为努尔哈赤传说设定了一个大致的范围，而通过辽宁、吉林、黑龙江各省的类型分布图，又为我们细致地描绘了更小区域内的传说圈。

另外，对于一个传说圈是人物传说圈、历史事件传说圈，还是风物传说圈的判断也需要谨慎考虑。比如努尔哈赤传说中流传最广的"逃难"主题就属于典型的多层级传说圈。这个传说在东北各地的满族民众中大都有讲述。就这样一则传说，我们很难将它放置在单个传说圈内，因为这段叙事不仅是人物的身世传说，其逃难经过的地方也都有地名传说，搭救他的动植物也都有风物传说，有的还发展成信仰传说。在民族性方面如此复杂的表达内容，已经超越了普通单一类别划分归属的可能性。我们必须从泾渭分明的分类思想中走出来去面对具体的传说集群。

传说圈大抵依照传说核来划分，而传说核，笼统地说可以替换为"地方风物"的概念，这样风物传说圈就有了更大的阐释空间。乌丙安从这一角度提出，历史人物的传说群形成的风物传说有三种构成形式。本书研究对象努尔哈赤传说属于第一种，即"特定地方的某一个历史名人的传说群所构成的风物传说，多由一系列风物标志一个人物的传说为其形式"③。也就是说，新宾县流传的罕王传说在地方风物传说的构成下已经具备集群化的特征。

---

① ［日］柳田国男：《传说论》，连湘译，中国民间文艺出版社1988年版，第49页。
② 邹明华：《传说学的知识谱系：解读柳田国男的〈传说论〉》，《民族文学研究》2003年第4期，第92页。
③ 乌丙安：《论中国风物传说圈》，《民间文学论坛》1985年第2期，第18页。

三　英雄诗系

对英雄诗系（epic cycle）的相关认识来源于西方学者对荷马史诗的理解。他们最初将一些传统史诗篇目都视为"荷马的作品"。这种回溯印证的观念，在后来的学者，特别是口头程式理论学派的探索中逐渐得以明晰，一个渐进形成的古希腊荷马式的史诗体系也得以再发现。就"英雄诗系"本身而言，存在不同的翻译，有"成套史诗""联篇的一套史诗""史诗始末""史诗集群"等，但都是指向有联系的甚至完整的文本体系。它的出现或者说被发现，对应着这样一种观点，即"继荷马之后，诗人们又以特洛伊战争为背景，创作了一系列史诗，构成了一个有系统的史诗群体，即有关特洛伊战争的史诗系列"[①]。这些发生在《伊利亚特》故事前前后后的内容，让我们可以设想，它们就是已成为片段的史诗章节，原来曾经属于一个体系。此判断很大程度上是基于将作者归为荷马，将文本看成是他创作的残篇的想象。于是，诗系（cycle）这一翻译与集群相似，它的基本意思可理解为，故事可以首尾相接围成一个圆圈的作品。[②] 故事的闭合性我们暂且不论，仅就关联性而言，对本书短篇与长篇并置的传说文本就有极大的启发意义。据此，我们有理由设想本书谈及的努尔哈赤传说中的一些短篇传说正是历史上某个长篇的片段。

诗系本是建构的一个关于宏大叙事与片段文本之间关系形成的解释。如荷马史诗，在《伊利亚特》与《奥德赛》背后一定关联着复杂的系统，而零散的残篇则牵涉到两大史诗文本的生成过程，它们之间必然存在着某种关系。[③] 文本之间的相互指涉性来自叙事传统本身的张力。传说集群正是兼容各类文本的仓库，它们不仅在属于自己文类的"货架"上排列组合，也可以通过"货物"流通实现重组，这亦是"长篇"形成的资源保障。

回到"英雄诗系"同义概念的最初应用中，也就是史诗集群，"各个

---

① ［美］阿尔伯特·洛德：《故事的歌手》，尹虎彬译，中华书局2004年版，第434页。
② 程志敏：《荷马史诗导读》，华东师范大学出版社2007年版，第59页。
③ Ingrid Holmberg, "The Creation of the Ancient Greek Epic Cycle", *Oral Tradition*, Vol. 13, 1998, pp. 456–478.

诗章拥有共同的主人公和共同的背景，事件之间也有某些顺序和关联。核心人物不一定是每个诗章的主人公，但他往往具有结构功能"①。在这里，核心人物更重要的是起到纽带作用，与前面中世纪传奇所说的系列叙事又有所不同。反观本书讨论的传说，也是如此，努尔哈赤并不是所有文本中的主角，有时他是反角，有时是配角，甚至仅是一个背景式的人物。不过正因如此，文本才变得更加丰富多彩，传说集群的内涵和外延也都得到扩展。

四 传说集群的界定

上述三种理论，可以理解为是对一个系列化语料归类和整合的思考，无论是人物事件系列、主题类型系列，还是作者传统系列，都为本书进一步阐发传说集群提供了可靠的参考标尺。因此，当传说集群落实到中国历史人物传说上时，便有了从民间口头传说开始的，如水波纹一样的展开。对这个序列的探索也为后文深入阐释传说集群中文类的演变问题奠定了基础。

在对传说集群概念理论来源的梳理中，我们集中呈现了分析努尔哈赤传说文本前需要讨论的一些重要问题，汇成一句话就是，如何看待手中的文本。虽然，不同叙事传统对于民间口头叙事的思考方式之间存在差异性，但不可否认，它们让我们重新认识了看似混杂的民间传说文本所具有的重要理论价值。

具体来说，传说集群可以定义为关于一个历史人物的地方性叙事的组合，通常以口头传说作为核心文本，并且这一地域或者族群，存在或者曾经存在过类似人物主题的长篇讲述。同时，现在仍有流传，即活态性，也是衡量传说集群成立的关键要素。这是对当代社会中的口头传统问题的一个回应。事实上，我们面对的文本早已不那么"纯粹"。

换句话说，我们所掌握的文本，不管是他人整理的还是自己根据录音整理的，都已不能够证明其"原始性"。这里特指那些原初的浪漫主义

---

① 朝戈金：《口传史诗诗学：冉皮勒〈江格尔〉程式句法研究》，广西人民出版社2000年版，第13—14页。

思潮下的理想观念。在非物质文化遗产保护已经"普及"的今天，现在的传承者们大多熟悉了相关的问题框架。经常接受采访的人已经知道每个故事都要有一个传承的历史，而他们自己的角色将只是传承谱系中的一环。实际上，很少有人明确地指出，自己多大程度上对传统做了改变，或许这本身就是伪命题。就此类民间叙事而言，传承意味着变异性大于稳定性，多元性取代单一性。我们需要承认，学术实践的去伪存真还在于正视材料本身。

目前，就笔者所搜集到的文本语料来看，主要是两个时代的资料本，即"集成时期"和"非遗时期"。前者一般只剩下文本，后者还存有录音或者录像。二者的相同点是都可认定为科学的资料整理本，即在文字整理过程中应用了民俗学田野作业调查方法的相关原则，并附有搜集时间、地点和流传地域、讲述人和整理人等相关信息。除此之外，还有大量的文本是地方文化建设与旅游开发过程中出现的传说文本。这一类传说在文字处理上大多进行了修饰，文学色彩也更强烈，叙事结构相对严谨，但一定程度上还是保留了口语色彩，行文较为通俗易懂。每篇传说在结尾部分一般也有标注讲述人、整理人或某人搜集整理等类似民间文学的信息。但实际上，这种汇编文本与口述记录的文本可能存在差异，即讲述人可能是多个，在片段化流传中形成了书面传说。

因此，传说集群的模型建构也表现为不同的层次。从传说学的角度出发，就是多个传说圈的存在。这种多层次化通常以口头传说为核心，并向书面传说、"长篇"传说、作家小说、学术传记以外扩展。它一方面表现为某种叙事长篇化和历史化的倾向，另一方面多种层次也使得不同文类的核心叙事汇聚在一起，将更广泛意义上的民间叙事资源，如神话、故事、谚语、说唱等交汇在一起，且不断地生发新的叙事文本。以上五种"叙事体裁"并不能涵盖努尔哈赤叙事谱系的全部，在口头流布的传说与书面创作的故事之间，在作为文学的"长篇小说"与作为学术的"历史传记"之间，展示出集群现象的丰富色彩。

口头与书写问题是近来学界关注的一个焦点所在，而区分这两者的关键之处并不在于是用口头表达还是诉诸文字，而是在于口头与书面背后所代表的不同叙事风格。但传说文本先天具有的历史性模糊了这一界限清晰的对立面。比如，关于努尔哈赤的小说中就包含了大量的传说、历史及作家的想象。这些语料混合在一起，如果参照原有的民间传说，我们可以发现那些属于民间的叙事成分是如何被进一步利用，又是怎样在作家笔下进行"跨文类"的表达。毋庸置疑，在讲述空间极度压缩的条件下，口头抑或书写的叙事风格必然是今后持续研究的重点，而传说集群的外层结构也会逐步得到扩展。

此外，对于传说集群的分析也应该从统计学的角度出发，寻找核心的传承地和传承人，并分析传说化的生长点及结构特色。当我们对一个历史人物的传说文本进行统计的时候，可以看到有哪几个重要因素在他的生平轨迹中能够被赋予，甚至是附会成传说的。围绕这些特征就可以构建出传说的核心主题。

就本书讨论的内容来说，我们聚焦于努尔哈赤叙事谱系中的一段模糊地带，发现了一个正在形成中的长篇，它的形成过程使我们可以看到传说与多种文类的交流与影响。这是后面将要讨论的内容。抛开文类问题，相当数量的文本与我们理想的传说不一致也是不可忽视的事实。这些有着复合结构的叙事是本书讨论传说集群的关键部分，而它们的来源也是各异的。

第二节 努尔哈赤传说的集群化

努尔哈赤传说为我们验证的由域外学术理念产生出的本土传说集群概念提供了个案材料。本节通过对传说文本的并置，推演其集群化的生成过程与复杂结构。同时，思考民间传说的"文本化"及"文本性"这一以往疏于回应的民间叙事研究的核心命题。因为，所谓的集群化的呈现方式一定程度上是经由文本化后才得以呈现的。

努尔哈赤的传说群，并不是笔者最先发现的。早在20世纪80年代，孟慧英就已经对此现象有所论及。她认为，努尔哈赤的传说主要有两类，其一是散在传说，它们是不相连贯零散存在的故事；其二就是集中存在的努尔哈赤传说群，这类具有连贯性传说的文本集中体现在《女真谱评》

和《南北罕王传》中。① 本书对努尔哈赤传说集群的阐释希望从更宏观的角度开展，即在一个罕王叙事的语域内构建模型。

一 民间传说的文本构成

传说的语料之广不得不用浩瀚无边来形容。凭借个人的能力是无法穷尽所有的传说文本的。好在有数本选集的出版，才令努尔哈赤传说研究可以进行下去。笔者在"阅读"这些结集出版的传说时常产生一些困惑，即好多篇目与教科书中对"民间传说"的限定有不同之处。在现实的材料面前，传说的丰富性得到了最大限度的展现。当下来看，与其说口头流传是传说的一般传播样态，不如说书面阅读已经成为我们获取名人轶事和地方知识的主要途径。某个传说主题（类型）很难由一个人"全部"讲述，一般也没有"传说家"的定义。传说的目的隐含着一种知识与信息的传递，可以由任何人来完成。

在概括努尔哈赤传说集群特征之前，我们有必要梳理一下重点文本的成因，即还原其文本化过程。这一操作的意义在于，能够更为深刻地理解该类文本在集群中所处的位置，以及与其他文本之间的联系，这里选取了包含努尔哈赤传说较多的五种文本集。

1. 《中国民间文学集成辽宁卷·新宾资料本》第一分册

由新宾满族自治县民间文学集成领导小组编，1987年2月出版。共搜集100篇满族民间故事。编为七辑：第一辑为满族神话；第二、第三辑为满族英雄传说（罕王身世传说和有关罕王的地方风物传说）；第四辑为满族人物传说；第五辑为满族地方传说（同时包括地方的动植物传说、土特产传说和地方的风俗传说）；第六辑为满族幻想故事；第七辑为满族生活故事。书后还有吴国柱绘制的新宾风物传说图（见附录二），详细标注了书中出现的地方风物的具体地理位置和分布。其中第二、第三辑共有罕王传说51则。

2. 《罕王的传说》

由新宾县文化馆编，1984年7月出版。内容分四个部分：关于罕王

---

① 卉茵：《论努尔哈赤传说的民族特征》，《民间文学论集3》，第30页。

始祖身世的传说；有关罕王的地名传说；动植物传说；努尔哈赤以后，几个清朝帝王将相在新宾的传说故事。共收录罕王传说40则。

1和2两个选集中关于努尔哈赤的传说大体相同，选录的都是集成时期搜集的在新宾地区流传的文本。

《罕王的传说》前言"编者的话"中，清晰地阐明了当时的文本形成过程，"还有一点需要郑重说明的是，这是一个资料本，因此，我们在整理时，做到'忠实记录，慎重整理'，我们一般都保持了原貌。就是对于那些明显地存在着天命观与封建迷信的地方，我们除做必要说明外，一般也没有剔除。这些地方反映了历史的局限性，我们应当有批判地、历史地正确对待。另一些，像出现白胡子老头、人参精等，则是人民群众在特定历史条件下，一种幻想的表现，这在一般民间文学作品里都是常见的，对此，我们也应当把它与封建性的糟粕相区别对待"①。在特定的历史时期，从文本的科学采录到文字的出版，依旧受到一定的制约，而对这种情况的解释，不能简单归咎于时代原因，因为每个时代都有不同的需求，对民间文学也是一样。这正是我们讨论文本化的意义所在。

3.《清太祖传说》

由金洪汉编，春风文艺出版社1987年4月出版。共收录罕王传说64则。分为身世篇、创业篇、地名篇和风物篇。

编后记中记述了这本书的形成是在《罕王的传说》基础上，又得到了黑龙江省、吉林省、沈阳市民研会的帮助。金洪汉在谈到传说的编选原则时指出，"为避免出版的重复，减轻读者的负担，主要是选编了从未正式发表的故事。有些发表的，或属异文，我在附记里略微做了一些说明，以供参阅。可是既称专集，又不能不考虑到罕王形象的完整性和历史的系统性，所以也从其他书籍中收入七篇"②。在这本传说集的序言中，乌丙安认为，"这种历史人物传说的口头流传轨迹是十分典型的，一个英雄人物的传说群，往往是由他的历史活动及行踪线索在特定的地方上串

---

① 《罕王的传说》（内部资料），新宾县文化馆编，1984年版，第6页。
② 金洪汉编：《清太祖传说》，春风文艺出版社1987年版，第241页。

联起来的,这本传说集出色地再现了这种口头传说的产生、流传状态"①。可见,历史人物传说具有典型性与整体性已经是一个普遍共识。

4.《启运的传说》

由曹文奇主编,辽宁民族出版社2003年8月出版。共收录与前面选集不同的罕王传说34则。分为启运篇、创业篇、远古神话篇、地名篇和风物篇。

这个选集是在之前出版的资料本的基础上整理而成。因为当时抚顺市与新宾满族自治县政府筹办满族风情节,所以安排抚顺市社会科学院新宾满族研究所新编了这部书,为此又再次到民间进行征集,得到数十篇满族故事。"这些故事,有的与前几年所征集的内容相似,但由于来源于不同人的讲述,内容略有不同。也有的是新挖掘出来的故事。……我们查阅了大量的典籍、文献,发现这其中有前金故事和外地的民间传说痕迹,但内容都不尽相同,我们觉得这些资料很珍贵。但由于传承人的局限性,因此内容也好坏参半。另外,各故事之间、内容上也有矛盾之处。这样读者只能自己来去粗取精了。"② 这一选集就是上文提到过的以展现地方文化与民族特色为初衷的传说集,文本上既包括民间传说的成分,也有不少文学创作与加工的内容。

5.《满族民间故事·辽东卷》

由夏秋主编,三卷本,辽宁民族出版社2010年12月出版。共收录与前面不重复的罕王传说33篇。这次满族民间故事的调查地是辽宁省的清原、本溪、新宾、桓仁、岫岩等满族自治县和沈阳市东陵满族乡。笔者也有幸参与了桓仁组的采录与调查工作,获得了不少与努尔哈赤相关的文本资料。

编者在后记中对这套选集的文本化过程是这样描述的:"在修订故事文本过程中,对原始记录完整的文本,我们直接进行整理;对原始材料有文化史价值但不够完整的,参考同地区不同讲述者的不同讲法进行综合整理。在整理时有的需要重新听录音,捕捉有价值的信息,保留讲述

---

① 金洪汉编:《清太祖传说》,春风文艺出版社1987年版,第4页。
② 曹文奇编:《启运的传说》,辽宁民族出版社2003年版,第3页。

者语言与口语化的风格。"① 这套新近出版的故事选汇集了不同时代的讲述人和讲述版本,为了实现阅读取向进行了必要的整理与加工。

的确,综观这些文本集,可以发现记录的初衷都是以口述为基础的,但实际整理中却不得不面临这样或那样的问题,不过,这也是文本化过程中在所难免的。除上述五种外,笔者还搜集到诸多民间文学选集中零星的文本,再加上查树源的采录文本,共同构成了努尔哈赤传说集群的核心部分,即从口头到书面的零散化生成的短篇传说。但如果仅是这样的话,那么还不能称作传说集群,因为缺少必备的外延层次,也就是说,我们需要发现这些散见文本之间存在的内在联系,特别是隐藏的关于长篇叙事的线索。

二 传说集群的模型

传说集群的提出,是建立在对民间传说文本的辨别上的。如前文所述,传说在文本化过程中往往在强化作为风物的传说核的同时,也包含了单篇传说之间可能存在的矛盾。当我们把众多传说文本放置在一起的时候,一些已经断裂的"长篇"碎片或许能意外地呈现在眼前。将不同目的的文本集打散,按照内容排列,也能发现一些与传统意义上口头传说有所区别的"另类"篇目。它们明显与历史更加贴合,可以视为历史化的民间故事,而脱离了传说叙事的结构要求,有的甚至标注上了具体的历史年代。

虽然不能武断地否认这些传说的口头来源成分,但至少可以认定它们的书面文学色彩是相对浓厚的。惯有的思维让我们考虑是否可以将这些文本放到一起讨论,理由是我们更加相信那些自己搜集的材料的真实性和可靠性。但从另一个角度来看,这么做不仅不会对口头传说的内容产生影响,反而会在某种程度上更加全面地反映罕王传说的现实状态。这些改编本同口头文本一样,也是罕王叙事中的有机组成部分。

除文本必然丰富外,传说集群成立的另一个重要因素在于多元中心

---

① 夏秋主编:《满族民间故事·辽东卷》,辽宁民族出版社 2010 年版,第 527 页。

的传说人物群。普通的民间传说通常是对一个人物、一次事件、一种风物或风俗的解释，而罕王传说的涌现并不是努尔哈赤本人的"独角戏"。在传说的整理过程中可以发现，包括努尔哈赤的亲属、将领，以及敌人，甚至平民百姓都是传说的主要人物，努尔哈赤往往成为配角。正是这样的人物群像，塑造了丰满的英雄努尔哈赤，也为传说集群的外围叙事和艺术创作提供了保障。

总而言之，如果把传说集群的主体看成一棵树的话，居于核心的努尔哈赤身世传说就是主干部分，散播的地方风物与风俗传说如同枝叶，将罕王与满族人或者地方民众的生活紧密联系起来，沟通了过去与现在，历史与现实。

努尔哈赤传说集群的中心部分是由众多短篇民间传说构成的，它们之间既互有关联，又明显属于不同的体系。下面就其中五个生成过程迥异的典型长篇或类似长篇文本，来探讨传说集群的外围结构。

1. 佛托老母与佛三娘的系列故事

在众多罕王传说的文本中，查树源讲述的最多，仅出版物中就有21篇。其中一些传说多次提到了"佛托老母"与"佛三娘"两个人物，并且具备前后关联的故事发展顺序。从《小罕学艺》中努尔哈赤与佛三娘订婚后，去找佛托老母学艺，两人分离，到《欢喜岭重逢》两人相聚，再到后面《插佛拓的来历》中大战萨尔浒，佛三娘身怀有孕仍坚持出战，最终阵亡，佛托老母也再次下山大破迷魂阵，帮助罕王取得胜利，此外，还有《佛三娘观星》这样的小段，种种迹象似乎暗示着这些前后呼应的文本曾经属于同一个叙事序列。而且，围绕它们的文本并不与其他传说发生联系，也不同于一般意义上的根据传说核而产生的单一情节、独立结构的民间传说的特质。因此可以明确的是，这些传说本不是来自同一个单一核心的传说母体，而是形成于不同的机体，唯有这样传说的集群化才能实现。也就是说，我们不能简单地把整理出的民间传说文本看成是同质化的文本进行分析，而应该有区别地加以对待。

另外，佛托老母与佛三娘系列故事的结局是留下了满族人插佛托的风俗和一个秘字"甶"（查树源认为这个字念［fó］，就是佛三娘的姓氏）。《一字王侯》传说中提到，乾隆年间，刘墉开科取士的时候，皇帝添了一道认字谜语的小题目。"田字出了头,不念申甲由,谁要认得这个字,封他做王侯。"借此想要寻找对爱新觉罗有恩的由家后人。实际上,这个"由"字念[fú],早在甲骨文中就出现过,本义大致是人头,也称为鬼头,引申为祭祀中的祭品。"田字出了头,不念申甲由"的谜语也较为常见,但其谜底一般也不会是这个不常用字。

由此,或许可以从另外的角度理解这个传说的产生,即插佛托原指满族人在坟头上插着的五彩纸带,而如果从祭品的角度就能将二者相连,并由此生发出拂尘与道姑等一系列的故事,这样"佛托老母"就顺理成章地住在了辽东道教圣地九顶铁刹山八宝云光洞了。于是,传说的叙事便逐渐丰满起来。但这仅是笔者的一个断想,意在说明,看似寻常的民间传说本身所存在的历史复杂因素和复杂结构,不可以在同一平面上审视文本。

2.《南北罕王传》与《女真谱评》

这两个文本的全部内容,笔者虽没有见到,但作为传说集群中的一个部分仍不能略过。

傅英仁的《南北罕王传》是,"努尔哈赤传说的集大成者,但它的形式则采取了章回小说的表现特点,它有回目,二十六回'讨外兰聚义联盟,惧尼堪加害罕王',二十七回'放巧计罕王脱险,栖鹰阁罕王斗敌'等,它把不同时期的努尔哈赤故事连缀起来,使它初具章回小说的整体性,连贯性的特点"①。以上分析说明,经过整编的努尔哈赤传说是完全能够成为长篇文类的,无论是传统说部还是章回小说形式。

马亚川的《女真谱评》原版中据说也有六十多个努尔哈赤故事,都是通过回忆小时候看过的先人留下的相关文本编辑整理的。可惜,目前出版的书中并没有金代以后的内容。在《双城民间文学集成》中收录了他"笔述"的《李成梁再次考察努尔哈赤》《逃出总兵府》《努尔哈赤计陷李成梁》《迎战之夜》《互定计谋》《佛像收服苏完部》《古勒山大破九部兵马》《美人计》《萨尔浒之战》《计夺沈阳》《旗人的来历》等努尔哈赤传说,还有《王皋被杀》《王皋骗婚》《兀剌暗中定计》《布占泰杀妻》

---

① 卉茵:《论努尔哈赤传说的民族特征》,《民间文学论集3》,第57页。

等相关篇目。

3. 满族说部《元妃佟春秀传奇》①

这是一部讲述努尔哈赤元妃佟春秀故事的满族长篇传统说部作品。《元妃佟春秀传奇》由新宾的张立忠讲述，张德玉、张春光、赵岩记录整理。故事讲述了侠女佟春秀在媳妇山遇劫，力敌四寇，巧遇努尔哈赤，结下姻缘。婚后，佟春秀辅佐罕王，呕心沥血，最终因积劳成疾，英年早逝。这部书反映了从爱新觉罗先世到努尔哈赤大破九部联军的历史。虽然主人公是佟春秀，但仍不失为是关于努尔哈赤的长篇叙事。

据流传情况介绍，张立忠本与满族佟佳氏无瓜葛，他因在市集赶牲口，结识了车马大店的掌柜，而他们都是抚顺的佟佳氏，经常在晚饭后给客人们讲述这位祖上姑奶奶佟春秀的传奇故事，张立忠就这样听闻并记录下了这部长篇作品。

4. 徐爱国的《天命雄鹰》

笔者并未对徐爱国进行访谈，但通过了解，认为他讲述的《天命雄鹰》也应属于传说集群中的长篇过渡形态，属于"以传统为导向"的典型文本，现根据高荷红的调查简述如下：

徐爱国是新宾满族自治县的初中语文老师，大专毕业，写作过数十万字的努尔哈赤传记，名为《天命雄鹰》。同时，他可以用评书的形式进行讲述。"徐爱国熟练掌握书写，还受到了刘兰芳说评书的影响，他的语言是程式化的。在徐爱国的创编过程中借助了书写工具，《天命雄鹰》创编后以书面形式流通，在新宾地区较有影响，并且他在电视台还以说评书的方式讲过多次。"②《天命雄鹰》中的内容大多数是民间流传的努尔哈赤的传说，主要包含新宾当地传承和他自幼听到的讲述。作为语文老师，徐爱国有能力阅读和改编一些已经出版的民间故事，并吸收到他的讲述中。他通过撰写这部作品，不断回忆父辈、祖辈讲过的故事，搜集整理一些文本，并有意识地进行创编。简言之，他的《天命雄鹰》仍以

---

① 张立忠讲述，张德玉、张春光、赵岩记录整理：《元妃佟春秀传奇》，吉林人民出版社2007年版。

② 高荷红：《关于当代满族说部传承人的调查》，《黑龙江民族丛刊》2010年第2期，第144页。

故事的形式书写，以新宾的叙事传统为基础，虽然形成了文字，但还是属于口头传统的范畴。

通过对以上五种文本的介绍，我们从民间传说的最基本形态，逐步过渡到了长篇文本的样态。不过必须承认这些长篇都还只是口头创作的延续，和外层的书写扩展文本不属于同类。一般认为，传说是一个具有相当广泛含义的概念，当其被约定在民间叙事中，特指那些源于口头或经过口头整理的文本，篇幅较短。然而，传说所具有的可信性与传奇性又使它并不局限于民间口头版本，作家的小说写作也将其视为重要素材。或许可以把评书形式的《努尔哈赤》[①]视为中间样态，这样便可以更清晰地标明二者在语言与风格上的差异。

关于笼统意义上的口头传承的文本以外的作家文学，即努尔哈赤小说以及学术传记，即努尔哈赤的历史学叙事，本书将不作详细阐释，但作为传说集群的外围衍生文本还是需要明确的。综上，努尔哈赤的传说集群渐渐清晰，为我们勾勒出集群内层驳杂的文本共生与发展的谱系。

三 文本化影响下的传说集群

对于传说集群概念的应用，本书以努尔哈赤传说个案为例，通过汇聚分层的方式将文本与文本之间的关系进行了排列组合，进而区分出传说集群的不同层级和它们之间的从属关系。当然，这些分析只是初步的。以往我们对待文本的方式基本上是从文本内部结构分析、文本外部语境分析与文本化生产分析三个维度出发，这样的过程缺失了对文本自身以外的关注，即文本间关系的考察。而这种文本相互的指涉性在努尔哈赤传说集群中表现为叙事传统下的多样貌呈现与跨文类聚合。

经过田野调查和文献整理而获得的文本带有复杂的干扰因素，而剥离其中纷繁复杂的文本来源与文本生产过程则是进行文本分析的一个必要前提，简言之，文本需要对号入座，不同文本之间并不是毫无联系的。只有对文本化和文本性问题的合理性诠释充分透彻时，文类的一些问题

[①] 网络上可以找到单田芳和刘兰芳的评书版本。

也就会自然而然显得清晰。传说作为外延非常大的叙事文类,所能囊括的文本也非常之庞大。从这个意义上,文本化必然成为影响传说集群的重要因素。

先回到传说集群概念的三个来源。努尔哈赤传说的集群化修正了我们对于这三种理论的理想构拟。中世纪传奇是"关于历史人物的系列传说",而传说集群范围更广,是"历史人物传说的复数表达"。形成某一类传说的传说圈并不能涵盖集群的概念。当代传说的搜集经验告诉我们,传说已经处在大规模的生产中。随着传说的目的性"创作"程度加深,传说圈的范围可能发生变化,而且是背离口头文学意义上的变化。"如果说,讲述人的讲述和采录人的整理都是民间文学体裁叙事的表演行为,那么,他们的表演行为都既有各自的权利也有各自的责任。"[①] 这些制造的新文本有解构原有传说的倾向,到那时,破碎的长篇英雄叙事将被重新捏合,至于是否认同唯一的原作者,权利完全掌握在书写者手中。

通过文本考察,我们发现文本化的实践过程可能与讲述者的初衷相违背,而是带进了整理者的意志。这不仅是"去语境化",甚至是"再语境化"的。然而,事情可以从两方面来看,"去语境化"与"再语境化"可能本就是一个过程。当文本脱离讲述语境后,自然就产生了一个书写语境。

总而言之,文本化对传说集群的影响可归纳为三个方面:

第一,文本化使传说集群的展现成为可能。传说掌握在更多人的口中,在难以进行大规模调查的情况下,已有文本是不可多得的资源。传说活态讲述的传统语境已经难以为继,而文本化为传说的现代传播提供了新的媒介。就本书来说,只有当文本化的数量达到一定程度时,集群化的关联才会显露。

第二,文本化造就了传说集群的核心层次。记录、搜集整理与笔述,代表着三种不同的文本化方式,它们的复杂性与多样性在传说集群的框

[①] 户晓辉:《民间文学:转向文本实践的研究》,《中国社会科学》2014年第8期,第181—182页。

架里是兼容的。同质的传说文本不再拥有标准化的结构。文本化过程让我们意识到文本世界的丰富，口语叙事风格下，口头与书写的差异也并不是绝对的。

第三，文本化重构了文本语境，提升了传说集群的阐释空间。单纯的传说记录可以在书写中实现"扩充语境的文本"，即增加采录信息和访谈内容，或者如满族说部一样，附有故事流传始末考证。读者了解到文字之外的文本化过程，能更大程度上贯通既有的知识脉络，这些内容都为进一步解读文本提供了帮助。

第三节 核心主题

主题是叙事文本研究的一个重要维度。它经常成为意义表达的核心内容。努尔哈赤传说涉及的叙事情节非常广泛，几乎包括了努尔哈赤一生所有的重要历史事件。但传说终究不是历史，仍然存在民间叙事的规律。因此，在这里需要对使用的主题加以界定。"作为主题学研究的对象，并不是个别作品中的题材、情节、人物、母题和主题，而是不同作品中，同一题材、同一人物、同一母题的不同表现以及它们之间的联系。"[①] 从努尔哈赤传说中筛选出适当的主题加以分析，可以考察民间人物传说的生长点，并且也为后面讨论的英雄传说模式提供支撑。文本之间的关联正是传说集群的显著特征。努尔哈赤传说的几大主题凝聚了大量的文本，它们互为异文，却又超越单个异文的价值，成为集群中的结构个体，共同搭建了传说的基本框架，也派生出拓展为长篇叙事的可能性。

同时，主题自身所具有的话语张力，方便了叙事的自由发挥，在有限传说核的基础上赋予了文本更大的空间。主题角度的分析可避除历史起源的复杂问题，并可以任意地张开研究视野。[②] 努尔哈赤传说的主题很

---

① 陈惇、刘象愚：《比较文学概论》，北京师范大学出版社1988年版，第247页。
② 万建中：《刍议民间文学的主题学研究》，《民间文化》2000年第7期，第43—45页。

多，本节拟就其中五个涵盖文本较多的核心主题展开。

一 出世

出世是人物传说的基本主题，各类能形成传说的名人一般都有着非凡的出生经历。努尔哈赤作为帝王，自然也不例外。他的出世传说带有帝王出世惯有的天命观色彩。不同的地理环境和风物也对出世传说的形成产生了影响。人物出世不仅指出生的经历，这里也把授命于天的"悬龙"与"神树"传说归到出世主题中，意在说明出世本身虽作为人物身世传说，可一旦与地方风物结合，就加入了更多的可信性因素。出世主题的普遍意义在于，将历史名人降生的非凡性打造成为了人们崇拜的理由。

努尔哈赤的出世传说有以下三个主要类型：

1. 转世型

《神鹰转世》中，额穆齐做了一个梦，她"梦见天空电闪雷鸣，狂风怒号，突然天目打开，一只神鹰从天际出现，一双雪羽银翅膀，足有二三丈长，一对金色利爪，格外醒目。那神鹰绕着我飞了三圈，然后落到我的身上，吓得我不知所措，左躲右闪，用手推用脚踢，它怎么也不动，忽然竟一头钻进我的怀中不见了"。而后，额穆齐怀胎十二个月也没有分娩，直到一天，一只雄鹰落在塔克世家院子内。随着雄鹰的叫声，男婴降生了，就是努尔哈赤。

《老罕王名字的来历》中，额莫齐因难产被萨满认为是妖怪转世，寒冬里被人扔到荒郊野外。突然，三九天打雷，孩子出生在野猪皮上，老虎给他喂奶，老鹰为他挡风雪。因为孩子是用野猪皮包着，就取名努尔哈赤。

2. 江流儿型

《罕王出世（一）》中，三仙女吞红果生下了一个男孩。她做了一个木排，让孩子顺江水而下。木排沿江而漂，上面还有一群乌鸦照应。下游两名妇女一个王姓、一个肇姓，正在江边洗衣服，王姓大嫂家里无子，就捡回了这个孩子，因为用镐头将孩子捞起，就取名王镐。后来，王镐父母过世，肇氏夫妇也去世了，王镐就跟着他们的儿子大罕一起生活。

因为得知王镐并非凡人，子孙可以当一朝人王地主，大罕与妻子商量，让王镐和她生了个孩子，于是，就有了小罕。类似的文本还有《先祭王镐后祭永陵》。

3. 神树型

很多传说都将努尔哈赤能成为一代帝王归因于他父祖的骨匣子长在树里这一奇特现象。《神树》中，小罕子因为背着骨头匣子而不让住店，无奈之下只好放在了一棵大榆树的树杈上。第二天，树杈不见了，被山土给埋起来了，怎么挖也挖不出来。他又用斧子去砍树杈，结果树开始流血。他赶忙拜倒，两个树杈长到一起，令人称奇。罕王得天下后，就在这里修起了永陵。《瑞榆》中的主人公换成了努尔哈赤的祖父觉昌安，情节一样，只是点明了这个树杈正是悬龙的穴位。因此，后世子孙兴旺。结尾处提及了光绪年间，这棵老榆树被风刮倒，也预示着清朝的灭亡。

《悬龙的传说》中，明末崇祯皇帝发现辽东地带将有真龙降世，就派风水先生邢建陵去东北破除龙脉。不过，大部分龙脉都已经破掉，唯独一个"悬龙"没有抓到。后来，"悬龙"正巧落在了小罕放骨匣子的树上。《罕王出世（二）》中讲到，明朝皇帝害怕真龙降世，因此要杀掉半个月内出生的所有男孩，有一个小孩奇迹般地躲过了这场灾难。由于是件稀罕的事情，就取名叫小罕子。这些传说都从不凡身世的角度加强了对罕王经历传奇性的渲染。

二　逃难

逃难是历史人物传说的又一个普遍主题，历经磨难是人物成长的关键。努尔哈赤传说中，逃难是流传最广泛，异文最多的一个主题。一般以从李成梁处逃走为最多，也有不少在征战中受困逃难的传说。英雄逃难就必然有营救者，而根据风物传说的特质，营救者也就有了动物、植物、人物等不同类型，有些传说还有罕王得势后报恩的情节，使故事更加完整。

表 2—1　　　　　　　　小罕逃难传说统计表

序号	主人公	追杀者	营救者	类型	报恩	出处
1	小罕子	李总兵	李夫人	人物	背灯祭	《小罕逃生》
2	小罕子	万历皇帝	万历妈妈	人物	供奉万历妈妈	《万历妈妈》
3	小罕子	李总兵	笊篱姑姑	人物		《笊篱姑姑救小罕》
4	小罕子	七王爷	三娘	人物	祭祀	《罕王的传说（一）》
5	小罕子	七王爷	登新、王杲	人物	画到家谱上	《罕王的传说（一）》
6	小罕子	李总兵	老太太	人物		《五副甲》
7	小罕子	李总兵	锡伯人	人物	瞪眼佛	《"瞪眼佛"的传说》
8	小罕子	明朝官兵	小半拉子	人物		《老罕王出世》
9	小罕子	王知县	小菱	人物	建庙塑像	《大清国号的由来》
10	小罕子	李总兵	大白鹅	动物	鹅（额）娘	《罕王的传说》
11	小罕子	李总兵	青马	动物	大清国	《小罕逃生》
12	小罕子	李总兵	狗	动物	不吃狗肉、不戴狗皮帽子	《小罕逃生》
13	小罕子	李总兵	乌鸦（喜鹊）	动物	索伦杆	《小罕逃生》
14	小罕子	李总兵	地蝼蛄	动物		《地蝼蛄》
15	小罕子	李总兵	虫子	动物	"种"姓	《"种"姓来历》
16	小罕子	李总兵	蛇	动物	愿爬就爬，愿盘就盘	《桑树的传说》
17	小罕子	李总兵	桑树	植物	错封杨树	《罕王封树》

这些营救者中有些是在同一篇传说里出现，最典型的"小罕逃难"的情节单元如下：

1. 小罕子给李成梁洗脚发现李的脚心有三颗红痦子。

2. 李成梁发现小罕子的脚底有七颗红痦子，正是皇帝要捉拿的真龙天子。

3. 李成梁的小妾得知此事后，偷偷告诉小罕子，并牵了一匹青马帮助他逃跑。

4. 小妾明知自己难以活命，就吊死在歪脖树下。

5. 小罕子骑的是二青马，没有李成梁的大青马快。二青马累死了，眼看追兵就到，小罕子钻进草甸子。

6. 追兵放火烧草，幸而黄狗湿草救了小罕子。

7. 小罕子再跑，已无处藏身，幸而一群乌鸦落在他身上，瞒过了追兵。

8. 小罕子得救后，为纪念青马，建立清国；为纪念黄狗，满族人不吃狗肉、不戴狗皮帽子；为报答乌鸦救驾，家家设立索伦杆；为报答李夫人，供奉歪梨妈妈。

具体异文之间的差别，金洪汉在《小罕逃生》后的编者附记中已经有详细说明，兹转录如下：①

一、李总兵的小夫人，有的还称喜花，后封为"歪梨妈妈"。在黑龙江另有传称"毛斯太太"。

二、小夫人向小罕告密的情节，在吉林传说是小夫人把小罕调出李府外头对他说的。

三、在多数异文里，没有出现王镐。

四、在辽宁传说把大青和二青全给小罕了，后来累死一个，再骑另一个。另据新宾74岁戴凤珍讲，二青累死后，马魂变成大黄狗，叼马鞍屉沾水救小罕。

五、关于小夫人之死，许多传说是吊死在门后，而且是赤身裸体，因此才有"背灯"之俗。在吉林有一种传说是喜花与小罕二人一起逃走，中途，小罕骑的二青"扒蛋"了，喜花为救小罕，在歪脖梨树上吊死，让小罕骑上大青继续逃。故称"歪梨妈妈"（亦称万历妈妈、佛头妈妈、佛拓妈妈、完立妈妈、无事妈妈）。按罕王故乡新宾的满族风俗，在正房的西山墙外，立有歪梨妈妈的祖宗龛儿，就是纪念喜花的。对她的祭祀，像对待祖先一样，只是因为她是汉族人，才供在墙外。本民族的祖先是供奉在西山墙里。

六、对于那个草甸子，有的说在新宾，有的说在黑龙江。本书的《野老鸹滩和枯井子》讲，地处辽阳一带。

七、在《黑龙江民间文学7》中《卡伦山与依嗷吼（狗）》中传说，罕王是起兵后，兵败孤身逃至黑龙江边的草丛中，被狗从火中

---

① 《清太祖传说》，第37—39页。

救出。另据沈阳富永德讲述的《义犬老海坟》（罗正贵整理的资料稿），在沈阳城东八家子附近，有座老海坟，传说埋葬的是一条叫老海的狗，就是它搭救小罕子脱险的。

八、本书提到的王镐，在其他异文里均不见出现。这个王镐，和史实上的王杲与其他罕王出世传说中的王镐，也不是一个人。

与营救者相对，在一些篇目中还出现了告密者这样的反角，给小罕子的逃跑造成了困难。它们之后都得到了惩罚，如《老罕王出世》中的"老等"（苍鹭），因为在官兵追赶努尔哈赤时，叫唤"沟呢"，通报了他的位置，因此被努尔哈赤憎恨，让它们永世不准说话。

三　征战

英雄叙事离不开征战故事，胜利或失败都可以留下动人的传说。征战主题是努尔哈赤传说中数量最多的一类。通过对征战的描写，从多个角度树立了努尔哈赤权威力量的天命观和战争智慧，其中联姻是当时重要的战争策略，这些在传说文本中都有反映。

1. 金口玉言型

许多地名的来历都源自于罕王的随口加封。如《腰站和荒地》，一处是赫图阿拉与萨尔浒的当腰（中间点）就称为腰站，而另一处因为皇上在此坐过，就叫"皇地"，后来传成荒地。《马虎成网户》更是突出了皇帝的金口玉言，大伙让罕王给取地名，一句"马虎了"，就传成了今天的网户。《羊台、和睦与木奇的来历》则更加牵强附会，怕羊把道路踩了，将羊抬过去，就叫羊台；河套里的木头多，就叫河木，后来变成和睦；木头堆得整齐就叫木齐，后来讹成木奇。《五凤楼》讲的是，天气炎热，罕王站在柳树前说："好凉快！"树就摇晃起来。罕王用马鞭指着五棵柳树说道："六月天火烧，五柳风楼摇。"风就更大了。这五棵柳树就叫五柳风楼，后来成了五凤楼。

2. 神助型

神人相助是传说传奇性的又一个方面。在传说中，每当努尔哈赤危难时，都有人相助，这些人物有神仙，也有普通人，但即便是普通人也都显得很神奇，像是特意为了救罕王而出现的。如《乌拉草》中，罕王被困山神庙，因为天气寒冷，脚冻得像猫在咬。这时罕王发现有一个老头睡在乱草里却不冷，结果发现乌拉草能保暖的秘密。《穿云剑和救兵草》讲的是，罕王被祖大寿困在医巫闾山，没有粮草。罕王无意中得到一个神簪，上面刻着"闾山神"，罕王用神簪划地就长出了奇特的作物可以当粮食。后来，神簪化为巨石。

3. 智慧型

《锁阳城的传说》中，罕王虽然攻打下锁阳城，但是明军卷土重来围困城池，城中缺少粮草。罕王利用"鼠有余粮"的常识，向老鼠借粮，渡过危机，然后使出诈降计，打了胜仗。

《干巴河》和《催阵堡》中，罕王使用疑兵计迷惑敌军而取胜。一个是往河里倒大量的驴马粪，让明军误认为八旗军队伍庞大，不敢冒失迎战。另一个是让马匹挂上铃铛，并且在马尾拴上树棵子，在树林里来回奔跑，扬起尘土。敌军误以为有千军万马，也被吓退了。

《罕王智取沈阳城》讲的是，罕王攻打沈阳时，久攻不下，先派受降的汉人扮成百姓混进城中，再使用钓鱼战术，把明军主力调出城，从而攻破防守严密的沈阳。

4. 联姻型

那个时代通过婚姻来结成部落联盟在女真社会里是非常普遍的。

《罕王嫁女》中，为了征服董鄂部，努尔哈赤决定联姻，把东果格格嫁给了部落长何和礼，最终实现建州女真五部的统一。《努尔哈赤智取哈达部》中，罕王把女儿嫁给了乌尔古代，收服了哈达部落。《努尔哈赤征服乌拉国》中，罕王把女儿嫁给乌拉部的首领布占泰，但布占泰嫌弃她不好看，争吵中把她用箭射死，从此，两个部落结仇。后来，布占泰逃到叶赫部，罕王又把孙女嫁给了布占泰的小儿子，从此乌拉国归顺。

四 德行

人物传说离不开对其个人德行的塑造。高尚的品德历来是值得人们传颂的，而对于个人性格特征的描写，也会让人物变得生动起来。传说中的努尔哈赤就成了这样一位性格特点鲜明的历史人物。他知恩图报、礼贤下士、军纪严明、为人豁达大度，但有时却又心胸狭窄。不管是正面还是反面，都是民众对于罕王的历史评价。

《罕王求贤》中，罕王三顾茅庐，终于请来了才智过人、精通天文地理的隐士金世龙。金世龙一出世就在隐龙山救驾，帮助罕王打下了沈阳和辽阳。

《老罕王招贤》中，大殿缺少牌匾，众人都来献匾，其中一人写了四句话："木多一撇，正少一横，一点不见，两点全欠"。罕王抓来了这个胆大的小瑟夫（私塾先生），问其缘由。小瑟夫回答说，正是"移步视钦"四个字，意思是要皇上处处以国事为重，不要忘记百姓，体察民情。罕王这才明白，将其刻成匾额，悬挂在大殿中。

《努尔哈赤下瓜园》中，老罕王因为给品德高尚的老瓜农修建王府，引来落榜才子"苦读十年寒窗书，不如老头半拉瓜"的议论。努尔哈赤听到后，则回应了"才子来赶考，没中文不高！老人半拉瓜，虽少品德高！"

《罕王受罚》反映了后金军队军纪严明。罕王穿着猎装出城打猎，回来时，城门已关。守城的士兵没有认出罕王，按照御旨，将他关进地牢。后来，罕王不但没有惩罚他，反而提升了他的官职。《磨旗山》讲的是，罕王重惩了布音阿和乌布岱两名玩忽职守、谎报军情的守将。

《罕王送酒》中，罕王的马中了毒，请来兽医多九医治。多九给马吃了红矾，以毒攻毒，把马救了过来。可后来罕王的花豹马走丢了，被一群难民杀死后吃了肉。马肉有毒难民必死无疑。罕王有善心，命人给难民送来了酒，饮酒可以散开毒气。这些人感激罕王，后来在征战中还帮助罕王解围。

《老罕王的器量》中，罕王宽宏大量，饶恕了射伤他的神箭手鄂尔果尼和罗科，二人感激罕王，后来在战场上立下了汗马功劳。与此相反，《老罕王气性大》讲的是，罕王与明朝作战，在攻打宁远时被袁崇焕打败，十分生气，加上箭伤，导致大伤元气，没多久就死在了爱鸡堡。因此，留下了"老罕王气性大，天不怕来地不怕；只怕晌午鸡打鸣，叫得罕王落了驾"的顺口溜。关于老满族人也流传着这样一句话，"佛满洲，老满洲，都有四两护心油，宁可折断不格溜；到了黄河心不死，撞到南墙不回头"。

《老罕王与下马台》讲的是，罕王为了报答救他的大夫赵彩彰，与他结拜兄弟，并让人在他家村口修下马碑，提醒后人不忘救命之恩。

五　配角

配角主题是比较特殊的一类，但也并不是只在努尔哈赤传说中出现。这个主题只有在尽可能多的累积文本的情况下，才会比较明显地被发现。这些文本中，虽然有罕王的一些情节，但他并不是主要人物或正面人物，罕王在里面往往充当不重要的角色或者反面角色，甚至有的传说中仅仅是提及罕王的存在。这与一般意义上的罕王形象并不一致，它们表达了民众对于罕王不同的情感诉求。

1. 悲剧爱情型

《公主岭和打虎山》讲述的是，罕王的公主喜欢上了一个赶车的小伙子，罕王很生气，就使了一个借刀杀人的办法让他去打虎，结果小伙子被老虎咬死了，公主也因伤心而自杀了，留下了公主岭（公主陵）和大虎山（打虎山）两个地名。

《驸马坟的传说》讲述的是，罕王将固伦公主下嫁给了莫博季里，引起了机密章京西其根的不满，想要找机会陷害额驸。正巧莫博季里的老家来人，说他额娘病重，让他赶快回家。可是，没有罕王的恩准是不能私自出城的，无奈之下，公主决定让额驸先回家，明早再向罕王禀告。不料，莫博季里出城的消息被西其根知晓，他马上禀报罕王，说额驸擅自出城，已投降明军。罕王令他急忙追赶。天亮后，公主再来说明原委，又赶忙再去追赶西其根。可是西其根已先追上了莫博季里并将其杀害。公主赶到后，虽然杀了西其根，但为时已晚。

《烟的传说》中，罕王的侍卫那勇与关淑兰订下终身。一次，那勇随罕王率军征战，留下了空城兴兵堡。大苏部进攻黄旗村，关淑兰虽然奋勇杀敌，终因寡不敌众，被杀害，那勇从此像丢了魂似的。后来，关淑兰的坟上长出一种草，那勇在梦中得知这种草的叶子可以解闷，于是就有了"老罕烟"。类似的传说还有《哈达与黄喜女》，也是通过悲剧的爱情故事，引出烟的来历，只不过黄喜女是被黑熊打死的。

2. 配角背景型

《富尔江里的鱼为啥点点红》讲的是，罕王登基不久，朝廷发来重兵征讨。有一家富姓爷俩，阿玛战死沙场，女儿富尔耶娜被官军抓走。夜里有一个士兵偷偷将她放走，不料，官兵追到，富尔耶娜纵身扎到江里，头碰暗礁而死，她的血染红了江水。后来，江水清了，鱼却都变红了。

《大妃衮代》与《贤内助》都是赞扬衮代的勤劳和智慧，她帮助努尔哈赤解决了不少难题，如发明豆瓣酱、人参浸泡法与晾晒法、捕鱼工具"挂子"，提醒罕王请汉人铁匠帮助解决箭头的问题，甚至建议实行八旗制度等。

《马鞍山的传说》中只提到罕王领兵进了北京，留下八大朝臣在长白山。其中一个姓常的大臣家里有一个佣人赵大妈，一天两个南蛮子来找宝，发现赵大妈的布衫上有发亮的东西，是一个能当作开山钥匙的虱子，就用高价把它买下来。结果，赵大妈洗衣服的时候却把虱子烫死了。南蛮子进山虽然找到宝藏，却因为贪婪被关在了山洞里。实际上，这是一个拼接了罕王时代背景的南蛮盗宝的民间故事类型。

第四节 典型叙事

从典型叙事的角度分析民间传说，有些会背离了传说的特质，因为传说大多是"非典型的"。一般意义上的民间传说都缺少连续完整的故事情节，常常表现为片段的单一叙事，这是因为其核心部分在于"解语源或解形态"，其目的也更指向历史人物或事件与当地某个风物的联系。至于塑造人物，叙述事件往往成为附带品，或被称为"离散情节"[①]，即便被去掉也不会影响传说意思的表达。"我们这个地方有一个……据说当年……后来就有了这么一个……"几乎成为民间传说话语的标志结构。不管是传说主角的真实遭遇，还是后人附会的以讹传讹，总之，传说叙事的指向并不在于此。

---

① 参见张志娟《论传说的"离散情节"》，《民族文学研究》2013年第5期，第153—161页。

不过，本书的主旨并不是研究传说本体的叙事逻辑，而是探讨促使民间传说形成的叙事传统及其在不同文类之间的衍生。因此，典型叙事这样的"故事化"分析策略，也就成为讨论来自数十位故事家的两百余则传说的技术手段。他们的作品共同形成了一个努尔哈赤传说的语域。这种"特殊的语言"限定了罕王叙事的传承脉络与变异取向。民间叙事的张力在这个巨大的话语网络中酝酿发挥，并在稳定的结构模式中创编出新的叙事类型。

一 "化解难题"的传说结构

这里，难题是一个模糊的概念，可能包括需要回答的问题、遇到的障碍和困难等。化解的手段也多种多样，有运用自己的智慧，或求助他人，或神仙帮助等。作为民间故事中常见的难题类型，在努尔哈赤传说中成为一个基本的叙事结构，或者说是典型叙事。举凡大量的罕王传说，其主要情节都可以归结为，罕王遇到困难但最终被化解的过程。

如前面提到的逃难传说与征战传说就最为典型。罕王逃难中几次遇到危险都得到帮助，最终化险为夷，营造出了罕王的神奇威力和天命不凡。这种难题的化解也形成故事敷衍的一条线索，特别是在单一情节的传说中。同时，稍显突兀的化解手段也为传说增添了传奇性色彩。

在《火石嘴子》传说中，因为连雨天，没有火石和火绒无法做饭。罕王捡起地上的石头，磕了几下，火星直冒，原来这些石头都是火石。《一箭扎出个龙泉来》中，因为缺水，罕王一急之下，举起宝剑向山崖刺去，没想到竟扎出一眼山泉来。诸如此类的传说很多。甚至地名的来历也简单地附会到了努尔哈赤身上，他的任何一个行为都有成为传说的可能。

阿兰·邓迪斯从北美印第安人的民间故事材料中提取出了从不平衡向平衡的故事发展结构模式。由匮乏到匮乏的消除，构成了故事的最小定义。"民俗学家原先认为是某个特殊故事的亚类型的东西，可能就是许多更一般的结构模式选择的表现形式。"[①] 这一点，在努尔哈赤传说中表

---

① [美] 阿兰·邓迪斯：《民俗解析》，户晓辉编译，广西师范大学出版社2005年版，第19页。

现为，难题与难题的化解，叙事结构也就模式化地形成"因为……所以……于是……"的逻辑顺序。

如《一夜抓起一座土城》中，因为明朝修建的大将军府风水不好，所以罕王率领将士一夜之间就抓起了一座土城，起名赫图阿拉。《老城的来历》中，老城虽已建好，但苦于无水，打了几十口井也无济于事。罕王找到一棵大榆树，发现石板下有一眼甘泉井，又用石板堵住了西门的大风，保证了老城的丰收。《皇寺的传说》中，井水上冒，冲毁良田，淹没村庄。老罕王请来东海龙王的九太子帮忙，九太子用九口大珍珠锅扣住水井，自己也压在锅上，最后还搬来大山压在自己身上，才盖住了井水，这也成了"龙驮石碑"的来历。

在努尔哈赤传说中，传统意义上的难题考验类型也存在。这种考验型在不同叙事文类中都有。"从史诗中的少年冒险考验的成年主题，到民间故事中的难题求婚考验主题，……反映了个人的成年同时也是社会意义上的成年这一古老观念，是原始的社会成年意识的曲折传达。"① 下面的《皇太极继位》传说就以难题作为考验继承人的方式，表达了民众对于皇位继承权选择上的质朴的伦理观念。显然，带有成人礼的过渡仪式般的叙述，也蕴含着对于后金时期"以和硕贝勒为核心"的贵族议会政治的朴素理解。

  据说，努尔哈赤共有九子。在他临晏驾以前，把九个儿子都叫到榻前，准备选其中一个皇子继位。九位皇子奉诏前来，一齐跪在努尔哈赤面前。努尔哈赤说："都起来吧，今天把你们找来，有一大事相商。我已经到了暮年，近来身体又多病，怕是没多时支撑了，需立太子继位。我现在有九个'独角塔'，依次交给你们立起来，谁要立住，就要谁来继承父位。"

  而后，皇子们圆目查看，见此塔甚奇：八爪朝天一爪对地。皇子们正在推托由谁先立。努尔哈赤说："随便吧，谁先立都行！"接

---

① 王霄兵、张铭远：《民间故事中的考验主题与成年意识》，《民族文学研究》1989 年第 3 期，第 8 页。

着依次去立,而谁也没立住!不一会儿轮到了八皇子来立,只见他翻了个个儿,将八爪朝下,独角朝上一立,就立住了。努尔哈赤见此,甚喜,立即宣旨,王位让给了八皇子。

其余几个皇子很不服气,心想:"这么立位太容易!"罕王爷说:"八皇儿不仅立起此物,而又数立战功,立他为王,实为天意!"说罢,又亲自拿起八爪独角塔解释说:"这八个爪好比你们哥八个,那独角又好比八皇子。从今往后八皇子居你们之上,但必须由你们八个来做他的坚强支柱,不然,八皇子也立不了大臣!如若我归西那天,希望你们九个人能像此物一样,互相配合,互相团结,方能共同执掌一统江山。"九位皇子听后,感触万分,凄然泪下,异口同声说道:"谢谢父王训教,一定照办!"

难题的发生与化解结构的发现,既存在于本书的解读中,更在民众的讲述中扎根,驱使罕王传说在叙事上凸显某种程式化的特征。这种难题段落的排列组合为传说的长篇化提供了基础框架,也为长篇的记忆提供了程式化的表达范式。

二 汉语解释的满语地名传说

语言和文字是民族共同体的重要特征之一。满文的发明时间较晚,老满文是万历二十七年(公元1599年),努尔哈赤命令额尔德尼和噶盖根据蒙文字母创制;新满文是后金天聪五年(公元1631年),皇太极命令达海在老满文基础上,增加圈点,完善而成。但是,满语早就存在,它作为满—通古斯语族的语言,演化继承了女真语。因此,在满族世代居住的东北地区,大量的山川地名,都留下了满语的痕迹。如牡丹江,即为满语"穆丹乌拉","穆丹"为"弯弯曲曲"之意,"乌拉"的意思是"江"。吉林市源自"吉林乌拉",吉林为"沿近"之意,即沿江之城。法库县的法库,满语意思为"鱼梁或鱼脊",指该地区地貌像鱼骨一样。当然,有些地名的考释还存在争议。

尽管如此,满语地名留存至今是不争的事实。从形成来看,这些满语地名大多以当地地形地貌特征、动植物及风俗习惯命名。后来,随着汉人大量迁入东北地区,满语自然而然也受到了威胁。据史籍记载,乾隆二十五年(公元1760年),"谕,盛京玛尔吞地方,彼方汉人俱以马二屯呼之。盛京所属地名多系清语,今因彼处汉人不能清语,误以汉名呼之,若不及时改正,日久原名必致泯灭。著传谕将军清保等,所有盛京满洲地名,汉人误以汉名传呼者,令俱查改,仍呼原名"①。这里的"玛尔吞"指的就是马尔墩,本义是陡峭难行之岭,但传说中却解释为老罕王骂儿子后蹲下的地方,离题万里。

表 2—2　　　　　　　新宾满语地名汉语解释表②

地名	满语义	汉语解释	传说名
南茶棚、北茶棚	村名。原名南茶棚庵、北茶棚庵。"茶棚庵",义漂儿。漂儿,捕鱼工具。又译白马,待考。	老罕王为犒赏军士而设立的休息场所。	
马塘沟	村名。"马塘",义鼓包。马塘沟中间鼓起一块高地,像个大盖子或馒头。满族人房子一般喜盖在高地上。	"马躺沟",因罕王战马死于此处而得名。	《罕王送酒》
网户	村名。"网户",义臭根菜,俗称窟窿芽。臭根菜,一种山菜。	"马虎"的谐音。	《马虎成网户》
五凤楼	"五凤楼",义鼻子或山头。	因五棵柳树成风而得名。	《五凤楼》
富尔江	原称"富尔乌拉"。富尔,义红色;乌拉,义为江。即红色江水。因上游红石砬子得名。	其一,富江为救罕王而战死,父亲呼唤儿子其名字。其二,富尔耶娜投江而死,鲜血染红江面。江水清后,鱼变成红色。	《富尔江里的鱼为啥点点红》《罕王求贤》

---

① 《奉天通志》卷三十三。
② 《新宾满语地名考》(内部资料),1987年。

续表

地名	满语义	汉语解释	传说名
和睦	村名。"和睦"，原称"赫穆哩"，对头山的意思。村因有两个对峙的山头而得名。	因河套里的木头多，而称为"河木"，后叫成"和睦"。	《羊台、和睦与木奇的来历》
羊台	村名。"羊祭台"也叫"羊角台"，义为青色的山包。因村坐落在山包之上而得名。	因把堵住道路的羊给抬走而得名。	《羊台、和睦与木奇的来历》
木奇	村名。"木奇"也作穆喜、穆奇。"穆喜"，义牛鞦子。村以苏子河至此呈牛鞦子状得名。	因木头摆得整齐，而称作"木齐"，后叫"木奇"。	《羊台、和睦与木奇的来历》
柜石哈达	哈达为山峰，柜石为汉语，此山陡峭如壁，状似木柜，因此得名。	因石头砬子救了罕王而被称为"贵石"，再加上满语本义的"哈达"。	《柜石哈达的来历》
马尔墩	马尔也作"玛尔"，义阻隔，墩为高。即陡峭高耸难行之岭。	因老罕王骂儿子而得名。	《萨尔浒大战地名传说》
苏子河	曾称南苏水，后称苏克素护毕拉。"苏克素护"，义鱼鹰，俗称打鱼郎鸟；毕拉，义为河水。以此河多所以鱼多。	因小罕子背的苏子叶落入河中而得名。	《老城为什么鱼多》
半拉背	"布拉"的转音，义为柳树河。	其一，小罕子逃难到一个穷人家，只有半拉被子盖。其二，因小罕子在此地当过半拉子而得名。	《半拉背的传说》二则

续表

地名	满语义	汉语解释	传说名
赶马河	义蚊子。因该地处苏子河与浑河汇合处,地势低洼,水草繁盛,蚊蝇很多。	老罕王使用疑兵计,赶马过河,称为"赶马河",后叫"干巴河"。	《萨尔浒大战地名传说》
萨尔浒	亦作撒尔湖,义壁橱、木橱。	因老罕王杀儿子而得名。	《萨尔浒大战地名传说》
旺清河	"旺清"原义为猪。满族人饲养猪。大猪、老猪、年老皮厚的猪,以之示富有。	罕王征战,把疑有伏兵的一条河,叫作"望请河",后来成了"旺清河"。	《旺清河》

由此,满语的式微也造成了原初解释系统的瓦解。地名虽说较为长久地保存着原来的念法,但意义已经从汉语的角度被重新诠释。比如"茶棚庵",现在通常写作"茶棚",但方言发音却还是"茶攀儿"。从书写的意义上来解释,是老罕王为犒赏军士而设立的休息场所以及喝茶的地方。不过从发音的意义上,似乎保留了原音,但和"鱼漂儿"看不出丝毫关联。据学者考证,满语地名的演变主要有满语省称、谐音而成为汉语地名、满汉语并用、满语地名意译为汉语地名、满汉语结合成一个地名等几种形式。① 演变带来的某种"误解"提示我们,或许这些传说产生的时代相当晚近。努尔哈赤的传说现在都是用汉语讲述的,其解释也必然遵循汉语意义,至于个别传说之前是否存在满语讲述的阶段,却还是个未知数。

附:传说集群的数据统计

散落的努尔哈赤传说多元文本构成了一个传说集群,本书共统

---

① 《新宾满语地名考》(内部资料),1987年。

计了 257 则文本，基本属于短篇传说的范畴。笔者对这些文本进行了简要的结构与内容分类，整理成附录五中的数据表格。通过统计分析，可以清晰且直观地印证努尔哈赤传说的文本形态与流传特征。

1. 功能

根据传说的一般定义，努尔哈赤传说的功能按比重依次为，描叙事件、解释风物、描叙人物、解释地名、解释风俗，以及在描叙事件的同时兼具解释地名或者风物的作用。通过饼图可以看出，描叙事件和人物占据近一半的文本，这也是历史人物传说的本质特征，也是努尔哈赤传说能够形成本书所讨论的长篇讲述的基础。

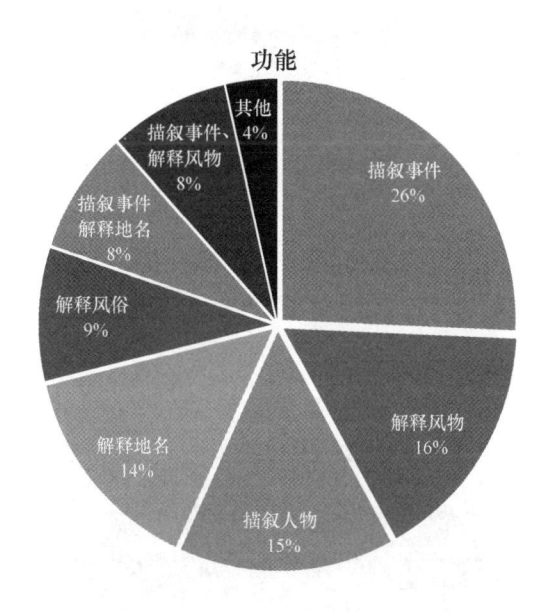

功能

- 描叙事件 26%
- 解释风物 16%
- 描叙人物 15%
- 解释地名 14%
- 解释风俗 9%
- 描叙事件、解释地名 8%
- 描叙事件、解释风物 8%
- 其他 4%

2. 主题

主题的划分比较复杂。上文中我们已经讨论了文本数量比重较大、内容较重要的五个主题，而从整个数据表来看，征战与逃难文本数量最多。传说主题是分层级的，不同层级间也有相重复的内容。如征战主题下，也可以细分出反映神助、性格、智慧、金口玉言等次一级的主题。

主题

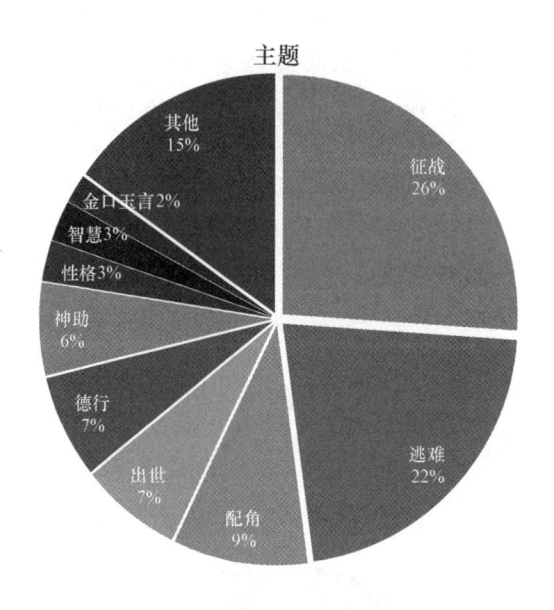

- 征战 26%
- 逃难 22%
- 配角 9%
- 出世 7%
- 德行 7%
- 神助 6%
- 性格 3%
- 智慧 3%
- 金口玉言 2%
- 其他 15%

3. 情节结构

民间传说的情节结构划分为单一与复合两种，一般的文本资料大多以单一情节为主，即一篇完整的故事，但也有不少篇目情节较为复杂，具有两段甚至更多情节结构。这些段落也为连缀成更长的传说及其他文类提供了素材。

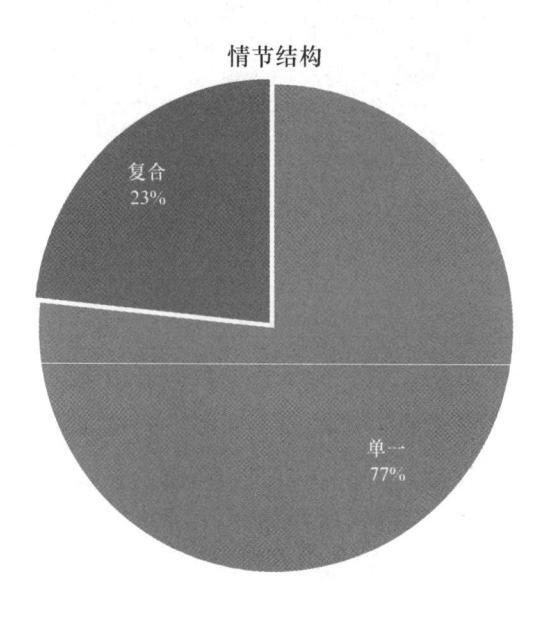

情节结构

- 复合 23%
- 单一 77%

4. 讲述者

集成资料本和多数采录版本都标注了讲述者。从数据统计来看，在具名的讲述者中，以查树源的数量最多，后面的几位也多来自新宾县及其他满族自治县。剩余超过一半比例的文本则分属于一百余位讲述者，他们各提供了1—3则传说。这些分散的讲述者也表明努尔哈赤传说的流传范围广阔，覆盖了普通传承人群。

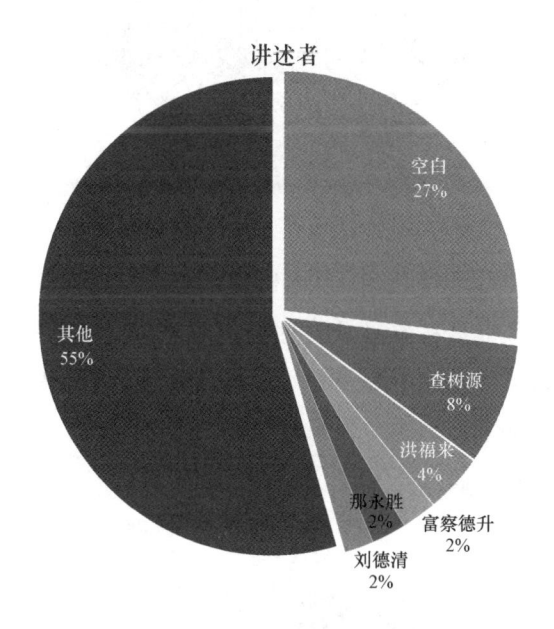

讲述者

- 空白 27%
- 查树源 8%
- 洪福来 4%
- 富察德升 2%
- 那永胜 2%
- 刘德清 2%
- 其他 55%

5. 搜集整理者

在传说的搜集整理者中，以徐奎生最多，他是查树源传说的主要采录者，同时也是集成时代新宾民间故事的主要记录者。其他人分属努尔哈赤传说的各个流传地，许多都是基层的文化工作者，他们搜集整理的大量文本资料为民间文学的传承做出了重要贡献。

搜集整理者

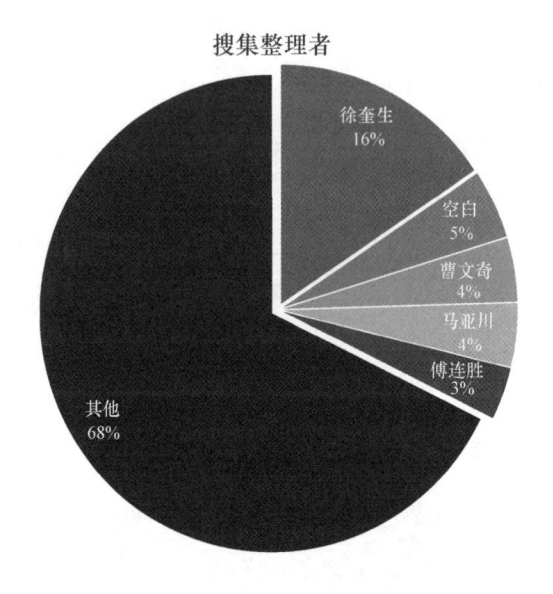

- 徐奎生 16%
- 空白 5%
- 曹文奇 4%
- 马亚川 4%
- 傅连胜 3%
- 其他 68%

6. 讲述时间

从下面的饼图中可以看出，文本讲述时间以 20 世纪 80 年代居多，这也正是民间故事集成资料本采录的时期。2008 年作为国家级非物质文化遗产代表性项目"满族民间故事"的搜集时段，也记录了较多的文本。遗憾的是，大量的书面文本并没有标注这一关键信息，这也使文本分析缺乏了历时维度的解读。

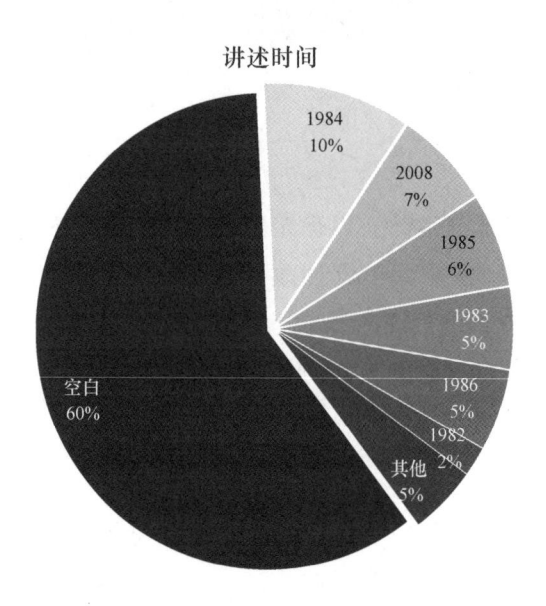

讲述时间

- 1984 10%
- 2008 7%
- 1985 6%
- 1983 5%
- 1986 5%
- 1982 2%
- 其他 5%
- 空白 60%

7. 流传地域

努尔哈赤传说文本中有四成来自新宾，这也显示了传说核心流传地的特征，也是本书地方叙事传统形成的依据，其余文本则主要来自东北三省的满族聚居区域，特别是一些满族自治县。这与第一章对努尔哈赤家族历史的考察结论基本吻合。

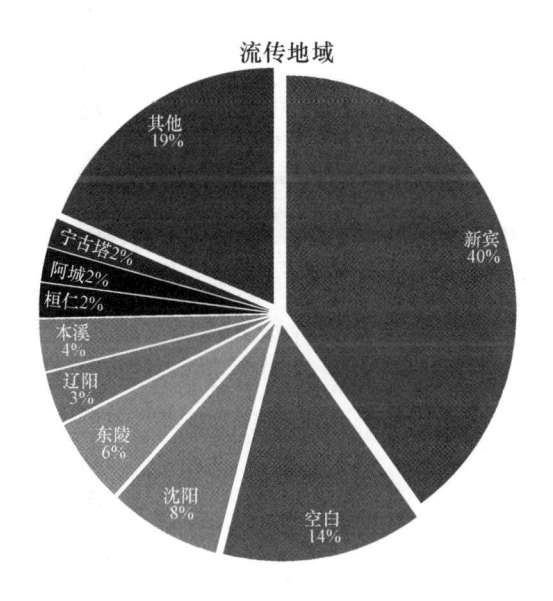

流传地域

- 新宾 40%
- 空白 14%
- 沈阳 8%
- 东陵 6%
- 辽阳 3%
- 本溪 4%
- 桓仁 2%
- 阿城 2%
- 宁古塔 2%
- 其他 19%

第三章

作为历史话语的英雄传说

英雄,历来就是民间叙事中的重要角色。千百年来英雄的光辉业绩一直被人们传颂。简单地说,从生到死都充满着传奇色彩的英雄是人们对理想社会生活与历史再造的一种想象。英雄传说是英雄叙事中最为普通的文类,也是发自底层的对英雄崇拜的真实表达。传说的确蕴含着与众不同的魅力,尽管它有时显得过于封闭。"民间传说与正史相比,它不具有官方依托政治权力、经济权力,进而占有话语霸权的优势;与俗文学相比,不是以个人创作的方式表达主体意识,以世俗性、商业性见长;也不像现代作家那样顺应社会时代需要,受政治视野的制导,单一地从阶级角度表现文学与政治的关系。"[①] 英雄传说作为民众讲述"历史"与"现实"关联的一种话语权力,为我们考察叙事传统的生成与发展,特别是当代口头传统的文类流变提供了新的维度。

本章从"英雄"的视角出发,在历史表述中找寻传说的动力源。努尔哈赤的历史形象及其英雄身份并不是单一的,而是复合的。与正史不同,在民间的话语中,对老罕王的颂扬与批评都得到了发声的机会。通过对努尔哈赤传说的排列分析可以发现这类开国帝王传说构拟的一般规律,进而把握民众塑造英雄的实践策略。

---

① 段友文、刘丽丽:《李自成传说的英雄叙事》,《民俗研究》2009年第4期,第83页。

第一节 努尔哈赤的历史形象

民间传说人物的历史形象是一个复杂的问题。一般来说，它是讲述群体历史观的曲折表述，处处渗透着民众的价值判断。传说的形成和发展虽然有其作为民间叙事的特殊规律，但也并不是完全抛开历史的随便演绎。就努尔哈赤而言，他首先是清太祖，一个叱咤风云的历史人物。这是真实的史实，所有关于他的传说都是建立在此基础之上的。传说的"可信性"除了依靠"地方性"的真实外，"历史性"也是不可或缺的。尽管我们在努尔哈赤传说集群中感受到的与在史籍爬梳中获取的信息有时是错位的，但是，一个风起云涌的英雄时代和一群形象各异的英雄借助传说集群还是得以充分地呈现。

一 正史与传说

从第一章的叙述中，我们了解到了从肃慎到满族漫长的民族共同体形成过程，以及爱新觉罗氏族坎坷的迁徙之路。

让我们接续努尔哈赤家世的脉络。自从明朝中叶董山被剿灭后，他的儿子妥罗虽然继任建州左卫指挥使，但建州女真已陷入分裂局面。妥罗的三弟锡宝齐篇古，也就是努尔哈赤的四世祖，他只有一个儿子名叫福满。前文中提到，福满和他的六个儿子修建了六祖城，并与四子觉昌安居住在中心位置的赫图阿拉。觉昌安是努尔哈赤的祖父，被尊为景祖翼皇帝，他有五个儿子，依次是礼敦、额尔衮、界堪、塔克世和塔察篇古。四子塔克世是努尔哈赤的父亲，后尊为显祖宣皇帝，他有五子一女，正妻喜塔拉氏，名叫额莫齐，是都督王杲的女儿，生有努尔哈赤、舒尔哈齐、雅尔哈齐和一个女儿。李佳氏生有一子，名叫穆尔哈齐。纳喇氏生有一子，名叫巴雅喇。

根据努尔哈赤的生平历史与传说集群的分布关系，我们可以从四个时期来讨论"正史"与"传说"中统合又相异的罕王形象。

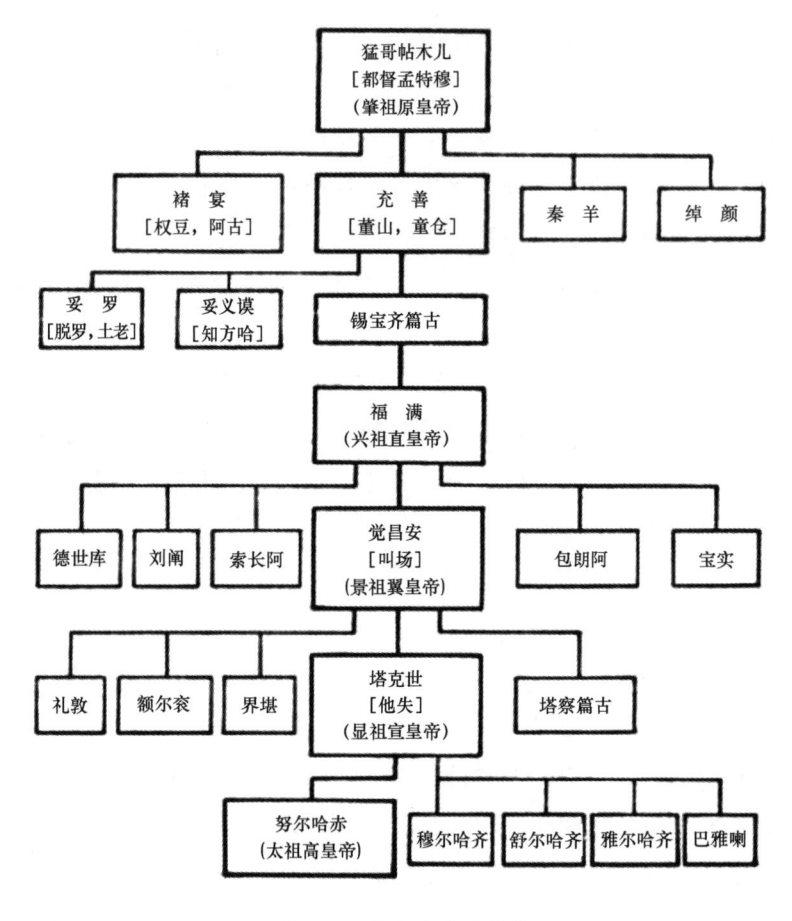

```
                        猛哥帖木儿
                        [都督孟特穆]
                        (肇祖原皇帝)
        ┌──────────────┬─────┴──────┬──────────┐
      褚宴           充善          秦羊         绰颜
   [权豆,阿古]    [董山,童仓]
    ┌───┴───┐        │
   妥罗   妥义谟   锡宝齐篇古
  [脱罗,土老][知方哈]
                     │
                    福满
                 (兴祖直皇帝)
        ┌─────┬────┬───┴──┬──────┐
      德世库 刘阐 索长阿  觉昌安  包朗阿  宝实
                       [叫场]
                    (景祖翼皇帝)
                 ┌─────┬──┴──┬──────┐
               礼敦  额尔衮 界堪  塔克世  塔察篇古
                              [他失]
                           (显祖宣皇帝)
                  ┌──────┬──┴──┬──────┐
               努尔哈赤 穆尔哈齐 舒尔哈齐 雅尔哈齐 巴雅喇
              (太祖高皇帝)
```

图 3—1　努尔哈赤家世①

1. 少年时期

爱新觉罗·努尔哈赤于明嘉靖三十八年（公元 1559 年）出生在一个女真奴隶主家庭，但当时家境已经败落。由于生母在他十岁时去世，继母又"抚育寡恩"，努尔哈赤的少年时代并不如意。据说，他"亲上山采人参、松子之类，持往抚顺市卖之"。② 这段时期的磨炼对于努尔哈赤日后的成长十分有帮助，正是在边关马市的交易中，他结交了许多朋友，

---

① 阎崇年：《努尔哈赤传》，北京出版社 2006 年版，第 11 页。
② 转引自滕绍箴《努尔哈赤评传》，辽宁人民出版社 1995 年版，第 34 页。

对汉文化增加了认识。后来,他与弟弟舒尔哈齐寄居在外祖父王杲那里,又学到了不少本领。

万历二年(公元1574年),辽东总兵李成梁攻破王杲的古勒城,此时,努尔哈赤与舒尔哈齐都在城中,因而被俘。据明朝文人记载,"努尔哈赤抱成梁马足请死。成梁怜之,不杀,留帐下"①。努尔哈赤在李成梁的队伍中得到锻炼,学到了很多军事知识。"太祖既长,身长八尺,智力过人,隶成梁标下。每战必先登,屡立功,成梁厚待之。"② 这其中另一个缘由可能在于努尔哈赤的父祖与李成梁有过交往,关系密切。

这是民间传说较为集中的一个时期,一则当时的史料记载比较单薄,发挥的空间较大;再则英雄的出生与成长恰恰是英雄塑造的关键时期,举凡神话与历史中的英雄人物,大多有着离奇的出生和非凡的少年经历。相关的传说如前文"出世主题"中已经提到的《神鹰转世》《罕王出世》等,还有记录努尔哈赤少年采参历练的《小罕挖棒槌》《罕王放山》等。而他被李成梁俘去,也是"小罕逃难"主题的历史前提。这些传说"曲折地反映了满族杰出首领努尔哈赤青少年时期片段历史的影子"。③

2. 统一建州女真时期

王杲死后,他的儿子阿台为了给父亲报仇,继续滋扰作乱。万历十一年(公元1583年),李成梁发兵攻打古勒城。觉昌安与塔克世因为与阿台有姻亲关系(阿台之妻是觉昌安的孙女),进城本想劝说其归降,没想到城池攻破,被明军误杀。因为有尼堪外兰从中作梗,明朝又有意拥立他统领建州部,努尔哈赤遂以父祖的"十三副遗甲"含恨起兵,攻打图伦城主尼堪外兰。当时,努尔哈赤本部落内部并不团结,"长祖、次祖、三祖、六祖之子孙同誓于庙,欲谋杀太祖"。④ 据记载,努尔哈赤曾数次遭到偷袭和暗杀。传说《义犬救主的故事》《清太祖怒斩老龙敦》就反映了这一段历史。

万历十六年(公元1588年),经过五年的战斗,努尔哈赤先后攻下

---

① 《姚宫詹文集》卷一,见《明经世文编》卷五〇一。
② (明)彭孙贻:《山中闻见录》卷一。
③ 阎崇年:《努尔哈赤传》,北京出版社2006年版,第22页。
④ 《清太祖武皇帝实录》卷一。

苏克素浒部、董鄂部、浑河部、哲陈部和完颜部，统一了建州女真，并且也除掉了尼堪外兰，替父祖报了仇。之前一年，他修建费阿拉城，"自中称王"。这一时期的传说还有《十三副铠甲的来历》《尼堪外兰之死》《努尔哈赤计除诺密纳》《何和礼招亲》《智取水鬼军》《老罕王的器量》《佛像收服苏完部》等，初步展现了努尔哈赤"顺者以德服，逆者以兵临"的政治军事策略。

3. 征服女真各部时期

万历二十一年（公元1593年），叶赫部首领纳林布禄和布斋，联合海西女真的乌拉、哈达、辉发三部，长白山女真的朱舍里、讷殷两部，还有蒙古的科尔沁、锡伯、卦尔察三部，共九部兵马，进攻建州，反而被努尔哈赤在古勒山打得惨败。此次战役之后，努尔哈赤在统一女真各部的战争中占据了有利地位。传说《互定计谋》《兀剌暗中定婚》《古勒山大破九部兵马》就反映了这段历史，在表现战争双方斗智斗勇的同时，凸显了努尔哈赤的沉着冷静。据史料记载，大战前夜，努尔哈赤酣然入睡，妻子富察氏问他是否恐惧，他回答说："人有所惧，虽寝，不能寐；我果惧，安能酣寝？前闻叶赫兵三路来侵，因无期，时以为念。既至，吾心安矣。吾若有负于叶赫，天必厌之，安得不惧？今我顺天命，安疆土，彼不我悦，纠九国之兵，以戕害无咎之人，知天必不祐也！"① 这段话，在《迎战之夜》中也有类似的表达，"怕什么？他兵再多，是不合群马，各揣心腹事，还抗一击？再说，深更半夜不能惊动兵士，让他们睡足觉，都养好精神头，明日以逸待劳，一鼓而下，如猛虎下山，定将他们冲击个落花流水"。

努尔哈赤随后通过联姻与征战等多种方式，攻破哈达部、辉发部、乌拉部和叶赫部，又统一了野人女真，并且还征抚了周边的蒙古势力，扩大了疆域，大体实现了东北局势的稳定。万历四十四年（公元1616年），努尔哈赤在赫图阿拉城称汗，建立后金。

这一时期的传说较多，如涉及赫图阿拉建城的一系列传说、攻打海西女真各部的传说、部落联姻的传说等。其中《满族的孔子》和《神箭

---

① 《清太祖高皇帝实录》卷二。

分旗》讲述了努尔哈赤命令创制满文和建立八旗制度的历史功绩。

4. 征明时期

后金天命三年（公元1618年），努尔哈赤发布"七大恨"，率军征讨明朝，并先突袭占领了抚顺和清河。第二年，萨尔浒大战爆发。明朝派出四路大军围剿后金。努尔哈赤以"凭尔几路来，我只一路去"的战略思想，集中优势兵力，在人数处于绝对劣势的情况下击败了明军。萨尔浒大战的历史地位无须多言，也留下了大量的民间传说。

之后，努尔哈赤进攻开原、铁岭，又夺取了沈阳、辽阳，接连取得胜利。不过，后金天命十一年（公元1626年），努尔哈赤最终因轻敌在宁远战役中失败，输给了袁崇焕。"帝自二十五岁征伐以来，战无不胜，攻无不克，惟宁远一城不下，遂大怀忿恨而回"①。气愤恼怒的努尔哈赤不久因伤口复发而去世，终年68岁。传说《罕王之死》《挨金堡的传说》《努尔哈赤为什么葬东陵》等就讲述了努尔哈赤去世及选陵的故事。

民间传说中对于宏大战争场面的描写通常由具体的事件组成，如《锁阳城》的向老鼠借粮；《罕王智取沈阳城》的"钓鱼计"；《巧取辽阳》的"水淹计"。有些传说虽然与历史不符，如《三打松山城》②，但都不影响民众对于这段历史的情感表达。此外，努尔哈赤从赫图阿拉城迁都到辽阳，再到沈阳的历史，传说中也有反映。努尔哈赤杀褚英也在传说《怒斩褚英》《老罕王杀儿》《萨尔浒》中出现，只不过，除了《怒斩褚英》接近历史外，其余或附会于"杀儿"地名传说的错位，或曲折地安在"渡河搭桥"的情节上。值得一提的是，罕王战败的史实在传说中鲜有提及。

二 英雄时代的人物群像

传说集群的一个特征就是对人物群像的描写。围绕中心人物之外形成了一个关系网络，他的亲戚朋友，乃至敌人都会出现，从各个侧面烘托中心人物。努尔哈赤传说集群也是如此，为我们勾勒出一个英雄时代

---

① 《清太祖武皇帝实录》卷四。
② 历史上的松山之战并不是由努尔哈赤而是由皇太极指挥的，发生在明崇祯十三年、大清崇德五年（公元1640年），被视为是明清对决的最后一场重要战役。

的群像。众所周知，明末清初是一个英雄辈出、风云变幻的年代，不仅中原地区，辽东关外也是一样。如果没有后金五大臣①、贤惠妃子、忠勇部将的辅佐，没有侯世禄、张铨、贺世贤、刘綎、杜松这些明朝将领的衬托，努尔哈赤也不会取得这样非凡的成就。

传说不同于历史，它存在于真实与虚构之间。虽然确有其人或确有其事，但传说的表述却有着自己的法则。有几则关于老罕王、吴三桂和李闯王的传说值得一提。

《老罕王和吴三桂》中，吴三桂向老罕王借兵，把李闯王从北京赶走了。事后两人要均分天下，"南七省"归吴三桂，"北八省"归老罕王。可是，自从吴三桂在南京做了皇帝之后，南边就连年大旱，民不聊生，而北边却风调雨顺。吴三桂自己也犯了头疼病，最后被雷劈死。《吴三桂和老罕王的故事》的前半段与上一则传说一样，两人均分天下，北丰南欠。于是，老罕王就偷偷地把交界石向南挪，奇怪的是，但凡挪到北边的土地就丰收，没多久，交界石都挪到南京城了。吴三桂没有办法，自叹没有帝王命，最终把土地都给了老罕王。还有一则《李闯王、吴三桂、老罕王》讲的是，老罕王是由一个行善事的老员外托生而来。这个员外捐了一座庙，临死前被老方丈接到庙里伺候。老方丈因为有事出门，就嘱咐两个小和尚，员外死后，不要给他穿衣服，直接扔进苇塘。转天，员外死了，小和尚看着可怜，还是给他穿了条裤子才扔到了苇塘里。老方丈回来后，问明缘由后责怪了小和尚，说员外有帝王之命，是龙身，给他穿了裤子暂时就走不了了，天下也没人打了。于是，老方丈把两个小和尚也扔进苇塘，让他们替罕王打天下。两个小和尚一个托生成李闯王，另一个就是吴三桂。上述三则传说尽管神奇，带有天命观和佛教轮回色彩，却在一定程度上表明了讲述群体的立场，是认可努尔哈赤的英雄业绩的。

英雄时代的人物群像难以全部记述，下面从历史真实的角度简要介绍一下传说中反复提到的李成梁与王杲。

李成梁（1526—1618），字汝器，号银城，铁岭人，曾两度镇守辽

---

① 后金五大臣指的是何和礼、额亦都、费英东、安费扬古和扈尔汉。

东，任总兵官。历史上的李成梁是一名战功显赫的将领，据《明史》记载，"成梁镇辽二十二年，先后奏大捷者十，帝辄祭告郊庙，受廷臣贺，蟒衣金缯岁赐稠叠。边帅武功之盛，二百年来未有也。其始锐意封拜，师出必捷，威振绝域"。不过，他也曾因"血气既衰，罪恶贯盈"而被罢职。在民间传说中，这段故事被演绎成《努尔哈赤计陷李成梁》。之后，他再次复职，又被认为"纵容"努尔哈赤从而导致明朝兵败，甚至有人指责他通敌。①

与李成梁有关的努尔哈赤传说最主要的还是逃难主题，前文已多次涉及，这里不再赘述。传说中的李成梁主要是作为努尔哈赤的对手以配角身份出现的。

王杲（？—1575），喜塔拉氏，女真名阿突汗，是建州右卫凡察的后裔②，曾任建州右卫都指挥使。据史料记载，"杲为人聪慧，有才能辩，能解番汉语言字义，尤精通日者术，无智而剽悍，建州诸夷悉听杲调度，杲乃视杀汉官如艾草菅，弗为意"。③ 王杲的父亲是多贝勒，曾救过哈达部酋长王忠，后来迁居古勒城居住。传说《多贝勒打虎救王忠》说的正是这段故事。④ 明嘉靖年间，王杲在古勒城崛起，成为一代罕王。满族传统说部《两世罕王传》的上部"记载王杲事迹较详，弥补了史书的疏漏之处，肯定了他的历史地位"⑤。

由此看来，王杲是满族民间叙事中一个重要的历史人物，不仅是作为努尔哈赤的外祖父，他自己也有着传奇身世和非凡经历，他的诸多传说仍在辽宁省桓仁满族自治县流传。民间传说中的王杲是多贝勒的大福晋所生，而多贝勒又是王兀堂与侠女乌英之子。乌英是富察氏五女英雄之一的小格格。⑥ 事实上，王兀堂与王杲的祖孙关系是虚构的。据《明

---

① 参见孙文良《论明末辽东总兵李成梁》，《明史研究》1991年第1辑，第159—172页。
② 赵维和：《试论建州右卫王杲》，《满族研究》2003年第4期，第44—47页。
③ 《万历武功录·王杲列传》卷十一。
④ 夏秋主编：《满族民间故事·辽东卷》（上卷），辽宁民族出版社2010年版，第32—36页。
⑤ 李燕光、关捷主编：《满族通史》，辽宁民族出版社2003年版，第251页。
⑥ 传说本文详见《多贝勒打虎救王忠》。

史》记载,王兀堂是建州女真栋鄂部首领,曾被李成梁击败,与王杲并无亲属关系。王兀堂的满名是克彻巴颜,他的真实孙子是满洲五大臣之一的何和礼。

通过这些传说与历史的辨析,我们发现正史与民间叙事有时是混融的,有时又是泾渭分明的,民间叙事往往借助正史生根发芽,从而增强其可信性和流传性。归根结底,民间叙事不是对于历史本真性的追求,而是民众情感的真实表达。此外,辽东地区用来吓唬小孩子的一句俗语"再闹,老告(杲)子就来了!"也是来源于史书中提及的王杲残暴的一面。

民间传说赋予了脸谱化的人物更鲜明的特色,每一个英雄时代都有其自身的特殊性,属于努尔哈赤的时代也不例外。传说集群所展示的形形色色的历史人物,从另一个维度记录了民众对他们的功过评断。对这些角色的描写虽说从细节上仍属于"箭垛式"传说人物,但有了正史的影响,毕竟还是趋向于善恶忠奸的平面形象。当然,对口头传统中人物的理解也离不开讲述者的立场与见识。

三 复调的英雄

努尔哈赤的历史形象在不同的叙事文类中有所不同。在传说集群各个层次上的表现也不一致。以下是朝鲜人申忠一在《建州纪程图记》中对努尔哈赤在费阿拉时期的外貌描述:

> 奴酋不肥不瘦,躯干壮健,鼻直而大,面铁而长。头戴貂皮,上防耳掩,防上钉象毛如拳许。又以银造莲花台,台上作人形。亦饰于象毛前。……身穿五彩龙文天益,上长至膝,下长至足,皆裁剪貂皮,以为缘饰。……护顶以貂皮八九令造作。腰系银入丝金带,佩帨巾、刀子、砺石、獐角一条等物。足纳鹿皮兀刺鞋,或黄色,或黑色。胡俗皆剃发,只留脑后小许,上下两条,辫结以垂。口髭亦留左右十余茎,余皆镊去。

这段话细致地勾画出一个女真首领的形象,相貌、身形、发饰、衣着都展现出努尔哈赤一代帝王的气质。白描的笔法让我们能够通过文字去想象老罕王当时的神采。民间叙事不同于历史的书写立场，也不止于粗线条的勾勒，它往往从具体的事件出发来褒贬人物。努尔哈赤传说集群累积的那么多文本，为我们讲述形形色色的罕王，"正是这些零散于金戈铁马、风云翻卷的'英雄叙事'主干之外的无数细节，将努尔哈赤、皇太极等帝王英雄的正史形象予以了某种消解，使我们倾听到一些较之正史而言相对边缘的、矛盾的、相异的乃至反常的历史述说与情感表达，从而也有可能了解到被视为'信史'的'历史'的真正本质及其形成过程"①。在复调的叙事乐章中，罕王脱离了清太祖的帝王形象，回归到一个普通的历史人物。努尔哈赤传说也不仅是满族的族群性叙事，而成了地域文化的一个代表，不同民族都对老罕王有着自己的理解。这里可以换个角度从图们江流域流传的朝鲜王朝记录的努尔哈赤传说文本来观察努尔哈赤的族源与形象。

> 朝鲜会宁图们江畔一个村子里有个名叫李座首的人。他有个早已到了结婚年龄的女儿，未婚先孕。得知此事，父母大怒，严加讯问。据女儿说，每天半夜都有一个男子来到自己房里睡觉，清晨离去。父母为了知道这个怪汉是谁，用针穿上蚕丝线，让女儿插在男子的衣服上。第二天早晨，天一放亮，沿线搜寻，发现蚕丝线过了江，到了有山的地方。蚕丝线进了山中古城的池塘中。把水舀净后，露出了一只身上插有蚕丝针线的水獭伏在池中。将该兽打死后，晚上再也没有出现那种怪事，李座首的女儿不久以后就生了个男孩。这个孩子的头发和眼珠以及肤色都有些红中泛黄，所以又叫努尔哈赤（在朝鲜语中，努尔哈赤的前两个音节正与浅黄的词根相同——译者注）。这个孩子后来同一名女子结婚，生下三兄弟。其中三子就是建立大清帝国的清太祖。②

---

① 江帆：《满族说部叙事的隐性主题与文本意义——以〈雪妃娘娘和包鲁嘎汗〉为例》，《民族文学研究》2012年第4期，第14页。

② 参见金宽雄《图们江沿岸朝鲜民族中的满族形象》，全华民译，《东疆学刊》2003年第1期，第14—21页。

这是一个典型的老獭稚传说的异文,国内常见的文本主角还有宋太祖赵匡胤。现在这则文本据说是钟敬文先生20世纪20年代在日本留学期间从会宁的朝鲜留学生那里采集到的。钟先生对此类型传说也进行过深入的研究。① 此外,据说在朝鲜会宁郡和庆源郡也流传着一些努尔哈赤传说,并附会了风水先生、天子剑等民间故事常见母题。而朝鲜民间传说所反映的努尔哈赤及女真人形象和官方的历史书写也是不一致的,即"它们都将努尔哈赤塑造成了与朝鲜朝主流意识形态相左的理想化形象。"② 此例证明了本书搜集的文本仍然带有很大的局限性,而民间叙事的"创作权"在民众手中,历史人物的形象也由他们来评述。不管官方的记载如何,对于作为历史与文学之间桥梁的传说创作,民众总是把握着主动权。

另外,还有一点引起笔者的注意,即我们搜集的努尔哈赤传说大多是流传在新宾以及辽东地区,吉林和黑龙江的文本相对较少,其原因除了笔者搜集能力有限外,罕王传说主要在建州女真人的地域流传应该也是不争的事实。而且,传说也主要是从正面的角度来宣传罕王的功绩和当地风物形成的历史依据。

不过,近来出版的满族说部中的一些内容也为我们展现了其他女真部落对努尔哈赤功过的评论,这些文本从不同的角度构成了历史话语的多义性。

如《雪妃娘娘和包鲁嘎汗》叙述了努尔哈赤拆散皇太极与白雪格格这对恋人,并逼着白雪格格外嫁蒙古,又让皇太极与蚩优城联姻,文本中就对他的真实"企图"直言不讳。

> 汗王爷板着脸说:"儿子,打从你把白雪格格接到咱们这来,这事我就想过。儿子,你想过没有,你是我建州部首领汗王爷的孩子,白雪格格是咱们女真人奴才家的孩子,她怎么能配跟你成婚呢?这事我已经决定了,你就不要再说了。儿子,你还记不记得?你大哥

---

① 钟敬文:《老獭稚传说的发生地》,《钟敬文自选集》,首都师范大学出版社2008年版,第251—271页。
② 刘广铭:《朝鲜朝语境中的满洲族形象研究》,光明日报出版社2013年版,第68页。

褚英和扈尔汉他们几年前不是到东海蜚优城去过吗?……城主的女儿,她的岁数跟你差不多,长得也很好,又非常机灵。我和她阿玛早就定下了,把她许给你。孩子,你知道不知道,咱们和蜚优城联姻,就等于打开了东海的大门。这一来,就切断了乌拉部布占泰的通道,咱们赫图阿拉很快就会得到辽东这片最大最富的土地,那里不但有山林、绿地、人口,而且有大海。孩子,这才是大事,你怎么还像孩子一样,想得那么狭隘呢?"①

《扈伦传奇》讲述的是海西女真扈伦四部兴亡的故事,他们也是从自己部落的视角看待努尔哈赤统一女真的历史事件。这些宗族秘史曾经"受到清廷长期忌讳、禁止传播"。②

总之,对同一个历史人物,不同视角会有不同的理解,出现复调的声音。民间叙事中的历史话语表述有着迥异于正统历史书写的思路,它所抒发的是特定群体的英雄观,就传说而言,历史总是被曲折地述说和隐匿地描摹的。只有当我们深入到地方民众内心,并具有比较的大历史观的前提下,才能洞悉英雄人物在他们心中究竟处在一个什么样的位置。传说并非是自足的体系,其关涉或者链接的终端是某个历史名人、历史事件或风俗习惯。在充满解释意义的结构性叙事当中,传说所灌输的信息是与官方历史并不完全吻合的民间史观,是与历史文本书写不同的民间叙事逻辑,这都与民族精神、历史心性等要素有关。叙事类型或者叙事话语逻辑的辨析与划分并不是为了追求共同的母题要素,而是要凸显出作为"箭垛式人物"的传说集群。

第二节 满族的英雄传说

笼统地说,关于英雄的叙事都可以称作"英雄传说"。即便是真实的

---

① 富育光讲述、王慧新记录整理:《雪妃娘娘和包鲁嘎汗》,吉林人民出版社2007年版,第316页。
② 《扈伦传奇》故事流传情况,呼伦纳兰氏秘传,赵东升整理:《扈伦传奇》,吉林人民出版社2007年版,第1—3页。

故事，在语言与文字的表述中不可避免会夹杂讲述人或书写者的个人情感。我们放大了传说的范围，亦如我们建构传说集群的概念，无外乎是要在一个充实的文本语料中得出对于民间叙事的深层次理解。这些文类的话语本就是模糊的，狭义上的传说也只不过是突出了它与历史的一些关联。

满族是个崇尚英雄的民族，这一点不仅表露在文学中。作为"白山黑水"间走出来的渔猎部落，粗犷与彪悍是生存的基本保障。满族的英雄体系是多元化的，也是十分复杂的。萨满文化所挟带的神灵世界观与原始信仰中的各种崇拜观念，塑造出了面目各异的满族英雄，而努尔哈赤就是复合类型英雄的代表。

一 英雄祖先的叙事传统

努尔哈赤传说带有强烈的英雄祖先色彩。从传说讲述中可以发现，复调声音的主流是源自英雄崇拜的自豪感。老罕王不再是冰冷历史文献中那个历史人物，而是实实在在地与他们的生活相关的。尽管这些讲述者也只是道听途说，并不是历史事件的亲历者，但在集体的层面上，这些人共同享有一段颇为"真实"的记忆。在这一点上，借助传说所具有的可信性，可以将他们视为一群"感受者"。传说讲述者对于叙事的真实性解释是有差异的，但对叙事传统的存在是确定的，因为这些故事不是他们杜撰的，而是一辈辈传下来的。

英雄叙事的根基是民众的英雄崇拜情结，这种情结可以归结到一种集体无意识。"集体无意识并不依赖个人而得到发展，而是遗传的。它由各种预先存在的形式即原型所组成。这些原型只能次生性地变为意识，给某些心理内容以确定的形式。"① 英雄叙事是英雄崇拜的一种直接表现，其心理根源在于人类面对现实种种不可克服的困难时，总是习惯把命运交由英雄来拯救，这种英雄崇拜的原型也就世代遗传下来。黑格尔说："崇拜是一种精神与精神的交契。"英雄超出常人的地方体现在他们的力

---

① ［瑞士］荣格：《集体无意识的概念》，叶舒宪编《神话——原型批评》，陕西师范大学出版社1987年版，第105页。

量、智慧或者道德的优越感,而这些也都是常人希望具备的能力与品质。

在口语文化中,英雄祖先的叙事传统表现在世代沿袭的讲述活动中,因为涉及英雄崇拜与祖先崇拜,这些活动通常是带有仪式性的。究其起源,在氏族—部落社会时代,那些特殊的人物总是人们敬畏和服从的对象。在他们死后,人们又普遍相信灵魂会继续存在,进而产生对亡灵更大的敬畏,以致发展成崇拜的对象。① 满族人也同样如此,起初更多的是恐惧感,而后转向崇敬,"这时还是有选择地祭祀祖先和族人,处于英雄崇拜阶段"。② 到了皇太极时期,祭祀祖先更是居于所有祭祀中极高的位置。

在大量的满族民间神话和传说作品中,我们发现这些英雄主人公大多带有部落祖先性质,这也可以用来解释为什么努尔哈赤传说会大量流传并集群化。除了努尔哈赤外,像红罗女、完颜阿骨打、萨布素等也都具备英雄祖先的叙事传统。

在书写文化中,将口头传统的固定版本加以发挥,更成为推行族源正统思想的一种手段。满族的族源叙事中,始祖布库里雍顺的传说也成为唯一被写入正史中的民间传说。"书写系统的发明可能在很多方面帮助了人类,同时,它也在另一些方面确实损害了人类的思想。……我们可以在时空之间增加距离的维度,在那里,书写系统在讲述主体与写作者之间,在历史学家与人类之间被创造。"③ 利用书写系统构建的文本可以缩短历史与现实的距离感,但从口头到书面的转换却提醒我们书写远不只是一种工具,它带来了人类思维方式的变化,也深刻影响着我们对于祖先记忆的表达策略。

下面将通过回顾满族族源传说的文本化过程,揭示书写者背后的权力动因和英雄祖先叙事本身带来的话语张力。

---

① 吕大吉:《宗教学通论新编》,中国社会科学出版社2010年版,第392—393页。
② 鲍明:《满族文化模式:满族社会组织和观念体系研究》,辽宁民族出版社2005年版,第165页。
③ Jawaharlal Handoo, "People Are Still Hungry for Kings: Folklore and Oral History", Lotte Tarkka (ed.), *Dynamics of Tradition: Perspectives on Oral Poetry and Folk Belief*, Helsinki: Finnish Literature Society, 2003, p. 68.

事实上，这则传说曾主要流传在黑龙江女真人中，建州女真人并未听闻，而它被记录在册也是后金天聪九年（公元1635年）的事情了。当时，一个叫穆克西科的人讲到了这段故事，于是这也成为皇太极确定爱新觉罗氏族地位及满族身份的重要凭证。这则传说因此在各朝代的史书中反复印证，加以强化。①

最早记录的《旧满洲档》中只有寥寥数行简要的描述，"彼布勒霍里湖有天女三人，恩库仑、哲库仑、佛库仑，前来沐浴。时有一鹊，衔来朱果一，为三女中最小者佛库仑得之，含于口中吞下，遂有身孕。生布库里雍顺，其同族即满洲部是也"。

可是到了乾隆年间修订完成的《清太祖高皇帝实录》中，却丰富成了下面这段文学色彩浓厚的文字。

> 高皇帝姓爱新觉罗氏讳努尔哈赤。先世发祥于长白山。是山，高二百余里，绵亘千余里，树峻极之雄观，萃扶舆之灵气。山之上，有潭曰闼门，周八十里，源深流广，鸭绿、混同、爱滹三江之水出焉。鸭绿江自山南西流入辽东之南海，混同江自山北流入北海，爱滹江东流入东海。三江孕奇毓异，所产珠玑珍贝为世宝重。其山风劲气寒，奇木灵药应候挺生。每夏日，环山之兽栖息其中。
>
> 山之东有布库里山，山下有池曰布尔湖里，相传有天女三，曰恩古伦，次正古伦，次佛库伦，浴于池。浴毕，有神鹊衔朱果置季女衣，季女爱之不忍置诸地，含口中，甫被衣，忽已入腹，遂有身。告二姊曰："吾身重不能飞升，奈何？"二姊曰："吾等列仙籍无他虞也。此天授尔娠，俟免身来未晚。"言已，别去。
>
> 佛库伦寻产一男，生而能言，体貌奇异。及长，母告以吞朱果有身之故。因命之曰："汝以爱新觉罗为姓，名布库里雍顺。天生汝以定乱国，其往治之。汝顺流而往，即其地也。"与小舠乘之，母遂凌空去。
>
> 子乘舠顺流下，至河步登岸，折柳枝及蒿为坐具，端坐其上。

---

① 参见张佳生主编《满族文化史》，辽宁民族出版社1998年版，第273—279页。

是时，其地有三姓争为雄长。日构兵相仇杀，乱靡而定。有取水河步者，见而异之，归语众曰："汝等勿争，吾取水河步，见一男子，察其貌非常人也。天必不虚生此人。"众往视之，皆以为异。因诘所由来，答曰："我天女佛库伦所生，姓爱新觉罗氏，名布库里雍顺。天生我以定汝等之乱者。"众惊曰："此天生圣人也，不可使之徒行。"递交手为舁，迎至家。三姓者议曰："我等盍息争，推此人为国主，以女百里妻之。"遂定议。妻以百里，奉为贝勒，其乱乃定。

　　于是，布库里雍顺居长白山东俄漠惠之野俄朵里城，国号曰满洲，是为满洲开基之始也。

　　通过比较这种叙事的变化可以清晰地发现传说在表述中的无限可能。这种变化在口头讲述中会发生，在书面文学中依然会发生，而当文字再次回到口语讲述中时，它可能又变成另外的样子，而不变的是族群整合的理性建构与历史想象。英雄祖先叙事传统的丰富性在这一层面上达成一致。

二　复合型英雄——努尔哈赤

　　毋庸置疑努尔哈赤是满族的祖先英雄，但如果按功绩来划分，他到底又是一个什么类型的英雄却还需要深入地解析。民间叙事所营造的强大的历史话语将"努尔哈赤"分解成了"小罕子"与"老罕王"两个角色，在民间讲述中，很少有直接称呼努尔哈赤本名的。这代表了在民众的感受中，努尔哈赤与他们的距离并不遥远，周围的事物也证明了曾经"真实"发生过的历史。众多的传说文本给我们塑造了一个又一个生动的罕王形象，在承担了阐释自我身世和地方风物的角色外，努尔哈赤也渐渐汇聚了多样的英雄面貌。

　　简单看来，可以从四个角度梳理努尔哈赤的英雄业绩，也就是说，努尔哈赤兼具了战斗英雄、文化英雄、道德英雄和"萨满式"英雄四个类型，他们之间并不是完全孤立而是在文本中杂糅地体现出来。每一个类型都仅是作为立体人物形象的一个侧面而存在，在不同的传说中他们肩负的使命和突出的特质都有所差异，努尔哈赤正是这样一个复合式的英雄。如果我们横向来看待这些文本的话，努尔哈赤从小到大生活的各个方面几乎都出现在传说中。当忽略掉那些民间叙事天然带有的类型性特征，我们就会发现民间传说中的罕王远比作家的创作要丰富多彩，老罕王的英雄形象是如此的深入人心。

作为战斗英雄，他戎马一生，身经百战，并且多数取胜。传说中把这些战斗传奇化、在地化，凸显了英雄崇拜的心理意识。有些靠智慧取胜、有些靠勇猛取胜、有些又有神人相助，战斗描述也呈现多样化。与我们看到的单篇神话战斗英雄不同，罕王征战传说都是片段式的叙述，而不是从英雄出生到取得业绩的完整过程。

作为文化英雄，首先是传说中大量的地名都与他相关，命名是极富文化内涵的行为。同时，诸如狗宝（桔梗）、龙胆草、马粪包、靰鞡草、榛子、烟草、桑葚、豆瓣酱、臭豆腐等事物也都被认为是老罕王时代传下来的，或者直接就是老罕王发现（发明）的。此外，还有像人参蒸煮法这类在史籍上有记载的。努尔哈赤创建八旗制度以及创制满文，都对当时的社会发展做出了重要的贡献。

作为道德英雄，在前文讨论传说的道德主题时已经举过很多例子。就史实来看，努尔哈赤也曾施行过强迫汉人剃发、迁徙，屠杀汉人的高压政策。尽管民间传说中也暴露出罕王某些性格缺点，但民间叙事中，特别是在建州女真人传承下来的传说中，罕王还是可以称得上道德英雄。

作为萨满式的英雄，可以从萨满文化对于当时女真社会，特别是努尔哈赤天命观的形成看出。努尔哈赤信奉萨满教，每次出征都请萨满祭堂子。传说中也多次提到罕王遇到困难时求助于萨满。"从天神向天命观的转变，不在于后者保留了多少天的超自然力量和权能，而在于把发生的一切看作上天的安排与体现。"① 萨满信仰无疑让罕王传说也带有了一定的神性光环。

第三节　英雄叙事的罕王模式

满族传说的一个突出特点就是，"以杰出的历史人物，或者说以对民

---

① 薛洪波：《萨满教对努尔哈赤天命观的影响》，《满族研究》2007 年第 2 期，第 101 页。

族有突出贡献的民族英雄为中心的传说,占有相当大的比重"。① 努尔哈赤能成为英雄这件事并不是偶然,它有着深刻的历史动因。从历史到传说文本,从传说文本再回归历史,我们惊奇地发现努尔哈赤的英雄之路正在形成一种普遍模式,古今许多英雄也是循着这样一个轨迹而成为人们崇拜的偶像。这条英雄之路也可以称为英雄叙事的"罕王模式"。

一 罕王传说的历史结构

当我们对罕王传说的文本进行深入的叙事主题分析后,不难发现其中存在的历史过程的逻辑,即在努尔哈赤一生经历中,传说的分布并不是均衡的,这就构成了传说线索的历史结构,以及传说生成与历史事件的对应关系。当然,得出这一结论的前提是,要暂时忘记传说文类中的解释功能性因素,而去关注其对人物的描述内容。如果把这些传说按照人物的生平历史进行排列组合的话,似乎一个拟长篇的叙事正在显现。而实际上,许多历史小说的创作也正是在人物史实主线的基础上融入了各种民间传说轶事。运用传说来填充历史的细节让叙事更加生动,人物形象也更加丰满。

历史向度审视的民间传说对多维度的罕王形象进行了不同的诠释。罗兰·巴尔特在他对历史话语的符号学解析中提出,"历史陈述与任何其他陈述一样可被分为'存在项'(existents,实体或主题)和'发生项'(occurrents,属性或主题)。经过初步考察,其中每一个似乎都是一个相对封闭的(因此就是可限制的)项目表或'集合',它的项目总会重现,虽然不言而喻的是通过各种不同的组合方式"②。他也给出了希罗多德史学作品的例子。存在项的人物和场所与发生项的行为活动所连线的集合是相对有限的,它们之间需要进行替换和转换。对于努尔哈赤传说集群的核心部分来说,存在项即是罕王与传说风物,而发生项即是出生、逃难、攻城、杀儿等事件。当存在项与发生项一次连接,即完成了一个叙

---

① 季永海、赵志忠:《满族民间文学概论》,中央民族学院出版社1991年版,第34页。
② [法]罗兰·巴尔特:《历史的话语》,[英]汤因比等:《历史的话语:现代西方历史哲学译文集》,张文杰编,广西师范大学出版社2002年版,第114页。

事单元的表达，从而形成了一个传说文本。当存在项与发生项交叉连接，就形成了多个文本，但其总数是有限的。

遵循这一理论假设，我们把罕王传说按照历史发生的顺序（实际上这个顺序是虚拟的）逐一排列，以本章第一节中提到的努尔哈赤一生的四个主要时段为参照，形成表3—1。

表3—1　　　　　　　努尔哈赤传说与史实对照表

序号	时段	史实	传说
1	少年时期	出生、生母去世	《神鹰转世》《罕王出世》《找活佛》
2		上山劳作	《小罕挖棒槌》《罕王放山》
3		古勒城破，被俘	《罕王脱险》《地蝼蛄救小罕》
4	统一建州女真时期	"十三副遗甲"起兵	《五副甲的故事》《兴兵堡的来历》
5		遭到暗杀	《义犬救主》《清太祖怒斩老龙敦》
6		杀尼堪外兰报仇	《尼堪外兰之死》
7		征服建州五部	《何和礼招亲》《智取水鬼军》
8	征服女真各部时期	古勒山大战	《罕王巧计破叶赫》《古勒山大破九部兵马》
9		征服海西女真	《努尔哈赤智取哈达部》《努尔哈赤征服乌拉国》
10		征服野人女真	
11		蒙古联姻	
12		处死褚英	《怒斩褚英》《老罕王杀儿》
13		赫图阿拉称汗	《赫图阿拉城》《老城的来历》
14		创建八旗制度	《神箭分旗》《龙旗和八旗》
15		创制满文	《满族的孔子》
16	征明时期	发布"七大恨"	
17		突袭抚顺、清河	《锁阳城》
18		萨尔浒大战	《萨尔浒大战地名传说》
19		攻取开原、铁岭	
20		攻取沈阳	《罕王智取沈阳城》
21		攻取辽阳	《巧取辽阳》
22		迁都辽阳、再到沈阳	《努尔哈赤迁都》
23		宁远兵败	《老罕王气性大》
24		去世、皇太极继位	《罕王之死》《皇太极继位》

通过表3—1，传说与历史的呼应一目了然。除了几个重要事件外，其余几乎都有相关的传说被发现，而且这只是短篇传说的列举，传说集群拓展的其他文本完全可以与努尔哈赤的历史大事相重合。同时，逃难、古勒山大战和萨尔浒大战这些事件集中了大量传说，而且类型丰富。这些传说的内容在前文大多有提及，不再赘述。抛开历史的脉络，罕王传说自行构成了一幅较为清晰而完整的英雄图。出世—逃难—征战—称王，近乎是一个单篇"英雄史诗"的情节单元序列。本书在第四章将要分析的正是由这个序列生发的长篇叙事实践。

由此，我们不妨从"一则传说"或者"一篇史诗"的角度来看待这些散乱文本的整合物。在比较西方英雄史诗与中国英雄史诗的区别后，郎樱提出，"我国的史诗，基本上采取由本及末的、顺时连贯的叙事方式，即不打破自然时序，按照人物的生命节奏、事件发生的时序，对人物与事件进行叙事"①。她也概括出中国英雄史诗基本的叙事模式为：

> 英雄特异诞生——苦难的童年——少年立功——娶妻成家——外出征战——进入地下（或死而复生）——家乡遭劫（或被篡权）——敌人被杀（或篡权者受惩处）——英雄凯旋（或牺牲）

在具体的史诗文本中，有些包括上述完整的情节单元，有些则有缺项。反观努尔哈赤的英雄叙事，除了"进入地下"和"家乡遭劫"外，其余基本都在传说中有所体现，这也正是史诗英雄与历史人物传说英雄的区别所在。

二 开国帝王的传说模式

对努尔哈赤传说中英雄叙事成分的分析，模拟了一种英雄帝王的传说模式。可以设想，"罕王模式"并不是唯一的，它应该被普遍运用于与努尔哈赤身份相似的开国帝王身上。

---

① 郎樱：《玛纳斯论》，内蒙古大学出版社1999年版，第21页。

历数中国历史上的帝王，他们都拥有众多传说。其中又以每个王朝的第一代君主的传说居多，盖因为他们能夺取天下，改朝换代，必然有非凡的才能，同时顺应民心，这些都是传说能经久流传的根基。在开国帝王中，有些原来是绿林草莽，都有史籍上缺少记载或隐匿不谈的不同寻常的经历。于是，老百姓就为他们创编了"英雄传说"，歌颂他们的功绩。值得注意的是，民众历史观通过传说的表达是十分复杂的，他们对于"材料"的使用也是有取舍的。因而，这些开国帝王在民间传说中的形象并不统一，有好的方面，也有坏的方面，正如我们对努尔哈赤的研究表明，复调的英雄观是普遍存在的。

本书将参照其他"英雄模式"[①]，尽可能细致地拆解开努尔哈赤英雄叙事的情节单元。"罕王模式"仅是一个初步的探索，它的形成一部分建立在笔者对于田野采录的"长篇罕王传说"的反思上，这一模式在多大程度上适用于其他帝王传说集群还有待于进一步验证。概括地看，"罕王模式"大体包括以下 20 个情节单元：

（1）奇异出生；（2）名字来历；（3）苦难童年；（4）逃难；（5）家族矛盾；（6）婚姻；（7）结义；（8）报恩；（9）破解难题；（10）神人帮助；（11）收降大将；（12）勇猛征战；（13）智慧征战；（14）军纪严明；（15）宽宏大量；（16）私访求贤；（17）金口玉言；（18）选择都城；（19）选择继位者；（20）选择陵墓。

这些情节单元之间的顺序并不是固定不变的，但大致符合一个开国帝王的生命轨迹。在寻找其他帝王传说进行验证的过程中，笔者发现，如果以已经完成的长篇叙事（包括小说）来考察，那么这些情节几乎都会出现，但另一个问题是，这个模式也可能并不局限在开国帝王上，其他帝王或英雄身上也可能产生同样类型的传说，只不过有稍许变化

---

① 参见洛德·拉格伦《传统的英雄》，[美]阿兰·邓迪斯编《世界民俗学》，陈建宪、彭海斌译，上海文艺出版社 1990 年版，第 199—222 页；阿地里·居玛吐尔地《突厥语民族英雄史诗结构模式分析》，《民族文学研究》2014 年第 4 期，第 75—87 页。

罢了。

对于这种模式化的传统英雄结构,拉格伦认为,"这一事实告诉我,传统中英雄的生平仅是一个传统而已,它不是一位真实历史人物的真实生平,而是有关个人生涯的某一程式化的故事。人们不必由此推断,我所列举的那些英雄们全部是子虚乌有。但是,我想假如他确有其人,那么他们的活动大部分具有一种程式化的特征,或者人们改变了他们的经历以使其符合某种类型"[1]。举凡这些开国帝王当然确有其人,他们的"故事"在史籍中也可以找到,但有多少传说能进入历史,或者本就是历史就不得而知了。像情节单元中的(1)"奇异出生",一般来自"感生神话",已经成为帝王确立"君权神授"统治策略的一部分。(3)与(4)主要是体现英雄的成长,磨难是不可避免的,况且这段少年时代正是史籍中缺失的。特别是逃难传说,一般是在某地聚合性存在,又多带有解释性。(7)"结义"也是史诗中常见的情节单元,英雄主人公总是有几个异姓兄弟帮助。(8)(15)(16)是英雄德行方面的内容。(9)(10)(17)突出了英雄的非凡能力。(11)(12)(13)(14)是核心部分,英雄叙事离不开战争,而帝王一般也是通过战争夺取天下的,他们的威信也从此而来。(18)(19)(20)是帝王叙事的标志,其他人都不具备这样的传说。

在"罕王模式"的建构中,隐含着假想的长篇思维。回到民间传说的材料本身,我们发现,自然形成的由多人讲述的文本是无法罗列成一个咬合的长篇,它们之间常常无法衔接,靠书面文本简易地拼凑成长篇也是不现实的。那些同一主题下的叙事只是作为一堆异文而存在,异文之间本就无顺序可言。再回到这个看似清晰的模式的产生基础上,它来自地方传统,同时也来自个人叙事,两者缺一不可。地方传统给了我们可以自由提取叙事法则的大量的文本资源,而个人叙事则让我们在讲述语境中观察到文本背后的生存之道。

---

[1] 洛德·拉格伦:《传统的英雄》,[美]阿兰·邓迪斯编:《世界民俗学》,陈建宪、彭海斌译,上海文艺出版社1990年版,第212页。

第四节　塑造英雄的历史话语

英雄形象的塑造是民族历史建构的重要内容，英雄传说作为历史话语承载了民族精神传播的责任。对于祖先的想象与碎片化的集体记忆，构成了共同体凝聚力的原初形态。"在历史叙事中，各种人、物、时、空符号共同构成叙事中的'事件'。真实的事件在我们身边时时发生，然而人们注意并记录下来的'人物'与'事件'常蕴含某种叙事模式；它们或循叙事模式而被书写，或因其复合此叙事模式而被记录，或因需要而被人们循此模式建构"。① 由此可见，英雄叙事的形成是一种有意识的话语实践。

努尔哈赤传说集群所传递的英雄话语不能简单地理解为全部来自民间自发形成。我们不能忽视作为帝王叙事与生俱来的神圣性与隐秘性。历史话语在实践中必然涉及了对历史真实性的辨别，即使传说本身不是"历史"，也要面临被选择的境地。历史话语的多面性使它至少存在四类与历史真实性有关的方面：外经验实证性（历史事实、历史事件）、内经验推证性（人物心理、心理过程）、文化价值表现和历史事件评价。它们混杂于历史话语中，各有不同的逻辑。② 努尔哈赤的历史距今称不上非常遥远，但不可否认，这数百年间中国乃至世界的社会历史变迁却是最为剧烈的。外部与内部经验综合考量着"传说"的存在意义，它在满族起伏跌宕的历史中扮演着重要的角色。历史话语也不是一成不变的，以传说为载体的这部分更突出了它作为族群精神与文化心理表征的作用。

在阅读文本的过程中，历史知识常常成为干扰我们理解民间叙事真正意义的"障碍"。民众在运用历史话语方面形成了自身的一套逻辑系统，不过，传说也并不是与历史完全处于对立位置的。在努尔哈赤传说

---

① 王明珂：《族群历史之文本与情境——兼论历史心性、文本与范式化情节》，《陕西师范大学学报》2005 年第 6 期，第 5 页。

② 李幼蒸：《中国历史话语的结构和历史真实性问题》，《史学理论研究》1998 年第 2 期，第 37—47 页。

中，我们也发现了大量关于中华历史文化的典故遗存。这些零散的传统意义上的"经典"深植于民众口头传统中，虽然已经不能找出是谁最初加入了这些元素，或许这种思路本身就是个伪命题。

下面列举的三个例子，不少细节刻画都源出历史典故。

在《小罕学艺》的传说中，对于练习眼神有着极为具体的描写：

> 小罕子去找佛拓老母，说："老母，我想学点武艺能不能教我？"
> "这么的吧，你先练练眼睛。"
> "怎么个练法？"
> 佛拓老母拿出一粒谷子，搁线穿上了："你回去就看谷子粒，多咱看它能有土豆那么大了，我再教你练武艺。"
> 小罕子拿回这粒谷子，整天整日地看着，不知看了多少天，突然间谷粒变大了，虽说没有土豆大，差不多也赶上了黄豆粒大了。他接着又练了不少日子，越看谷粒越大，最后看着能有鸡蛋黄大了。这天，佛拓老母来问他：
> "练好了吧？"
> "练好了。"
> "那就让我看看你的眼睛。"
> 小罕子把眼睛一睁，佛拓老母从头上拔出一个金簪，照着他的眼睛就攮，差不点就攮上了，可是小罕子的眼睛一眨都不眨。
> "嗯，练成了，我可以教你武艺了。"

这段描写形象而生动，听众可以真切地感受到小罕子为学习射箭下了一番苦功夫，也赞叹民间艺人精妙的语言和构思。而在《列子·汤问》中，笔者惊喜地发现了相似的描述，原文如下：

> 甘蝇，古之善射者，彀弓而兽伏鸟下。弟子名飞卫，学射于甘蝇，而巧过其师。纪昌者，又学射于飞卫。飞卫曰："尔先学不瞬，而后可言射矣。"纪昌归，偃卧其妻之机下，以目承牵挺。二年之后，虽锥末倒眦，而不瞬也。以告飞卫。飞卫

曰:"未也,必学视而后可。视小如大,视微如著,而后告我。"昌以氂悬虱于牖,南面而望之。旬日之间,浸大也;三年之后,如车轮焉。以睹余物,皆丘山也。乃以燕角之弧、朔蓬之簳射之,贯虱之心,而悬不绝。以告飞卫。飞卫高蹈拊膺曰:"汝得之矣!"①

可见,小罕子跟神射手纪昌的学习经历几乎如出一辙。由此推断,或许是某位艺人曾经看过这篇故事,然后将其加在了努尔哈赤传说中,丰富了民间语言的表述。

再如《罕王出世(一)》中描写婴儿王镐坐着木排顺流而下被人捡起的情节。

  三仙女想,这孩子也没有爹,我也不能带着孩子上天,便给孩子做了个木排,让他顺着江水往下放,谁拣去谁留着吧。这个木排飘呀飘,一群乌鸦在上空照应着。
  下游有两个妇女洗衣服,一个姓王,一个姓肇,他们两家处得就像一家人似的。俩人一边洗一边闲唠嗑。一个说:"老肇大嫂,你现在还有个小子,我都这么大岁数了,不管男孩女孩一个孩还没有,你兄弟为这事和我叨咕。"姓肇的媳妇说:"哎,大妹子,上边飘来个什么,乌鸦一群一群跟着?""大嫂,那不有把镐头吗,搁镐头搭过来看看。"拿镐头一搭搭上来,哎呀,是个小孩,在上边嘎啦嘎啦还叫呢。"大妹子,是个大胖小子,不管怎的我还有个儿子,这个小孩就给你吧。"

这段典型的江流儿故事在前文已有提及,也与史籍中关于满族始祖布库里雍顺乘舟而下的传说有着千丝万缕的联系。据说这个故事类型的产生与古代世界各地曾经流行的水中试婴的习俗有关,而有着同样身世的婴儿,长大后都成了英雄。脱离母亲,在水中漂流象征着重生。由禽

---

① 《列子·汤问》。

兽或者他人拾取养大,代表着天地哺育的孩子。① 这些都说明了布库里雍顺,或者王镐,或者努尔哈赤的奇异身份。

又如《火牛阵》②,其原型是战国时期齐国将领田单用火牛阵打败燕国军队的故事,见于《史记》记载。

> 田单乃收城中得千馀牛,为绛缯衣,画以五彩龙文,束兵刃于其角,而灌脂束苇于尾,烧其端。凿城数十穴,夜纵牛,壮士五千人随其后。牛尾热,怒而奔燕军,燕军夜大惊。牛尾炬火光明炫耀,燕军视之皆龙文,所触尽死伤。五千人因衔枚击之,而城中鼓噪从之,老弱皆击铜器为声,声动天地。燕军大骇,败走。③

这一经典战役在历史上被多次复制,在口头传统中也有流传。查树源为丰富讲述内容,将其植入努尔哈赤传说,为长篇的形成提供了新的素材。

以上这些典故的运用有的延续了民间传说的手法,有的吸收了曲艺表演的风格,共同点是都属于塑造英雄的历史话语。此外,传说中还提及了众多的俗语、谚语、民间知识,展示了传说内容的多样性。通常来讲,民众传承英雄的话语实践方式有很多种,而口头传说则是较为普遍的一种。传说与历史的复杂关系历来被学者所广泛讨论。无论是通过传说的蛛丝马迹反映历史的真实经历,还是辨别传说脱离出历史的传奇化想象,大多认可传说总是带有关于"过去"的一丝印记,而绝不是毫无根据捕风捉影的。英雄的"真实"样貌曾被史家写入典籍,而这类文本的生产过程也复杂多变。

随着新史学的反思,历史不再是以往认为的那样"真实",而传说自然也不再是以往的那样"虚构"。不过,传说在历史学家那里还是作为资

---

① 胡万川:《中国的江流儿故事》,载苑利主编《二十世纪中国民俗学经典·传说故事卷》,社会科学文献出版社2002年版,第227—240页。

② 文本见附录六,讲述片段6。

③ 《史记·田单列传》。

料，但在民俗学者眼中，传说的内涵要远大于此。讲述的英雄比书写的英雄精彩，至少是生动得多，语言的魔力在民间叙事中得到了极大的展现。民众在口头传统中塑造了成千上万的英雄，虽然他们依旧遵循着某种既定的法则，但也并不能简单理解为千人一面。

中国的英雄传说更是如此。究其原因，笔者认为大抵是历史的发展所造成的。中国历史悠久，出现了众多类型的人物，如帝王、贤臣、良相、工匠、名将、文人等，都形成了独特的民间审美体系。每一个类型人物的传说累积都要按照数千年来的模型再加入地方化和个性化，如果脱离了这个框架，那么就很难被民众认可，自然也就失去了继续传承的根基。同样，英雄人物传说也秉承了这样的叙事规律，再附加上智勇双全、忠孝仁义等传统的中国文化概念和伦理要求，这样，一个近乎完美的英雄就诞生了。当然，这几乎都是在汉族视角下塑造的英雄，少数民族的英雄也许会稍有差异，其民族特性是需要被考虑进去的。就满族英雄而言，他们有些来自族群起源的神话祖先，有些来自帝王将相，文人墨客，也有些本就是普普通通的百姓，因为某些"业绩"而被人们传为英雄。本书的研究对象努尔哈赤传说，就包括了满族英雄和帝王人物两种类型的混合。

英雄通过口耳相传来塑造，而从传说来看，具体的山川风物，习俗礼仪都是固定传说话语的重要规则，这些"有形物"成为传说的外在显现。一代代人会自觉地讲述从前这里发生的事情，更重要的是，因为山川依旧，风俗还在，所以传说也成为过去与现在连接的重要纽带。历史就这样通过民间话语而与当下的生活紧密相连。无须文献和史料的爬梳，几个传说所带来的地方性知识就足以承载数千年的历史变迁。"我们不仅可以从文学创造的角度来理解传说本身的虚构性，更应该将这些传说视为一种集体社会心智的呈现，传说中结构与符号改变更是社会面对历史变化时的一种调节的表现。从民间的角度看，传说是更深层地表达民间历史心智的一种文类。"① 由此，传说的功能得到了最大实现。

---

① 连瑞枝：《隐藏的祖先：妙香国的传说与社会》，生活·读书·新知三联书店2007年版，第10页。

民间散体叙事文类中的英雄形象也是不尽相同的。神话中的英雄，如伏羲、女娲、后羿、大禹等被称为文化英雄，他们生活在上古时期，不仅用非凡的技术制定了人类的行为规范，也发明了一些人类生存的必需品。一个民族总是把这些最早、最基本的发明或者文化成果添加到他们身上，使神话英雄成为族群理想的象征。传说中的英雄有时带有神的影子，他们大部分是历史上的真实人物，关于这些英雄的遗迹也成为地方集体记忆的重要组成部分。狭义的民间故事中的英雄总是直接表露出人们的某种情感，他们可能连个具体的名字都没有，但在天马行空的幻想叙述中，他们敢于为民立言，替普通百姓惩恶扬善，除暴安良，符合民间叙事中一贯的伦理道德。

千面英雄都在我们的话语中生成，文类的差异很大程度是我们根据讲述情境的划分。民间叙事以主体对自然以及社会生活的对象化为基础，通过不断累积和本能阐释的互动而对真实的外界进行确证。神话历史化、传说地方化、故事现实化，都为英雄叙事的传承提供了依据。"对口述或文字书写文本解析的目的，并不在于获得文本所陈述的'事实'或在发掘其内在'结构'，而在于将文本视为一种'表征'，以发掘、呈现产生此文本塑造的'情境'。"[①] 这也就是本书立足于实践性文本研究的一个初衷。

不管怎样，努尔哈赤是历史上的风云人物，也确实在新宾地区留下了足迹。老城的断壁残垣、永陵的山川沟壑与流传在民间的口头传说一样，都是历史的某种记录，并且后者还带有更厚重的人类思想的声音。传说并非是虚无缥缈的传言，它是凝结着地方民众的话语表达，尽管它的叙事并不那么清晰与直接，甚至包含了众多的隐喻，使我们一时还难以明辨，但这些文本已然将我们与那个逝去的年代相关联。数百年来，民众的讲述已经构成传说的生命历程。我们有理由相信这些传说还会继续传承下去，即便它所负载的东西随着时代变迁而偏离了原有轨迹，但它依然有着新的意义，是构成民间生活的文化之源。

民族史的建构离不开英雄叙事，英雄故事的传颂也同样具有教化功

---

① 王明珂：《英雄祖先与弟兄民族》，中华书局2009年版，第11页。

能。一个民族需要用英雄来激励,并带动和唤醒更多的人成为英雄。民族历史需要英雄,英雄的神话由民众创造,也为后代所传承,一个民族的历史建构是叙事积淀、族群认同与群体记忆综合的结果。与其说当下传统的英雄叙事文类日渐衰落,不如说是民间叙事新生文类的日益多样化改变了以往对英雄的单一认知。近代以来,社会生活发生了巨大变迁,风俗习惯、讲述内容也随之产生较大变化,口承叙事无可挽回地走向了濒危的态势,特别是那些以传统受众为主的神话、传说、民间故事等文类。但从另一方面看,现代传媒手段的丰富也使得英雄叙事得以发展,并走向了动态的转变。

如前文所述,英雄与人类生活相生相伴,并不会彻底消失,只是当下人们对于英雄的定义发生了变化。卡莱尔指出,"在任何时代他们都不能从活着的人们的心中完全清除掉对伟人的某种特殊的崇敬。真正的尊敬、忠诚和崇拜,不管这崇拜多么模糊不清和违反常情。只要人存在,英雄崇拜就永远存在"①。过去那些记忆中,拥有超凡能力的神人依旧为现代人所崇拜,而和平年代的道德英雄在现代社会价值观体系中也逐渐凸显其价值。

英雄叙事是一个永恒的主题,英雄的品格也是民族性格的体现。英雄叙事有着自身的演变规律,各个时代都有属于自己的英雄。"每一个国家和民族都需要这样的英雄,也就一定会在正史中,在文艺创作中,在民间叙事中记载和宣扬他们的事迹,世世代代地歌颂他们,描绘他们……以口碑形式而存在的民间叙事,因能够巨细不遗、富于想象和传奇色彩,有时会更加深入人心,发挥比正史更大的作用。"② 真实的历史只有融入人民的历史观,才会成为集体记忆。只要民间叙事的话语权掌握在民众这里,那么民族历史与家族记忆就会继续传承下去。

---

① [英]卡莱尔:《英雄与英雄崇拜》,何欣译,辽宁教育出版社1998年版,第23页。
② 董乃斌、程蔷:《民间叙事论纲(下)》,《湛江海洋大学学报》2003年第5期,第43页。

第 四 章

故事家查树源的个人叙事

如果说前面三章都是在地方传统的范围内思考努尔哈赤传说文本的整体面貌和流变规律的话,那么本章将进入关于个人叙事的维度来讨论一位故事家如何从叙事传统中汲取养分,结合个人的生活经历与艺术能力创编出一个又一个鲜活的努尔哈赤传说,并将它们长篇化。

民间叙事的研究终归要以人为主体,用现在的话来说,他们就是"传承人",是当代传统文化的优秀承载者。这些传承人与受众共同组成了讲述空间,逐步发展后就形成了地方叙事传统,个人讲述使叙事传统得以具体的呈现。可以说,没有个人,传统无以为继;没有传统,个人也黯然失色。田野调查让我们发现了越来越多的优秀传承人与他们的叙事传统,而现在面临的问题是,伴随着工业化时代的到来,浪漫主义理想中的传承人与叙事传统几乎消失殆尽。我们已经不大可能继续运用原有的从"不识字"故事家中总结提取的理论与方法来阐释当下这些书写型传承人和精英型传承人的"作品",因此,就需要我们回到现实中来,从这些新的个人与传统关系中阐发新的与时俱进的理论与方法。

本书的写作就是基于对查树源这样的一位故事家的调查。"故事家"是别人给查树源的称呼,因为他从"民间文学集成"时代开始就是"百则级"的故事家了。而查树源自己则笑称不敢叫"家",只是一辈子正事不足、闲事有余、"喜好听,喜好讲罢了",听故事与讲故事已经成为他生活的一部分。

本章将围绕查树源的个人叙事展开,从他的生活史和讲述史入手,深度发掘他的个人曲库,并探讨他独特的个人言语方式,以全面展现新宾地区努尔哈赤传说主要传承人的叙事魅力及地方传统对个人讲述的重要影响。

第一节 生活史：不是故事的"故事"

倾听一个艺人对于自己生活经历的讲述是十分重要的。他在讲述这些真实事件时的情感带入与细节描绘并不亚于他的任何一篇故事。与生俱来的讲述能力和表演欲望，加上几十年累积的讲述经验和技巧，使艺人的每一次讲述，不管具体内容是什么，都自然而然地带有鲜明的个人风格。

随着文本到语境的范式转换，探究民间叙事的内部规律必然落在对讲述人的关注，而了解他的生活史也是其中重要的一项。生活史对于普通讲述人来说，大多来自他们的口述史，而不见诸文字，那些有写日记和回忆录习惯的毕竟是少数。这种口述历史的表达涉及了个人的生活世界，也掺杂了他对于社会、人生的诸多感悟和评论。个人的口述史是无法与整个社会的时代背景完全分开的。同时，个人的记忆有遗忘，也有模糊，还需要我们从其他材料中不断补充、验证与还原。"记忆要经由语言来表达，因为个人的原始经验往往是处于模糊的状态，此一模糊的经验必须通过语言的陈述、命名、认定，才得以落实。然而此一通过语言述说经验的过程，一方面已经脱离了原始经验的模糊与混沌，另一方面亦开始新的诠释与创造。"① 因此，口述历史的解读应在个人回忆与社会记忆的双重框架内进行。那些不是故事的"故事"能让我们在感受查树源讲述魅力之前，先进入他的生活世界。

一 故事家的简历

笔者在这里使用了"简历"来界定查树源的基本生活经历，理由在于，他并不是一个我们通常讨论的农民身份的民间传承人。作

---

① 黄克武：《语言、记忆与认同：口述记录与历史生产》，载定宜庄等主编《口述史读本》，北京大学出版社2011年版，第30页。

为一个有正式供销社工作的职员，查树源退休前的讲述活动都是在业余时间进行的，繁忙的工作并没有阻挡和影响他对于说唱艺术的喜爱。

在《中国民间文学集成辽宁卷·新宾资料本》的第二册中，有当时的故事搜集者徐奎生①整理的《百则级民间故事传承人查树源小传》②，兹录全文如下：

> 查树源，男，满族，新宾镇供销社干部，1941年9月9日出生在永陵老城，祖籍新宾人。
>
> 查树源的外祖父刘少朋是中医，擅长讲民间故事。父亲查宝庭是新宾粮库干部，会唱东北大鼓。母亲刘国英也爱讲民间故事，会讲罕王的一些传说和乡土故事。祖辈查步阁，曾在老城当差（武进士），跟爱新觉罗氏皇太极打天下，立过汗马功劳。
>
> 查树源六岁至九岁跟外祖父学过《百家姓》《三字经》《明贤集》等书，并听他讲过一些民间故事。九岁至十七岁在小学、初中学习毕业，爱好文学，艺术（如曲艺等），并经常注意搜集民间文学。十八岁至二十一岁在新宾县卫生学校学习四年中医毕业。二十二岁（1963）参加供销社工作至今，经常下乡和外出，由于职业关系，广泛接触群众，听到不少民间故事，同时他也给别人讲故事，先后参加过县、市、省故事汇讲活动，1964年曾得过省工会故事汇讲一等奖。
>
> 查树源的故事传承来源是多方面的，仅收集在县集成资料本里的四十多则故事大约就有近二十个传承人，有社会的，有家庭的，

---

① 徐奎生，男，满族，祖籍小云南人，1938年生于抚顺市，大约1943年搬到新宾。1960年于本溪师专中文系专科毕业，1965年辽宁教育学院（即原辽宁函授学院）中文系函授本科毕业。多年来从事中小学教育工作，1979年调新宾县文化馆做创作、编辑工作至今，省民研会会员，市民研会理事。到文化馆后，侧重从事了新宾民间文学的普查、搜集、整理和编辑工作。搜集整理的民间文学作品有努尔哈赤的传说二十多篇（见金洪汉编选的《清太祖传说》）等，为本单位编辑的民间文学资料有《罕王的传说》《新宾民间文学》《荷叶上的蝈蝈》等书刊。（以上是资料本中对徐奎生的介绍。）

② 《中国民间文学集成辽宁卷·新宾资料本》第二册，第82—83页。

但是主要传承人有两个，一个是他的母亲，一个是他的二姨母，县集成资料本她俩传承下来的故事就有二十多则，其实她俩所讲的故事是听他外祖父讲的。查树源讲的故事特点，一个是满族故事多（主要是罕王的），再一个是民间传说多。

这个小传对查树源的基本情况作了简要介绍，也总结了他的故事特点，与笔者的调查基本相符。按他自述的 1939 年出生计算，查树源今年已经 77 岁（调查时间为 2015 年）。而关于 1941 年出生的说法还有一个"故事"，下文将详述。查树源与老伴现居住在新宾县城。

根据调查访谈，笔者按年表的顺序重新补充和整理了查树源的简历，并着重于描述他不同时代的听书与讲述经历。

1939 年，出生在老城村，1941 年"重生"。

1951 年，全家搬出老城。在老城居住期间，听过白大爷在原正白旗衙门的讲述。

1951—1956 年，就读于新宾县中心完全小学。

1956—1959 年，考上当时县里唯一的中学新宾一中，读初中。在学校期间，表现活跃，任文艺部长。业余时间勤工俭学，上山干活（割树杈、薅草、刨草造粪），到工地当小工（起钉子、搬砖头），还利用寒暑假时间组织同学下乡演出。

上学期间，他听过丁师傅等民间盲艺人的东北鼓书表演。当时，在教室的空房子摆书场，有好几名艺人在那里表演，主要是说大鼓书。后来，新宾县有了剧团，学校以及各单位也都有剧社和曲艺剧团，非常重视文艺宣传工作。

1958 年，跟随县长率领的文艺宣传队到各乡慰问演出，演出形式有评剧、二人转等。

1959—1962 年，中学毕业后，进入卫生学校学习中医。当时上半天课，剩下时间劳动。毕业前曾在诊疗所实习，也参加医疗队帮人打针看病，业务非常熟练。不过由于学校停办，不给分配工作，还要自己另找工作。

1963 年，先考的防疫员，后考的营业员。营业员先发榜，工资是每月 30.5 元，直接就去上了班。十天后，防疫员也考上了，工资是每月 28.5 元。最终，还是选择在供销社商店当了营业员。

1964 年以后，被抽调去搞社会主义教育与人口普查，去农村建立工作组。后来，又调到公社人保组，专门负责破案。再后来，又调入工商部门，去"割资本主义尾巴"。那段时间查树源工作繁忙，很少有时间听故事，更没有机会讲述了。

"文化大革命"期间，除了正常的工作外，他参加了不少文艺汇演，但必须说新书，讲革命故事。丁师傅等盲艺人也被组织成"毛泽东思想盲人宣传队"进行表演。

1979 年，荣获抚顺市首届技术表演赛"有色金属鉴别"项目第一名。

1983 年，回到新宾县供销社，做收购工作。

1986 年，荣获抚顺市财贸系统业务技术表演赛"中药材鉴别"项目第一名。

1987 年，因工作表现突出，业务能力出众，被供销社评为"先进工作者"。

同年，因在民间文学集成工作中贡献卓著，被辽宁省民间文学集成办公室授予"优秀故事家"称号。

2001 年，退休。

2008 年，被授予抚顺市优秀民间艺人（满族民间故事）称号。

2010 年，被评为县级非物质文化遗产代表性项目"新宾满族民间故事""新宾民间歌谣""新宾小曲小调""二人转小帽"代表性传承人。

同年，被评为抚顺市十佳优秀民间艺人。

20 世纪 80 年代以来，查树源的讲述能力逐渐得到发掘，仅新宾资料本就收录了他讲述的数十则罕王传说和其他民间传说故事，另有编余篇目 56 则。

近年来，随着非物质文化遗产和地方民间文化保护项目的开展，查树源得到了更多的关注，他也成为新宾县满族文化和地方知识的集大成者。虽年近八旬，查树源还是依旧保持着旺盛的讲述欲望和高超的讲述水平，这是每一个来采访他的人都能深切感受到的。

二 讲述自己：童年经历

查树源的童年可以用"历尽苦难"来概括。他自己也常言，"我这一生坎坷的事情多着呢"。

重生经历就是第一个重要事件，也是上文提到的查树源两个出生日期的由来。他本出生在1939年9月9日，而现在身份证上却写着1941年10月9日。这其中的故事发生在日本占领东北时期。他向笔者讲述了日本侵略者惨无人道的迫害行为，查树源自己就是一个亲历者。①

> （当时）好好的人啊，小孩，一岁的，两岁的，三岁的，四岁的，五岁的，六岁到七岁的，这些人抽了四十个。好人，都是活蹦乱跳的好人。日本人说给大伙"摘花"（种牛痘），不管男女，凑了四十个小孩，这一天都给摘完花，回去一个没剩全死了。日本人搞实验，这些人摘完花以后，立刻出花，立刻死掉，烂死，都死了。只要是给摘上花了，回去指定出花。日本人发明这种花，只要摘上出花，不带活的。可以说百分之百死。
>
> 他们还把咸盐拌上药配给中国人。不许买别的盐，你自己也买不着盐。吃他这个盐，是妇女不怀孕，怎么年轻的小媳妇都不怀孕的。那时候小孩少，百般折磨死。剩下没死的，摘花叫你死。
>
> 那个时候，在老城村村公所，日本人的大夫来了，说给摘花。俺们寻思，在盆里摘花呢。（结果）弄药水在你胳膊上划一下子。回去以后发烧红肿，浑身都出汗，就这么地，不出一个月，这四十个人全都死了。（后来）这事报纸都登了，《抚顺晚报》"九一八"时候。我是出天花后死了。早头，小子死了用蒲草捆三道，姑娘捆两道。
>
> 在老城村，有一个老头叫王大善，当年就将近七十岁了，他是专门给扔小孩。有人家死一个两个经常有。说笑话的，就在他身上说笑话。他问人家，"几个啊？"人家生气了，"死一个不行，还死几

---

① 查树源访谈录音，编号C140706_005。

个啊?"他真不会说话。别人家死一个,(他寻思)要是死两个,就挑着省劲啊。一个搁胳肢窝夹着多累人啊,还不让回头。送死孩子都不能回头,有这么个规矩。有时候也给两个钱,不能让白送。

后来,他给我送到瓦子沟山上,在老城村东。扔到那里以后呢,七十多岁老头,拿着多长的旱烟袋,拿火石,蒿子绒子在烟袋锅打火,打着了抽烟。这个老王头抽烟,坐着歇着。他就听着猫崽子叫唤声音。这哪来的猫崽子,荒郊野外的。什么玩意叫唤?我耳朵聋了?不对呀!就听着猫崽子叫唤声音。猫崽子叫唤,不像狗崽子,人声音?是这个铺盖发出的声吧。就搁脚卷一脚。这一脚脸就扣住了,这一扣住,还是猫叫唤声啊。又一脚,就给卷回来了,这个脑袋肿胀啊,给我耳朵捏一下,说捏个扁的,就扁了。听着像猫叫声,这个没死透怎么的?这是拿回去,还是等死了啊。怎么办呢?这也不能扔活孩子啊,没死透呢,拿回去吧。就夹回去了。回来一看,眼睛都肿封喉了。你看没死透吗?哎呀,真没死透。就这么,我死那天是十月初九那天。户口这都销了,就给你重写吧。就当这天重新生个孩子。后来,我妈说,你就按后来这个算吧,多活两年。明明我属兔,这回属蛇,差两年。

这段经历在一般人看来可以说是耸人听闻的事情,但查树源在讲述中已显得不那么激动了,甚至像是在说别人的事情。可能是时间过去得太久了,也可能是他已经不知向多少人重复讲过这个"故事"了。在说完这段后,他又从老王头引出刚才提到,但没有铺陈完整的一则笑话,这则笑话是民间较常见的关于语言禁忌的故事。

说那个老头,他天天上别人家扔死孩子,到有一家去扔死孩子,那家是姓李,孩子也多。问,"死几个?"(主人家回答)"急得够呛,还死几个,不会说话。""要是死俩,我挑着省劲。这么夹着一个可累人了。"

隔了不两天,真就又死一个,还找他来扔。"老死头子啊,你不会说话啊,这么大岁数白活啊。"(老头)这回是什么话也不敢说了。

扔完多少给两个钱，不多两个钱，要现在说话呢，也就十块八块的，早也就是几毛钱。唉，老头子忍气吞声啊，"咱们这回啊，你骂什么咱也不敢吱声了。话可是说前边啊，这回我可什么话没说啊，再要死可找不着我啊，赖也赖不着我。"这可把人气坏了。

显然，查树源对于这样的讲述已经习以为常。这次重生经历的讲述中还透露出旧时的一些习俗，这也是他标志性的讲述风格，在一段故事中穿插很多题内或题外的内容，往往信手拈来，如果追问下去，还会有更多的故事出来。

重生之外，他还讲了童年的两次坎坷遭遇，一次是得疟子病，另一次是被蛇咬。① 这些奇事都发生在了他的身上。

"我在九岁那年，得疟子病，挺厉害的疟子病，热前儿，哎呀那个热，热死我了，热死了。冷前儿，哆哆哆哆。这一天给你折腾得死去活来。冷一阵，热一阵。第二天休息，什么事情没有了，好人一样。疟子病是一种蚊子传染的，它这个，南方叫打摆子。脑袋疼，腿疼，一阵冷一阵热。那前儿也不懂别的方法，也不会治啊。我是怎么好的呢，就听别人说，煮一个鸡蛋，把皮剥了，把鸡蛋清，一口气，不行说话，搞那个针扎一百针。画个人，扎一百针，这个是疟子鬼，完了就吃了，一天吃一个。我就这么吃好的。我分析吧，穷人吃不着什么玩意，吃鸡蛋就是增加点营养，抵抗力，我这么觉得。就吃它，吃好了，我吃了三十个鸡蛋。这一个月。然后，又得一回脑膜炎，也差不点死……

第四次是长虫咬。蝮蛇，看见过蝮蛇没，不大。蝮蛇是三角头，有七块自然鳞片，小细脖，大肚，短尾。毒性最大，比眼镜蛇还毒，也号称铁树皮。咬到我的腿上吧，咬到血管，静脉注射。（当时）我在河里抓鱼呢，我们三个小孩。有一个小孩死了，还有一个健在，岁数和我相仿，还在老城住。（河里）鱼多，不一会儿就一桶，什么

---

① 查树源访谈录音，编号 C140705_002。

鱼都有。长虫睡觉,它在树根里让我给惊出来了。它可能天头热,到水里凉快一会儿,脑袋在外面露着。我也没理会,吭哧就一口,在我腿上咬一口,你看(露出疤痕)。那前儿,穿个裤衩,一宿之间裤衩肿两半了。你说这得怎么肿法。同时跟我咬的那些都死了。还有一个人瓦子沟的,当过兵的人,把他大腿咬了。他拿刀就给旋下去了,旋一块肉,挂树上了。他回家止血,他没死。他不是把那块肉挂树上,他又回去看看,一看这么大块肉,肿成那么大块。你看就拉倒吧,他碰它一下子,嘭家伙,碰破了。蹦出来这血水,毒素啊,蹦到他脸上,眼睛上。完了,这下完了,没救过来。这么死了。这都是奇事啊!我这个腿咬了以后一个月,这个腿就在炕席上不能翻身,嘎巴上了,怎么治也不行。用什么治的呢?蚯蚓,它的土名叫做蛐蟮,它的药名叫作地龙。把它抠了,有蛇就有它,肯定啊。抠出来以后,把它砸黏了,那时我们家门口有什么叶子呢?洋金花叶,学名叫曼陀罗。其实不管什么叶都行,我考虑。把蚯蚓和白糖砸成像泥一样玩意。和一起粘到上面。完了以后,一宿之功,毒水像酱油似的往外淌,淌了两个点,我的腿抽皮了。在炕席上就拿下来了,这个腿钩钩着,肿在一起。过了一个多月以后,这个腿消了,但是这个腿已经聚紧了,伸不开,单腿蹦,又蹦一个月。等到三个月的时候,这腿才伸开。现在落下个大疤拉。

上面几个故事穿起了他幼年的记忆,这些生动的讲述语言、细节的描绘与丰富的生活常识,代表了查树源鲜明的个人叙事风格,即便是这些苦难的往事,他的讲述依然有声有色。

三 评说他人:新宾三杰

查树源不仅向笔者讲述了自己生活的种种遭遇,还对访谈中涉及他所了解的新宾县乃至全国的大事小情都信手拈来,叙述得贴切而详尽,语言平实而幽默。其中,在询问查树源的大鼓师傅丁子荣的情况时,他讲到,解放前民间流传的"新宾三杰",即丁瞎子、崔哑巴和马聋子的故事。这段讲述也十分有趣,反映出他高超的叙事技巧和模仿能力。①

> 为什么这么说呢,这个丁师傅在咱们新宾县任何角落,不拄棍、不问路,说到哪就到哪。在他心中怎么回事呢?搁他家往东走,往西走,往南走,往北走,四面八方,走到哪,他都有一定的步数。走到这个地方,说这家是老张家,这家是老李家,这家杂货店,这家豆腐坊,这家煎饼铺,这家饺子馆,一点儿不差。听下雨声,听到一次,下次指定知道是雨。这是他绝的地方。(丁师傅)记忆力相当好,长得好,唱得好,嗓子好。他跟你说一次话,下次再说话就知道你是谁。我上他们家去,我说:"丁大爷在家没?""谁呀?"(模仿丁师傅声音)我说:"我呀。""你是谁?""我说我是我。"连项儿他就知道了。"这小子,查树源,就说你在外边,怎么还说我呢。上一边去。"……他走过的地方,第二次不用别人指唤,就知道到哪儿。在新宾县所有的街,沟沟岔岔,不拄棍,就是走,就知道这是到哪儿了(模仿丁师傅走路)。
>
> 有个马聋子在咱们这开食杂店,卖白酒,卖油盐酱醋,瓜果梨桃。他打雷也听不着,放炮也听不着,聋得厉害,但专会看口型。你一说买什么东西,他连项儿就知道了,不带拿错的。拿多少钱,找多少钱,一点不差。你是买酱油还是买醋啊,买多少钱的,他都知道。
>
> 崔哑巴更是一杰,新宾县第一任裁缝师傅就是他。他做的衣服、裤子、帽子,不管是什么活,男的活,女的活,相当好。在咱们新宾县吧,那时候没有缝纫机,他是第一个有缝纫机的人。那时候新宾县没有成衣活,他实质是新宾县缝纫机师傅的鼻祖。在建国初期,我这么寻思,不定是哪个国家在沈阳一带留下来的(缝纫机),他就会,在咱们新宾县就没看见过。他用这台缝纫机在新宾县广收徒弟,培养了男男女女徒弟,新宾县这才有了裁缝。

---

① 查树源访谈录音,编号 C140806_ 001。

从以上对于自己人生的叙述和对于他者的评说来看，查树源的讲述能力是显而易见的。他善于捕捉细节，用形象的语言描述人物的动作、神态、语态，惟妙惟肖。特别是他对于丁师傅的模仿，更是令人称赞，一个诙谐幽默的盲艺人形象仿佛就在眼前。可见，他对于叙述本身是经过琢磨的，对于前辈艺人的继承也不仅是技术和记忆层面的，而是整体风格的吸收和借鉴。查树源丰富的人生阅历让他在讲述生涯中游刃有余，而广博的地方文化知识积累更成为他讲述民间传说的重要保障。

第二节 讲述史：一辈子的说说唱唱

毫无疑问，查树源是一名优秀的民间故事家。不仅如此，作为一名业余艺人，他在有限的讲述经历中也充分利用了自己的说书天赋，尝试着把掌握的各种戏曲、曲艺艺术的知识都融汇到自己的讲述中。讲述史，概括地说，就是一个宽泛意义上的学艺和实践的过程。就说书讲古而言，查树源也常提到一句艺谚，"万般生意好做，唯有说书难习，装男扮女就自己，好像一场大戏"。的确，查树源并不把自己定位于普通故事家，即便在外人看来如此，在某种程度上，他是按照一个"民间艺人"来要求自己。他的讲述通常是以艺人表演为标准的，任何一个普通的小段都要讲出精彩的部分，有起承转合。东北民间对于讲个古，或讲个古人儿、古乐儿、古事儿的概括，很难将查树源的讲述内容完全容纳。他数十年的讲述史折射出新中国成立以来民间社会对于地方口头传统的客观要求和主观需要，也正是在这样一种"迎合时势"的讲述历练中造就了其灵活多变而又有一定之规的表演风格。查树源很会掌控讲述的尺度和进度，会根据不同的听众需求而随时调整，既能充分满足听众，又不破坏自己的讲述追求与原则。

查树源自己常说，从小就喜欢把听来的故事绘声绘色地转述给其他人听，这种天生的兴趣让他当初几乎选择要成为一名职业艺人。长大后，虽然有了稳定的工作，但他还是没有放弃"说书"的爱好，而是继续在工作和生活中发挥着自己的长处。查树源概括自己的一生是"正事不足，闲事有余"，在一辈子的说说唱唱中感悟人生。

总的来说，查树源的讲述史可以划分为三个主要阶段，同时也是他作为讲述者身份的三次转变，即从学生时代的文艺骨干，到"文化大革命"时期的新故事员，再到新时期民间文化的传承人。

一　学生时代的文艺骨干

讲述来源于兴趣的培养。在那个年代，民间的娱乐活动还算不上丰富，多半也都是自娱自乐，听书看戏在乡下已经是难得的机会了。查树源从小在赫图阿拉老城听白大爷讲述"巴图鲁乌勒本"的经历，这对于他一生的讲述活动都有着至关重要的影响。虽然文本上的直接传承只是少量，也许不及白大爷"老罕王传说"的十分之一，但是毫无疑问，白大爷是查树源民间讲述的"启蒙老师"，也是查树源讲述的两个重要"榜样"之一，另一个是丁师傅。白大爷骑着板凳当马，表演老罕王征战的场面；拿着醒木当惊堂木，模拟罕王升帐的场景；剪纸人，模仿佛托老母撒豆成兵的状态，这些都给查树源留下了极为深刻的印象，以致他现在还能准确而细致地模仿个别片段。特别是他反复提及的"不见书、不见传，老百姓里传个遍"的民间说书的界定原则，已成为其日后说书讲古的重要参照。查树源幼年所受的熏陶，让他从上学开始就与文艺结下不解之缘。

爱说爱唱的查树源自己常讲到，"我上学的时候也是净做文艺工作"，他的文艺天赋在学生时代就得以施展。他曾提到过很多上学期间参加文艺表演的小事，无一例外深深地印在他的回忆里。

查树源在小学三年级的时候，有机会被借调到县文工团当上了小演员，就是因为老师发现了他爱好唱歌，经常在学校里给同学们唱。他会说快板、说大鼓书等，与文艺搭边的都会一些。凭着好记性，多是现听现卖，内容上有老的，也有新的，还有笑话之类，并且总是能在惟妙惟肖的模仿基础上，再加入自己的演绎，令人印象深刻。

到了中学的时候，学校成立了文艺队，叫作文艺剧团，查树源当上了学生会里的文宣部长，开始领导同学们搞各种文艺活动。那个时候，经常演出新戏剧，他是表演兼导演，组织大家排练的剧目有《青年学生》《愚公移山》，还有抓特务的戏等。

1958年"大跃进"时期,查树源获得过创作奖与演出奖。他还提到了一些当时创作与表演的剧目,如讲述阶级斗争的《分水》,讲述虐待老人的故事《抱不平》,也叫《墙头记》等,剧种主要是话剧与评剧。

这些成绩展示了查树源在文艺表演方面的天赋和领悟力。他也十分珍视当年取得的这些成绩,并在访谈中详细叙述了一个他导演兼主演的剧目《关公显圣》,讲的是要饭花子假扮关公显圣,戏耍贪心的地主、棺材铺老板、江湖郎中、和尚和道士,让他们都得到了应有的惩罚。

这些丰富多彩的关于学生时代文艺表演的故事,成为查树源的美好回忆,也为我们描绘了一个当代民间艺人讲述史的第一个阶段。学生时代就崭露头角的查树源,在那个年代并没有太多的选择和机会,这些表演经历虽然不能帮助他找到理想的工作,但却成为他一辈子说说唱唱的开端。在之后的数十年里,他始终也没有放下这个"爱好"。

查树源在这个时期接触到了不同的艺人,并逐渐为自己的讲述定位,也在从事其他艺术门类表演中学习并积累了大量的实践经验。此时,罕王传说还没有成为查树源的重要篇目,因为上学,他也没有更多的时间进行讲述。但正是在担任文艺骨干时的锻炼中,他的讲述能力和表演水平都潜移默化地得到了提高,为以后成为民间故事家打下了坚实的基础。

二 "文化大革命"时期的新故事员

"文化大革命"是一段特殊的时期,讲述革命故事是当时唯一的选择。而那段时期前后,还形成了"新故事"这样一个特殊的"曲种"。

据《辽宁曲艺史》记载,"1963年,上海掀起了讲新故事的高潮,很快传入辽宁。先是在抚顺市流行,后来在辽宁全省群众业余文艺活动中普及。这种新故事反映的都是现实生活,在表演形式上不拘一格,有的像老百姓讲民间故事,以讲为主,动作不多;有的像评书演员说评书,说演结合,动作较多;也有的像小说朗诵,以情感人;甚至还有些第一人称的故事,好像故事员登台讲述家史。1964年一度将这种新故事改名叫'革命故事','文化大革命'中极为流行,20世纪80年代后只称故事。辽宁省群众艺术馆、辽宁省总工会、共青团辽宁省委等单位多次举办全省故事比赛,评出许多优秀故事员"①。

查树源的讲述内容在这个阶段也必须以讲革命故事为主,因此,他成为了一名"故事员"。1964年"四清"时期,他到乡下讲《英雄少年救火车》这样的故事。1965年社会主义教育时期,他讲的故事在开原还得过一等奖。

在"文化大革命"期间的政治要求下,查树源也给不同的人讲述不同类型的故事,如给小孩讲《红领巾》的故事,给商业部门的人讲《站柜台》的故事,还在一些场合讲过《许云峰赴宴》及"样板戏"里有的故事。当然也有八路军、解放军、志愿军的故事,大多是革命英雄故事。当时还有许多都是曾在报纸上报道过由真人真事改编的故事。

此外,根据形势,还要讲述一些书里的故事,如《新儿女英雄传》《热血男儿》《烈火金刚》《苦菜花》等。他一般是看完之后就可以讲述,"内容多少变化点,添点枝,插点叶,多少圆润一些"。这些风格化的东西不断地融入到讲述实践中,逐渐确立了作为故事家,或者说新故事员身份的查树源。

"文化大革命"期间盲艺人的讲述也有了变化,他们被组织起来宣传革命思想,不允许讲老书。在那个时期,查树源主要还是喜欢听这些艺人讲述,特别是对丁师傅的印象最为深刻。他曾经模仿了一段那个时期丁师傅表演的开头部分,体现了在当时的社会形势要求下,民间艺人的表演状态和民众的实际需求。

> 丁师傅开始先说,"各位明公哑言落座,听我粗脖哑嗓、喉喽气喘、崩瓜掉字、白字居多、水字居广。那么,给大家说一段老书。说一段什么老书呢?说的是红灯记。"
> 大伙说,"是不是小艾姐那个红灯记?"
> "不是那个,是李玉和巧传密电码。"
> "你讲一段老的。"
> "不行,咱们得说新的啊。咱们是毛泽东思想盲人宣传队。咱们

---

① 耿瑛:《辽宁曲艺史》,辽宁大学出版社2009年版,第179页。

得说点新鲜事。"

大伙说,"这都十了多点钟了,党员干部都走了。"

"真的走了吗?那干部都走了。知识青年上山下乡小将们什么的呢?"

"知识青年也走了。"

"五七战士们呢?"

"都走了。"

"团员呢?"

"都走了,一点带星的都没有了,都是老百姓了。"

"我眼睛看不着你们别唬人,可别说出事来。"

"你说吧,没事。"①

显然,民众对于特殊时期的社会分层有着自己的理解。即便是在那样的情况下,老百姓对传统的认知和感情仍使他们难以割舍对"老书"的兴趣,而领导干部、知识青年、五七战士下放户、团员等都是民间对于不"适宜"听老书的人的划分。

由于工作性质,查树源更多的时候还是接触农民,并为他们讲述故事,这也是其讲述状态形成的主要原因。

> 我在农村那几年,在供销社上班,一到瓣苞米前儿,大伙说,你不用干活,给(我们)讲一讲。家家户户瓣苞米都叫我来给他们讲故事。那个时候叫我小查,大伙都来了干点活,帮他家干活,十家帮一家。那几年生产队干活,看电影一个月一回,别的娱乐活动都没有,以前唱二人转的来。在家待着什么意思都没有,赖大彪的,谁家乱七八糟的事情,什么乐趣都没有了,什么节目都没有。枯燥,(边)讲故事(边)干活不累。……在田间地头给他们讲故事,不回来就住一宿,等到正月头年,家家杀年猪的时候,家家都请我吃血肠。今天明天给他们讲唱,吃百家

---

① 查树源访谈录音,编号C140703_002。

饭，上田间地头，……"文革"结束后，才公开说书，周围的村县都去过。①

这个时期的查树源以说新故事为主，锻炼了自己编演作品的能力，同时也迎合了时代的需求。他在工作中接触了各种各样的人，丰富了人生阅历，也在听盲艺人的讲述中不断扩充自己对于叙事传统的积累，并积极向这些艺人前辈学习讲述技巧。虽然由于客观原因，他并没有长时间讲述的条件，但"学艺"本身的过程是他今天能成为民间文化传承人的前提。

三　新时期的民间文化传承人

"文化大革命"刚结束的时候，查树源就开始给大家说《孙悟空三打白骨精》的故事。他在谈及那个时期的讲述内容时说，"文革后去除禁锢，听什么都新鲜"。因为毛泽东曾有诗写过这个内容，"金猴奋起千钧棒，玉宇澄清万里埃"，所以，他觉得这个是可以说的。由此，他进入了最近三十多年讲述的新阶段。

20世纪80年代以前，查树源讲故事、说书是不为挣钱的，积极参与表演也只是作为爱好。后来，由于经济形势的变化，他也开始利用自己的一技之长挣钱填补家用。当时，他经常和同乡的弦师杨本章、王英洲一起搭伙出去，在新宾县周围的各个乡镇表演，一般连说带唱一晚上2—3小时，在一个地方最长说3—4天就换地方，有时候一连半个月外出。刚刚兴起的"走穴"活动让很多像他们这样的业余艺人获得了一定的额外收入。不过，因为平时还需要上班，所以他们大多只有周末才有时间去演出，为了方便照顾家里，晚上也很少住在当地，需要来回奔波，也是非常辛苦的。

另外，20世纪80年代初期开始的民间文学三套集成的搜集工作，也让查树源的讲述能力更为外人所知。这项规模空前的普查工作以科学的田野调查方法进行，保存了大量珍贵的民间文化资料。当年，查树源的

---

① 查树源访谈录音，编号 C140806_ 003。

故事都是由徐奎生采录，"他先用录音机把故事录下来，然后再回去誊写，一字不差，原汁原味，回头还会再问一些没有听懂的地方，整理得相当细致"。查树源这样评价了那时的采录过程，认真而严谨。当时还采录过查树源演唱的歌曲、歌谣、谜语等其他文类，其中罕王传说成为重点内容，在已经出版的材料中分量最重。

退休以后，有了充足时间的查树源更利用各种机会出去表演。他被邀请在红白事、开业庆典、生日宴会、单位年会、产品宣传会上表演，根据不同的需要或是讲述老段，或是编演新段，都得心应手。他经常在葬礼上唱的挽歌有《母亲恩》《灵前吊孝》《哭儿场》《哭七关》《二十四孝》等也都是民间叙事传统中保留较完整的篇目。

最近几年，查树源成为了一些"非遗"代表性项目的传承人，也被邀请在"文化遗产日"的活动上为大家讲故事，引起了强烈的反响。在暑期的旅游旺季，他也到赫图阿拉老城景区的启运茶棚里为游客表演民间说唱"罕王传说"。结合罕王井、文庙等景点和新宾风物，查树源的讲述很受欢迎。

另一个不能忽视的讲述活动就是为学者的表演。县文化馆在接待各地想要了解新宾历史和满族文化的学者时，通常会先想到把他们领到查树源那里。他除了说书讲古外，对于满族和新宾地方的历史掌故、风俗习惯也是非常熟悉。在民俗学者的眼里，现在的查树源可以说已经成为新宾县民间历史文化的一张"名片"。面对不同类型采访者的需求，查树源也是尽力满足，并不断地在另一个接受层面上"改进"自己的讲述内容，特别是努尔哈赤传说的部分。查树源多年积淀的鼓书技艺让他讲述的罕王传说不自觉地带有鲜明的个人风格，而且具有了长篇化的倾向。这也使得有越来越多的外界声音希望他能够进一步地进行整理，并完成一个真正意义上"长篇"的创编。

目前，查树源由于年事已高，外出的讲述活动也很少参加了，只是接待少量的采访，静心在家中整理自己关于罕王传说的长篇叙事。

四　查树源的传承路线

一般来讲，民间故事的传承路线大体分为血缘传承、业缘传承、地缘传承、江湖传承及书面传承。① 这样来看，查树源主要的传承路线有家传和拜师学艺两条，即血缘传承与业缘传承，然而这并不是全部，地缘传承、江湖传承、书面传承都对他的曲库和表演风格的形成有所影响。

首先，血缘传承。查树源的外祖父刘绍鹏是名中医，也擅长讲民间故事。他的母亲刘国英、二姨刘俊英、三姨刘玉英也都能讲述"罕王传说"和其他的民间故事。再者，他的父亲查宝庭会唱东北大鼓。他的岳母肇普兰能讲述《布库里雍顺》的长篇叙事，老伴也会讲一些民间故事。这些家里人对于查树源无疑有着重要的影响。他从小在母亲和姨娘的故事中长大，家族内的故事熏陶和培养是查树源成长为民间艺人的重要基础。

其次，业缘传承。严格来说，查树源不是职业的说书艺人，谈不上业缘传承，但是查树源确实又曾拜鼓书艺人丁子荣为师，虽然他没有真正地举行过拜师礼，但丁师傅还是认下了这个徒弟，并对他的讲述有一定的指导。此外，在新宾县强大的民间叙事传统中，自白大爷以下，到各鼓书艺人、民间故事家都是查树源学习的对象，他的罕王传说段落就来自不同的讲述者，从他如数家珍地描述这些人的基本情况和讲述状态来看，他们显然构成了一个巨大的网络，而查树源应该处于网络中的核心结点上。

再次，地缘传承、江湖传承、书面传承。新宾作为前清故里，流传大量的努尔哈赤传说已经是不争的事实。查树源从中耳濡目染地形成了对于罕王的感情和讲述热情。他几乎没有间断的讲述史也让我们了解到在说书这个"江湖圈"中的一些规矩。有一定文化基础的查树源也通过读书了解了许多历史文化知识，丰富了自己的讲述，并在史实与民间叙事中有着自己的理解。

综观查树源的讲述活动不难发现，社会时代的交替对于民间艺人的影响之大。每个讲述者都要在一定的讲述时空内进行表达，而不可能脱离他那个时代的允许范围，否则就不会被接受，这不仅包括听众本身，

---

① 苑利：《民间故事传承路线研究》，载苑利主编《二十世纪中国民俗学经典·传说故事卷》，社会科学文献出版社 2002 年版，第 213—226 页。

也包括整个社会意识的要求。只有这样，讲述才有生存空间，也才能不断地传承发展，而这种对应时势的叙事改造，不能以"盲目迎合"而草率下结论。因为不管是主动的还是被动的情况，我们都不能忽略掉讲述事件的发生是由讲述者与听众两大主体构成的，缺一不可。

客观上讲，查树源生活的时代是连接传统民间讲述与新时代要求的节点，也正因如此，他才能在讲述丰富性上获得了两个时代的优势。在当下的背景中，我们，包括政府、学者和对传统感兴趣的人，也都在寻找能连接这两种风格的桥梁，而他正是这样一个艺人，或者说故事家，或者说传承人。什么样的称呼并不重要，重要的是他能在不同的时代中依靠自己的讲述活动获得更多的认同。

从讲述的情境语境和文化语境中，我们观察到了个体的作用和其承担文化的意义。那么，传承人也就成为了该地域文化的一个代表，且他们往往都是综合性的，并不见得只对他所代表的最为通晓的项目而言。特别当他进入了某个被广为认可的传承谱系中并成为其中一员，也就得到继承与传播的合法性。因为文化的综合性以及民俗生活的完整性，所以对于传承人的研究也应该既着重于他的代表项目，也要兼顾他所擅长的其他文化类型。一脉相承的罕王传说讲述史与多线性的民间故事共同构成的讲述场域，最终在查树源这里汇合，从而造就了这样一位特点鲜明的卓越艺人。

第三节 个体曲库

讨论一个艺人的"曲库"并不容易，特别是对于那些腹藏量巨大的民间艺人尤为困难。我们的判断只能基于已经被搜集整理的篇目和他自述的还没有被记录下的内容。至于这些"作品"的总和是否真实地反映了他对于叙事传统的掌握能力，就不得而知了。就"罕王传说"而言，查树源所掌握的段落全貌依然还是未知数，事实上他并没有全部、按顺序完整讲述的经历。不过，就目前来讲，他的罕王叙事已经在被专题性地采录了。

查树源的个体曲库是建立在其背后强大的民间叙事传统之上的。在进一步的访谈之后，笔者发现，"罕王传说"仅是其中的一部分，更大的关于东北大鼓书和民间故事的传统还没有来得及发掘，唯有留待以后研究。本节只能够从笔者有幸采录到的文本和访谈记录中获取的有限资源来搭建这个曲库。

一 "大脑文本"与"个体曲库"

在描述查树源的"个体曲库"（repertoire）之前，需要首先明确与之相呼应的"大脑文本"（mental text）的概念。

劳里·航柯提出"大脑文本"概念的背景，是基于他对印度斯里史诗歌手戈帕拉·奈卡（Gopala Naika）的深入研究。[①] 航柯认为，像这样的长篇讲述是需要有一个"前叙事"的准备，在演唱之前和演唱过程中，这些篇目应该已经作为具体的实体存在于歌手的大脑里了。[②] 他指出，大脑文本的构成"看起来需要包括这些要素：故事线（即基本情节、是开放而不固定的），一些文本要素（即情节类型、史诗情境的意象、多面型等），再生产的文类法则（包含次序法则），还有语境框架（如对以前表演的回忆）。它们不是传统知识的随意组合，而是被歌手个体内在化了的预定要素"[③]。作为可变的模板，大脑文本并不以"具象的文本"存在于记忆中，以适应不同的表演模式。但是，通过对一个歌手大量表演的观察，我们是有理由建构他的大脑文本的。

此外，航柯指出，"大脑文本并不像书写文本一样固定，但也可以很容易地区分出某个具体故事。它涉及叙事梗概、事件的表述标准、重复表达、习语和从其他歌手表演中熟悉的程式。整个大脑文本是歌手的创造，即个人的，并不能转移到另一个歌手身上。每个歌手必须开发属于他自己的，关于一个具体故事的大脑文本。它的形成基础靠听和学，还

[①] Lauri Honko, *Textualising the Siri Epic*, FF Communications 264, Helsinki: Academia Scientiarum Fennica, 1998.

[②] 尹虎彬：《口头传统史诗的内涵和特征》，《河南教育学院学报》2009年第3期，第14—19页。

[③] Lauri Honko, "Text as Process and Practice: the Textualization of Oral Epics", Lauri Honko (ed.), *Textualization of Oral Epics*, Berlin: Mouton de Gruyter, 2000, p. 23.

有大脑编辑"①。也就是说，艺人的学艺过程和表演过程就是他积累与实现大脑文本内在化、个体化的过程。当他们不断地反复讲述这些内容时，模式化的语料配件自然就稳定地贮存在记忆中，可以随时取用。

"大脑文本"外在化的形式表现就是庞大的"个体曲库"，也有译作"传统武库与个人才艺"的，强调了"传承人的传统性与创造性"。通过这一概念，可以帮助我们把握"歌手、故事家这类口头文本的传承人及其个人生活史、地方民间叙事资源及其所蕴含的传承性轨范和创造性张力"②。这里使用"个体曲库"的译法，侧重点在于从篇目数量而不是掌握程式的角度探究艺人的全部技能。本节将详细介绍查树源在罕王传说、民间故事、东北大鼓三方面的库藏与特征。

伴随听到的故事越来越多，艺人的讲述能力也随之提高，能讲述的篇目也在不断增加。长此以往，曲库就在不断地扩充。与此同时，关于不同叙事的大脑文本，也在碰撞中得到改进，进而发展成有限的几个"经典套路"，能兼容大多数的民间叙事类型。这也就揭示了为什么有些优秀的艺人在听到一个陌生的篇目后，能很快地按照原有的故事线讲出，同时又不失掉自己的表演风格。因为"他倾向于用自己业已占有的材料将这一主题重新创造出来"③。这一过程并不是简单的复制和强制性的记忆。

总之，"大脑文本"与"个体曲库"是两个涉及认知领域的概念，它们都存在于讲述者的记忆中，不能够通过直接观察得到。从某种意义上说，如果把大脑文本看作是关于一个故事的结构化语料组合的话，那么，个体曲库就是大脑文本的复数形式，即关于不同故事的叙事框架的总和就等于艺人所掌握的全部篇目。当然，这里面必然存在着重叠的部分。

就本书而言，查树源掌握的鼓书的程式化语言是完全可以应用于努

---

① ［芬］劳里·航柯：《作为表演的卡勒瓦拉》，刘先福译，尹虎彬审校，《民族文学研究》2015年第1期，第46页。

② ［匈］格雷戈里·纳吉：《荷马诸问题》，巴莫曲布嫫译，广西师范大学出版社2008年版，第265页。巴莫曲布嫫：《在口头传统与书写文化之间的史诗演述人——基于个案研究的民族志写作》，《北京师范大学学报》2008年第1期，第74—84页。

③ 尹虎彬：《古代经典与口头传统》，中国社会科学出版社2002年版，第35页。

尔哈赤传说的。作为一个"肚囊宽敞"的艺人，他完全有能力游走于不同的文类之间，在相对有限的语域内充分发挥自己的创编才能。一个艺人的曲库构成和他的生活史与讲述史密不可分，如前面所分析的那样，这其中确实存在着某些因果联系。没有丰富的阅历与坎坷的生活，便不能够形成对于生活和社会的深刻理解；没有不同时期的大量的讲述活动所积累下的讲述经验，也不可能拥有这样庞大的个体曲库。

二 满乡特色的罕王传说

客观地讲，查树源集中讲述努尔哈赤传说的时间并不算长，大约从1985年新宾成立满族自治县以后开始，在"民间文学集成"时期达到第一次高峰。近年来，满族地方文化资源得到重视，努尔哈赤传说的讲述再次迎来高峰。如查树源所说，在满族处于低谷的时候，是不允许讲述这类内容的。总体而言，除了当年听白大爷讲过长篇的罕王传说外，其余艺人讲述的多是"支离破碎的小段"。这几年，正是在外界的需求下，他才重新整理这些以前听过、讲过的罕王传说，并试图编织成一个"长篇的""连贯的"文本。就笔者采录的这三十几个篇目而言，可以明显地区分出哪些是经过几代艺人打磨的，而哪些是为了衔接而新创作的。

查树源坦言，对于长篇的顺序问题，并没有一个固定的顺序。他依稀记得当时白大爷的讲述中有七次白胡子老头出现，便按此来敷衍长篇，不过在他的讲述中，白胡子老头却不只出现了七次。通常，他的讲述是将几个小段连在一起，形成一些大的段落，而在大段落之间，有时并没有清晰的衔接话语。不过总体来看，还是存在着一个类似长篇的内在逻辑。因此，笔者还是依据之前提出的"罕王模式"为查树源的"长篇罕王传说"拟定了一个参考次序。

下面大致介绍查树源的"罕王乌勒本"各个段落的基本内容。

1. 布库里雍顺传说

乌苏里江畔的布库里雍顺山中有三位女真人道姑在此修行，分别叫作白莲、绿叶、红花。一天她们三人在长白山天池沐浴，三妹红花误吃了仙鹤叼来的一颗红果，生下了布库里雍顺，小名叫阿力。布库里雍顺长大成人之后,带着太火剑、折铁钢刀和红绒套索三件宝贝下山,平定了五部之乱,把五个姓氏组成"爱新觉罗氏"一家,定都五国城,被称为神王爷。

2. 罕王出世①

布库里雍顺娶了当时五个部落之一的艾(爱)姓部落首领艾文的妹妹巧娘为妻。巧娘在野猪宴上生下了努尔哈赤,因为生在野猪皮上而得名。这个婴儿脚踏七星、怀抱五子,实为罕见,又得了小名"罕子"。

3. 找活佛

小罕子因遭继母虐待而离家出走,遇到白胡子老头,询问活佛在哪里,老人告诉他,反穿皮袄,倒趿拉鞋的就是活佛,而且他的方向走错了。小罕子这才往回走。再说他的继母自小罕子出走之后,受到大家指责,心里有所悔悟。小罕子回家敲门,继母着急开门就反穿皮袄,倒趿拉鞋地出来,小罕子倒下便拜"活佛"。这一小段讲的是伦理寓言,"在家孝父母,何必远烧香"。

4. 小罕挖参

小罕子跟大家去放山采参。先听人介绍了一大段的采参知识和规矩,如人员构成、听老把头的分配、先祭拜山神爷,还有怎样喊棒槌、系红绳、挖棒槌等。有了这些知识,小罕子独自采到了一棵四品叶大参,但天时已晚,和大家走散了。

5. 小罕问路

小罕子和大伙走散之后,下山迷路,向一个老头问路。老头耳背打岔。小罕子称其为老聋头,就留下了龙头这个地名。

---

① 对于这个篇目的讲述,前后出现了差异,这里采用了第一次的讲述文本。查树源并不认同新宾资料本中的《罕王出世》的讲法,也对努尔哈赤名字意思是"野猪皮"持有怀疑态度,但为了能连缀成篇,他还是将布库里雍顺直接与努尔哈赤连在一起,两人变成了"父子"关系,并成为长篇的开头部分。后来,他也承认这个段落的确有些"生硬",偏离了历史,并在以后的讲述中予以修正,不过,史料本身的匮乏和他自己掌握的历史知识有限,使得从布库里雍顺到凡察,再到猛哥帖木儿的历史"史实"很难成为一个熟练讲述的故事,只能称为一种历史变迁的叙述。因此,本书还是按照民间叙事的角度,选择列入此段。

6. 罕王参

小罕子拿着挖的宝参去集市上卖。后来，大家挖的参也越来越多，但赶上雨季，人参很快会腐烂。小罕子把参给大家分头保存。一个老太太误把人参当成地瓜，蒸熟晒干了，反倒增长了人参的保存时间。大家以后也都这么做了。而后，小罕子的智慧和才能逐渐得到施展，当上了李总兵的侍卫亲兵。

7. 小罕逃难

小罕子给李总兵洗脚，被发现了脚底的七颗红痦子，引来杀身大祸。李总兵的小老婆偷了二青马帮助小罕子逃跑，自己却在梨树上吊自尽。小罕子一路上得到了乌鸦和黄狗的帮助，得以逃命。

8. 笊篱姑姑救小罕

小罕子逃难来到一条大河岸边，无法渡河，碰巧遇到一个挑芝麻的姑娘，她用笊篱变成大船帮助小罕子过河，小罕就称其为笊篱姑姑以表纪念。

9. 五副甲与茶壶吊山

小罕子逃难来到了新宾县东头，遇到自己的五个好兄弟。为躲避官兵，他们一块儿上了茶壶吊山。有一个老太太救了他们，给他们蒸了黏饽饽。小罕子吃了九个牛形，两个虎形的饽饽，就拥有了九牛二虎之力。老太太又给了他们五副铠甲帮助他们成功杀出重围。后来这个老太太被官兵杀害了，为了纪念她，这个地方就叫作五副甲村。

10. 半拉背

从茶壶吊山出来，小罕子建议大家分头走。他来到一个地方给沈大粮户家当半拉子，因为年龄小，只能挣一半的工钱。有一次仓库着火，地主说谁抢出多少粮食就分给谁一半，小罕子拼命抢出许多粮食又给大伙分了，从此就留下了半拉背的地名。

11. 小罕学艺

小罕子与伙伴们谈论理想，大家各抒己见。来了一个白胡子老头问小罕子想干什么，他抬头看天，用手指地，是想要改天换地。老头说你还得再学本领，应该去找佛托老母。于是，小罕子就出发拜师学艺。他在路上先是救了患病的父女，接着住宿黑店，被劫财后抛入江中，所幸之前帮过的父女搭救了他，才能活命。老头临终前，将女儿佛三娘许配给小罕子。而他要拜师的佛托老母正是佛三娘的姑姑。这样，小罕子拿了信物去九顶铁刹山八宝云光洞拜佛托老母为师，先学射箭，又学武艺，再学造炮，前后学艺六年，下山时又得赠宝枪。

12. 先建庙后建城

小罕子辞别师傅，回到家乡，招兵买马，积草屯粮，准备干一番事业。但是要在这个横岗建城，缺水是个问题。白胡子老头再次出现，指点努尔哈赤，说此处正在神仙道上，天空中关老爷等从此经过，要建城得先修庙，于是小罕子就建造了关帝庙。

13. 罕王井

赫图阿拉城兴盛起来，但是仍然缺水，打的井都干了。白胡子老头再次现身，告诉努尔哈赤大榆树下有眼井。老罕王移走大榆树，揭开大石板，发现甘泉水。他又用巨大的石板挡住了老城西门的大风，保证这里不遭受虫灾涝灾，年年丰收。

14. 收八怪

罕王招兵买马，降伏了在前、后仓横行霸道、抢夺军粮的"八怪"，老大从天降、老二不漏汤、老三三只眼、老四四杆枪、老五五只虎、老六过山羊、老七七里岗、老八靠倒墙。罕王命令他们看守军粮，从此"八怪"变"八宝"。

15. 沙宝汤

罕王领兵打仗，由于条件限制，不能经常洗澡，士兵身上长了一种疮。请来的医生诊断为疥疮，需要用猪板油沾硫黄来医治，但去根则需要洗温泉。可是周围也没有泉水，于是就选择去沙子里面洗一洗，结果也治好了，罕王说，沙子一烫也是宝啊！从此就有了沙宝汤。

16. 佛三娘观星

返回头说佛三娘，自从小罕子学艺和她分开，已过数年，仍然不见归来。她一路上寻找小罕子，遇上了大帽山丹凤岭占山为王的小矬子王凯，想要娶她做压寨夫人。两人争斗，王凯武艺不敌佛三娘，反让佛三娘做了寨主。佛三娘思念小罕子夜不能眠，望天上星辰不禁感慨一番，决定要再去找小罕子。

17. 欢喜岭重逢

老罕王竖起大旗征兵以来，军威大振，名声远播，兵将也越聚越多。不远处大帽岭的胡子与老罕王的人马发生争斗，先是大将军肇阳被女将战败。老罕王气得直接出马临敌，两个人厮杀在一处，难分上下。突然，女将叫到，你不是小罕子吗？我是佛三娘啊。这才抱头痛哭，夫妻相认，兵合一处，将打一家。

18. 罕王养马

当时打仗主要靠的是宝马快刀，于是，罕王找来擅长养马的民间异人多九为他训练马匹。这个人果然有办法，不但会养马，还能给牲畜治病，把罕王这些马个个养得膘肥体壮，训练有素。

19. 马塘沟

罕王的宝马误食毒草生病了，多九以毒攻毒，又给这匹马吃了红矾，马身上的毒渐渐散去。不料，罕王正大摆庆功宴之时，这匹马却丢失了。原来是被一帮难民抓去，正在吃马肉，可是马身上还有毒，难民吃了也会被毒死。有人认为这些人死了也活该，而罕王还是给他们送来了御酒解毒。难民得知缘由后，十分感谢罕王，表示以后定将报答。

20. 石助阵

罕王带兵走到一个山谷里，碰巧救了一个险些被老虎叼走的石匠。这个石匠指给罕王一处险地可以大破明军，罕王就在这个山谷埋伏，用石匠帮忙打造的滚木雷石击退了敌兵，算是石头助了罕王一阵，就叫作石助阵。

21. 石门岭

矬子王凯将军负责给罕王押送粮草，不料路上遇到敌兵，正在危急时刻，有个白胡子老头出现，给了他一把钥匙，可以打开石洞藏下粮草和军饷，有句口诀"石门岭石门开，你开开我进来"。王凯就这样骗过官军，先把粮草护送回去。可当他再想回去拿军饷的时候，石门却打不开了。传说军饷今天还藏在里面。

22. 火牛阵

王凯没有取回军饷，想要摆个火牛阵将功补过。他买了五百多头牛进行训练，先饿着牛，再把好草好料放到稻草人的肚子里，外面套上明朝士兵的衣服。每天让牛去顶这些稻草人。训练好后他又把牛角绑上尖刀，屁股绑上鞭炮。开战的时候，将鞭炮一点，这些牛就冲了下去，由于已经形成了条件反射，他们见到明朝士兵就拼命去顶。明军赶忙射箭杀牛，造成火牛死伤不少，但明军伤亡更大。

23. 靰鞡草

转眼已经到了冬天，罕王的军队因为有靰鞡草的保护平安无事，而明军则冻死冻伤无数，大败而归。罕王趁机收降了不少明军，大赞靰鞡草的好处，可谓关东一宝。

24. 罕王观天气

罕王对阵明将刘綎率领的大军，时间已至盛夏七月。罕王率领亲兵去查看敌情，发现因为天气炎热，明军将营盘都扎在密林中，地势比较低洼。罕王又发现烟筒山顶"戴帽子"，有一层云雾，预示大雨将至。于是，罕王进行部署，堵住了险要关口，又安排人守住明军逃跑的线路。果然七月初七天降大雨，罕王使用水淹之计，大胜明军。

25. 智取锁阳城

罕王攻打锁阳城，非常吃力，粮草将尽，请来妻子佛三娘一起商议对策。佛三娘发现，营中的老鼠都很胖，显然有充足的粮食，就想出向老鼠借粮的办法，渡过了难关，又派了一些士兵装扮成秧歌队混进城内，里应外合，最终攻占了锁阳城。

26. 三打松山城

洪承畴镇守松山城。老罕王连续用铁炮攻打了几天，可是城门打出的缺口却在第二天奇迹般地完好如初。罕王很是奇怪，就化装成百姓前去一探究竟。他来到一家猎户打听到，原来新盖的城墙是假的，那是一幅画，并不是砖土所砌。罕王明白了其中缘由，再次攻打，轻而易举地拿下了松山城。

27. 智取辽阳

罕王攻打辽阳，总兵侯世禄严防死守，双方互有伤亡。罕王发现护城河水是从东边的太子河引入，在西边用闸门堵住而形成的。于是，罕王派精兵截住上游，打开闸门放干了护城河水，继续进攻，最终拿下辽阳城。

28. 罕王迁都

罕王占领辽阳城，秋毫无犯，深得民心。他发现城外有一只锦鸡，叫到：王者兴，王者兴！意思是就要开始兴旺起来了。罕王来到锦鸡落的石头上，挖出了一幅宫殿图，按图修建了大殿，并把都城由赫图阿拉迁到辽阳，定为东京。

29. 难民救罕王

再战萨尔浒，罕王被围困，内无粮草外无救兵。正在危难时刻，突然天降大雨，从密林中来了一群怪人，手拿十八般兵器，还有农具。他们青脸黑发，巨口獠牙，两眼冒火，口内喷烟，如妖怪一般，吓得明军四散奔逃，替罕王解了围，原来他们正是当年吃罕王宝马的那群难民，是前来报恩的。

30. 三打萨尔浒

明朝经历几次失败之后，再次派出重兵，又找来妖道摆下迷魂阵。罕王请来师傅佛托老母破阵，身怀有孕的佛三娘冒险出战，深受重伤，生下孩子后便阵亡了。后来，佛托老母使用法术撒豆成兵，大破迷魂阵，杀败明军。她又将拂尘插在了佛三娘的坟上，留下了满族人上坟插佛托的习俗。

以上30个小段都来自录音整理，与之前出版的文本有些差异，有些也是第一次记录。在《新宾资料本》中，还有一段《罕王之死》，但查树源并没有讲述。他提到，由于禁忌因素，艺人平时的讲述一般也都没有这一段，与史诗演述相类似。这也可以认为罕王传说的讲述带有一定的神圣性，不能轻易地讲述某些段落和随意改变情节。

笔者并不确定所听到的查树源的罕王传说究竟讲述完成了多少，原因在于，一者其本身原就不是一个按长篇来讲述的成型文本，再者其中有些篇目是以历史面貌出现的叙述语言，而不能成为一则或一段民间故事。至于还有尚未提及的内容，则有待以后的持续调查。

三 不计数的民间故事

民间故事并不是本书的关注重点，查树源也很少讲述这些"不计数"的文本。换句话说，简单地用"故事家"来概括查树源，可能显得有失公允，他能讲述长篇叙事的能力显然是一般故事家所不具备的。我们采录民间叙事的出发点一般都是狭义上的民间故事，这也成为查树源故事篇目的量级在统计时与真实情况相差悬殊的原因。在他那里，只有"有根有梢，有头有尾"的一个段落才算作一则故事，而通常意义上的"普通"的精怪故事、幻想故事、生活故事和民间笑话，并没有全部进入他的统计中。查树源认为"那样的故事太多了，谁都会讲"，也就是说，他已经把自己的讲述标准提高到了一个民间艺人的程度。

不仅如此，两种文类在讲述风格上也有不少差异。查树源曾用一个故事开头给出了他心目中民间故事恰当的"定义"。在某种程度上，这段内容确实充分抓住了民间故事在讲述风格上的特点。

> 有这么一家子，娘俩过日子，在深山老林里。老太太靠自己纺的纱布棉花织布，做穿的。儿子靠砍柴打猎，弄点钱花。上山买点米，买点盐，回家混生活。
>
> 来到年限了，（儿子）打了一个狍子，回家用狍子肉包饺子。正在这个时候，门"吱嘎"开了，进来一个小媳妇，前面梳的小蓬，后边挽个大辫子，喜笑颜开地进来了。"哎呀，老讷讷，包饺子啊，来我帮着包，我帮着包。"上前来撸胳膊挽袖子就帮着包。老太太一看，这哪来的媳妇，"搁哪住啊？""就在巴拉①住，前后院住着。"这深山老林没有人，哪来的这人啊？老太太老瞅着这个小媳妇，一眼没到，小媳妇扒一口生饺子馅儿，就给呛了。这也不是人啊，怎么吃生饺子馅儿呢，嘴里还冒血呢！就问，"你吃生饺子馅儿啊？""没呀。"（小媳妇）一擦嘴丫子，把血擦掉，嘻嘻哈哈地乐……②

"在我眼里，这都不算故事。"查树源给出了他区分民间叙事的一个标准。上面这段十分生动的话语明显是山林文化中流传广泛的一个精怪故事类型，但却与查树源心目中的"说书讲古"有着不同的审美取向。这也可以从他受到民间鼓书艺人的影响看出。查树源对于普通民间故事

---

① 巴拉：东北方言，附近的意思。
② 查树源访谈录音，编号 C140703_ 003。

家和民间艺人的理解是有着高下之分的。

此外，在查树源的曲库中还有一些与罕王关系不大或者无关的民间传说，这些文本也可以归到众多的民间故事中。对于新宾县几乎所有的地名传说和轶事，查树源都了如指掌，任何讲述都信手拈来，如资料本中的传说《黑牛石的来历》：

> 想当年，老罕王打天下的时候，曾摆过火牛阵，摆火牛阵的牛传说就是在草仓北沟饲养的。以后打了胜仗，建都赫图阿拉，又把肇、兴、景、显四祖的祖坟埋在永陵陵宫，修了陵碑。
>
> 到了清朝乾隆年间，有一次，乾隆皇帝回到家乡祭祖。祭完祖，往北走，就来到草仓北沟，一看真是一眼望不到头的好草啊，草地上放着成群的牛，有黄牛、花牛和黧牛。老罕王摆火牛阵的时候，用的就是黧牛。乾隆皇帝兴趣上来，挑选了一头健壮的黧牛，骑上，体验一下祖先饲养训练牛的生活，有大臣和士兵们保护，绕草仓北沟方圆三十里周游了一圈。
>
> 后来，乾隆皇帝骑过的这头牛，人们把它养起来，不敢叫它干活，也不敢把它杀了，天天嫩草精料供着。不知过了多少年，这头牛自个老死了。老死了，人们也不敢吃它的肉，天长日久它就变成一个石牛了。
>
> 直到现在，这头石牛还在，隔老远看，像个牛在那趴着似的，到巴拉一看，是个石头，黑色的，人们就管它叫黑牛石。

这是一则有关乾隆皇帝的传说，查树源却自然而然地又与罕王的历史相连，因为"地方感"始终存在于查树源的心中。"地方，不只是一个客体，虽然相对于主体来说，它常是一个客体；但它更被每一个个体视为一个意义、意向或感觉价值的中心；一个动人的、有感情所附着的焦点；一个令人感觉到充满意义的地方。"① 因此，可以说查树源的每一则

---

① ［美］艾伦·普瑞德：《结构化历程和地方——地方感和结构的形成过程》，载夏铸九编译《空间的文化形式与社会理论读本》，明文书局1988年版，第119—120页。

故事都是在这个基点上引申而出的。

四 "经过串儿"的东北大鼓

对于讲述者是否称得上民间艺人,查树源也有自己的判断。"经过串儿"就是一个重要的标准。他解释到,"问艺人,你经过串儿吗?咱们说的你经过师吗?艺人不说经过师,说经过帅(串)儿吗?意思是,你是从师父到徒弟串下来的。这就叫串。实际上是'师',但说师,就露白了,得说'帅儿'!少一横嘛。'帅儿'什么意思呢?内含着'串儿'的意思"①。查树源也以拜师丁子荣作为自己"经过串儿"的证明。

民间艺人的说书讲究,"不见书,不见传,老百姓中传个遍。你的是我的,我的是他的,他的是你的,都在一起。和一般的正统的说书艺人也还是有区别的。……东游记、南游记、西游记、北游记、游不过封神演义,上八仙,中八仙,下八仙,在下面狐蟒长黄,梅山六弟兄,七十二草头神。书上有的谁都会讲"。在长年的听书和说书生涯中,他对民间流传的各类书目几乎都了然于胸,随时可以点出其中的精彩段落和人物关系。

除了东北大鼓外,查树源对于二人转、京东大鼓、西河大鼓、山东大鼓等地方曲艺也都很熟悉,特别是对其中不同的腔调和曲式比较了解。

查树源提及自己掌握的鼓书(评书)篇目大致如下:

经典小说类:《三国》《水浒》《封神榜》《聊斋》《红楼梦》《老残游记》《镜花缘》

袍带书类:《响马传》《大破孟州》《薛礼征东》《罗通扫北》《薛丁山征西》《秦英征西》《粉妆楼》《杨家将》《杨文广征南》《呼延庆打擂》

短打书类:《三侠剑》《七侠五义》《大八义》《小八义》

四大民间故事:《白蛇传》《天河配》《孟姜女》《梁祝》

四游记:《东游记》《南游记》《西游记》《北游记》

---

① 查树源访谈录音,编号 C140705_002。

公案类：《包公案》《刘公案》《施公案》

对于上述书目，我们虽然无法判断有多少是他曾经完整讲述过的，而且这个问题本身就来自书面文学的考虑，因为民间艺人的讲述情境是面对那些持续却又并不是完全固定的具体观众。因为口头表演是根据对象决定并在讲述中完成，而不是之前准备好的"完整"文本。

下面的《佛三娘观星》① 是典型的罕王传说与鼓书片段嫁接的文本，而且情节已然与原有的罕王叙事体系融为一体了。这段传承自丁师傅的段落显然是经过前辈几代艺人打磨过的精品。

老罕王去学艺，把佛三娘扔下了，一走多少年杳无音信。佛三娘在家里举目无亲，怎么办呢？盼他回来也回不来，后来她自己沿着富尔江走，来到大帽山丹凤岭。到那儿的时候，被山寨的胡子给劫了下来。山寨的胡子锉子王凯想要佛三娘嫁给他。王凯长得又锉又丑，再说佛三娘是有夫之妇啊。她骗王凯，你要能打过我，我就嫁给你。他俩就打，王凯根本打不过佛三娘啊。佛三娘有法宝，连项儿就抓住他了。王凯就服了，你占山为王，我是你的部下，听你调遣。这样，佛三娘就在大帽山丹凤岭重新招兵买马、积草屯粮。

一年、二年到三年了，小罕子音信皆无啊。当时，十五岁跟他订婚。一晃三年光景，十八岁长成大姑娘样了。哎呀！上哪去了？你说，九顶铁刹山路途遥远，路上要有个贼兵贼寇，你要有个好歹，我是死是活。你要死了，托个梦给我，我心里就不惦着你了；你要活着就给我邮封信回来啊，捎个口信？这什么都没有？这不坑人吗？痴心的老婆遇到孤心的汉子，越寻思越生气，就喝闷酒，喝到酩酊大醉，勾起了她的心事。想起她爹了，越想越悲就哭起来了。

佛三娘哭得呀！从早晨起来，太阳刚刚冒红，一直哭到日头落，哭到满天星，然后又哭到太阳又东升。哎呀，哭得太凄惨了，也没

---

① 查树源访谈录音，编号 C140805_001。鼓词或者二人转《刘金定观星》的内容与此几乎一致，只是人物不同，都是思念丈夫的主题。参见中国曲艺工作者协会辽宁分会《辽宁传统曲艺选》，春风文艺出版社 1963 年版，第 239—249 页；陈新编：《中国传统鼓词精汇》上，华艺出版社 2004 年版，第 488—492 页。

吃上饭。有个小丫鬟说,"大姑呀,你吃点饭吧!""我也不饿啊,吃什么吃啊。""你这有好身板,将来等咱们姑老爷回来前儿,你得有个好身体,你这么哭,哭死了饿死了,他回来了找也找不到你怎么办呢?"佛三娘仰天长叹啊,低着头哭了一天一宿。

第二天放光明,一直到中午,无精打采,大家都来劝,她也不听。完了又日落西山,满天的星斗,两天了。佛三娘悲悲切切,背靠青松,仰望天星,仰天长叹,说:"强人那强人?你说你在哪里呀?是死是活,你给我个信儿,你怎么把我年轻的小寡妇扔下怎么办呢?"她放开悲声就哭,两个眼睛哭得像桃似的,大鼻涕甩得像粉条似的,嘴赖开像个小瓢似的,舌头伸出来像个小勺似的,哭得言不得语不得,豆豆的啊!

佛三娘背靠青松望天星,看天星,天龙末节,又看见七星北斗,又看到天河上有牛郎和织女星,牛郎织女一年七夕来相会,我何年何月才能会到我的丈夫呢?她越思越悲,开始唱了:

观东方甲乙木,木能生火,斗口上闪出来四位火星,
室火猪,翼火蛇星辰二位,尾火虎,觜火猴共合四星;
观南方丙丁火,火能生土,斗口上闪出来四位土星,
氐土貉,女土蝠星辰二位,柳土獐,胃土雉共合四星;
观西方庚辛金,金能生水,斗口上闪出来四位水星,
箕水豹,壁水貐星辰二位,轸水蚓,参水猿共合四星;
观北方壬癸水,水能生木,斗口上闪出来四位木星,
角木蛟,斗木獬星辰二位,奎木狼,井木犴共合四星;
观中央戊己土,土能生金,斗口上闪出来四位金星,
牛金牛,鬼金羊星辰二位,亢金龙,娄金狗共合四星;
五方五斗观完毕,星官里闪出来四位日星,
星日马,昴日鸡星辰二位,虚日鼠,房日兔共合四星;
日官里观罢,来到了月宫,月官里闪出来四位月星,
张月鹿,危月燕星辰二位,心月狐,毕月乌共合四星。
这东南西北,五方五斗观完毕,是二十八宿星。
牛郎和织女,每年七七能相会,我何年何月能见到我的丈夫?

毫无疑问，罕王传说是查树源个人曲库中最重要的一块。他对于罕王叙事的熟稔不仅来自多年的讲述经验，也有着东北大鼓知识体系的熏陶，这也使得他的罕王讲述区别于一般的民间传说，通过加入韵文的演唱段落和仿照鼓书的改编内容，从而提高了表演的艺术性。

第四节　个人言语方式

从语言学的角度看，个人言语方式（idiolect）是对方言进行的更低限制的划分，是说话者个人的言语表达习惯，而且这也并不是语言现象分类的终点，因为每个人的习惯会在不同的情境和角色中有所变化。这种个人语言范围内的差别常被称为语体。① 本书要分析的查树源的个人言语方式主要指的是他在口头传统方面的表达风格。航柯在分析史诗歌手的个人言语方式时，指出了歌手的学艺过程是一个把"史诗语域"内在化的过程，我们所观察到的表演"并不是之前文本化的记忆，而是用特殊语言创作的一个故事"。② 这个"特殊语言"就是标签化的个人言语方式，是口语表达的艺术形式。

"口语是听的。听和说连在一起，要求快，因而说话是随想随说，甚至是不假思索，脱口而出。说话的时候，除了连词成句以外，还可以利用整句话的高低快慢的变化、各种特殊的语调，身势等伴随的动作以及说话时的情境。口头交际讲求效率，有这么多的条件可以利用，所以口语的用词范围可以比较窄，句子比较短，结构比较简单，还可以有重复、脱节、颠倒、补说，也有起填空作用的'呃，呃''这个''那个'之类的废话。"③ 这是针对一般人的口语表达来说，而对成熟讲述者的最基本要求就是流畅。他们在讲述语句的运用上依附于深厚的叙事传统，那些

---

①　[英] R. H. 罗宾斯：《普通语言学导论》，申小龙等译，复旦大学出版社2008年版，第57—58页。

②　Lauri Honko, "Text as Process and Practice: the Textualization of Oral Epics", Lauri Honko (ed.), *Textualization of Oral Epics*, Berlin: Mouton de Gruyter, 2000, p.21.

③　叶蜚声、徐通锵：《语言学纲要》（修订版），北京大学出版社2010年版，第185页。

经过几代艺人凝练的程式化表达为口头传统树立了典范。

一　个人讲述的风格特征

个人讲述风格可能会因文类自身要求的不同而有变化，但这种变化是有限的，仍然不能脱离其业已形成的风格化讲述，特别是对于一个成熟的讲述者而言，不管是在什么样的具体情境中讲述什么内容，他都会自觉或不自觉地带有鲜明的个人色彩。

本书主要讨论努尔哈赤传说，因而，在广泛参考书面文本和采录的录音文本后，笔者总结出了查树源"罕王传说"中的八个主要风格特征。

1. 强调地理位置

地理位置是民间传说地方化特征的一大标识。没有了关于实物、风俗、地名的强调，这个文本也很难被认同为传说文类了。民间传说的流传范围很大程度上就是依赖于地理位置而形成的。查树源"罕王传说"的核心部分是新宾地方传说，因而他在讲述中也特别会强调故事发生地的方位。他在整理"顺序"问题时也提出，在新宾县周围发生的内容应该在前面，而抚顺、辽阳等地的内容则在此之后，因为罕王是从兴兵堡起兵的。地方感的存在也是长篇叙事形成的一个重要线索。

具体而言，查树源在讲述《五副甲》时，开始便提到"咱们新宾县往东走五里多地啊，有个地方叫五副甲，现在还叫五副甲。它是一个村，叫五副甲村。为什么叫五副甲村呢？这就是和老罕王有关系。……"再如接着后面的《半拉背》传说，"努尔哈赤（小罕子）领着小伙伴，被老太太救出来以后，他们就顺着茶壶吊山往东走，躲避官兵的追逐，走到什么地方呢？走到，现在说话吉林省通化和新宾搭界的地方，那个地方叫半拉背，是怎么来历呢？……"

前文我们也分析过这些地名中有些已经是满语汉化的解释，脱离了原有的含义，而也正是因为有努尔哈赤的传说，这些地名在被赋予新的含义后，更自然地融合到了历史和现实中。这里，地名解释系统的再造完全成为了捏合传说的"提词器"。

2. 加入个人评语

民间叙事饱含着民众对于历史的评价。这种价值观的表达有时直接体现在情节叙述中，如称赞罕王的智慧与英勇，贬斥明朝将领的昏庸无能，有时也以评点的形式出现，如在杀褚英的故事中，查树源并不认同民间流传的"渡河杀儿"的传说，而是有着他自己的理解。

  其实褚英啊，有点太骄傲、专横跋扈了。他老想登基，因为是长子。褚英的箭法高明，力大无穷，武艺高强，有点瞧不起其他弟兄。他有时出的计策压过了老罕王。老罕王谨小慎微，过于慎重，往往失去了战机。……褚英总爱显示自己，他战功多，分到的阿哈也多，但是贪得无厌，逐渐被胜利冲昏了头脑，有时压过了努尔哈赤，流露出了不满，后来传到罕王耳朵里，又有小人从中挑拨，导致最后被杀。①

正是这些见解，让查树源在传承民间传说中有了取舍和判断，但也正因为这些因素的存在，造成了长篇叙事在形成中的一些困难。流传下来的来源不同与风格不同的文本的整合是需要一个宏观的历史视角来掌控的，而定型的传说文本又很不容易被彻底地抛弃。

查树源曾试着用一些历史叙事来填补传说的空位，但终究有些地方格格不入。换句话说，他对于民间传说的历史性和真实性的反思，一方面让他的评语精辟深刻，另一方面也成为进一步长篇化的阻碍。

3. 模拟人物角色

在民间传说讲述中，对多个人物角色区分的处理有时候显得比较困难。作为非职业的讲述者，通过语言与形象来模仿各类人物、男女老少、各种职业、地域口音等并不容易，这也是一般民间故事的情节和角色简单的原因之一。而对于长篇叙事，众多的人物关系是需要在对话和描摹中体现出来的，以至于有典型人物的典型外貌和语体，这样有助于听众在短时间内就能辨别出人物，并进入情境中。

查树源在处理人物角色时充分利用了自己的鼓书表演功底，突出了人物的典型性，老罕王、佛三娘、佛托老母、王凯等都十分有特色。他

---

① 查树源访谈录音，编号 C141208_002。

很善于用声音塑造的方法来进行对话部分的衔接，从而使得言语紧凑，角色特点鲜明，这些做法都与他的表演功力和艺术实践是分不开的。但我们也发现，其实像本书这样建立在民间传说基础上的长篇，在人物角色数量和关系上，虽说全本也有十余个主要角色，但落实到具体的段落中，每一回也就出现两至三个人物，这样也就明显低于传统的说书，特别是人物的对话部分，也显得比较单薄。但查树源还是利用唱词部分弥补了叙事上先天的短板，增加了对人物性格和心理的刻画，使角色人物整体上更丰满，更有叙事张力。

4. 插入鼓书情节

"当一个歌手开始演唱时，他需要激活记忆里的整个故事范型，它的第一个主题和这个主题里的关键程式。然后，他才能顺着情节开始演唱，并实现演述中的创编，在相关主题的顺序中限定情节，并从自己的诗学词汇中创作主题，首先是从程式中。"[1] 鼓书情节成为查树源在"罕王传说"表演中使用的"大词"[2]。他能够驾轻就熟地把前辈艺人积累的经典段落，如《佛三娘观星》《火牛阵》等插入整体叙事中，还通过增加唱段与赞口等方式提升艺术审美趣味。另外，细节上引入常见鼓书情节也十分必要，例如，小罕子吃了九个牛形饽饽和两个虎形饽饽就获得了"九牛二虎之力"等。

鼓书情节与语言的加入使得查树源的讲述更加生动和完整，特别是细节和人物的刻画更加饱满，这就弥补了普通民间传说因为传承结构单一所造成的叙事简单化，而仅仅是侧重于传说背后所指的风物与风俗，或是人物的某一个方面特质。但这样的讲述也带来了传说自身的矛盾色彩，即有些加入的鼓书内容并不是都由他一个人所创作，而是传承自多名前辈艺人。这个博采众家之长的做法，一方面让讲述空间得以最大化，将民间叙事的艺术化风格加重，而另一方面由于讲述本身的非系统化，也让这些记录下来的传说很难拼凑成一个完成的长篇作品，在一定程度

---

[1] Pekka Hakamies, "Innovations in Epic Studies by Lauri Honko", *Approaching Religion*, Vol. 4, 2014, p. 13.

[2] 参见朝戈金《约翰·弗里与晚近国际口头传统研究的走势》，《西北民族研究》2013年第2期，第8页。

上对结构和叙事厚薄方面缺少了全局视角,衔接处显得生硬。但不管怎样,还是给我们带来了一个多元的可以深入探讨的文化现象。

5. 加入地方风物

这个特征与强调地理位置一样,都是传说叙事地方感的标识。传说的根基在于深深植入民众的生活当中,即便是外来的内容也会在不断的讲述中增加了属于本乡本土的风物。只有这样,民间叙事才会生根发芽,继续流传。如《五副甲》中,努尔哈赤得到九牛二虎之力是因为吃了"黏米饽饽",这是典型的满族食品;《老城里为什么鱼多》中,小罕子把一石二斗的苏子撒入了河中,变成了许多鱼,所以河就叫苏子河。苏子叶也存在于满族食谱中。

除此之外,一些风俗习惯如背灯祭、祭祀笊篱姑姑、插佛托等也都是一种对地方存在感的强调。查树源通过这些具体的事物和风俗将"罕王传说"与新宾的满乡历史紧密结合在一起。他常用几句话就点明了新宾县与老罕王的关系。"茶棚村是原来老罕王招待士兵休息的地方,兴兵堡是罕王兴兵的地方,前后大仓是储存粮草的地方,马塘沟是养马贩马的地方,红旗黄旗白旗蓝旗,四个村子原来都操练兵马的地方。"寥寥数语,四百年前的历史就在眼前了。"依附于传说和它们的阐释的这些价值观,既反映在共享的传统观念中,也反映在独立的见解中,它们与叙事实践紧密相连。它们为再生产界定了叙事策略的手段和工具,而这指向的就是文类。"① 英雄的传说拉近了当代人与历史的距离,历史上发生的重要事件,地方史的核心价值都透过地方风物得以反映。

6. 强调细节描写

细节对于叙事的重要性无须赘言,特别是对于口头叙事,往往是一段讲述成功与否的关键。秉承"讲是骨头,唱是肉"原则的查树源在细节突出上也颇具个人风格,他在散体和韵体两方面各具特色。

如《欢喜岭上夫妻团聚》中讲到,"罕王帐前大将肇阳身穿铁甲,手

---

① Anna-Leena Siikala, "Reproducing Social Worlds: the Practice and Ideology of Oral Legends", Terry Gunnell (ed.), *Legends and Landscape*, Reykjavik: University of Iceland Press, 2008, pp. 39 – 67.

使大刀,和一员女将交战。罕王亲自督战,远远望去,只见那女将手使长枪,上三下四、左五右六、插花盖顶、青藤盘根,好似风打荷叶雨打芭蕉,唰唰的把个肇阳杀得大败而归。罕王大怒,催开青鬃烈马,挥起宝刀,大喊一声:'看刀!'啪的一声响,刀枪相碰,放出火星"。这一段散体细致地描述了征战场面,一招一式都十分传神。

接着他又加了一段唱,更是用夸张的手法渲染了罕王与佛三娘两人的武艺高强。他唱道,"好一个上山虎敌住了下山虎,云中龙挡住了雾中龙。一个是铜锅遇到铁刷帚,那一个是丧门星遇到了扫帚星。一个是祖传的枪法好,另一个是佛托老母大门生。这一个恶狠狠举枪分心刺,那一个怀中抱月把它迎。只杀得四个肩膀空中转,八条马腿就地蹬。马蹄蹬开露蹄腕,蹄腕张开露掌钉。只杀得鸟雀不敢空中过,蚂蚁不敢土中行。只杀得日月无光星不明,只杀得阎王爷直翻生死簿,大小二鬼也蒙灯"[①]。

7. 控制讲述时间

丰富的讲述经验使得查树源能很好地控制讲述时间。就笔者的几次调查来看,罕王传说的部分他都能通过连接几个片段,或者增长一个片段,使得一次讲述时间控制在 20—30 分钟,即在这段时间内完成一个有头有尾的段落。而在讲述普通民间故事时,查树源则似乎换了另一种语言表达方式,基本 3—5 分钟就可以敷衍完一则故事。

讲述时间是衡量一个艺人讲述能力的重要标准之一,这对于普通故事家可能并不完全适用,但是对依靠时长来谋生的艺人来说却是非常重要的。简单来说,同样一个情节段落,延长时间就可以多增加演出天数,而如果缺少延长的能力,一方面会使讲述技巧显得单薄,另一方面也会被认为水平不够。但是这种延长并非一味地勉强拖延,这样观众也会发现,反而使得演出失败。笔者曾听过查树源的鼓书《小西唐》(也叫《秦英征西》)的开篇,他基本是按照散说的形式进行,短短的一个回目,他

[①] 此唱段也见于《下南唐》,只是改动了部分内容,如梨山圣母改为佛托老母,以切合罕王叙事。

就讲述了一个半小时,可见他对于表演的掌握十分纯熟。① 罕王传说本身的支离破碎,使它并没有能够形成一个完整的版本,至少在他那里基本还是这样的,所以他的延长也是仅就一个叙事段落的延长,而非通篇的内容。从附录六中整理的讲述片段也可以发现这一通则和规律。

8. 插入题外讲述

查树源的讲述非常自然,有时随便一件小事就能使他联想到一些民间故事。而在"罕王传说"中,他也常常借题发挥,充分地展示了他巨大的腹藏量和民间文化知识的积淀。这些看似题外的叙事其实也在题中。如本书的传说集群概念一样,一个讲述者的个体曲库与他的个人言语方式也是相得益彰的。他讲述的每一个段落都是曲库中某个类型化叙事的一次表达,虽说有特定的内容限制,但他也完全可以运用自己的储备把情节简单的民间话语敷衍成一个跌宕起伏的叙事作品。

比如《小罕挖参》中,查树源插入了一段关于挖棒槌的"常识"。"怎么叫放山呢?这里有个规矩啊。山里有个头儿叫把头。山把头带着大伙首先到山神庙去起誓,给大伙讲山规,统一什么时间集合、分散,不能私自挖到宝贝就私自吞下,要放到一起,按照作用的大小统一分配。谁要是遇到大货了,首先喊一嗓子,弄小红绒绳把它系上,就不能跑了。不系上,参就跑了。可劲地喊:'棒槌!'让大伙听到。那边有答话:'什么货?''四品叶'还是别的,看见啥,喊啥。……"② 接着他还在讲述中介绍了关于人参种类的区别、如何分辨好人参、人参怎么挖出来、怎么保存等。在讲《半拉背》时,查树源引出了农村"打红场"的习俗,讲到努尔哈赤出生大摆野猪宴时,也提及了满族"八碟八碗"的来历等。

二 程式与创编

程式是口头创编中最基础的表述单元。在查树源的个人言语方式中,

---

① 《秦英征西》也叫《小西唐》,是传统鼓书篇目。查树源自己对这段讲述也做了说明,"这要是唱可就慢了,捞干的讲的,跟丁师傅学习,走场是'叫弦'演唱。以前也讲述过,能够过耳不忘。这还是往快了讲,要是详细讲述,还能增加不少'花点'。比如,秦英在六岁时跟母亲去给姥爷李世民拜寿,太监看他长得丑,刁难秦英,被秦英将脑袋拧了下来。大伙震惊,封了他一个'揪头太岁'的称号……"

② 查树源访谈录音,编号 C140705_ 002。

取自于传统鼓书中的辙口、赞口、夸相片等都为他的罕王叙事增色不少。这些广义的程式可以称作赋赞，它是"常于讲说中韵诵的写人、绘景、状物或描摹、评论、夸赞人事物理的诗、词、赞、赋等诸般韵文的总称"①。查树源对于这些程式的运用，不仅是简单地插入讲述中，而且通过变化让这些内容更自然地融合于叙事中，使之带有个人风格，同时他也能根据不同的主题创编新的作品。

"对司空见惯的短语的运用本身就是一种艺术表演。"② 口头叙事的生动性蕴藏在重复之中，但却不是毫无意义的陈词滥调，而是特殊化的表达。因此，欣赏的标准应归属于传统，这就难以与书面创作一直以来树立的路线相吻合。套语的替换模式是对于主题表达的深化，可替换的单元数越多，则表明讲述者的腹藏量越大，而掌握的主题越多，则意味着腹藏量越丰富。查树源对于赞口的熟稔是其扩大曲库的一个重要资源，这些赞口也都是依托叙事传统而来的。

(一) 程式

1. 辙口

查树源传承的《十三道大辙》里面提到了自先秦到明代的众多历史人物，这些人物在民间都有耳熟能详的传说故事和说书段落。运用这一铺陈的方法，既能够熟记基本的押韵辙口，又单独成为一个小段，并且每一组历史人物都是精心挑选的，并有着共同的特点，如一月都是军师、二月都是女将、九月都是黑脸、十三月都是救驾等。

正月里来正月正，刘伯温修下北京城。能掐会算苗广义，未卜先知徐茂公。点将封神名姜尚，诸葛亮草船借箭又借东风。

二月里来百草发，三贬寒江樊梨花。手持大刀王怀女，替夫夺帅印名叫葛红霞。穆桂英大破天门阵，刘金定舍命她把四门杀。

三月里来桃花香，镇守三关杨六郎。白马双枪高嗣继，夜收双妻小

---

① 吴文科：《中国曲艺通论》，山西教育出版社2002年版，第128页。
② [美] 王靖献：《钟与鼓——〈诗经〉的套语及其创作方式》，谢谦译，四川人民出版社1990年版，第17页。

罗章。双锁山上高君宝，罗焕瓦岗寨上对花枪。

四月里来梨花开，吕蒙正想当初赶过了斋。寻茶讨饭崔文瑞，提笔卖文高秀才。张廷秀沿街当乞丐，朱买臣上山打过烧火柴。

五月里来端午节，刘备沿街卖草鞋。推车贩伞柴王主，贩卖酸梅洪武爷。秦王舍下唱过戏，越王勾践卧薪尝胆实出没辙。

六月里来暑三伏，王老道捉妖把鬼除。袁天罡捉妖拿黑虎，左宗元捉妖令人服。法海捉妖金山寺，孙膑捉妖拿黑狐。

七月里来七月七，秦琼双锏降二驹。九里山前韩元帅，临潼斗宝伍子胥。二武松景阳冈上打老虎，关云长千里走单骑。

八月里，天渐凉，月到中秋。李三娘在卧房泪眼交流。柳迎春等薛礼一十二载，王宝钏守寒窑一十八秋。孟姜女寻夫把长城哭倒，杜十娘为李甲舍命她把大江投。

九月里来小燕儿归，三国猛将数张飞。敬德监修大佛寺，梁山好汉数李逵。呼延庆金鞭打过擂，陈州放粮老包黑。

十月里来小阳春，大德天子程咬金。河南八府单雄信，十二把飞刀盖苏文。苏海摆下三阴阵，秦英征西亚赛天神。

十一月里来雪花飘，赵匡胤全凭着盘龙棍一条。吴汉杀妻把朝保，孟良北国去盗刀。大刀朱全忠良将，红脸王君可武艺更高。

十二月里来整一年，金眼毛遂盗仙丹。鼓上蚤时迁他把公鸡盗，杨香武三盗玉杯惹下麻烦。窦尔敦大怒盗御马，白娘子盗草救许仙。

十三月里一年就多，薛礼救驾淤泥河。罗成救驾太原府，陈林救驾捧妆盒。岳飞救驾朱仙镇，赵子龙救驾大战就在长坂坡。

我唱的是六十五个古人名，十三道大辙。唱得不好，请各位批评指正照实说。

2. 赞口

赞口也是说书艺人必须要掌握的基本功。"赞口不外传，没有亲传弟子不教，听到哪里记到哪里。"在敷衍长篇书目中，这些不可或缺的段落有助于提高听众对于典型人物形象的记忆，一些夸张与排比的描写更能烘托出人物的性格和武艺高强等特点。这些赞口多是三字句或七字句，上下句对仗，容易记忆。

(1) 盔甲赞、兵器赞

盔甲、兵器是古代书目的重要器物。不同的人物有不同的词，在细节上也是有差别的。

黑铁盔上衬黑缨，乌油漆甲如密钉。护心甲镜绕秋水，九股攒成勒甲绳。袋内弯弓袭脚面，斛中密插箭雕翎。打将钢鞭鞍桥挂，杀人宝剑鞘内盛。坐下一匹乌龙马，五股飞叉手中挺。（黑袍赞）

戴一顶霄银盔，光闪闪，明皎皎，千锤打，万锤敲，蓝缨顶，素缨飘，前琥珀，后玛瑙，结彩凤，瑞云飘，白云飘飘透云霄，巧手丹青难画描，冲天照月白缨盔一顶。披一身素银甲，能工织，巧女成，胜瑞雪，压寒冰。蒙蒙霜花冷气生，枪里装，剑里盛，雪里练，霜里擎，银丝扣，白玉吞，威风凛凛寒光生，胸前悬挂护心甲镜。衬一领素罗袍，上不长，下不短，能人做，巧手剪，浑身上下团光转。不长不短素罗袍一身。（白袍赞）

斜背两把铜银装，白银打，黄银镶，出手来，把人伤，神鬼惊怕铜银装。（铜赞）

挂一张，牛角弓，力量大，能工巧匠来刻画，错过魁元谁敢拉。插一壶，箭钢利，威风凛凛寒光须。射鸿雁，透龙驹。穿铠过甲狼牙箭一壶。（弓箭赞）

挎一口，五秋寒，白银镶，黄银缠，按着龙头举翠连，苏秦把他背，路过蟒龙山，白蛇斩两段，得道佐中原。斩妖除邪太火剑。（剑赞）

提起这杆枪，老君炉里装，四大天王掌过锤，二十八宿拉风箱。太上老君八卦炉炼了七七四十九，金子掺钢打的枪。前枪抖，后枪篡，追人魂，伤人胆，两军阵前大队里，连人带马一枪卷，枪头一尺半，枪身一丈八，朝前一扎，朝后一拉，干货肠子、肚子、波棱骨子、食肚子，一枪都带出来了。（枪赞）

(2) 夸相片（外貌描写）

这个人长的身高一丈，头赛牛斗，双眼铜铃，狮子鼻子，扫帚眉，翻鼻孔，大嘴岔，巨口獠牙，两耳登峰，青面黑发，三分像人七分像鬼，活像个妖精。（彪形大汉）

这个人是鸡蛋脑袋，八字眉，蛤蟆咕嘟眼睛，蒜头鼻子，公鸭嗓，

十五根胡子，七根冲上，八根冲下。（奸诈之人）

但只见这员女将浑身上下好像挂五彩，不知道谁给她配的百草花名，七星花的额枝头上戴，狐狸尾相衬雉鸡花翎，桂花油头明又亮，发根上系着红花绒绳，上身穿的是红大袄，镶一葵花宝镜放光明。芝兰花的玉带腰中系，辣椒花的靴子就在葵花蹬里头蹬。往上看，柳叶花的娥眉分八字，葡萄花的杏核眼睛水水灵灵，悬胆花的鼻子，樱桃花的口，玉米花的银牙口内盛。元宝花的耳朵桃花面，一笑还有两个小酒坑，长得特别美特别俊。藕蓬花的胳膊白净净。十指尖尖好像管香花棒，不亚于十冬腊月的发芽葱。骑着一匹能征惯战，混混乱叫，蹦山跳涧的桃花马。有一口青光闪闪，夺人二目绣绒花的大刀就在两手擎。①（女将）

这个人长得好啊，生得天庭饱满，地阁方圆，眉清目秀，双耳垂肩。天庭饱满主富贵，地阁方圆不受贫。眼大有神，耳大有轮，嘴大有唇。众人面前一摆摆，不擦烟粉自来色。长的是比花不红，比雪不白，白里透红，红里透白，又白又嫩，贼拉俊。这也不知道吃哪个井水吃的，活而崭新，就像煮熟了的鸭蛋剥了二层皮，白白嫩嫩啊。（漂亮小伙）

（3）描写建筑

孙继高卖水挑着担子，在后角门，在小丫鬟引领下，走进了赵府的后花园内。孙继高一看后花园内是鲜花盛开，百花齐放，百花争艳，对面有一湖。湖水上面有九曲的栏杆。人工湖内的杂草浓又稠。荷包的牡丹花就好像美人喝醉了酒，扑啦啦地乱点头。龙井儿撑着凤尾鱼斗。湖内的杂草，大嘴鲶鱼在水中游来游去追撑蝌蚪。走过了九曲的栏杆桥，有一面假山。假山上面是珍奇异花布满了山前，有一棵参天的大树。这棵大树是一棵古榆。古榆迎着朝阳，在阳光下闪闪发光闪着银亮的叶子，被这风一刮，在风中沙沙作响。横担出一个大杈子，像人的胳膊一样，绑上了绸缎拧的五股绳，下面用软缎宣呼呼做了一个坐垫，小姐坐在上面打秋千。有两个侍女丫鬟在悠，显得悠闲自得。往这么一看，并排开着各式各样的花草。也说不出尽是什么花草。有的是迎春啊，老来少，

---

① 这一段在评书《刘金定大破南唐》中也有相似记载。

荷包牡丹叫不上名字。有红有绿有黄有蓝，百花争艳。孙继高挑着担子进也不是，退也不是，正在愁。有两个小丫鬟上前来道了万福，说："孙公子，我们小姐有赠与你"。(《老红灯记》赵兰英家)

(二) 创编

1. 改词

在新宾地区，查树源对民间小调《小放牛》的词句进行了改编。这是在民间歌谣中普遍存在的问答句式。

原词："天上梭罗是什么人栽，地上的黄河是什么人开，什么人把守三关口，什么人，什么人奔月就没回来么呀呼嘿；天上的梭罗王母娘娘栽，地上的黄河老龙王开！杨六郎把守三关口，韩湘子出家他没回来。"

改编："天上梭罗是什么人栽，地上的神井是什么人开，什么人独闯三关口，什么人，什么人出家一去没回来么呀呼嘿；天上的梭罗王母娘娘栽，地上的神井老罕王开！多尔衮独闯三关口，顺治爷出家他一去没回来。"

2. 改辙口

查树源能够随机应变，借景生情，既可以不串辙口，还可以变辙口进行即兴创作。他认为，没有这两下子就不叫说书艺人。他以下面的小段举例，展示了变换辙口的不同唱法：

火红的太阳刚出山，朝霞铺满了半边天。老龙岗山多苍翠，太阳普照赫图山。(言前辙)

火红的太阳刚东升，朝霞普照着故都兴京。老龙岗山多苍翠，苏子河水鱼米丰。赫图阿拉是风光好，努尔哈赤在这称汗英雄。(中东辙)

火红的太阳照山坡，听我把罕王故事说一说。老龙岗山多苍翠，苏子河水鱼特多。赫图阿拉是风光好，老罕王的神奇故事听我说。(梭波辙)

3. 顶针句

顶针句也是传承自丁师傅的常用演唱句式，举例如下。

"走一山又一山，山山不断，走一岭又一岭，岭岭兼程。层层的苍松遮天日，日夜的兼程往前行。行人就躲开军队走，走过了乡村到县城，城中的老百姓来欢送，送的粮草数不清。清风阵阵吹人面，面前闪出一座城。再走五里桃花寨，再走五里杏花村，桃花寨里出美女，杏花村里出美酒。"

4. 排比句

排比句有助于烘托气氛，在一些征战唱段中经常使用。如老罕王摆下了十层兵：

一层兵，一口刀刀光闪闪，二层兵，二刃锋晃人眼睛，
三层兵，三股叉叉挑日月，四层兵，四楞冲重放光明，
五层兵，五花棒沉力又猛，六层兵，六流星百落不空，
七层兵，七星剑吹毛立断，八层兵，八宝弓箭射英雄，
九层兵，九节鞭鞭打上将，十层兵，十股绳捆将捉兵。
十层大兵如猛虎，九层炮响鬼神惊，八方来的英雄将，七星阵里抖威风，六路长枪赛怪蟒，五花战袍绣团龙，四马踩倒阳关柳，三军靠歪路旁松，两匹宝马来回跑，一杆大纛举到半悬空。

5. 文本创作

查树源在继承程式的基础上，也能够自己创作并演唱一些新的段落。如《月牙五更唱罕王》就是根据民间小调改编而来。

一更里月牙还没出来，九天仙女来到天池台，百宝仙衣脱下来，白天鹅叼红果，罕王出生在长白。二更里月牙出正东，罕王爷坐在兴京，赫图阿拉建都城，七大恨发大兵，都说罕王是英雄。三更里月牙出正南，八旗雄兵杀奔向前，明朝官兵吓破胆，满乡儿多彪悍，萨尔浒大战捷报传。四更里月牙出正西，老罕王手拿令旗，八旗将领打得急，杀的杀，砍的砍，官军一命归了西。五更里月牙出正北，罕王大军攻下沈阳，黎民百姓喜洋洋，沈阳城，变了样，军民一心齐欢唱。

下面这段快板《护林防火》是查树源在为林业局表演时专门创作的，唱词中应用了他所掌握的顶针句、排比句等多种句式及程式化语言，是其创编能力的综合呈现。

打竹板，响连环，同志们请听言：
我不说南朝和北国，也不说吕布戏貂蝉，也不说老城的罕王井，听

我把护林防火做宣传。

新宾县，净大山，八山一水半分田，半分田这道路和庄园，

山多林多树木全，听我一一对你谈。

红果松、白沙松、黑油松，还有落叶松、那叫黄花松，

说罢松来再说树，有杨树，有柳树，有榆树，柞塞腊桦硬杂木，

红娘子、黄菠萝、刺秋瓜榆和硬柞，这些个树都是宝，我们一定要爱护好。

说罢树来再说林，河两旁护岸林，路两旁风景林。高山顶上护岗林，原始森林国有林。

说森林道森林，森林的作用可真神，神奇的功能是能降雨，

雨水多了吸收水分，分封固沙稳地貌，貌美环境降噪音。

因为生态平衡靠绿色，绿化祖国为人民。人人动手多摘树，树木多了就成林。

打竹板，想得快，乱砍盗伐实在坏，虽然贪得眼前这点利，危害子孙好几代。

"七二九"洪水为什么来得这么快，它跟乱砍盗伐分不开。

国法难容受制裁，又检讨又罚款，监狱请你去吃饭，到了监狱不自由，一天两个大窝头。

爱吃不爱吃，两个大窝头。

三 文本的稳定与变异

"演述中的创编"是口头程式理论提出的命题，它是由对荷马问题的现代考察而得出的。歌手在掌握了一定的演述技巧后，能够根据具体的场景应用这些技术性手段，来完成每一次演唱，即演唱差异性来自具体的情境。口头表演是一个创编的过程，严格来说，每一次生成的"文本"都具有"时效性"，它代表了当时的讲述情境下的成果。我们很难用"完整"一词来概括一次口头演述，因为每次都是不一样的，却又是同一个人讲的同一个故事，叙事主线虽然没有改变，但具体的细节可能已经千差万别了。

这里将通过查树源在三个时期讲述的《小罕学艺》的采录整理文本，

来说明艺人是如何在大脑文本中创作"一次性"口头作品的，其中既包含稳定因素，又包含变异因素。《小罕学艺》是查树源经常讲述的罕王传说中的一则，它比一般传说要长很多，情节也更复杂，主要人物除了努尔哈赤，还有佛三娘与佛托老母。情节简介见前文段落11。

三个版本的具体信息如下：

版本 A 由徐奎生在 1984 年 8 月 8 日采录；

版本 B 由陈莹和张岚在 2008 年 7 月 20 日采录；

版本 C 由笔者在 2014 年 7 月 3 日采录。

《小罕学艺》传说文本的后半部分可以划分出 9 个基本情节单元：

1. 去铁刹山

A	小罕子上了大路，又奔小路，过石崖，穿树林，不几日来到九顶铁刹山八宝云光洞。
B	小罕子历经千辛万苦来到了铁刹山。
C	努尔哈赤拿着佛三娘送给他的"山河地理图"手绢，又另买了一匹马，从此往本溪方向奔了。有方向好办了，就不能乱走了。一路之上，晓行夜宿，非止一日来到了九顶铁刹山八宝云光洞。

2. 山前问道童

A	咚咚敲门，从里走出一个徒弟，打了一个揖手："小施主，来到山上有何事啊？" 小罕子急忙上前行了个礼："这位小师兄，我是来访师学艺的，要见佛拓老母。" "你稍等一会儿，我去通禀一声。"这位小徒弟进去不大工夫，出来说，"有请。"
B	在山下见到一个道士，他打了一个揖手说："师傅，请了。" 那道士也说："请了。" 小罕子说："我是来求见佛托老母的。" 那道士回身上山和佛托老母一说，佛托老母让他进来。

C	来到了洞外，叩打山门。早头庙的门是大铁环。这时候，门吱嘎开了，里面走出来两个道士，头发上别着一枚大银针，一男一女出来了，问道："你来干什么，为什么这么早叩打山门？" "我是拜师学艺来的。" "拜师学艺？俺们老师傅不收徒啊，早就不收徒了。" "我不是一般人啊，我是他的亲属啊！" "什么亲属啊？" "佛托老母亲侄女儿的没过门的女婿。" "那是咱们家的贵客呀！那好，你先稍后，容我通禀一声，因为真假我说不清楚。" 道童一溜小跑到了道观的正殿。

3. 见佛托老母拜师

A	小罕子被请到一座古庙里，只见佛拓老母端阳正气坐在上边。小罕子上前大礼参拜："参拜佛拓老母，我小罕子不远千里前来拜师学艺，请老母把我收下。" "你是哪儿来的？怎么找来的？" "我是从兴兵堡来的，真是一言难尽啊！"接着小罕子就把路上的千辛万苦叙说一遍，又递上佛三娘的手绢。
B	小罕子看到一个老者，头戴银针，手拿拂尘，小罕子上前就拜，说："我是爱罕子，是一个老道叫我来拜见您老人家的。" 于是，小罕子就把前前后后的经过和佛托老母讲了，说完，又拿出"乾坤山河地理图"给佛托老母看。佛托老母看过之后，认定确实是当年她送给佛三娘的东西，就收留他在山上学艺。小罕子非常激动。
C	佛托老母鹤发童颜，头发像银丝似的，别个大银针，满面红光，穿得乾坎艮震巽离坤兑八卦仙衣，手拿拂尘，端然正坐。 小童就来了，说："回报老师傅，山外有人前来求见，号称是你侄女没过门女婿，前来投师学艺。" "女婿？那请来，请来一见。" 努尔哈赤跟道童就来了，前面坐的就是佛托老母。 小罕子见佛托老母雪白的银丝发，面容像小孩，鹤发童颜，红脸，看面容就二三十岁，看头发也就六七十岁，到底多大岁数说不清楚。上前推金山倒玉柱大礼参

续表

C	拜。双手抱拳，往上一跪，磕了八个头。老师傅说："平身。"叫他起来。 "你打哪里来啊？姓字名谁，家住何处，因何到此啊？" 他说："我叫努尔哈赤，爱新觉罗氏。小名罕子。我是在江边什么什么地方遇到什么什么难，就说这些事。遇到佛三娘，跟她定了亲了，来投你老人家，前来拜师学艺。" "空口无凭。" 他说："我有山河地理图为据。" "把地图拿过来。" 小道童把地图拿过来递给老师傅。老师傅一看，确实是"山河地理图"。四四方方一个手绢，这个是佛托老母亲自所绣亲自所制，给了她唯一这一个侄女佛三娘保存。他拿这个做凭证。这是真了。这么就把他收下了。佛托老母说了，我从此再不收徒，你就是我的关门弟子。

4. 干杂活

A	小罕子待下后，什么活都干，打柴、种菜、烧香、敬佛像、扫院子，可就是没有学到什么武艺。一天，他问小师兄："咱们师傅会什么武艺？" "咱师傅会的可全了，天文、地理、兵书，样样精通。"
B	在山上，小罕子烧火、劈柴、挑水、做饭，什么活儿都抢着干。
C	待了一个礼拜了，光干活也没教我武艺啊。除了打扫山门，打扫卫生，干一些零活，劈柴担水，也没学武艺啊。小罕子着急了，说，"师傅，我来这么长时间了，你得教我点武艺啊。" "你会什么武艺？" "我耍枪弄棒，耍刀舞叉，拉弓射箭我都会啊。" "你射箭我看看。" 一百米远处射靶心，那顶上有一棵柳树，柳树叶上画个红点，你看见没？这能看到吗？那你随便射个树叶下来。他射箭还行，不是不行，那他哪射中那个点啊。

5. 练眼力，学射箭

A	小罕子去找佛拓老母，说："老母，我想学点武艺能不能教我？" "这么的吧，你先练练眼睛。" "怎么个练法？" 佛拓老母拿出一粒谷子，搁线穿上了："你回去就看谷子粒，多咱看它能有土豆那么大了，我再教你练武艺。" 小罕子拿回这粒谷子，整天整日地看着，不知看了多少天，突然间谷粒变大了，虽说没有土豆大，差不多也就赶上了黄豆粒大了。他接着又练了不少日子，越看谷粒越大，最后看着能有鸡蛋黄大了。这天，佛拓老母来问他： "练好了吧？" "练好了。" "那就让我看看你的眼睛。" 小罕子把眼睛一睁，佛拓老母从头上拔出一个金簪，照着他的眼睛就攮，差不点就攮上了，可是小罕子的眼睛一眨都不眨。 "嗯，练成了，我可以教你武艺了。"
B	这四年里，小罕子跟佛托老母学兵法、学箭法，学得十分刻苦、认真。佛托老母给他一个小珠子，用线穿起来，告诉他什么时候看珠子就像土豆那么大时就练成了。小罕子每天把它挂在树上练眼力。他又练飞针穿珠眼儿的功夫。佛托老母拿针往他的眼睛里扎，他眼睛眨也不眨。
C	你这个本事不行，先练眼睛吧。 怎么练眼睛啊？小谷子粒，搞绒线穿个眼，提搂起来。谷子粒才多点儿，还穿个绒线，拿去吧。多会儿瞅着有鸡蛋大了，你再来找我。 哎呀！这多会儿能教我武艺啊！还得瞅谷子粒，他就睡觉前儿也这么瞅，睁眼也这么瞅，没事也这么瞅，盯着瞅，也不知道瞅了多少天。哎，大了哎。继续瞅，练眼睛。又练了个月七成，真有鸡蛋大了。这差不多了，还见佛托老母，说："师傅啊，我这眼睛练成了，谷子粒瞅得有鸡蛋大了。" "真的吗？到我巴拉，我看看你眼睛。"佛托老母顺脑瓜顶上，拔下银针，七寸多长，照着小罕子的眼睛，吭哧攮了过来。小罕子躲都不躲，一闪不闪。哎，真成了。要躲闪一下，就证明没练成。还差这么点儿，我没扎到你，你躲什么躲？不躲，吭哧就一下子。 还行，这回你再射树叶。一百多步，柳树上画一个小红点，给我射。百步开外，百步穿杨，射柳树上的小红点，乱射也不行。小罕子就有了百步穿杨的箭法。

6. 学武艺

A	从此,小罕子就跟佛拓老母学起刀、枪、剑、戟十八般兵器来了。
B	佛托老母十八般武艺样样精通,小罕子在这一学就是四年。
C	眼睛学好了,箭法学好了。就开始学什么武艺呢?刀枪剑戟,斧钺钩叉,鞭锏流锤捎带爪,十八般兵器。你要学哪样啊? 他说:"一个是刀一个是枪,我学这两套就可以了,别的我就不练了。"练了百步穿杨箭,再就学会了柳叶彩花刀,还有七十二路梅花枪。

7. 学造炮

A	小罕子学会十八般武艺,还觉得不够劲,问佛拓老母:"还有没有更厉害的兵器?" 佛拓老母说:"你想学造炮吗?" "造炮?那可太好了。" 佛拓老母教小罕子造榆木炮,把榆木抠成个筒子,装上火药,实验了几回。小罕子说:"劲儿不大。" 佛拓老母又教他造石炮,用石头凿成大炮筒,往里装铁渣子、铁蛋子,打出去能有好几里地远,小罕子还嫌劲儿不大。佛拓老母生气了:"榆木炮你不学,石炮你还不学,你到底想学什么炮?"手把拂尘一甩,走了。 小罕子忙去问他的师兄弟:"师傅今天怎么生这么大的气呢?" "师傅不是生气。榆木炮你不学,石炮你还不学,看来你是想学造铁炮,可是造铁炮师傅是不轻易外传的。" 小罕子又去给师傅跪下,苦苦哀求:"请佛拓老母教我造铁炮吧!" 佛拓老母看小罕子这么诚心,到底教会他造铁炮了,又送给他三部天书。传说老罕王后来打进关,一炮就把城墙打个大豁口子,就是佛拓老母教他造的炮。
B	这功夫练成后,又学了兵书和造炮。
C	小罕子在山上,不分日夜地苦修苦练,还跟老母学习摆兵布阵,最后还学造炮。教他榆木炮。这没有劲儿啊。后来教造石炮。石头装上炮也挺厉害。这炮打出去,城墙也得打塌。近呢,打得近。你要造铁炮啊?最好是学会造铁炮,那叫红衣大炮。铁的,搞铧子铁,有棱、有尖、有胆、有角。装这一下,点着以后,这个红衣大炮,咕咚一下就把城墙都打塌。说这个炮杀伤力大,你可不能随便乱使唤啊。你可得要注意,不能乱杀无辜。他说,我记住了。(于是)学会了打炮。

	续表
C	后来，老罕王在打仗前儿，这个炮可发挥了威力了。 学会了打炮，百步穿杨箭，十八般兵刃，都学差不离了，转眼之间啊，这就是六年光景过去了。

8. 得兵器

A	（缺）
B	（缺）
C	学艺学了六年，他就想要回家了。 他说，"我想回家了。" 老母一算说，"到了，你也就有这么大的分寸了。走吧。我给你一件兵刃吧！" "什么兵刃？" "你到后边去拿吧。" 到后边仓库，他一看这哪有仓库，都是悬崖峭壁，青松野草，丫丫叉叉的，什么也没有啊。正在为难的时候，就在那大松树上，下来一个大蟒啊。哎呀，这大蟒吐着长须，张着大口，就奔他来。小罕子要是想当初他也吓傻了，如今的小罕子可不是以前的了。他艺高人胆大，上前去，不由分说，一箭射到蟒身上了，用手一捋，原来不是蟒，是一杆枪，一杆虎头金枪。 这个枪，身有一丈八，枪尖儿有一尺半。看着是个蟒，实际是一杆枪。这是宝枪啊，是镇山之宝。有赞为证：提起这杆枪，老君炉里装，四大天王掌过锤，二十八宿拉风箱。太上老君八卦炉炼了七七四十九，金子掺钢打的枪。枪身一丈八，枪头一尺半。这个枪蛇形，像矛似的，带个虚钩，朝前一扎，朝后一拉，不怕一扎，就怕一拉，前枪抖，后枪篡，追人魂，伤人胆，两军阵前大队里，连人带马一枪卷，那是干货、肠子、肚子、波棱骨子、食肚子，一枪都带出来了。 老罕王就拿着这杆枪，还有一口金背砍山大刀，一口刀一杆枪，箭瓠内箭插雕翎，人家二十四，他插了四十八支箭。百步穿杨，箭无虚发。 另外，他在五副甲茶壶吊山吃了九牛二虎的黏豆包饽饽，有九牛二虎之力。如今的小罕子武艺在身，胸怀大志，一代人杰。

9. 下山

A	这么的，小罕子跟佛拓老母学了四年，上晓天文，下知地理，学会了十八般武艺，学会了造炮，练就了一身真本事。佛拓老母这才叫他下山去找佛三娘，去拯救黎民百姓。 小罕子不愿走，师傅的恩情还没有报答呢。佛拓老母说："走吧，只要你多施仁义于天下，就算是对我的孝敬了，孝敬不如从命。" 小罕子给他的师傅前八拜、后八拜、中八拜，这叫三八二十四拜，辞别了师傅和师兄弟，带着三部天书下山去了。
B	佛托老母检验了小罕子的功夫，对他说："你的功夫练成了，你可以下山了呀。你将来打江山，成大业，一定要多做善事，为民造福。" 小罕子跪拜过佛托老母，回去接上佛三娘回新宾堡子了。
C	下山的时候，跟老母拜别，挥泪而别。佛托老母说："你呀！不用惦记我，从今以后，你打天下，立天地，要善待良民，惩恶除霸，这就是你报答我，救民于水火，另开天地，这就是你对我的报答。" 眼泪哗哗地淌，英雄不流泪，其实也有流泪。男儿有泪不轻弹，只是未到伤心处。 小罕子也是人，也吃五谷杂粮，有七情六欲，挥泪而别。这时候他的师傅佛托老母目送他十里地，消失得无影无踪以后，她才走。 小罕子回到自己的家乡，重新竖起了大旗，招兵买马，要跟明王朝对着干，要打一番天地。 要知后事如何，且听下回分解。

通过比较可以发现，三次讲述都是按照基本的情节单元顺序进行，即从小罕子上山学艺到下山拜别佛托老母，但是，讲述的详略则有很大不同。就长度而言，版本 B 最短，版本 C 最长，整理字数相差近一倍。横向比较的话，版本 C 独有的情节单元"得兵器"，在其他两个版本中并没有出现。这一段不仅提到"蟒蛇变神枪"的母题，还有一个从东北大鼓借鉴来的赞口，充分展现了讲述者在程式储备上的特长。

这种不同版本间长度差异巨大的例子并不是孤证。航柯在对戈帕拉·奈卡的调查中也发现了类似的情况。当时，奈卡为航柯团队演述了一部长达 15 小时，近 7000 行的长篇史诗《库缇·森那亚》（kooti cennaya），整个录制过程耗时 3 天。可是，当航柯得知奈卡为全印电台录制的演述版本仅有20分钟，而且竟然没有破坏基本情节的时候，他十分惊讶于歌手对"史诗宽度"（epic breadth）的掌控能力，同时证明了口头史诗并没有一个固定长度的判断。① 眼前查树源讲述的三个版本采录于不同时期，采录目标和整体调查流程也并不完全一致，因此也产生了不同"宽度"或者讲述倾向的文本。就笔者整理的版本C来说，是敷衍最为充分的文本，很可能是因为这次调查本就以长篇为目的，而对于一个成熟的艺人来说，在讲述中调用武库扩展文本并不是难事。

阿尔伯特·洛德指出，"我们真正的困难，来自这样一个事实：我们和那些口头诗人不同，不习惯于在流动易变的意义上来看待诗歌。我们突然发现自己很难把握那些多样形式的事物。我们总觉得极有必要去构筑一个理想的文本，或者去寻找一种原创的文本，我们对于一种永远变化的事物感到非常失望。我相信人们一旦了解到口头创作的事实，便不再会去寻找某一部传统歌的原创文本。就某一方面来说，每一次的表演都是一次原创。从另一方面来看，人们不可能追溯许多代歌手们的工作，追溯到某一位歌手第一次演唱某个特定歌的那一刻"②。通过大量的田野调查，我们发现，每一次讲述的文本差异是可以理解的，但不同变化的产生原因则很难判定，正如我们对于个体曲库与个人言语方式的讨论还处于探索中一样。不过，抛开有意识地扩展或压缩文本外，这一次与上一次的讲述还是存在着相当程度的稳定性，同样的故事线使它们可以成为冠以同样标题的民间叙事。

总之，一个优秀的艺人犹如口头传统的一座宝库，我们越是走近他，就越发觉宝库蕴藏量的深厚。当下，民间叙事的研究重心落在了传承人的表演上。面对这些形态各异的文本创编过程，我们的采录工作既不能陷入盲目追求文本数量，也不能失控于关注表演中夹带的无限因素，而应该透过文本表象观察其文类归属性，特别是艺人的讲述认同，从而进一步明确个人叙事与地方传统之间的复杂关系。

---

① Lauri Honko. "Comparing Traditional Epics in the Eastern Baltic Sea Region", Pekka Hakamies and Anneli Honko (eds.), *Theoretical Milestones*: *Selected Writings of Lauri Honko*, FF Communications 304, Helsinki: Academia Scientiarum Fennica, 2013, p. 235.

② ［美］阿尔伯特·洛德：《故事的歌手》，尹虎彬译，中华书局2004年版，第144页。

第 五 章

民间叙事的文类阐释

　　以罕王叙事为主题的口头传统已然呈现出多样化的趋势，传说集群的各个层面也走向各异的发展方向，特别是查树源正在讲述的这部乌勒本式的"长篇罕王传说"，向我们对于传说文本的固有思维提出了挑战，原有的民间叙事文类划分策略似乎很难对这样一个"作品"作出清晰的界定。与其说这是一部"传统"的长篇叙事，不如说它是由短篇段落连缀而成的"个人创编"的长篇化传说。不仅如此，我们从查树源的个案中发现了在近来民间叙事传承人研究中的普遍问题，即如何认识这些区别于理想故事家的非典型个体。

　　理论建构来源于实践分析，只有从具体的文本出发，才能对这些难以确定的问题提出新的思考，而这一思考的核心就是"文类"问题，因为文类已成为民间叙事研究的一个出发点，讨论任何文本的前提都要首先将它置于学者所熟悉的文类系统中。正如丹·本—阿莫斯（Dan Ben-Amos）所言，"亲属制度对社会结构有多重要，文类对民俗就有多重要，它们既是交流手段，也是学术工具"。因此，打破我们既有的思维框架，并将这些"另类"的文本纳入我们正常的讨论范围，将有助于重新认识这些传承人和他们的"作品"。

　　本章从梳理国内外对于民间叙事文类问题研究的历史入手，以两种截然对立的文类观来看待客位与主位不同视角下的罕王叙事，并在查树源的个案中寻找传说的文类张力及长篇叙事的当代特征。

第一节 民间叙事的文类问题

文类是一个古老的文学理论问题。不管是作家文学还是民间文学，学者都通过不同的限定要素来为不同情境下的不同取向的文学表达作出分割。当然，从民间文学的视角看，它的持有者也有着属于自己的一套阐释民间叙事的方法，往往与学者的理想划分不尽相同。"文类的概念对于民俗学者、学生和民俗解释者来说，都至关重要。不只是他们，还应包括民俗的使用者，即那群需要用民俗进行文化交流的人。"[①] 长久以来，关于文类的阐释与讨论并没有结束，学者间也没有达成一致。面对这样一个"悬而未决"但又必要的问题，本节希望先从国内外学者的文类研究史出发，从而寻找适合于阐释当代中国民间叙事的理论生长点。

一 西方民俗学者的文类视野

回溯西方民俗学者对于民间叙事文类的探索，不得不首先提到19世纪格林兄弟对德国民间文学的搜集整理。他们编辑的《德意志神话》《德意志传说》和《儿童与家庭故事集》，对民间散体叙事的三种文类作出了较为清晰的划分，认识到了神话中的神性、传说中的历史性及民间故事中的自由诗性。这个判断对后来的民间叙事研究影响巨大。而在某种意义上，它也成为开启民俗调查分类体系的一个标志。

文类作为一个整合的概念，在民间叙事领域中，引导了学者对民间文化资源的搜集、整理与档案化。在很长一段时间内，形式、内容和功能等角度确立了民间叙事不同文类的基本特征，虽然其中仍有分歧，但大体还是一致的。因此，我们也就有了各种概论书籍中的文类划分标准：如神话、传说、民间故事、歌谣、史诗、谜语、谚语等。

---

① Lauri Honko, "Folkloristic Theories of Genre", Pekka Hakamies and Anneli Honko (eds.), *Theoretical Milestones: Selected Writings of Lauri Honko*, FF Communications 304, Helsinki: Academia Scientiarum Fennica, 2013, p. 56.

威廉·巴斯科姆（William Bascom）在《口头传承的形式：散体叙事》一文中引证了大量的田野研究成果，更加细致地区分了原本处于模糊地带的口头散体叙事，区别了"分析的"和"原生的"两个文类范畴，从而使人们认识到学者与民俗使用者之间在文类界定方面存在的矛盾，并希望找到各民族口头散体叙事的共性，这也是本书将要重点讨论的内容。巴斯科姆的经典表格（见表5—1）有助于我们进一步确定罕王叙事文本之间的关系。

表5—1　　　　　　　　散体叙事的形态特征①

形式 （散体叙事的形式）	神话	传说	民间故事
1. 传统的开场	无	无	常有
2. 天黑后讲述	不受限制	不受限制	常有
3. 信实性	事实	事实	虚构
4. 背景	某时某地	某时某地	任意时间地点
a. 时间	久远以前	不久以前	任意时间
b. 地点	古时的或另外的世界	今日世界	任意地点
5. 取态	神圣	神圣或世俗	世俗
6. 主要角色	非人类	人类	人类或非人类

不过，丹·本—阿莫斯敏锐地指出，巴斯科姆并没有完成一个"充满意义"的应用。如果这些分类具有普遍性，那么就不会再有与土著人的争论，而巴斯科姆确认了争论的存在。如果其不具有普遍性，这个分类的建立又有什么意义呢？所以说，他认为跨文化的使用文类仍是有名无实的。② 这个看似悖论的分析导致了文类分析的两难境地，即认为，纵

---

① ［美］阿兰·邓迪斯编：《西方神话学读本》，朝戈金等译，广西师范大学出版社2006年版，第13页。
② Dan Ben-Amos, "Do We Need Ideal Type (in Folklore)? An Address to Lauri Honko", *NIF Papers*, Turku: Nordic Institute of Folklore, 1992, pp. 3–35.

然巴斯科姆把这种三分法的结论限定在"欧洲的民间的土著观点"也是有失偏颇的,因为他忽视了欧洲众多民族的文学发展历史,但不少学者对这种分类观点也存在不同理解。在探索民间叙事文类之谜的过程中,很多人也提出了自己的解决办法。

作为民俗研究的重要话题,欧美学者对于文类的争论集中在20世纪60—80年代,并形成了一股新的热潮。当时讨论的主要兴趣点在于"文类的本体论界定,它在文化形式保持和发展中的位置,以及文类系统的划分标准"①。其核心问题还是在于如何认知和理解文类。

理查德·鲍曼(Richard Bauman)认为,这一时期西方学者对于文类的认识出现了从"分类系统"到"交流实践"的转变。他曾对这两个文类视野进行过比较。作为分类系统的文类特征是原子的,理想类型的和以事象为导向的;而作为交流实践的文类特征则是系统的,开放性的和以实践为中心的。②

丹·本—阿莫斯也指出了民间叙事文类的四种典型界定,即作为分类体系、作为普遍形式、作为演化形式和作为话语形式。他的结论是文类作为文化认知范畴,想要认清文类属性的第一要务是把它们当作自然语言中的术语,而不是普通概念本身,应在民俗交流与表演的语境中去考虑这些文类的范畴问题。③

劳里·航柯更倾向于以结构功能的视角处理文类,他推导出关涉文类的三个基本原则,即文类要服从于特定的主题使用;文类规定了交流的界限;文类系统的存在是预先设定的。土著人对于文类的划分是不感兴趣的,他们重视的是对于信息的准确表达,因此交流层面的文类限定

---

① Anna-Leena Siikala, "Reproducing Social Worlds: the Practice and Ideology of Oral Legends", Terry Gunnell (ed.), *Legends and Landscape*, Reykjavik: University of Iceland Press, 2008, pp. 39 – 67.

② Richard Bauman, "Genre", Richard Bauman (ed.), *Folklore, Cultural Performances, and Popular Entertainments: A Communications-centered Handbook*, Oxford: Oxford University Press, 1992, pp. 53 – 59.

③ Dan Ben-Amos, "The Concept of Genre in Folklore", Juha Pentikäinen and Tuula Juurikka (eds.), *Folk Narrative Research*, Studia Fennica 20, Helsinki: Suomalaisen Kirjallisuuden Seura, 1976, pp. 30 – 43.

是自动形成的。①

总体而言，欧美学者从文本材料与当时人文学术研究的语言学转向视角，围绕文类关系进行讨论，虽然观点并不一致，但是都察觉到了民间叙事文类的阐释对于人类交流表达的重要意义。

匈牙利学者维尔莫斯·沃格特（Vilmos Voigt）总结了学者们在那个阶段热衷于讨论文类问题的原因。从实践看，民俗是存在于报告人的记忆中，搜集者的手稿中，档案文件和学者的著作中的；但从理论看，民俗本身存在于异文、类型、文类、母题等概念中，这些对于民俗的阐释从属于民俗的元语言（metalanguage），而民俗学者企望掌控它们，因此不断地界定并生成一个又一个的观点。② 从旧的研究取向转向新的研究取向是历史的必然。对于民间叙事文类的理解，也随着学者们的深入研究而不断地更新。就目前来看，虽然西方民俗学者讨论文类的热潮已经褪去，各自也回到相对独立的研究空间中，但是，文类自身的价值并没有降格，在倡导关注语境的今天，人们更多的是以一种动态话语中的文类观来处理田野材料，从而建构行之有效的理论框架。

王杰文在梳理了西方民俗学者的文类立场与观点后指出，"类型的概念已经不再是静态的划分，而是处于转变当中的'互文性'关系。类型成员有增有减，相互竞争；类型或盛或衰，相互植入、移出、吸纳。类型之间是一种对话与竞争的关系，在这里，来自古代的类型与现代的类型比肩，来自文学的类型与日常的讲述类型并存"③。西方学者对于民间叙事文类的讨论难以尽述，这里也只是择其重要转向和观点简要说明，

---

① Lauri Honko, "Folkloristic Theories of Genre", Pekka Hakamies and Anneli Honko (eds.), *Theoretical Milestones: Selected Writings of Lauri Honko*, FF Communications 304, Helsinki: Academia Scientiarum Fennica, 2013, pp. 55–77.

② Vilmos Voigt, "Towards a Theory of Theory of Genres in Folklore", *Suggestions towards a Theory of Folklore*, Budapest: Mundus Hungarian University Press, 1999, pp. 16–28.

③ 参见王杰文《从"类型"到"类型的互文性"》，《湖南师范大学社会科学学报》2011年第2期，第105—108页。在文章中，他总结了围绕着"类型"争论的六种相互对应的立场与观点："理想类型"与"个体讲述"；"分析的种类"与"民族的类型"；"永恒的类型"与"多变的意义（功能）"；"普遍的类型"与"变异的文本"；"简单的类型"与"复杂的类型"；"类型"与"类型的互文性"。

目的是突出本书的理论阐述是受到了相关学术争鸣的启发。就具体的文类研究而言，罕王叙事涉及了两个重要的文类范畴，一个是文类的主、客位视角，另一个则是文类的互文性。

二 劳里·航柯与丹·本—阿莫斯的论争

芬兰学者劳里·航柯与美国学者丹·本—阿莫斯对民间叙事文类的研究取向曾展开长期的讨论，他们都发表了多篇文章来阐述各自的理论视野，同时向对方提出质疑。在此，仅就涉及本书研究关注点的一些话题作以评述。简单来说，"本—阿莫斯关注于传统承担者的主位视角，即'粒沙中见世界'，航柯则两方面都看重"①。二人争论的焦点在于民间叙事文类的划分是否应该独断地采取主位或是客位的文类观。

航柯的基本文类观点可以用他建构的"理想类型"来概括。理想类型的思想来源于社会学家马克斯·韦伯（Max Weber）。他认为"理想类型是并不实际存在的事物、人或现象，而是从事人文科学的学者为了研究的方便而构想出来的。其目的在于确定研究对象的特性，避免概念和定义的混乱、模糊和含混不清"②。航柯在此基础上，发展了史葛·利特尔顿（C. Scott Littleton）的叙事分类二维框架，亦即在神圣与世俗、事实与虚构两个坐标轴上观察民间叙事的各个文类，寻找它们所处的位置和之间的关联。利特尔顿指出，"通过简单地将民间叙事，依据其内容明显是或不是来自史实或科学假说进行判断，从而走向充满意义的叙事范畴是存在可能性的"③。航柯的理想类型如果作为一种研究工具而言，仅仅是名义上，这样符合科学标准的具体叙事作品并非真实存在。

如图5—1所示，航柯将叙事文类分成了五个区域（幻想故事、

---

① ［芬］佩卡·哈卡梅耶斯、安涅丽·航柯:《芬兰民俗学50年——以芬兰民俗学代表人物劳里·航柯的理论贡献为主》，唐超译，《民族文学研究》2014年第4期，第103页。

② 朱元发:《韦伯思想概论》，远流出版公司1990年版，第53页。

③ C. Scott Littleton, "A Two-Dimensional Scheme for the Classification of Narratives", *The Journal of American Folklore*, Vol. 78, 1965, pp. 22–27.

神话、历史、神圣历史和传说），处于中心区的"传说"周围存在19个文类。"事实和世俗"轴包括：历史、回忆、传闻、编年史、历史传说、笑话；"事实和神圣"轴包括：神圣历史、信仰、闲话、神奇记忆、信仰传说、说教故事；"虚构和世俗"轴包括：轶事、起源故事、幻想故事；"虚构和神圣"轴包括：咒语故事、圣人传说、神话。还有一种可称为"笑谈"的文类处于神圣与世俗的模糊地带。①

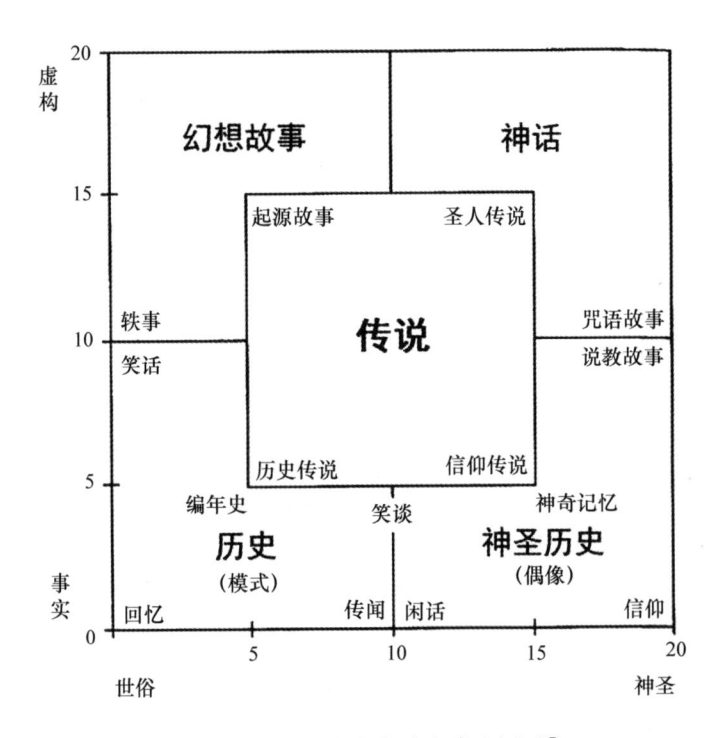

图5—1 劳里·航柯叙事文类坐标图②

坐标轴上的刻度标志着该文类距离原点的距离，而从利特尔顿更为

---

① Lauri Honko, "Folkloristic Theories of Genre", Pekka Hakamies and Anneli Honko (eds.), *Theoretical Milestones: Selected Writings of Lauri Honko*, FF Communications 304, Helsinki: Academia Scientiarum Fennica, 2013, p. 73.

② 翻译参考了刘文江《传说：叙事的信仰实践形式》，中国社会科学院研究生院博士学位论文，2011年，第26页。

详细的分析中可以发现，单个作品在图表中的位置并不是固定的，可能随着时代的变迁而发生变化，甚至出现分岔的路线等情况。① 这种研究方式看似有些过于"理想化"和脱离实际，我们也不可能把努尔哈赤传说文本简单地置入图表中。引述这一理论的目的在于突出航柯的核心取向，即认为主位和客位的任何一种偏离都是错误的，单就学者的角度而言，客位为主是易于把握的不争事实，而他也把这个图表称为"叙事文类的协调图示"。

由此，航柯反对本—阿莫斯的过于主位观的研究，因为学者是无法实现真正进入土著人叙事世界的目标。应用经验材料得出的理性判断，反而能更好地把握分析视野中的民间叙事文类，这也是一种有效的研究策略。以话语形式为导向的文类观，一定程度上让我们错过了从话语外的社会结构中提取系统要素的机会，反而纠结于"表演"的好与坏。

本—阿莫斯在另外一篇文章中重点指出了他与航柯在文类问题的理论分歧。他谈到这场将近25年的论争的聚焦点就在于"民间叙事文类的概念"。本—阿莫斯认为，这些年来的确有一些学者提出了灵活的、易变的和多元的分类系统，不再为文本寻找一个简单的分类。为此，他选择了鸽棚（pigeonholes）一词来具象地描述文本分类的特征。这种抛除前在的框架而更包含具体文类的判断为许多学者所采用。② 当然，他也并不绝对否认韦伯的理想类型在社会科学研究中起到的重要作用，但他坚决反对将其放在文类理论中。

在文章的结论部分，本—阿莫斯十分鲜明地提出了自己的观点："在许多语言中，文类术语的存在暗示了这些概念已经形成。它们并不依附于任何分析方法或者理论框架，它们代表了那些讲故事，唱歌，引用谚语的人们的观点和看法。它们传达了土著文化的主观性和这些信息意义的自身概念。它们的不一致是生活和思想的不一致，它们的模糊是语言

---

① 详见 C. Scott Littleton, "A Two-Dimensional Scheme for the Classification of Narratives", *The Journal of American Folklore*, Vol. 78, 1965, pp. 22 - 27。

② Dan Ben-Amos, "Do We Need Ideal Type (in Folklore)? An Address to Lauri Honko", *NIF Papers*, Turku: Nordic Institute of Folklore, 1992, p. 9.

和表达方式的一部分。任何可能从我们方便的角度希望提出的分析统合，都将会是一厢情愿。事实上，它已然存在了。"①

之后的一些年，航柯在经过印度斯里史诗的研究之后，对于文类问题又有所发展，他更加细致地阐述了当地族群的微观文类，区域宏观文类和全球大文类的概念，并加以区分。在斯里史诗研究中，航柯重点讨论了核心人物戈帕拉·奈卡的史诗演述。他认为，奈卡可以有属于自己的特殊的个人文类系统，并区别于其他艺人的曲库。这种文类体系在各个地方的口头传统中都存在，并能够被语境化。航柯认为，本—阿莫斯的观点是一种以蠡测海的做法。的确，对于一些地方传统和某个艺人的表演，从主位的角度进行分析是行之有效的策略，但是如果进入到比较视域中，即面对不同民众对于讲述的不同理解，甚至是跨文化领域的话，我们就必须要利用更普适性的文类概念，只有这样研究才能得以实现，其结果才会更加有说服力。

航柯的学生哈卡米斯（Pekka Hakamies）在新近出版的著作中系统地总结了老师的文类研究，他认为"航柯方法的主旨是他从马林诺夫斯基那里吸收的极端现实主义。根据这一观点，现实和理想文类是处在持续互动中的：理想类型被用来建造理论模型，它能通过经验材料的检测获得。在科学哲学里，我们讨论科学现实主义，根据这一点我们能建构不同的模型，但它们的似真性是由现实来决定的，而不是我们讨论现实的方式。归根结底，口头传统并不是无结构的散乱，而是有系统的，可能通过像理想类型这样的工具进行分析"②。

的确，文本制作过程应是当代学者关注的要点，文本的文类要素很大程度上也是由这一过程决定的。"民俗学家不应在文本之外去寻找语境，而应在语境化、文本化的过程中寻找语境化的线索，探究哪些背景性的因素被仪式的参与者们互动性地应用于生产阐释性的框架，也就是说，语境化的表演当中的诗性模式应该成为民俗学研究关注的焦点与出

---

① Dan Ben-Amos, "Do We Need Ideal Type (in Folklore)? An Address to Lauri Honko", *NIF Papers*, Turku: Nordic Institute of Folklore, 1992, pp. 25 - 26.

② Matti Kamppinen and Pekka Hakamies (eds.), *The Theory of Culture of Folklorist Lauri Honko, 1932 - 2002: The Ecology of Tradition*, New York: The Edwin Mellen Press, 2013, p. 50.

发点，由此可以发现仪式互动的参与者集体地建构周遭世界的方式。"①讲述者与听众的关系，讲述的时间、地点、环境的变化都有可能造成文类的变化。因此，一个记录成文字的文本如果缺乏必要的情境限定的话，很难推导出它原始的信息，只能被当成一个宽泛意义上的故事来看待。

至于究竟是神话、传说，抑或民间故事，则需要增加其他条件与属性来判断。这些可能是内容，是主题，抑或其他，但真正的对话环境我们已经失去并无法返回了。就如我们面对汗牛充栋的集成文本，对于这些故事的分类，我们是依靠学者既定的关于散体叙事进行的更进一步的亚类型分析。如果连这一点一致性都没有的话，文本分析将会陷入僵局。虽然我们已经明确承认了这种分类并不完美，也不可能存在绝对的客观性，但是文本依旧是介入其中的各类参与者共同完成的，这一表演过程才是文本生成的源头。总之，我们需要明确并认识到两位学者在文类问题上的基本差异：本—阿莫斯从土著人视角出发，注意到不能忽视主位的存在价值，而航柯则从文类的流动性角度发现了文类间的客观模式。

三 民间叙事文类的本土实践

西方的文类视野与理论建构毕竟是建立在中国以外的材料基础上的，而本土学者依然需要从中国的材料中提出符合时代要求的理论设想。特别是文类问题，由于社会历史发展的较大差异，我们在很多术语界定方面不能盲目遵从西方。就传说本身而言，就存在不同的取向。

从传统来看，中国自古就有对于民间叙事的文类划分。现代民俗学出现以后，一些观点也日渐清晰。比如20世纪初，周作人在吸收了文化人类学观点的基础上提出，"神话者原人之宗教，世说者其历史，而童话则其文学也"②。这就是对于民间散体叙事的清晰区分。"神话是在讲'我们和神们'的故事，传说是在讲'我们和祖先们'的故事，故事是在讲'我们和我们'的故事。按照家庭谱系的生产方式，这些故事体裁中

---

① 王杰文：《挽歌与祭文——在"类型"的"对话"中表演权力》，《民族艺术》2010年第2期，第45页。

② 转引自万建中《20世纪中国民间故事研究史》，北京师范大学出版社2011年版，第41页。

的形象（人、事、物），以与'我们'关系远近清晰不等的程度进行排列，于是出现了神话、传说和民间故事的差别。神话与我们的关系最远，传说与我们的关系不远不近，民间故事与我们的关系最近。"[①] 但这些零散的研究并没有出现西方那样集中于文类问题的大讨论，主要还是从单个文类的独立特征出发。换句话说，我们对于文类之间的交叉影响研究还不够。

一般来讲，分类体系是我们建构学科理论的基础。"民间文学的分类必须从全面着眼，充分考虑到分类对象的历史、地理、民族、语言、表现形态等原因，多角度、多层次地进行，还要注意各层次间的对等均衡，体现作品多方面的特征等。"[②] 一直以来，国内对于文类的理解依然是力图全面的分类原则，希望尽可能细致地囊括民间叙事的多重形式。

我们这个时代，具体地在"传统场域"内，面对讲述活动的机会已经变得越来越少了。至少在笔者接触的民间故事讲述环境中已不再延续，这些"传统"一去不复返了。那么，是否意味着民间叙事的消亡呢？答案当然没有那么消极。民间叙事的存在前提并不是由某一个叙事传统所固定的，当然也不是哪一个时代所特有的，只能说每个时代有特定的民间叙事的文类及其特征罢了。文类是我们区分叙事话语的一个工具。我们有各种各样的理由来界定我们所听到的和读到的叙事，不管是经验的总结，还是理论的推演，可以说，都具备一定的合理性。

随着表演理论进入中国和口头传统研究的兴起，当下的文类研究也发生了从分类系统到话语实践的转变。学者从一个新的维度上认识了文类，它"是人们为了社会交流的需要，在长期的言语交际实践中，基于对世界独特的认知方式所形成的文本生产和消费的类型，它是主体间互动交流的产物。文本、社会语境、言语行为、文本的生产者和消费者都不同程度地参与了这一互文性的良性循环运动过程"[③]。这一观点显示出，文类的互文性观点已经在国内生根发芽，原有的机械化的区分失效已是

[①] 董晓萍：《民间文学体裁学的学术史》，《北京师范大学学报》1999年第6期，第23页。
[②] 叶春生：《简明民间文艺学教程》，中山大学出版社1999年版，第81页。
[③] 李玉平：《口头文学视野中的文类理论》，《民族文学研究》2010年第1期，第34页。

必然。在实际的田野调查中,学者发现文类之间的界限并不如之前分类系统中所勾画的那般清晰,也不是简单的广义使用就可以消弭文类界限的。文类的存在虽说是出于学者的理性建构,但我们也发现,在民众中确实存在着对待不同叙事的行为。

近些年来,民间讲述研究虽然已经得到了深入的拓展,涌现出了不少优秀成果,但是仍大多局限于原有特定文类在叙事传统中的变异,并没有更多关注文类自身的变迁以及新文类的出现。值得一提的是,西村真志叶在文类(体裁)研究方面作出了一些探索。她也曾在文章中指出,中国民间文艺学体裁系统的确立与失效,导致中国的文类研究走向了两级,即鉴赏家式的体裁特征研究和基于"本质"的体裁特征研究。她提出,"体裁学研究需要在个体的差异性与类型概念的统一性之间不断来回,在二者相互交替力量的场所,去思考现实的多样性"①。西村真志叶自己也从民族志实践出发对京西燕家台"拉家"体裁进行了深入的研究,从而树立了以中国材料为基础的一个成功的文类研究个案。我们也期待能涌现更多有关文类问题的著作,从而推进民间叙事的基础理论研究。

第二节　罕王叙事的文类界定

"理想类型"与"族群类型"看似不可调节的对立观点,将文类视角推向了客位(etic)与主位(emic)的两极。有关客位和主位的概念来自语言学家肯尼斯·派克(Kenneth Pike),在人类学背景下,主位层面指当地的文化现实,无论它对正在讨论的人是否有意识;而客位层面构成了比较分析的语言,人类学家用以描述和弄清楚这种现实核心面的意思。②两种田野调查的研究视角都有各自的特点,局内人与局外人对于文化的解释也很难找到一个平衡点。就如本书讨论的"罕王传说",笔者试

---

① [日]西村真志叶:《反思与重构——中国民间文艺学体裁学研究的再检讨》,《民间文化论坛》2006年第2期,第27页。
② [挪威]埃里克森:《什么是人类学》,周云水等译,北京大学出版社2013年版,第62页。

图用客位与主位两种方法来界定它的文类特征。客位的界定难免掺入对民间叙事文类的先验判断，而主位的界定，即从满族叙事传统和讲述者查树源入手的思路，也并非不会夹杂其他观念。虽然这些界定可能都有偏颇，但研究者与"文化持有者"双重视角的交织会有助于我们进一步理解文类的特性。

一 客位：研究者的标记

研究者通常是以局外人的身份走近研究对象，客位的考察视角带来了研究者自身从属文化系统的审美观和价值判断。毫无疑问，这些的确会影响我们界定那些他者的叙事文类，特别是对待其中一些本土文化中所没有的内容，总希望将其靠近研究者文化常识中已有的概念，并觉得这是理解的前提。比照检查成为我们发现文类的一个关键步骤，曾经困扰人类学者的心理一致性问题又出现了。然而，如果换一个角度，这种矛盾思维或许也没有那么尖锐，"科学研究"是我们一定时期内赋予人文社会科学的追求，总要有一个结论性的分析，而航柯就是坚持这样的理论的学者之一。

作为民间叙事分析的一种模型，航柯的"理想类型"对于具体的文类分析同样有着重要的意义。当然，并不是说这种分析对于不同的民间叙事做了"正确"的判断，而是在于他从利特尔顿的简单的两种维度取向中，丰富和发展了这种思维方式，看到了文类之间这种流动性和固定性。我们并不能简单地套用上节引述的"图表"到任何具体的案例当中，但是不能否认，以神圣和世俗、虚构与事实的不同坐标轴来看待民间叙事文本是有道理的。

一般来说，生成于某个叙事语境的文本，都会因为具体情况的不同而有着这样或那样的变化与取舍，导致了文本诉求属性的产生。所以，如果我们将标记有神话、传说、故事的概念视为一种讲述倾向来限定我们将要进行分析的文本的话，或者作为进一步选择研究模式的理论依据的话，那么这种理想化的分类是带有实际意义的。讲述者的文类属性诉求为学术研究提供了一个可操作性的工具。

将这种视野放入本书讨论的努尔哈赤传说中，我们可以发现，从上文阐述的传说集群开始,这些文本就已经构成了一个体系,但是这个体系并不是单一中心的,它的来源和形成过程是复杂且多变的,但无论如何,它们都是围绕努尔哈赤的"故事"而存在的。就我们已经惯用的民间文学分类而言:属于小罕出生主题的三仙女叙事,可以归入神话文类;属于罕王时代背景的一些叙事,因为其主人公为普通人,甚至是匿名的,则可以归为狭义的民间故事文类;而其他大量的涉及努尔哈赤和众多历史人物,以及大量地名的叙事,则通常归入民间传说文类。此外,查树源在讲述过程中夹带的其他内容可能归入谜语、谚语、歌谣等文类。

这是我们从既有理论思维出发对一般的口头散体叙事进行的简要分类。但问题又出现了,本书重点分析的查树源"长篇罕王传说"并不能简单地被划分到这样一个分类体系中。矛盾之处在于,就已经出版的文本而言,大多都是已经过删减和书面化处理,并成为民间传说类的代表,但在实际的演述情境中,我们发现这些传说已经被有意识地进行了连缀,而且这种连缀并不局限于两到三篇,是逐步发展为几十个故事的合并。这样的案例偏离了现有的分类体系和我们对民间叙事文类的基本理解。

但是,出于研究需要,我们必须要对这些"特殊的文本"进行有效分类。必须明确的是,这种并不是为了分类而分类的做法,首先面对的是如何勾勒出这一文本在叙事逻辑中的位置,即我们借以阐释的理论框架。

另外要注意的是,叙事者并不是我们传统意义定位的传承人。在《民间文学概论》中提到,"故事讲述家大体上可分为传统故事讲述能手、故事员和故事艺术家三种类型。前两种是业余的,后一种是职业的"[①]。这种粗线条的划分并不能掩饰现实生活中个体讲述人的复杂身份,就查树源来说,他经历过不同的讲述时代,可以说囊括了民间故事家到鼓书艺人的不同类型身份。虽然我们很难将其与不识字的故事家和技术水平高超的专业鼓书艺人等同,但不可否认的是,他身上兼具这些不同类型讲述者的部分特征。

[①] 钟敬文主编:《民间文学概论》,高等教育出版社2010年版,第96页。

"理想类型"是我们标注罕王叙事的一个工具,通过对文本的分析,我们找到了罕王叙事中的神圣性和真实性要素,也对其世俗性和虚构性有所阐明,这样的分析性分类对于理解罕王叙事中的个人与传统是有效的。从我们提出"努尔哈赤传说集群"这一范畴以来,就很难将它视为一个文类的统一体,的确,它包含了众多文类,但其核心确是属于民间叙事传统的。从传说集群过渡到个人叙事,也是进入了一个含混的文类体系,它可能介于"传说"与"乌勒本"之间。在此,有必要对查树源所讲述的内容——一部正在形成过程中的"关于老罕王的巴图鲁乌勒本"(这是讲述者自己的认知),作出一个基本特征上的界定。

其一是长篇化。通常我们认为的民间故事大多篇幅较短,时而出现较长内容,也大多为连缀型的系列故事,或者是三叠式的程式故事,就其情节的繁复程度和出现人物的数量来说,并不构成所谓的长篇叙事。而查树源的罕王叙事出现了众多的人物,计有十余位,这里有些是历史人物,有些是虚构的传说人物。同时,其情节并不局限于民间传说的片段式,而是运用了前后呼应的手法,如《小罕学艺》中出现的搭救努尔哈赤的佛三娘,在欢喜岭大战中又重逢,最后在三战萨尔浒中也有出现,这样的人物还有白胡子老头、佛托老母等神奇角色。这样的叙事结构显然是受到了民间说书的影响,或者说这一部分情节就来自或已失传的某部书的某些片段。我们可以大胆猜测这就是一部流传于新宾地区的地方鼓书。

其二是多样化。在第二章中,我们已经分析了现有的努尔哈赤传说文本的形态和基本的叙事结构,明确了努尔哈赤传说的文本情况。就整体而言,这些文本也形成了一定的叙事的内在逻辑,尽管它们或许来自不同的叙事系统,只是在概念统合下共同构成了一个传说集群。因此,处在传说旋涡中心的查树源利用地方传统的优势资源,结合自身特长博采众长,充分利用了学习过鼓书的底子,将听到、看到、读到的关于罕王的故事进行改编和整合。这样,他在丰富自己曲库的同时,也客观上形成了新的"长篇讲述"文类,在他的改编能力下,即便是那些源自东北大鼓传统曲目的段落,也并不突兀地进入到了同一段罕王叙事中。

二 主位：讲述者的分层

在民间讲述者的意识中，讲述是存在分层的。这种层次或者等级是由讲述者能力大小来决定的。通常能讲述大书的艺人，自然也会一些小段，而普通的故事家则未必能掌握更全的大书，当然这也与前者的职业因素有关。民间叙事的文类分析等级论源于一种价值判断，即什么样的讲述是高级的，什么样的讲述是普通的，甚至低级的，这也包括从社会伦理的角度来衡量讲述内容。这种等级分析是审美趣味的表现，在不同的受众心中也许存在不同的解释策略。

在查树源这里，以乌勒本讲述为最高级，这也是他所追求的一种讲述风格，这显然是受到了年少时听到白大爷乌勒本讲述的影响。而其他的短篇故事即使数量再多，在他那里也并不能代表艺人技艺水平，以致在评选传承人时，他的故事数量并不够突出。"不见书、不见传，老百姓里传个遍"的讲述策略则是他所遵循的。在其他一些有着评书或者鼓书说唱背景的艺人那里，已经成书的东西并不是真正的绝活，犹如评书里加入二度创作的"道儿活"远比照本宣科的"墨刻儿"更能展现能力。其实从另一方面来看，这也是师承关系的侧面反映，因为只有那些没有印刷成书面文本的材料，才是口传文学的核心部分。在某种意义上，这才是能够获得报酬的保留篇目。

查树源把民间讲述分成了上、中、下三等：上等讲述人是讲说大书的，如乌勒本；中等讲述人讲婚丧嫁娶，家庭过日子的普通书目；下等讲述人讲赖大彪、扯大玄，成仙成怪，不着边际的故事。此外还有蠢故事等分类。具体而言，他提到了五个层次：

表5—2　　　　　　　　查树源文类层次表

序号	文类	说明
1	乌勒本	与说部相比，特指满族的长篇叙事，一般就是长书、大书，像小说一样，内容情节有根有梢，有起有伏。如"巴图鲁乌勒本"是英雄故事，内容都是赞美英雄的。"神仙乌勒本"，如《剑仙十大怪》（已失传）。其讲述风格都是有说有唱，有诗词赞口。

续表

序号	文类	说明
2	说部	相当于汉语的"说书"。也就是讲古,有长有短,一般以长篇居多,情节复杂,有时也可以是短篇。
3	民间故事	民间也称为讲古人儿,讲古乐,指普通的民间故事讲述,俗称"炕头嗑"。
4	闲谈	也称"闲扯",以聊天的形式进行,随意地讲述一些身边发生的故事。
5	蠢故事	讲述低级趣味的故事,也包括荤故事等文类。

这些划分显然与客位的民间散体叙事区分差别很大。神话、传说、故事这些术语在民间的用法已经接近,神话传说、神话故事、传说故事都是一直处于混用的状态,查树源对于一段讲述有他自己的定位。以说书艺人要求自己的查树源,在讲述时也是围绕着乌勒本和说部这样的文类展开的,而他对于乌勒本与说部的认知也与目前学者的理解有些差异。他很少在正式场合讲述处在民间故事以下层次的内容,有时讲述也仅仅是为了活跃气氛。查树源十分珍视自己的大书讲述传统,一定要完成一个完整段落的讲述才会休息。

笔者曾对查树源提出了下面四个问题,从他的回答中也可以看出这些来源不同的叙事文类是如何被一个"大脑"所整合的,他在讲述中又有着怎样的取舍和辨别,而罕王叙事的讲述动力和根基又在何处。①

1. 您的罕王传说讲完了吗,都是听谁讲的?

"想到哪,讲到哪。故事啊,无边无岸,怎么叫讲完?我想起来就说说,忘了就拉倒,道听途说,听别人讲的也有,也有听家里老人讲的,师傅讲的。有时候听别人讲的,变换我的口语再讲。"

"这些个满族民间的传说故事,都是你听他的,他听他,你听我,我听他的,就是互相这么传说,一个人讲一样,大致还差不多少,都是这么口口相传啊。"

---

① 查树源访谈录音,编号 C141209_001。

"（故事）都是这听一块，那听一块，有时候是这个师傅教，有时候是那个师傅教，有时候听别人讲，有时候听家里人讲。讲书的时候，你不能耗在这儿，天天在这听，没有时间，再说人家讲完就走了，不在这讲了，挪个地方，你不能跟着走吧。有时候，这个师傅走了，那个师傅来了。"

2. 您讲的"长篇罕王传说"有没有完整的顺序？

"比较完整，也不怎么太完整，都是这一块，那一块的，赶着这么说就是了。有时候今儿个听这个，明儿个听那个，就是现这么串联这么听，我不是听一个人讲的，都是很多很多种讲法。到我再给别人讲，也都是支离破碎的，要是特意给它们组织起来，没有那么必要的时间去听和讲。到哪里都不是一直在这讲，一宿两宿，你挪窝了，换别的地方了，你（要是）再接着（讲），人家不知道前边那些事啊。有的知道的，说你搞哪哪讲一块吧，说罕王传说。而有的是打小帽开始讲罕王传说，正书不听罕王传说，听别的。"

"给不同人讲有重复的地方，也有不重复的地方。就一样的事，说法也都不一样。有的是提一提就拉倒了，有的就没提这块。"

3. 老罕王的传说为什么在新宾这么多？

"因为老罕王生长在新宾县，生在新宾，长在新宾，新宾都是满族人，讲的满族故事。而且虽然这几年演变不说满族话，不写满族字了，也不读满族书，但是有很多地方还是夹杂着满族话，满族生活习性的特点。以前叫父亲玛玛、母亲讷讷，这个称呼在文化大革命前还有。这边的地名、地点，很多语言还有说话还是改变不了。咱们东边的妈妈伙洛、拨堡沟都是满族话……，前、后仓原来就是罕王的粮仓，黄旗在北边，东边是白旗，南边是蓝旗，西边是红旗，现在还那么叫，想改也改不了了。往西走是达子营，满族的营盘在那里。"

4. 您讲的罕王传说和一般民间故事有什么区别？

"民间故事一般是比较好讲，罕王是属于历史性故事，他是真人真事，但是得通过渲染给他神化。罕王是满族人认为的民族英雄，对罕王都是歌功颂德，避讳说他的缺点，都说他怎么精、怎么灵、怎么有神权在他身上。他金口玉言，说啥是啥，他能降龙伏虎，实际上就给他神化了。说这个地方是他封的老城，一年四季永远好收成。……老罕王被认为是神人，真龙天子。"

从主位的视角可以看到讲述分层，也可以看到艺人的自我分类，这也是一种身份认同的标志。查树源指出了说书的不同方法，以及成篇大套的故事与"炕头嗑"之间的差异。更爱讲述大套书也证明了他对于说书的喜爱和说书人的认同。显然，只能讲述民间故事的人在他那里就算不得"高级"。

满族民间文学基本特征中的民族特色与新宾地方文化的融合，反映在民间叙事的表达上就呈现出不同的分层。而这种文类的划分原则是与学者的理想观念相违背的。这些理论与实践的冲突在很多时候都需要更深刻的认知才能理解。分类是人类理解事物的一个最基本的工具，是人类认知结构的核心。我们对于世界和社会生活的了解大多是从此开始。通过个案研究我们发现，并不是每个民族都有教科书中定位清晰的民间叙事文类。在强调田野调查作为一种研究范式的今天，对民间叙事文类的理解也需要得到进一步明确。对于调查对象的讲述，有时并不能够精准地归类，有些在两类甚至是多个种类中摇摆。

透过个人叙事，讲述活动所蕴藏的复杂动机与机制得以部分地呈现。以往对于民间叙事的模式化分割遮蔽了背后真实存在的叙事关系与社会结构。从某种程度上说，文类讨论的意义并不在于为具体的文本绑定带有客观真理性质的符号，而在于将语境中的讲述活动视为阐释社会文化表达的一种途径。

第三节　民间传说的长篇化

通过前面的分析我们发现,"传说"是一种复杂的民间叙事文类,其形态难以把握,宽泛地说,人人都可以成为传说的讲述者。琳达·戴格指出,"传说讲述者没有舞台,他们的背诵才能也没有得到社会认知。传说也不被认为是个人灵感的艺术,为了娱乐吸引观众而表演,它是一个特殊的知识领域,在那里讲述者能提供信息"①。也就是说,谁都可以成为家乡某个传说的传承人,在不同的时间,不同地点给人讲述。这就增加了传说讲述认定的难度。"一种体裁与众不同的特征,即引导读者认知一种体裁的那些因素,其架构组成了一种在解读过程中发挥支持作用的体裁契约。读者获得了一种体裁的体验,便会理解这种体裁依常规将形式、内容以及/或者主题发展的种种规范编码,并且读者会援引这些规则来弄清文本或者表演的意义。"② 对于讲述传说的规范编码,民间有着自我的约定,而隐藏着的讲述权力却是在此基础上产生的。在对话状态下发生的讲述是通常理解的传说发生语境。但在现实中,我们从传说集群可以发现,这些文本的生成过程有了不少变化,既在口头也在书面媒介传播,无论哪一种,都需要我们抛开已有的文类法则,从材料本身寻求文本阐释的合理性。查树源的个案就为我们提供了一个审视长篇类型的条件,其背后隐藏着文类转换的规律。

一　作为核心文类的传说

巴斯科姆认为,"传说是散文叙述样式,与神话一样,被讲述者和听众认为是真实的,但它们不被当作发生于久远之前的事情,其中的世界与今天的很接近。传说更经常是世俗的而非神圣的,它们中的主要角色是人类。它们述说的是迁徙、战争和胜利,昔日英雄、首领和君王的业

---

① Linda Dégh, "What Kind of People Tell Legends?" Reimund Kvideland (eds.), *Folklore Processed*, Helsinki: Suomalaisen Kirjallisuuden Seura, 1992, p. 104.

② [美] 维克多·泰勒、查尔斯·温奎斯特编:《后现代主义百科全书》,章燕、李自修等译,吉林人民出版社2007年版,第190页。

绩，以及统辖朝代的功绩。在这一点上它们常称为与书面历史相对应的口头传说，但它们仍是包括埋藏珍宝、幽灵、仙子、圣人等内容的地方传说"①。这是我们对于传说的基本认识，从理想类型中，我们也发现传说的确是一个特殊的文类，似乎摇摆在两个坐标轴之间，伴随着讲述情境的不同，或许对于文类的认知就产生了差别。

回到查树源的"罕王传说"，它的依托是新宾流传的民间传说，特别是大量的地名传说，这一点是毫无疑义的。也就是说，传说是这个长篇类型的核心文类，它所有的变化都是建立在传说之上的，而传说的可信性与传奇性又是其特征的基本保障。这也就是为什么新宾地区的这类题材能够长久流传的原因，也是鼓书艺人们争相改编的动因。的确，民间传说的多元中心给长篇类型的形成造成了困难，即在衔接不同背景的叙事之间需要讲述者本人进行调节，而查树源之前的表演者大多只是将"罕王传说"作为正式传统鼓书表演前的小段来看待，这样就避免了长篇叙事尚不成熟的短板。另外，也是由于英雄传说流布中所带有的神圣性，使"罕王传说"本身是不能任意改编的，不能随意地插入其他有损于老罕王英雄人物形象的情节。这一约束正是讲述与文类对应的界限所在，因此，也增加了长篇类型形成的难度。

当传说作为生长基点时，加入神话与故事等文类要素就成为必然。因为，在短篇散体叙事之中，这三者的关系常常是含混的。具体而言，"神话与传说的内容被认为是真实的，相对而言，民间故事和寓言则被看成虚构的。神话与传说有特定的社会关联，而民间故事与传说则相对自由地在各群体，包括语言族群中游走。这种游走的能力再次证明了一个事实，即二者所处的'真实'地位的不同，民间故事很少与具体的宇宙观相关，却表现出更普遍的诉求，特别是对儿童而言"②。但是我们从整体观念出发来考察查树源的罕王叙事的时候，民间传说依然是处于中心地位。或者说，这一部长篇叙事的母本来源于地方流传的民间传说的汇

---

① [美]阿兰·邓迪斯编：《西方神话学读本》，朝戈金等译，广西师范大学出版社 2006 年版，第 11 页。

② Jack Goody, *Myth, Ritual and the Oral*, Cambridge：Cambridge University Press, 2010, p. 56.

集。而这种长篇源于民间传说的例子也并不鲜见，下文将详细阐述。现在姑且可以称为英雄传说的"史诗化"过程，笔者在这里谨慎地使用了"史诗"这个文类色彩鲜明的词语。后面将更详细地从史诗的界定中，深化这个长篇的概念，以帮助我们阐释现实的文本。

简言之，传说如果对于记录本来说，那么在被记录下来之后，其称为传说的文类特征必然会有所损耗。也就是说，口头传说作为一种对话体的关键就在于假设的前提，即一个了解其事的人向一个不解其事的人讲述，这便是传说的核心讲述情境。当然，讲述人和听众的具体身份是各异的，可以是奶奶给孙子讲、老师给学生讲、导游给游客讲、当地人给学者讲等。正是这种多变的具体环境与人物身份，给传说的文本形成带来了其他文类不具备的特色。即便如此，我们在田野调查中还是可以察觉到讲述文本本身也在变化，这些变化假使不是讲述者有意为之，也或多或少地受到了大众媒体乃至新媒体的影响。当然，学者们反复的调查也会造成传承人的自我反思，讲述本身就成为文本化过程的中间环节了。

这里，传说的结构发生了根本性的变化，地方风物内容成为新的文类所必须强调的一部分，正如我们总结的查树源讲述的若干特征。传说在每个讲述者那里都会有自己的认定范围，就我们所记录下来的失去语境的文本来说，如果抹去了标志性的风物，就只能成为关于一个名人的某个轶事。总之，在本书来看，连缀长篇是从短篇开始的，虽然其形成的过程是由一个讲述人来主导完成的，但外界的需求也试图改变原本的叙事发展轨迹。

二 长篇类型的形成要素

民间传说的传承有别于其他叙事文类，重要的一个根据是这种讲述过去知识的技能并不单独为一类人所占有。"传说家"似乎不能成为一个专有名词，这显然区别于故事家和史诗歌手。也正因为这一点，即对于特殊人群的模糊性，才有了更大范围内的集体性传承。可是，传说讲述的魅力如果放置于具体的表演语境中，则不仅仅在于某个地方性知识和信息的单纯传递，虽然它是传说构成的基础要素，但是艺术化的叙事能力所产生的强大的吸引力、说服力和愉悦心理，往往将讲述者与听众拉近，最终成为传说可信性与传奇性并重的核心。尽管几乎每个人都是地方传说的传承人，但具有一定叙事能力和影响力的人还是少数，他们也就成为长篇类型创造的突出个体。

谈及长篇类型从何而来，这里要引入航柯总结的长篇类型形成的七个要素，即个人想法、适宜的诗性文化、直接模型、恰当的表演方式、可用的多面型、契合的表演语境和情节策略。① 因此，我们可以在这个框架下来考察查树源的罕王叙事，并推导其形成过程。

1. 个人想法

不管怎样强调地方叙事传统对于艺人的影响，我们都不能忽视个人创造力的作用，能够成为杰出的讲述者，兴趣是最重要的。从查树源的个人经历可以看出，他对于民间故事的讲述具有浓厚的兴趣，自言"为故事而生"，这是构成讲述的基石。而常年的鼓书学习经历又是使他突破普通故事家的重要一点。因此，个人想法在这里是一个首要条件，即口头传统终究是依靠个人的表达来展示，没有个人的想法，没有长时间积累的关于这个特定情节的"大脑文本"，长篇类型是不可想象的。

2. 适宜的诗性文化

长篇类型的形成往往不是一蹴而就的，它需要不断在富有诗意的传统文化土壤中汲取营养。满族文化更是如此，在《乌布西奔妈妈》《天宫大战》等传统说部中就反映出满族原始文化中的诗性特质，这些都含蓄地在努尔哈赤传说中有所体现。虽然语言是散文讲述，但其中的诗意仍

---

① 参见 Lauri Honko, "The Quest for the Long Epic: Three Cases", Lotte Tarkka (ed.), *Dynamics of Tradition: Perspectives on Oral Poetry and Folk Belief*, Helsinki: Finnish Literature Society, 2003, pp. 191-211。航柯在这篇文章中讲到，长篇叙事形成要素的提出源于1995年芬兰民俗学者暑期学校的一次讲座。当时，安娜—丽娜·西卡拉教授还建议了第8个要素——一个有趣的故事。航柯认为这个补充是有价值的，不过要素7"情节策略"中已经包含这个意思，但是否把"有趣的故事"放置到首位，使之成为长篇形成的一个前提还是值得思考的。因为我们可能不应该把"长篇"本身作为一个给定的事物来看待，它的生成应该是存在于一个编创过程中的。后来，航柯通过对印度史诗的研究，将这几个要素融入到文本化模式，并应用到了塞图史诗歌手安妮·瓦巴那（Anne Vabarna）的例子中。笔者在借鉴航柯的理论框架上，并没有完全按照他对于塞图史诗的分析模式，而是在充分考虑到查树源的罕王叙事自身特征和满族文化传统的基础上作出了适当的调整。

是有保存的。不管是在努尔哈赤出生的神奇情节上，还是在白胡子老头几次出现保护罕王中，都具体展现了这种文化潜质。诗性文化是族群文类的产生母体，长篇类型作为靠向族群自生文类的文本，必然是浸润了几代人的文化打磨。在强调罕王叙事民族性的同时，也不可忽视汉文化中民间鼓书表演里的诗性特质与新宾地方传统孕育的对罕王的集体情结，它们都是促成长篇类型的重要元素。

3. 直接模型

新的长篇类型的产生是需要有一个直接模型的，航柯在对东波罗的海地区史诗的研究中反复提及这一点。① 如果说本书中查树源的长篇叙事有可借鉴的对象的话，那就是东北大鼓的演唱和少年时听到的白大爷的乌勒本讲述。如他所言，自己的口头文本并没有接触到更多长篇文字性的东西，所学所演大多是口耳相传的结果。所以，日渐完整的罕王叙事，或者他称为的"乌勒本"，就是这种以散体传说为主，夹杂韵文的说唱文类，而这种形式竟也与已经出版的，如话本或者拟话本形式的大量满族传统说部作品相似。也许我们可以认为，这种模型并不是刻意为之的，也并不是《卡列维波埃格》之于《卡勒瓦拉》的模仿②，而是由于查树源所具备的鼓书式的长篇思维造成的。

4. 恰当的表演方式

长篇类型如果作为一个活态的口头表演的话，那么就需要一个恰当的表演方式来呈现。而这个表演方式也必然是适应当代民间艺术形式的。就鼓书而言，它的源头虽然悠久，但作为现代曲种来说，是在清末逐渐地方化的。东北大鼓在很长一段时间里是民众少有的娱乐方式之一，它的表演也是深入人心的。将其与罕王叙事的结合，当然有艺人试图通过地方性知识迎合观众的想法，但客观上也促成了鼓书表演与罕王题材的融合，为查树源提供了可借鉴的内容。不过，这种说唱形式也随

---

① Lauri Honko. "Comparing Traditional Epics in the Eastern Baltic Sea Region", Pekka Hakamies and Anneli Honko (eds.), *Theoretical Milestones*: *Selected Writings of Lauri Honko*, FF Communications 304, Helsinki: Academia Scientiarum Fennica, 2013, p. 237.

② 参见刘先福《从英雄传说到民族史诗——爱沙尼亚〈卡列维波埃格〉简论》，《民族学刊》2017年第6期，第54—60页。

着社会变迁而不断变化，在现代社会，原有的鼓书说唱一定程度上被各种品类的民间故事取代。作为文类的"故事"也成为民间文学研究的一个方向，而鼓书作为曲艺，一些长篇书目来源从属于俗文学的范畴。在此背景下，查树源的表演方式也由原来的故事就作为故事讲述，鼓书就作为鼓书讲述的两种状态，合为一种表达取向，这也是在不断改进中的表演方式。

5. 可用的多面型

多面型（multiform）也是航柯提出的一个概念，大体类似于可变的程式。① 民间传说的情节因为变异性大，并不容易把握稳定的叙事结构，因此很难依照故事类型进行分析。但在查树源这里，因为讲述的文本数量突破性地增长，而逐渐凝固了一些类型化的叙事，如第二章总结出的征战和逃难等典型情节。这样，再加上传统鼓书篇目中的套语等程式化表达，就更加丰富了这种多面型。可以说，是鼓书表演的习得为他提供了可参考的程式化表达，仅有的民间传说是难以连缀成篇的。在长篇类型的形成过程中，从口头传统的角度来说，这种技艺的储备是十分必要的。简言之，长篇的讲述与演唱并不是逐字逐句地记忆，而是在一个叙事框架下利用多面型的创编。成熟的艺人可以因此而不断创编出新的文本，这在史诗研究成果中已得到充分证明。

6. 契合的表演语境

查树源的长篇类型在当下是缺少公共表演语境的，仅在"遗产日"或者与民间文化保护相关的场合上有公开表演，这的确也是社会需求的现实反映。如今，他的表演对象很多时候是学者或者媒体人。表演语境的契合是一种长篇文类能存在并进入稳定状态的选择。没有了市场与观众，表演形式自然就趋于消亡，这是事物发展的必然规律。在非物质文化遗产保护的兴起下，查树源得到了应有的重视，对于这个长篇类型的采录将是它存在的有效语境。这种表演语境下所呼

---

① 多面型（multiform）是航柯提出的一个概念，指那些长度多变的具有重复和艺术性的表达，用来构成作为文类标记的叙事和功能。参见 Lauri Honko and Anneli Honko, "Multiforms in Epic Composition", Lauri Honko, Jawaharlal Handoo, John Miles Foley（eds.）, *The Epic: Oral and Written*, Mysore: CIIL Press, 1998, p. 35。

唤的民间叙事表达与长篇类型自然带有的地方特征及族群认同，正是地方文化建设中需要的典型文本。罕王叙事因而成为我们观察到的一个当代语境中新长篇文类形成的案例，它或将成为下一个长篇的"直接模型"。

7. 情节策略

长篇类型是需要在一个情节基干上衍生的，罕王叙事的情节策略可以归结为讲什么与不讲什么的表达判断，以及哪段详讲与哪段略讲的整体布局考虑。带有神圣性要素的努尔哈赤英雄传说之所以能形成长篇类型，除了之前就有的白大爷讲述的乌勒本和其他地方发现的传统说部作品外，查树源的叙事更是在具体段落上进行了选择。这一情节策略是由长篇类型所决定的，如在逃难主题中，民间传说中关于罕王逃难的内容有十几则，营救者也并不相同，但如果把这些传说不加取舍地都放入长篇中，显然是背离叙事规律的。因此，必然需要对情节及顺序进行筛选，而这与讲述人的罕王叙事观是分不开的。虽然查树源经常讲到自己对于顺序和完整性上并无定论，但在实际的讲述过程中，我们还是发现了他独特的情节策略，以及在形成长篇的一致性上做出的努力。

三　罕王叙事：从传说到乌勒本

罕王叙事构成了一个将各类文本悬置在不同位置的网络。从广泛意义上的传说到长篇化的说唱，都是在这样一个传统的根基中衍生出来的叙事。差异化的文本和语料库使我们避免了单一视角的问题解读，也让现实的叙事得以恰当地展现。如何看待这样一部"长篇作品"并没有标准答案。对于"长篇"，从民间叙事的角度，首先联想到的文类必然是"史诗"。不可否认，它是民间长篇叙事的典范文类。从满族长篇叙事的角度看，"长篇罕王传说"与现在熟知的满族说部作品有许多相似之处。诚然，它还没有被整理成一个出色的书面文本，而查树源本人似乎也在向这一文类靠拢，并声明这是部分传承的"巴图鲁乌勒本"。就实际情况而言，目前的采录版本可能只是一个正在进行中且未完成的文类转换。虽然拥有了长篇叙事，或者说乌勒本的某些特质，但就各篇章的统一性和完整性而言，还有许多有待完善的地方。不过，这并不妨碍我们透过史诗的视角来分析它的文类特征。

史诗（epic）作为一个舶来概念，最初仅包含《荷马史诗》等少数西方经典文学作品。随着口传史诗及创编规律的发现，学界对于这一文类的形式和内容都有了新的认识。晚近最为流行的史诗定义来自劳里·航柯。他认为，"史诗是关于范例的宏大叙事，以往多由专门化的歌手作为超级故事来演述，以其长度、表现力和内容的重要性而优于其他叙事，对于特定传统社区或集团的受众来说，史诗成为其认同表达的一个来源"①。如果将"长篇罕王传说"套用到这一定义中，我们可以发现，无论是专门化的歌手白大爷与查树源，还是长度、表现力和内容的重要意义，以及成为特定社区与族群的认同表达，这些主要元素都是完全符合的。而另一组史诗应当符合的八个尺度（诗体的或韵散兼行的；叙事的；英雄的；传奇性的；鸿篇巨制或规模宏大的；包容着多重文类属性及文本间有着互文性关联；具有多重功能；在特定文化和传统的传播限度内）②显然也概括了"长篇罕王传说"的一些基本特征。

那么，能不能认定本书的案例就是史诗呢？笔者认为这个问题是存疑的。首先，史诗的概念是相对的，从上面文类的分析观点可以看出，每个民族对于自己的叙事都有不同程度的理解与阐释，也有不同的界定方式和方法。所以，不见得一定要为这个民族指定某部作品作为其"史诗"的代表，当然，从世界范围来看，许多国家不同演述形态与内涵的文本也都被标注了史诗的名称。其次，史诗的衡量标准并不止上述几项，还包括其他内容，所以我们也不能草率地做出决断。不过，朝戈金指出，"史诗这个超级文类，也是以谱系的形态出现的，从最典型的一端到最不典型的另一端，中间会有大量居间的形态，它们大体上可以认作是史诗，但又不完全严丝合缝地符合学界中构成最大公约数的关于史诗的定义"③。也就是说，如果在一个谱系的层面上审视史诗文类的话，众多类比的文

---

① 转引自朝戈金、尹虎彬、巴莫曲布嫫《中国史诗传统：文化多样性与民族精神的"博物馆"》，《国际博物馆》（中文版）2010年第1期，第6页。
② 同上。
③ 朝戈金：《"多长算是长"——论史诗的长度问题》，《中央民族大学学报》2015年第5期，第135页。

本都可以纳入到这个庞大的体系中，通过与典型史诗的比较，从而确立自身的定位。这一点对于我们深入解读"长篇罕王传说"的文类特性大有益处。

总的来说，当长篇作品出现时，很自然地需要更小心地对待，因为每一部长篇的形成都有着特定的时代背景和主观诉求。前文中关于长篇叙事形成七要素的论述，已经概括阐明了复杂的生成动机和基本要求。但就当下非物质文化遗产保护工作中呈现出的越来越丰富的民间叙事文类来说，应有不同的解释范畴。只有在口头或书面的呈现手段不再成为口头文学认知阻碍的前提下，这种以口头为主导的"作品"才能得到重视。从表5—3中可以较为清晰地看到在民间传说与乌勒本之间的"长篇罕王传说"的基本特征。

表5—3　　　　　　　　罕王叙事文类比较表

	民间传说	长篇罕王传说	乌勒本（说部）
讲述背景	无要求	无要求	有要求
长度	短篇	长篇	短篇/长篇
韵散体例	散文	散文/韵文	散文/韵文
英雄主题	有	有	有
多种文类	无	有	有

从传说到乌勒本的发展，或者说转换，为我们重新审视"长篇"这一口头传统的叙事类型提供了典型个案。这种"史诗化"的发现可以追溯至《荷马史诗》的研究领域。19世纪德国语言学家卡尔·拉奇曼（Karl Lachmann）采取肢解荷马诗歌直至其构成要素的方式为这一理论奠定了基础，继而提出了"歌的理论"（Liedertheorie），认为长篇史诗是由较短的起源于民间的歌汇编而成的。这一创见导致了所谓"分辨派"的出现，即试图证明《伊利亚特》和《奥德赛》就是由较小

的部件和零散的歌汇编而成的。① 这派学者从已经进入书面文本状态的史诗出发,通过文本分析倒推起源的做法,成功推进了口头诗学的研究视阈。反过来,从活态史诗和记录文本入手,也得出了类似的结论,"长篇史诗在形成和发展过程中,除了直接应用中小型史诗的形式和内容外,还吸收了神话、传说、民间故事、祭词、萨满诗、咒语、祝词、赞词、歌谣、叙事诗和谚语等口头文学素材。其中对长篇史诗的人物结构起重要作用的是英雄传说和其他神话传说"②。如此看来,较短篇目与英雄传说等文类的聚合毋庸置疑成为了"超级故事"诞生的基石。虽然长篇讲述的罕王传说并不能以典型"史诗"来界定,但它的生长过程听起来却并不陌生。

以长篇讲述作为中间形态或许是中国民间叙事发展过程中的一个显著特征。李福清认为,"从一些个别的传说发展成为一个具有完整体系的故事,又发展成为戏剧和英雄史诗,又发展为口头故事和民间戏剧,民歌和格言、谚语;这个道路,显然,所有其余各组讲史也是经历过的。这些故事不是古典的史诗形式,但是,他们与它相近,并且在许多方面与中亚细亚和欧洲各民族的史诗在类型上是相似的"③。长篇类型是一个令人兴奋的叙事样态,它的容量势必要比短篇更加宏大,叙事结构也会更加复杂且完整。在未见到查树源之前,笔者想象中的"长篇罕王传说"应该是一种理想化的、结构完整的传说文类,或者带有明确民间叙事影响的曲艺形式,如评书或是大鼓,讲述方式近乎完全脱离传统民间故事的范畴。这样的"理想类型"和单一文类指向的长篇就是文类既定思维造成的。

但现实情况却完全出乎意料,查树源的长篇是一个"未完成品",或者说是一个正在进行中的长篇讲述。它的文本来源极其丰富且复杂。可

---

① [美]约翰·迈尔斯·弗里:《口头诗学:帕里—洛德理论》,朝戈金译,社会科学文献出版社 2000 年版,第 10、40 页。
② 仁钦道尔吉:《蒙古—突厥英雄史诗情节结构类型的形成与发展》,《民族文学研究》2000 年第 1 期,第 24 页。
③ [俄]李福清:《中国神话故事论集》,马昌仪编,中国民间文艺出版社 1988 年版,第 197 页。

以说，这个处于特殊情况的长篇要比一个完整的长篇的讨论更有价值。当然，我们也可以把这些传说"半成品"看成是长篇拼接物的组成部件。查树源每一次罕王叙事的讲述长度是有限的，而且也并不是按照固定的顺序。笔者曾数次询问他的讲述是否存在先后顺序的问题，得到的答案都是需要在文本整理中完成。显然，所谓的顺序问题是笔者对于长篇文类的固有观念。一个长篇类型就要有一个线性顺序，按照故事情节脉络发展才算"完整"。完整性是书面文学的基本要求，它需要这样一个过程构成一次阅读活动，给读者以丰满的人物，跌宕起伏的情节，更重要的是不矛盾的叙事内容，而这些固化模式恰恰在口头创作中都遇到了挑战。

坦率地说，查树源能够讲述的叙事段落并不在同一叙事水平上。那些娴熟的段落往往传承自前辈艺人，而一些生硬的段落则多半属于新编。这一点从讲述的流畅程度和两段情节的连接处上可以清晰辨别。在他那里，构成一个完整叙事段落的讲述并不在于内容的一致性，而在于衔接不同情节片段的话语是否通顺。只有这一衔接处的完美闭合才能使讲述自然流畅，而真正能够实现流畅讲述的长篇段落正是经过打磨的传统篇目。查树源的罕王叙事并不能由一根线连接，而是多条线索并存的，这也昭示着其来源的复杂性。很多时候，他的讲述是要在不断地"提醒"和"刺激"下进行，因为并没有完整地讲述过，所以有些段落是深藏在记忆中的。笔者通过阅读历史与文学作品而获得的一些努尔哈赤"故事"，很多都出现在他的讲述中，这类叙事的源头显然不是民间文学范畴的。

在回顾查树源的听书经历中，我们发现这一过程并不是完整的。因为白天要工作，听书也都是在业余时间，所以时常会中断几天。他会及时向别人询问落下的内容，而别人的讲述也难免支离破碎，只留下一个梗概，所以，他自己的"拼凑"在所难免。这里需要明确的问题，也是通常对于理想长篇类型的反思，即在失去传统说唱环境的现代社会，人们越来越多的是从电台、电视台、网络来收听节目。实际上，这种讲述受到客观时间和虚拟听众与技术等多方面原因的影响，所记录的都是一个相对完整，有头有尾的长篇故事，而与以往在茶馆等传统场所靠每一段讲述来挣钱的技术截然不同。艺人们在常年的说唱中积累经验，提高技巧，懂得如何划分段落和回目，哪些地方要延长，哪些地方要缩短，形成了所谓热闹回目与连接它们的过沟书等一整套体系。也就是说，讲述的起始点并不一定是真正情节上的第一回。反过来，从听众的角度，多数人也未必会场场不落连续完整地收听。因此，在演出场域的真实情境中，艺人每次讲述新内容前都要适当接续上一回目的内容，并以扣子收尾来留住观众。

毋庸置疑，查树源高超的讲述技巧让他在讲述罕王传说的过程中受益匪浅。这样的讲述是几十年实践经验的总结。他常常谈到，罕王传说都是片段听来的，这一点，那一点，似乎都不完整，而只有他提到的白大爷才是我们寻找的理想的乌勒本传人。可惜，关于他的信息支离破碎，但不难想象这一传承的分支在许多年后汇聚在查树源这里，保留了不少珍贵的信息。究其原因，罕王叙事在新宾的普及是核心。而就查树源来说，外界近些年来对他的关注也是促使他讲述"长篇罕王传说"的外在动因。

总而言之，查树源常年在叙事传统中浸润和积淀的展演经验，让他有能力实现传说到乌勒本的文类转换。对于当代语境中罕王叙事文类的考察，其目的并不在于准确地给出某个具体限定，而在于发现传说的张力和探索文类属性的过程。传承人与研究者之间的互动、口头传承自身带有的创造性、地方叙事传统蕴含的讲述法则都在这个案例中充分展现。以往对于文类的界定似乎更认定一个文本具有的规定属性，并相信当这个文本被记录下来以后就像增加了保险一样，文类将会是永不改变的。实际上，真正有活力的文本是在生产中不断地以它需要成为的文类形态而出现。在生产过程中，多方介入自然是催生具有时代意义文本的重要因素。因而，理解文类时不能局限于纯粹的机械划分或者主观的认知范畴，而应当以特定环境中所展示出的多重属性作为参考维度。

结　语

在民俗过程中理解文类

正文五章以努尔哈赤传说文本为中心，从不同维度集中讨论了个人叙事与地方传统这对互生共存的民间讲述概念。传说的根基在于地方叙事传统的存在，它是传说形成以致"集群化"的强大动力源。努尔哈赤传说就是在这样一个复杂的历史文化传统中形成和发展的。当代搜集整理的传说文本已然构成了以口头传说为中心的层次鲜明的传说集群。各个类型的"作品"围绕"英雄叙事"的主题，等待完成一次史诗意义上的融合。种种历史与现实条件都为本书调查对象查树源的个人叙事提供了超越素材本身的强大后盾，也让我们看清了地方叙事传统旺盛的生命力。

从文本到文类的辨析，让我们对于当代口头传统的状况有了一孔之见。的确，当民间文学研究转向讲述主体后，越来越多的传承人及他们的口头文本被科学地记录了下来。以往从传统文类图式中寻找先例的做法，实际上忽略了当代文本制作中的复杂因素。诚然，文本归属有着天然的界限，可就此屏蔽了民间叙事的现实功能及其对待社会生态的适应能力，仍然固执而僵化地使用传统分类原则，将把我们的研究限于自相矛盾的困境中。

因此，面向未来的文本研究应该率先在界定文类的环节中判断其民俗过程。只有在不断变化的社会环境与传统生态下审视民间叙事，才能真正把握口头文本中的个人创编与叙事传统。结语部分将从劳里·航柯的"民俗过程"概念入手，阐发当代中国语境中口头叙事的变迁模式，进而确立兼顾个人叙事与地方传统研究取向的民间文化研究路径。

一 发现民俗过程

民俗过程的发现与学者对于"民"与"俗"的认知逐步深入关系密切。劳里·航柯认为的民俗过程（folklore process）[①] 源于人们对于民俗概念的不断变化。正因为僵化的民俗被动态的民俗观念所取代，人们才逐渐意识到了"民俗"作为流动概念的特征。因此，看待民俗的视野也需要在一个过程中，以外界的介入作为民俗生活的重要节点，特别是将当代世界的民俗与传统文化保护视为原始语境外的再利用。航柯对民俗过程的创新认知，是在其积极参与联合国教科文组织一系列保护民俗会议与调研工作基础上得出的。

现代社会的发展让我们不得不再次考虑民俗在当代语境中的意义，从认识民俗事象本身过渡到认识民间文化中的人。就民俗过程而言，我们可以这样理解，民俗是人类创造的文化，它存在于特定的时空环境中，民俗的表达通过交流得以实现，而交流的方式多种多样。这就是一般意义上理解的民俗过程，它既可以被认为是"一次"民俗的实践活动，也可以被看作是民俗事象本身的历史演变，还可以被视为研究者与民俗对象的互动经历。这些"过程"都是客观存在的，是动态的。民俗总是处于一种流变中，静态的一劳永逸的分析策略往往使我们对于猝不及防的变革束手无策。用过去的定义来限定今天的民俗，自然难以吻合。所以，我们需要一个与时俱进的民俗概念来面对"变迁"这个永恒的主题。

劳里·航柯界定的民俗过程不在于民俗事象本身的生命过程或者其交流、表演过程，而是着眼于信息提供者（传承人）与研究者关系中的民俗过程。这种理解是随着时代发展而产生的。为此，他曾专门作过一个概括。"简单地说，民俗过程是任何文化中的民俗的一种定型的生命

[①] Lauri Honko, "The Folklore process", Pekka Hakamies and Anneli Honko (eds.), *Theoretical Milestones: Selected Writings of Lauri Honko*, FF Communications 304, Helsinki: Academia Scientiarum Fennica, 2013, pp. 29 – 54.

史。它始于民俗这个概念诞生之前的时代,终于目前对民俗在其文化中的意义评估。它也可以被称为民俗学实际上还有民族学(换言之即涉及传统的那些学科)的一个道德故事,因为它提出了研究过程中固有的伦理问题,并且构成了一个挑战来寻求科学实践的解决,这是流行的却很少被争议的实践,而不是分析的活动和科学好奇心的满足"。① 从这一维度理解的民俗过程被归纳为22个阶段,其中前12个阶段属于民俗的第一次生命,后10个阶段属于民俗的第二次生命。两次生命的节点在于民俗脱离原生环境的再利用。

第一次生命:

1. 民俗的第一次生命;2. 内部视角对民俗的部分认知;3. 民俗的外部发现者;4. 民俗的定义;5. 内部对文化的描述和使用;6. 外部对文化的描述和使用;7. 民俗工作中人际关系的出现;8. 搜集,民俗的记录;9. 档案化,民俗的保存;10. 科学共同体对民俗社区的反馈;11. 传统社区和科学共同体建立的工作项目;12. 民俗的科学分析。

第二次生命:

13. 民俗的第二次生命;14. 民俗社区的解放;15. 文化政策中的民俗使用;16. 民俗的商业化;17. 保护传统文化和民俗;18. 学校与研究者培训中的传统文化;19. 在执行不同层面民俗项目中满足传统社区的需要;20. 支持民俗的表演者;21. 民俗工作中的国际交流;22. 现代世界中民俗状态的界定。

在这22个阶段中,我们发现依然存在着航柯典型的理想模式的影子。总体来看,民俗过程所涵盖的"生命史"涉及了它的发现与界定,

---

① [芬]劳里·航柯:《民俗过程中的文化身份和研究伦理》,户晓辉译,《民间文化论坛》2005年第4期,第102页。

调查与建档，分析与理论化，循环与应用（第二次生命范式），本真性与所有权，复兴与商用，文化与政治功能。① 它与国家、地方、社会、族群的认同相关联，如果得到合理有效的利用，将有助于各层级及利益相关方的民俗发展工作。航柯选择从更高的学术意义层面阐明这种开拓性思考的现实价值，这与当下民俗学进程中有关文化传统与日常生活等问题的讨论相契合。

这一过程论无疑是全面且高度程式化的，实践中的民俗、主体与研究者的关系成为我们考察民俗过程划分阶段的重要依据。航柯也承认阶段划分所带有的进化论色彩及线性特征，现实中的任何民俗事象并不会按照这样的轨迹自由地运行。而且，他也指出，22 个基本阶段的顺序是一个充满理想意味的图景，多线发展是不可避免的状态，一些阶段可能平行发生，而另一些则可能被省略掉。

总之，航柯"民俗过程"区别于其他人的明显之处在于，学者的存在是不可缺少的一项。"在田野调查的过程中，民俗学者的角色是边缘化的，他需要整合自己的理论认知，游走在两种文化间的无人之境，也是通过田野调查，他才能清醒地认识到自己的这种角色。"② 航柯将这一调查范式称为"对话人类学"（dialogical anthropology），是民俗学者的基本研究态度。这样，民俗研究的对象由档案中经验材料占主导的理论体系让位于田野中的实证材料。对变异现象的考察目标也不再如"历史—地理学派"一样追根溯源，而成为带有语义功能的共时比较。至此，民俗研究终于面向了当下发生的讲述事件，而学者是组成事件的诸要素之一。

不同的文本来源对应着民俗过程中的不同阶段。田野调查中采录文本的过程成为民俗过程中的一个阶段，而它的前因后果则构成了另外几个阶段。"无论是口头文本，或是与口头有关的文本，还是以传统为取向

---

① 转引自 Matti Kamppinen and Pekka Hakamies (eds.), *The Theory of Culture of Folklorist Lauri Honko, 1932 - 2002: The Ecology of Tradition*, New York: The Edwin Mellen Press, 2013, p. 75。

② Lauri Honko, "The Folklore Process", Pekka Hakamies and Anneli Honko (eds.), *Theoretical Milestones: Selected Writings of Lauri Honko*, FF Communications 304, Helsinki: Academia Scientiarum Fennica, 2013, p. 32.

的文本,都应该纳入到文本本身的特定语境中加以评价和鉴赏。这样才能在口头语境中区别表演与表演之间的不同,才能在与口头相关的语境中分析文本与文本之间的不同,才能在已出版的作品中考察版本与版本之间的不同。基于对文学传统的正确理解和客观评判,每一种文本的归类和界定都有一定的分类准矩和评价规范,并取决于文本本身的主体特质。"①与努尔哈赤传说一样,不同的文本都有各自的"制作"背景,对它们的使用和辨别都需要在特定的语境框架内进行。任何臆想的文本界定与独断的分析法都可能是偏离事实的,只有寻着文本自生的轨迹出发,才能接近文化阐释的实质。

无论如何,"两次生命"都是一个大胆的提法,航柯创造性地将中间节点放置于对民俗的科学分析之后,也有着深刻的思想内涵。换句话说,在某种意义上学者已经完成了使命,即学术研究阶段。之后,民俗又回到了社区中,但此时的民俗与第一次生命中的民俗或许有了巨大的差别,可能唯一不变的是作为认同功能的特征。从进入第二次生命的阶段起,民俗实际上处于被应用的位置,个人、社区、地方、民族乃至国家,各个层面都有不同的目的和权力来操控某个民俗。沿着航柯指明的民俗过程方向,两次生命观或将成为认知民俗文化的当代状态与未来趋势的重要理论。

二 民俗过程的当代语境

社会转型必然带来民俗变迁,只不过不同的民俗事象在变迁过程中所处的位置有别,民俗过程在不同的国家又有不同的情形。中国民间叙事研究需要契合当代语境已成共识。中国语境是从整体观出发的社会文化语境,不应断裂地看待城乡二元格局。当代语境是我们每个人都置身其中的,所以有时会有"不识庐山真面目"的感觉。因此,只有从本土视角出发,准确把握当下中国民俗的发展状况,才能更深层次地在流动的传统中做出正确的抉择。

---

① [美]马克·本德尔:《怎样看〈梅葛〉:"以传统为取向"的楚雄彝族文学文本》,付卫译,《民俗研究》2002年第4期,第40页。

在论及当代社会的特征时，现代性是绕不开的话题，我们身边的全球化镜像呈现出对工业文明的依赖和对农耕文明的远离。的确，在浪漫主义思潮下，回归民间的憧憬与向往一度成为民俗学家搜集材料的支撑，而这种趋势在社会转型时期显得更为突出。就中国而言，改革开放以来的工业化进程，客观上造成了许多民间文化资源走向濒危和失传。那种原生意义上的村落文化与当代语境渐行渐远。当民俗成为遗产，"乡愁"成为年青一代的关键词后，失去精神家园之感也变得异常强烈。

现代性的动力机制派生于时间和空间的分离和它们在形式上的重新组合，正是这种重新组合使得社会生活出现了精确的时间—空间的"分区制"，导致了社会体系（一种与包含在时—空分离中的要素密切联系的现象）的脱域（disembedding）；并且通过影响个体和团体行动的知识的不断输入，来对社会关系进行反思性定序与再定序。①

总而言之，无法规避的现代性及其后果变成我们指责传统文化已衰落的一个原因。传统文化是民族文化的根基所在，如何在当代语境中复兴优秀传统文化已成为近来各领域学者讨论的焦点。倘若我们仍然用停滞的思维来重建或者复原那些失落的民俗，必然会造成与现代生活脱节的尴尬境地，所以，直面民俗文化的新面貌可以首先作为思考问题的出发点。

引入"民俗两次生命"的框架后，我们纠结的"新民俗"认定与"旧民俗"变迁困境或许由此豁然开朗。在航柯看来，"民俗的第一次生命"是自然发生的，是社区文化的有机组成部分，而"民俗的第二次生命"则是对固化材料或者已经失去语境的传统的再次激活。这种新的交流过程很可能是脱离口头传统语境的新开发，或将不可避免地与"商业"

---

① ［英］吉登斯：《现代性的后果》，田禾译，译林出版社2000年版，第14页。

相关联。① 这里，不妨从努尔哈赤传说的"民俗过程"来具体谈谈两次生命的岔路口。

努尔哈赤传说的"第一次生命"大体是在民众中自发传承的，其历史可追溯到后金时期。作为族群历史和地方传统的民间表述，从功能上讲，它成为民族和社区认同的一个传统。不过，在不同时期，外界对其讲述也造成了干扰和限制，其中包括清政府主导的对于皇家历史的官方认定等。因此，传说的实际发展很难在一个自足的空间内进行。当内部视角和外部视角发生冲突时，讲述群体与听众构成的地方叙事传统将进行自动调节以适应语境，我们无从知晓现在的各类版本究竟经历了怎样的变迁轨迹。当代学者几次大规模地搜集整理基本完成了第一次生命后期的重要任务。

伴随着学者的介入，定型的书面文本也自然返回到社区中，讲述活动难免受到"干扰"。当然，这些影响既有积极的，也有消极的。"第二次生命"并非始于当下，在传说的传播过程中，在生成地域与语境之外，老罕王的民间形象已然夹带了外部的视角和当代的理解。航柯细致区分了两次生命，并认可了后者在现代社会中得到再次利用的正当性和合法性。因此，当我们一再犹豫不决地纠结于"本真性"时，实则这一概念本身就应该得到反思。"其实，现实生活中并不存在所谓历史活化石的民俗，只有当人们抛弃了原生态的幻象，以传承、变化、发展的眼光看待民俗的时候，成为非物质文化遗产的民俗才真正具有生生不息的活力。"②

---

① 就"民俗的第二次生命"实践而言，并不局限于商业，芬兰学者劳里·哈维拉提（Lauri Harvilahti）教授在"中国社会科学论坛（2014·文学）：现代社会中的史诗传统"的报告《现代欧洲社会的史诗传统》中就给出了新的理解。他认为，任何民族或族群的文化都是众多元素构成的实体，受到不同时代的历史、理想、政治、经济条件的制约。建立于口头传统之上的文化，其类目和特质异常丰富，易使其成员产生认同感和依附性。在欧洲，利用史诗的政治和民族性来强化文化和民族认同的情况在很大程度上因主流"社会—文化"环境之差异而呈现出不同的特点。现代欧洲的民族意识被唤醒时，文化热潮渐次波及艺术、知识以及社会事务领域。很多时候，文化潮流的涌动常常会导致政治的觉醒或者意识形态之间的冲突，而史诗往往会沦为神话般的意识形态工具。这是关于史诗的作用最重要的表述之一，劳里·航柯将之概称为"民俗的第二生命"。

② 刘晓春：《谁的原生态，何为本真性——非物质文化遗产语境下的原生态现象分析》，《学术研究》2008 年第 2 期，第 158 页。

就查树源的长篇来说，我们可以赋予它很多界定，他自己和利益相关方也会有不同的见解，其中包括地方文化保护机构、开发者、普通民众、当然还有来来往往的学者群体。这也是权力场域中的自然现象。

一直以来，非物质文化遗产保护工作被我们视为民俗复兴的一个重要途径。事实也证明，这次全国范围的民间文化保护契机，形成了民众对于民俗文化的新认知。反观研究方面，围绕各级项目的学术成果也很多，其突出的特征是都涉及了当代民俗的生存状况和发展策略。虽然文类的差异使这些民俗遗产难以有统一的"第二次生命"再应用，但是以此为起点，可以摆脱我们对于回归"原生态"的一厢情愿。

从本书的视角来看，努尔哈赤传说的集中被发现应该是在20世纪80年代后，这也是当代中国许多民间叙事被大规模发现的起点，正与工业化时代同步发展。"第二次生命"中提到的各个阶段在现实生活中几乎都有对应。

> 应用这里描述的模型可以容易地区分科学研究对于民俗工作、地方文化工作、档案和博物馆、传统文化的影响基础和形式。它允许给民俗过程中每一个个体更清晰的界定。一旦了解自己的位置并能掌控更广泛的实体，我们就能更容易地在面对生活中出现各种情况时，采取成熟的并在伦理上可行的解决方法。我们并不容易被导向夸大自己角色的重要性或者依据此来观察每一件事。在传统文化领域中每个人都有自己的工作和乐趣。我确定这里的断言没有错，即大学里专业民俗学家有兴趣从事的领域是相当窄的。只涵盖了民俗过程的第1到第12阶段。然而，我相信我们能在一个开启新维度的方向上前进。[①]

《民俗过程》结尾处的启示在近四十年的实践中得到了验证。当代中

---

① Lauri Honko, "The Folklore Process", Pekka Hakamies and Anneli Honko (eds.), *Theoretical Milestones: Selected Writings of Lauri Honko*, FF Communications 304, Helsinki: Academia Scientiarum Fennica, 2013, pp. 29–54.

国语境中的民俗似乎可以简单地归为前工业化时代的生命和工业化时代的生命。虽说民俗学者及外界群体的介入导致了民俗生命的关键变化，但即便没有他们的影响，仅就不可阻挡的社会生活变革，也必将使这些民间叙事传统走向新的生命阶段。由此可以看出，民俗过程在这个层面上存在着中西差异，其原因一部分由外部的社会发展情况决定，而另一部分则是由社区对于民俗认识的根本态度起主导作用。民俗本身亦生活亦文化的双重属性将充分地影响当下中国语境中的"民俗过程"。

三 理解文类中的个人叙事

理解文类的价值不在于赋予这些文本一个响亮的"名字"，即便有，也可能只是临时的，或者仁者见仁，智者见智的。关键是，我们需要把文本放到一个可比较的框架内，而不是单纯地贴上任何易于分析的标签。考虑到讲述者和传统受众本就有对于一定叙事的主位理解，即便这与我们看似客观的分析有所出入，但也是不能忽视的。文类因此而成为民间叙事基础理论中不能绕开的一个话题，如何理解则更关系到学术研究的最终取向。

文类作为主旨的讨论并不是本书的论点所在，而从文类问题出发，观察不同文本之间的互涉关系是更为重要的。

> 讲故事不拘内容，只要是曲艺体裁的曲目中可能有的故事都可以作为其保留节目。并且，这些讲故事的人的讲述方式成了反复听着故事成长的曲艺传承者再好不过的范本。尤其在说唱艺人在自编故事文本的同时一边演唱的场合，他们幼时听来的讲故事的叙述方法就成了其"说"的基础。因此，可以说讲故事实际上是维系说唱曲艺传承的基础体裁。①

也就是说，讲故事成为了艺术化的民间表演的母体，这种最纯粹的

---

① [日] 井口淳子：《中国北方农村的口传文化》，林奇译，厦门大学出版社2003年版，第57页。

民间讲述孕育了其他更高级的表达形式。努尔哈赤传说的核心层面也是不同类型的民间故事，以带有传奇性的内容为主。在查树源那里，这些质朴的民间叙事与经过不知多少代艺人打磨过的鼓书艺术产生融合。故事的形态发生了许多变化，增添进了东北大鼓的养分，并在不断地讲述实践中充分发酵，催生出这一独特的长篇类型。

法国汉学家雷威安（André Lévy）曾指出，"不要把中国的说书人想象成一个老农妇夜晚坐在床边……那样的话，就太不着边了。我们谈到的是艺人，那些可能会成为名家的艺人，吸引着社会各个阶层的听书爱好者。有充足的证据说明，这种艺术所具有的悠久的传统、多样和细致，至今仍然发射着隐约的光芒"[①]。多样化的中国民间叙事是本书想要表达的一个基本想法，理想化和固化的叙事维度在当下的语境中都应该被摒弃。否则，研究势必会停留在单一的层面上，而错过了审视"丰富"这一民间文化的固有属性。查树源的讲述之所以能呈现出不同于普通故事家的色彩，就在于他既具有说书艺人的属性，同时又兼具故事家的底色。因而，只有从整体维度去把握他的"全部才艺"，方能回答我们提出的民间叙事中个人与传统的关系问题。

本书对努尔哈赤传说的梳理与解读验证了这些基本观念的正确性。传说集群归根结底是由无数讲述者的无穷文本组成的，每个讲述者都是叙事传统中的个体，他们孕育并成长于这个传统，从小就受到传统潜移默化的熏陶，甚至立志要成为传统的继承者。从某种意义上说，传统给予了他们一次生命，查树源就是一个典型的例子，从他的生活史与讲述史中可以清晰且深刻地看到地方传统的雕刻痕迹。也正因如此，他才能成为集体传承人中最出色的代表。个人与集体是我们经常讨论，却又经常在强调上有失偏颇的一对概念。在以往的时代，我们曾过于强调民俗的集体性，集体创造、集体传承、集体共享是民俗最突出的特征。的确，集体性目前仍是民俗的本质属性，是民俗之所以能确立的前提条件，具有不可替代的位置，但集体是众多个体的有机构成，却也是不争的事实。

---

① 转引自［丹］易德波《扬州评话探讨》，米锋、易德波译，人民文学出版社2006年版，第1页。

近来，我们重新发现了传承人个体的价值，也就是意识到了有些民俗往往由特别的一群人或某些个人传承。他们笼统地说是集体中的个体，但更具有与普通的"民"或者一般承载者不同的"才能"。他们或是能讲述上千则的故事，或是能吟唱几十小时的史诗，或是拥有超凡的音乐掌控力，或是习得了出神入化的手工技艺。在民间生活的特定时空里，他们往往处于一个相对重要的位置，成为众多民俗活动的主导者。这些人对于民俗的传承甚至起着举足轻重的作用。

当下，各级政府确认了数以万计的非物质文化遗产代表性项目，也认定了为数众多的代表性传承人。我们惊喜地发现这些传承人个体并没有埋没在集体中，他们的成长反而促进了传统的弘扬。他们作为"榜样"，激励着对"非遗"感兴趣的年青一代继续传承下去。就本书而言，白大爷作为前辈艺人吸引了童年时期的查树源，他也在自身努力下，最终成为传承人中的一员。从历史来看，我们不得不承认一个时代里，像这样突出的艺人并不多见，通常只有屈指可数的几位高水平大师，他们代表着这项民间叙事（技艺）在一个时代的最高峰。更多的传承人可能一辈子都只是在默默无闻地讲述或演唱。不过，他们同样是需要我们关注的群体。在本书的案例中，之所以能建构庞大的努尔哈赤传说集群，就是因为众多的讲述人在力所能及的传播范围内，用各具特色的文类语言汇聚着这个叙事传统的发展。

简言之，叙事传统中文类的个体性表现在，首先叙事必须由个人的讲述来展现；其次叙事的发展离不开个人实践的重复；再次叙事传统也约束着个体讲述者的实践方向。正是这种相互支撑的关系，才使二者能够共生发展。航柯在分析芬兰民族史诗《卡勒瓦拉》时，就兼顾了传统与个人两个维度，因而他对埃利亚斯·伦洛特（Elias Lönnrot）的创造性贡献给予了非常高的评价。他认为，就长篇作品而言，"一部长篇史诗通常是个人的工程，而不是一项集体事务；口头史诗传统提供了实现这一工程的可供选择的方法；没有歌手个人的大脑文本在现实表演中的适应和大脑编辑，文本一致性也是不可能实现的。总之，表演中的一部长篇史诗是一个大脑的产物"①。同理,查树源的"长篇罕王传说",本质上说是短篇传说的连缀,但如果仅仅这样看,那着实是低估了它的价值。在充分考察个人叙事后,我们可以确定地说,这个形成中的长篇类型在讲述方面高于普通传说。汲取传统营养后脱颖而出的讲述者,往往引领了一个时代的讲述风格,就像本书中论及的白大爷和丁师傅,再到现在的查树源。今后,可能还会有这样的个体出现,但彼时的讲述模式与传播方式或将与此刻的记录文本又大不相同。

四 兼顾个人与传统的研究取向

传说文本是一个值得深入研究的选题,本书一定程度上绕开了通常意义上传说与历史、传说与认同的思路,稍有冒险地从一个人的田野记录开始,尝试"还原"模糊的叙事传统。面对这样一个"特殊"的调查对象和"特殊"的文本,笔者将研究视野转向了文类框架内的阐释,试图解决文本内部的兼容性与外部的互动性问题,并由此详细阐述了个人叙事与地方传统是如何相互促进与协调发展的。查树源对传统的熟稔在调查进程中不断地清晰化,反过来说,也就是传统对于他个人的熏陶逐步内在化。是否存在"传说家"的疑问可能要换成对于"地方文化集大成者"的肯定。每一个地方,应该都会有一位甚至几位这样的老人,他们在各自擅长的讲述文类中传承着民族与地域的历史与精神。从个人言语到地方传统,再到区域文化,我们能够在倾听中真切地感知它们之间是如何互动的。

另外,传说文本作为地方话语在文学层面上的聚合表达,对它的研究也应该在秉承以往揭示历史文化内涵的传统取向的同时,加入田野调查所得的新元素、新文本,拓展新视角、新理论,并积极回应民间叙事遇到的各种当代挑战。或许,文类视野能帮助我们暂时悬置个体与传统的争论,不再偏重于任何一方,从而实现某种合理性阐释。简单地说,文类既是个体的讲述形式,也是集体的认同表达。传统依赖于个体的讲

---

① [芬]劳里·航柯:《作为表演的卡勒瓦拉》,刘先福译,尹虎彬审校,《民族文学研究》2015年第1期,第54页。

述，而个体也离不开传统的沉淀，两者是如此的亲密无间，但这并不是说个体将湮没于集体之中，集体也会因为个体而随意的变迁传统。

生活离不开讲述，也绕不开口头传统，就本书的阐释维度来看，关键问题是如何认知当代文本的多样形态。口头与书面的分隔界面也并非一定存在于呈现方式中。工业化与全球化不可避免地导致了民间文化传统的迅速消失，口头叙事的传统文类自然变得或是难以寻觅，或是改头换面，但是，这些外在的影响并不能让民间失去发出声音的权力，民间叙事依旧以更合理的样式活跃在民众之中。

从本书搜集的文本来看，努尔哈赤传说同其他民间叙事一样，呈现出了多样的形态，发出了不同的声音。查树源也和其他传承人一样，深深浸润在自己这方土地的口头传统中，习得了讲述的高超技能。学者需要做的便是跟上这种变迁的脚步。当我们落后于民众的应变，还一味地寻觅那种理想状态下的文本和传承人的时候，殊不知时代已然赋予了民俗研究以新的使命。只有跟从这种转变，在田野里发现活态的语料，无论是否如我们教科书上所阐释的那么经典，它都是实实在在生发于民间的东西。

本书作为文本研究的个案探索，希望将文本的生成过程视野纳入到讨论当中，将其视为叙事传统在民俗过程中的一个产物。这样有助于我们理解现代性下变迁的口头传统。一则传说带给我们的信息量是有限的，但众多传说构成的集群却可以让我们回到一个叙事传统中。就像民间叙事研究的基础需要一个充分且完备的文本库一样，只有面对真实的文本，我们才能言之有物。本书写作的初衷，与其说是要为文类分析做出一个新的"鸽棚"，不如说是想找到一条通往当代民间叙事研究的小径，它能够指引我们从传统走向现在，在集体与个人之间找到契合点。

就本书而言，在民俗过程中理解文类，是针对民间叙事提出的。不过，它与近来学者在书面文学的文类研究中所阐发的"文类是审美策略"的观点有相似之处。文类的划分被认为"不过是一种策略运作；它仅由权力意志和文化理想做保证，并没有什么客观性或绝对性"。[①] 当文类

---

① 周庆华：《文学理论》，五南图书出版股份有限公司2004年版，第78页。

"作为对文学作品进行分类时的命名,其本质是基于文学作品自身及其存在时空的多维性而秉持的审美策略。它不仅是对文类自身特质的核心提示,也是对文学作品与文类之间复杂关系的本体建构"。[①] 也就是说,文类的价值在于一个特定的环境中所展示出的自在的性质,它并不是一个纯粹的机械划分,抑或主观的认知范畴,它让我们对于文类的理解不仅仅依靠现场的表演和即时的访谈,还加入了作为背景而长久存在的地方叙事传统。这样的全面观察才能解决"文类"阐释中的诸多矛盾,才能平衡研究中的人与事象。此外,笔者也清醒地认识到,努尔哈赤传说的文本研究作为个案,尚不能深度介入文类话题的终极讨论。由一个人的记忆与经验所搭建的叙事传统并沿路进行的学术思考难免带有局限性,得出的结论也很可能失于片面,因为文本与文类的讲述与书写向来不是孤立存在的。

最后,回到绪论中提出的三个问题。第一,努尔哈赤的传说如何形成和发展成现在的样子?本书第一章至第三章搭建了努尔哈赤传说的叙事传统,涵盖了形成背景、文本分析和叙事主线,给既往纷繁杂乱的文本做出了模式化的梳理。我们发现,以帝王英雄形象为主流的努尔哈赤传说已经成为新宾地区的标志性文化,而几乎遍及整个东北地区的文本分布也形成了一个"传说集群"。这就是当下罕王传说的整体面貌。第二,个人与传统之间究竟有着怎样解不开的关系?本书第四章围绕查树源个体展开叙述,详细描写了他作为讲述者与听众的双重角色,不仅充分展现了他以"罕王传说"为核心的文本库藏,而且突出了其个人叙事与新宾历史文化不可分割的整体性特征。第三,如何抛开既有的理想模式来看待当代社会中存在的口头传统?本书第五章正面回应了如何看待文本资料与讲述现状的矛盾。在文类框架与田野调查中,我们发现了查树源讲述的长篇化倾向与文类转换现象,并采录到了正在形成的"长篇罕王传说"。这一案例充分证明了僵化的文类视野必然会影响我们对于活态口头传统的正确判断。同时,如果将"罕王传说"放置在满族说部的众多文本中,那么我们对于"长篇"形成路径的理解也会有新的思考。

[①] 陈军:《文类基本问题研究》,北京大学出版社2013年版,第54页。

文化的属性决定了民间叙事传统的属性，文化的传承也让努尔哈赤传说从历史走向了现实。正如迪格尔印第安人箴言所说："开始，上帝就给了每个民族一只陶杯，从这杯中，人们饮入了他们的生活。"可以说，努尔哈赤传说的形成就是文化传统在特定区域滋养下产生的必然选择，这只陶杯中盛满的文化传统，协同着当地人的生活世界进入到了艺术化的讲述中。源远流长的族群历史及其所承载的文化积淀，源源不断地灌注到陶杯之中，叙事传统亦是如此。诚然，传说的形成因素来自多方面，不胜枚举的传说文本编织成了巨大的网络，让当代人很难厘清头绪。我们也确实无法分辨出任意一则传说的演变轨迹，或者随手勾画一幅传播图谱。或许尽可能地找寻纷乱的传说文本中的些许规律，用当代人的思维去承继祖先留下来的文化传统，正是我们的努力方向。

参考文献

一 古籍和地方史料

《清实录》(第一册),中华书局1986年版。

《兴京县志》,民国十四年(公元1925年)铅印本(影印)。

《新宾满族自治县概况》,民族出版社2009年版。

《新宾满族自治县县志》,辽宁古籍出版社1993年版。

新宾满族自治县地名办公室编:《新宾满语地名考》(内部资料),1987年版。

二 传说文本

曹文奇主编:《启运的传说》,辽宁民族出版社2003年版。

杜福祥、谢帼明编:《吃的故事》,科学普及出版社1983年版。

冯毓云、罗振亚主编:《龙江当代文学大系·民间文学卷》,北方文艺出版社2010年版。

富育光讲述、王慧新记录整理:《雪妃娘娘和包鲁嘎汗》,吉林人民出版社2007年版。

关治平、朱文光编:《宁古塔传说》,黑龙江朝鲜民族出版社2007年版。

呼伦纳兰氏秘传,赵东升整理:《扈伦传奇》,吉林人民出版社2007年版。

金洪汉编:《清太祖传说》,春风文艺出版社1987年版。

林仁和、王德富编:《长白山奇观》,北方妇女儿童出版社1988

年版。

刘巽达、包慧珍选编：《历代帝王传奇》，百花洲文艺出版社1986年版。

刘振操编：《鬼狐新传》，春风文艺出版社1989年版。

刘振操编：《沈阳传说故事选·风物集/名人集》，春风文艺出版社1985年版。

那国学主编：《满族民间文学集》，北方文艺出版社2004年版。

孙英、启坤编：《罕王传说》，辽宁民族出版社2003年版。

滕爱丽编：《穆棱河的传说》，北方文艺出版社1989年版。

佟靖仁编：《呼和浩特满族民间故事选》，内蒙古大学出版社1989年版。

王志华主编：《南芬风物传说》，时代文艺出版社2005年版。

乌丙安等编：《满族民间故事选》，上海文艺出版社1983年版。

夏秋主编：《满族民间故事·辽东卷》（上中下），辽宁民族出版社2010年版。

新宾县文化馆：《罕王的传说》（资料本），1984年版。

杨克兴、王兴义编著：《神话传说三百篇》，北方妇女儿童出版社1990年版。

育光搜集整理：《七彩神火·满族民间传说故事》，吉林人民出版社1984年版。

张立忠讲述，张德玉、张春光、赵岩记录整理：《元妃佟春秀传奇》，吉林人民出版社2007年版。

张其卓、董明整理：《满族三老人故事集》，春风文艺出版社1984年版。

中国民间文学集成辽宁卷《新宾资料本》（一），1987年版。

中国民间文艺研究会黑龙江分会编：《黑龙江民间文学》第七集（内部资料），1983年版。

中国民间文艺研究会辽宁、吉林、黑龙江分会编：《满族民间故事选》（第一集），春风文艺出版社1981年版。

中国民间文艺研究会辽宁、吉林、黑龙江分会编：《满族民间故事选》（第二集），春风文艺出版社 1983 年版。

三 中文著作

鲍明：《满族文化模式：满族社会组织和观念体系研究》，辽宁民族出版社 2005 年版。

朝戈金：《口传史诗诗学：冉皮勒〈江格尔〉程式句法研究》，广西人民出版社 2000 年版。

陈惇、刘象愚：《比较文学概论》，北京师范大学出版社 1988 年版。

陈军：《文类基本问题研究》，北京大学出版社 2013 年版。

程蔷：《中国民间传说》，浙江教育出版社 1995 年版。

程志敏：《荷马史诗导读》，华东师范大学出版社 2007 年版。

德龄：《御香缥缈录》，秦瘦鸥译，云南人民出版社 1980 年版。

定宜庄、汪润主编：《口述史读本》，北京大学出版社 2011 年版。

董万仑：《清肇祖传》，辽宁人民出版社 1992 年版。

冯丽娜：《盲人说书的调查与研究》，中国文史出版社 2013 年版。

高荷红：《满族说部传承研究》，中国社会科学出版社 2011 年版。

耿瑛：《辽宁曲艺史》，辽宁大学出版社 2009 年版。

关纪新：《满族小说与中华文化》，社会科学文献出版社 2014 年版。

侯维瑞主编：《英国文学通史》，上海外语教育出版社 1999 年版。

季永海、赵志忠：《满族民间文学概论》，中央民族学院出版社 1991 年版。

江帆：《满族生态与民俗文化》，中国社会科学出版社 2006 年版。

郎樱：《玛纳斯论》，内蒙古大学出版社 1999 年版。

李燕光、关捷主编：《满族通史》，辽宁民族出版社 2003 年版。

连瑞枝：《隐藏的祖先：妙香国的传说与社会》，生活·读书·新知三联书店 2007 年版。

林继富：《民间叙事传统与故事传承》，中国社会科学出版社 2007 年版。

刘广铭：《朝鲜朝语境中的满洲族形象研究》，光明日报出版社 2013 年版。

刘小萌：《满族从部落到国家的发展》，中国社会科学出版社2007年版。

刘小萌：《满族的社会与生活》，北京图书馆出版社1998年版。

吕大吉：《宗教学通论新编》，中国社会科学出版社2010年版。

孟慧英：《满族民间文化论集》，吉林人民出版社1990年版。

滕绍箴：《努尔哈赤评传》，辽宁人民出版社1985年版。

滕绍箴、滕瑶：《满族游牧经济》，经济管理出版社2001年版。

王明珂：《英雄祖先与弟兄民族》，中华书局2009年版。

王锺翰主编：《满族历史与文化》，中央民族大学出版社1996年版。

吴文科：《中国曲艺通论》，山西教育出版社2002年版。

夏铸九编译：《空间的文化形式与社会理论读本》，明文书局1988年版。

阎崇年：《努尔哈赤传》，北京出版社2006年版。

叶春生：《简明民间文艺学教程》，中山大学出版社1999年版。

叶蜚声、徐通锵：《语言学纲要》（修订版），北京大学出版社2010年版。

叶舒宪编：《神话—原型批评》，陕西师范大学出版社1987年版。

尹虎彬：《古代经典与口头传统》，中国社会科学出版社2002年版。

苑利主编：《二十世纪中国民俗学经典·传说故事卷》，社会科学文献出版社2002年版。

张德玉：《满族发源地历史研究》，辽宁民族出版社2001年版。

张德玉、赵维和、邢启坤：《努尔哈赤·满族·兴京》，抚顺社科院新宾满族研究所1999年版。

张佳生主编：《中国满族通论》，辽宁民族出版社2005年版。

张佳生主编：《满族文化史》，辽宁民族出版社1998年版。

钟敬文：《钟敬文自选集》，首都师范大学出版社2008年版。

钟敬文主编：《民间文学概论》，高等教育出版社2010年版。

朱诚如主编：《辽宁通史》第二卷，辽宁民族出版社2009年版。

朱元发：《韦伯思想概论》，远流出版公司1990年版。

庄孔韶主编：《人类学通论》，山西教育出版社2007年版。

［丹］易德波：《扬州评话探讨》，米锋、易德波译，人民文学出版社 2006 年版。

［俄］李福清：《中国神话故事论集》，马昌仪编，中国民间文艺出版社 1988 年版。

［俄］史禄国：《满族的社会组织——满族氏族组织研究》，高丙中译，商务印书馆 1997 年版。

［美］阿尔伯特·贝茨·洛德：《故事的歌手》，尹虎彬译，中华书局 2004 年版。

［美］阿兰·邓迪斯：《民俗解析》，户晓辉编译，广西师范大学出版社 2005 年版。

［美］阿兰·邓迪斯编：《世界民俗学》，陈建宪、彭海斌译，上海文艺出版社 1990 年版。

［美］阿兰·邓迪斯编：《西方神话学读本》，朝戈金等译，广西师范大学出版社 2006 年版。

［美］浦安迪：《中国叙事学》，北京大学出版社 1996 年版。

［美］王靖献：《钟与鼓——〈诗经〉的套语及其创作方式》，谢谦译，四川人民出版社 1990 年版。

［美］约翰·迈尔斯·弗里：《口头诗学：帕里—洛德理论》，朝戈金译，社会科学文献出版社 2000 年版。

［挪威］埃里克森：《什么是人类学》，周云水等译，北京大学出版社 2013 年版。

［日］井口淳子：《中国北方农村的口传文化》，林奇译，厦门大学出版社 2003 年版。

［日］柳田国男：《传说论》，连湘译，中国民间文艺出版社 1988 年版。

［日］西村真志叶：《日常叙事的体裁研究：以京西燕家台村的"拉家"为个案》，中国社会科学出版社 2011 年版。

［匈］格雷戈里·纳吉：《荷马诸问题》，巴莫曲布嫫译，广西师范大学出版社 2008 年版。

［英］R. H. 罗宾斯：《普通语言学导论》，申小龙等译，复旦大学出

版社 2008 年版。

［英］吉登斯：《现代性的后果》，田禾译，译林出版社 2000 年版。

［英］吉利恩·比尔：《传奇》，邹孜彦、肖遥译，昆仑出版社 1993 年版。

［英］卡莱尔：《英雄与英雄崇拜》，何欣译，辽宁教育出版社 1998 年版。

［英］汤因比等：《历史的话语：现代西方历史哲学译文集》，张文杰编，广西师范大学出版社 2002 年版。

四　中文论文

巴莫曲布嫫：《在口头传统与书写文化之间的史诗演述人——基于个案研究的民族志写作》，《北京师范大学学报》2008 年第 1 期。

白凤歧：《从肃慎到女真》，《满族研究》1986 年第 1 期。

朝戈金：《"多长算是长"——论史诗的长度问题》，《中央民族大学学报》2015 年第 5 期。

朝戈金：《约翰·弗里与晚近国际口头传统研究的走势》，《西北民族研究》2013 年第 2 期。

陈泳超：《倡立民间文学的"文本学"》，《民族文学研究》2013 年第 5 期。

陈泳超：《作为地方话语的民间传说》，《北京大学学报》2013 年第 4 期。

董乃斌、程蔷：《民间叙事论纲（下）》，《湛江海洋大学学报》2003 年第 5 期。

董晓萍：《民间文学体裁学的学术史》，《北京师范大学学报》1999 年第 6 期。

段友文、刘丽丽：《李自成传说的英雄叙事》，《民俗研究》2009 年第 4 期。

高荷红：《关于当代满族说部传承人的调查》，《黑龙江民族丛刊》2010 年第 2 期。

关纪新：《"后母语"阶段的满族》，《满语研究》2009 年第 2 期。

管彦波：《民族的环境取向与地方性的生态认知》，《中国农业大学学报》2010年第2期。

郭成康：《也谈满族汉化》，《清史研究》2000年第2期。

户晓辉：《民间文学：转向文本实践的研究》，《中国社会科学》2014年第8期。

江帆：《满族说部叙事的隐性主题与文本意义——以〈雪妃娘娘和包鲁嘎汗〉为例》，《民族文学研究》2012年第4期。

金宽雄：《图们江沿岸朝鲜民族中的满族形象》，全华民译，《东疆学刊》2003年第1期。

李幼蒸：《中国历史话语的结构和历史真实性问题》，《史学理论研究》1998年第2期。

李玉平：《口头文学视野中的文类理论》，《民族文学研究》2010年第1期。

刘晓春：《从"民俗"到"语境中的民俗"——中国民俗学研究的范式转换》，《民俗研究》2009年第2期。

刘晓春：《谁的原生态，何为本真性——非物质文化遗产语境下的原生态现象分析》，《学术研究》2008年第2期。

仁钦道尔吉：《蒙古—突厥英雄史诗情节结构类型的形成与发展》，《民族文学研究》2000年第1期。

孙文良：《论明末辽东总兵李成梁》，《明史研究》1991年第1辑。

万建中：《刍议民间文学的主题学研究》，《民间文化》2000年第7期。

王杰文：《从"类型"到"类型的互文性"》，《湖南师范大学社会科学学报》2011年第2期。

王杰文：《挽歌与祭文——在"类型"的"对话"中表演权力》，《民族艺术》2010年第2期。

王明珂：《族群历史之文本与情境——兼论历史心性、文本与范式化情节》，《陕西师范大学学报》2005年第6期。

王霄兵、张铭远：《民间故事中的考验主题与成年意识》，《民族文学研究》1989年第3期。

乌丙安：《论中国风物传说圈》，《民间文学论坛》1985年第2期。

肖明翰：《中世纪浪漫传奇的性质与中古英语亚瑟王传奇之发展》，《四川师范大学学报》2008年第1期。

薛红：《明代初期建州女真的迁徙》，《东北师范大学学报》1978年第3期。

薛洪波：《萨满教对努尔哈赤天命观的影响》，《满族研究》2007年第2期。

尹虎彬：《刘秀传说的信仰根基》，《民间文化论坛》2004年第4期。

尹虎彬：《口头传统史诗的内涵和特征》，《河南教育学院学报》2009年第3期。

张志娟：《论传说的"离散情节"》，《民族文学研究》2013年第5期。

赵维和：《试论建州右卫王杲》，《满族研究》2003年第4期。

赵展：《赫图阿拉城的兴废与历史意义》，《中央民族大学学报》2004年第2期。

邹明华：《传说学的知识谱系：解读柳田国男的〈传说论〉》，《民族文学研究》2003年第4期。

［芬］劳里·航柯：《民俗过程中的文化身份和研究伦理》，户晓辉译，《民间文化论坛》2005年第4期。

［芬］劳里·航柯：《作为表演的卡勒瓦拉》，刘先福译，尹虎彬审校，《民族文学研究》2015年第1期。

［芬］佩卡·哈卡梅耶斯、安涅丽·航柯：《芬兰民俗学50年——以芬兰民俗学代表人物劳里·航柯的理论贡献为主》，唐超译，《民族文学研究》2014年第4期。

［美］马克·本德尔：《怎样看〈梅葛〉："以传统为取向"的楚雄彝族文学文本》，《民俗研究》2002年第4期。

［日］西村真志叶：《反思与重构——中国民间文艺学体裁学研究的再检讨》，《民间文化论坛》2006年第2期。

五 英文著作

Gunnell, Terry (ed.), *Legends and Landscape*, Reykjavik: University of Iceland Press, 2008.

Hakamies, Pekka and Anneli Honko (eds.), *Theoretical Milestones: Selected Writings of Lauri Honko*, FF Communications 304, Helsinki: Academia Scientiarum Fennica, 2013.

Honko, Lauri, *Textualising the Siri Epic*, FF Communications 264, Helsinki: Academia Scientiarum Fennica, 1998.

Honko, Lauri (ed.), *Textualization of Oral Epics*, Berlin: Mouton de Gruyter, 2000.

Kamppinen, Matti and Pekka Hakamies (eds.), *The Theory of Culture of Folklorist Lauri Honko, 1932 – 2002: The Ecology of Tradition*, New York: The Edwin Mellen Press, 2013.

Pentikäinen, Juha and Tuula Juurikka (eds.), *Folk Narrative Research*, Studia Fennica 20, Helsinki: Suomalaisen Kirjallisuuden Seura, 1976.

Tangherlini, Timothy R., *Interpreting Legend: Danish Storytellers and Their Repertoires*, New York: Garland Publishing, 1994.

Tarkka, Lotte (ed.), *Dynamics of Tradition: Perspectives on Oral Poetry and Folk Belief*, Helsinki: Finnish Literature Society, 2003.

Thursby, Jacqueline S., *Story: A Handbook*, Greenwood Folklore Handbooks, Westport: Greenwood Press, 2006.

Voigt, Vilmos, *Suggestions Towards a Theory of Folklore*, Budapest: Mundus Hungarian University Press, 1999.

附录一

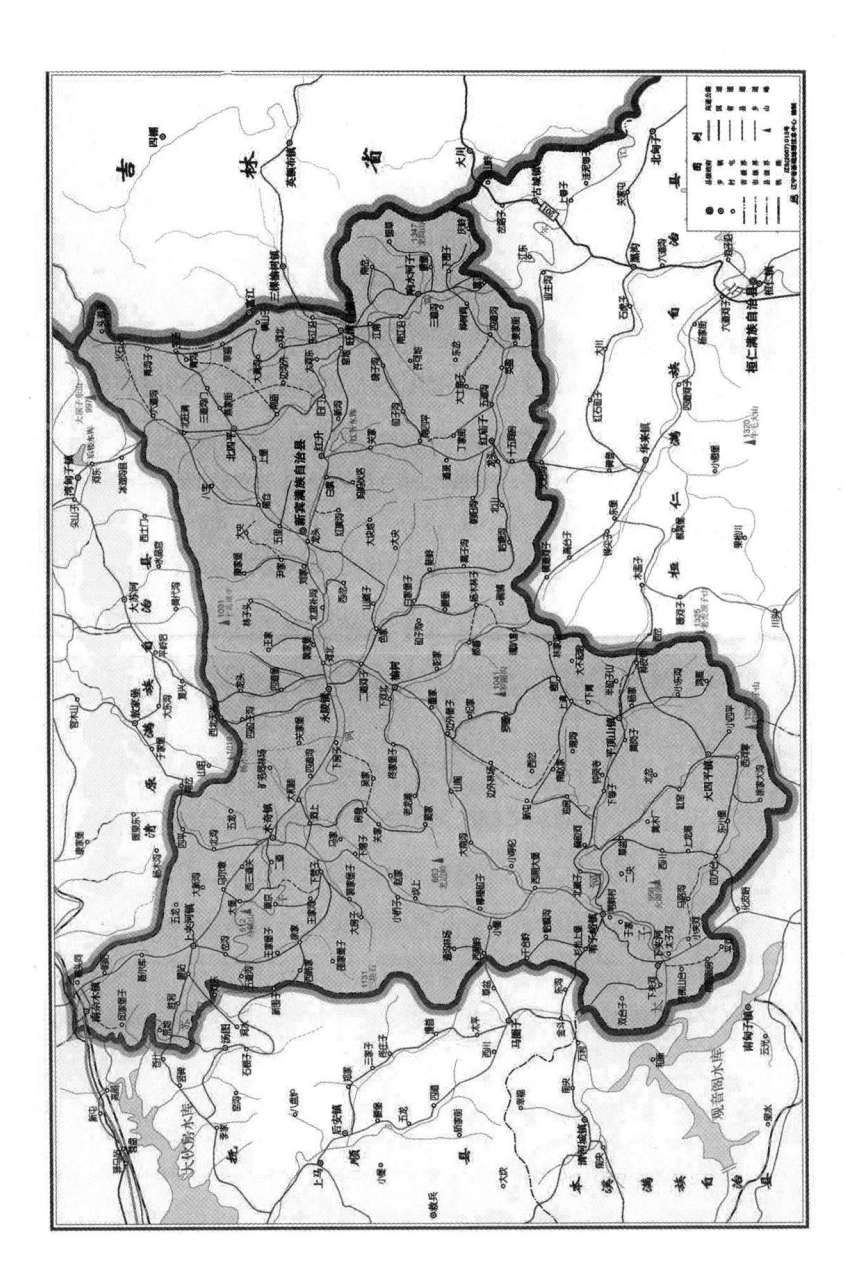

新宾满族自治县地图

附录二

新宾风物传说图

附录三

努尔哈赤传说分布图
（东北三省）

辽宁省重点传说分布图

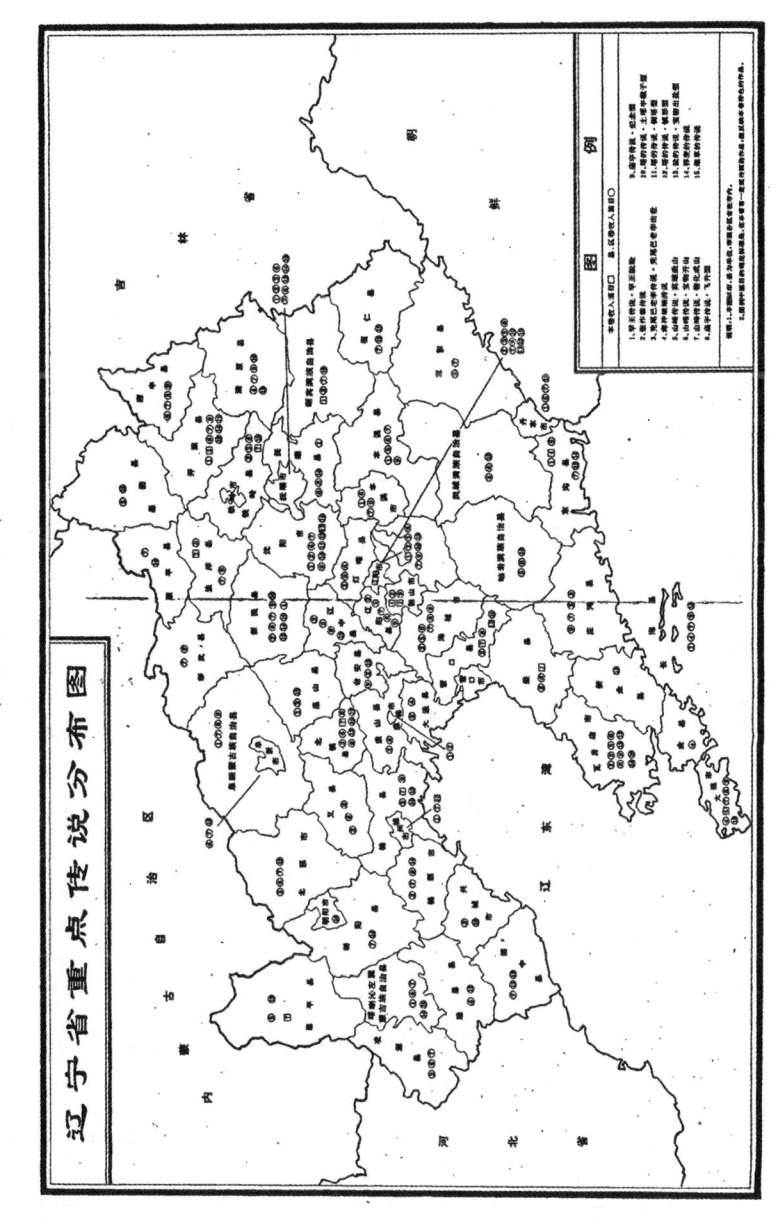

吉林省主要民间故事分布图

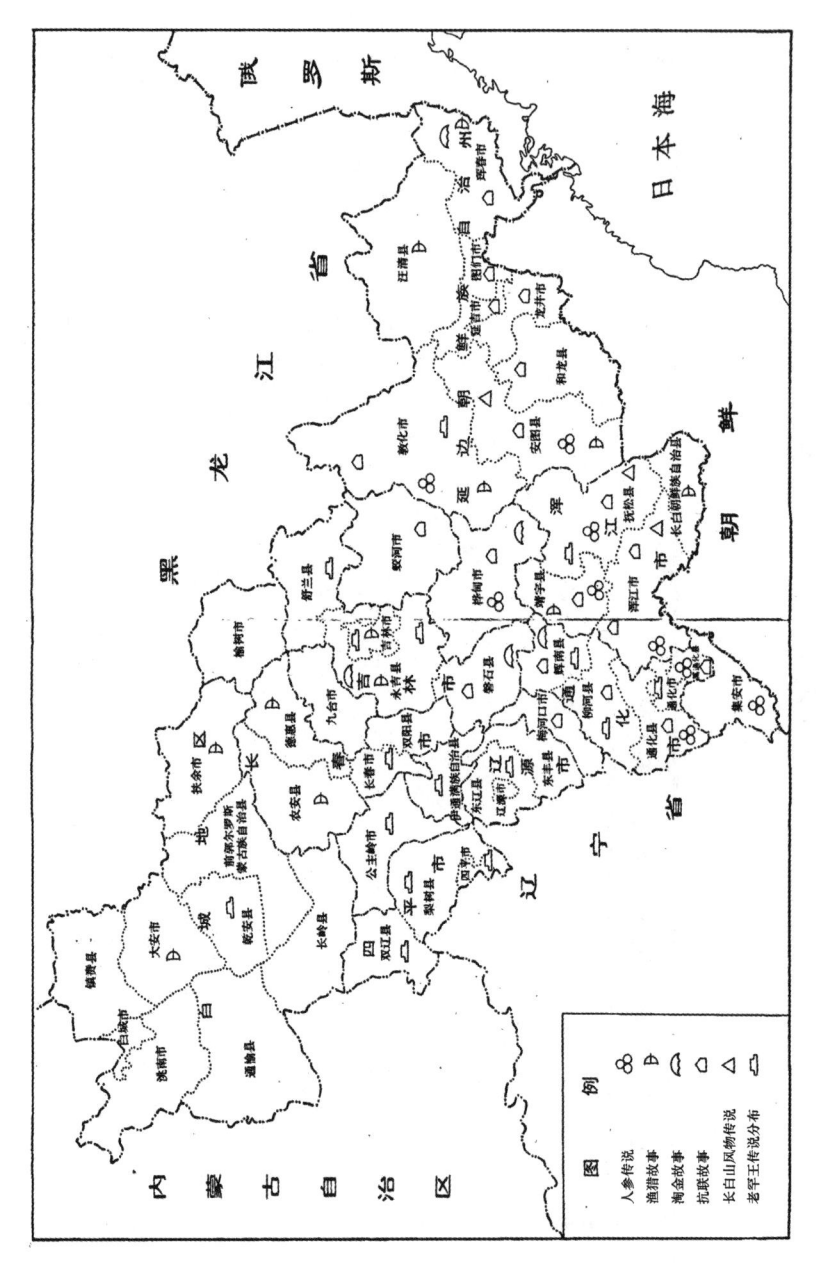

附录三 努尔哈赤传说分布图 229

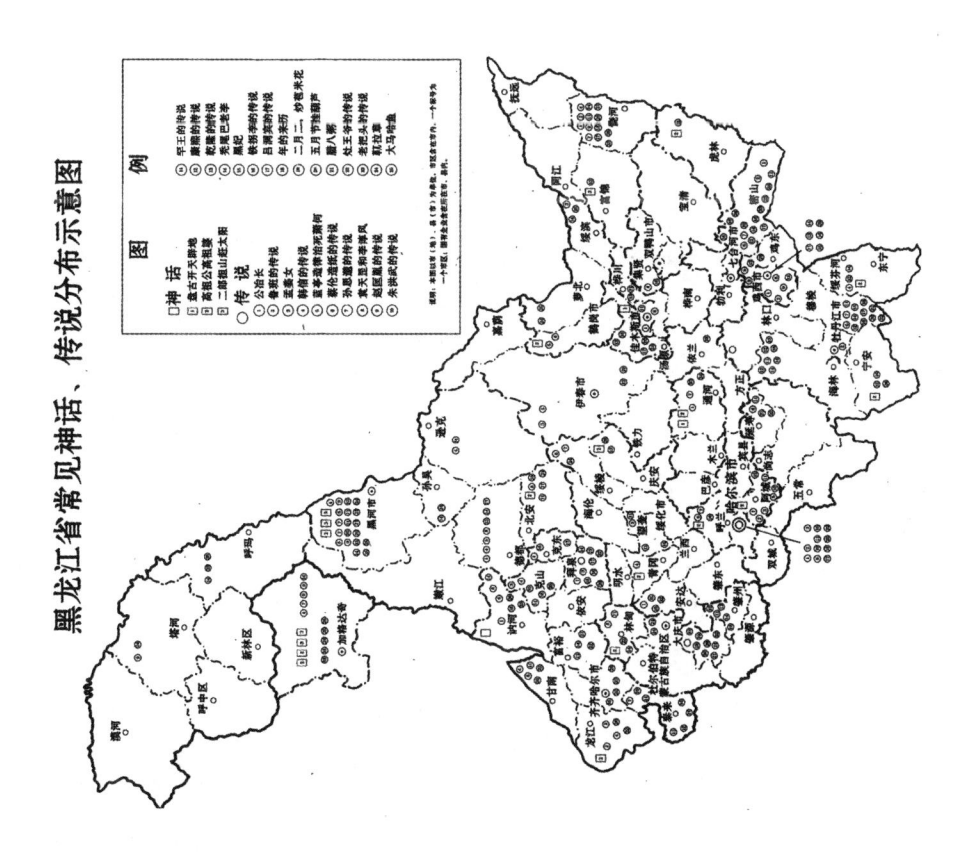

黑龙江省常见神话、传说分布示意图

附 录 四

新宾县艺人情况一览表
（本表根据查树源回忆整理）

序号	姓名	生卒年	盲人	艺人	代表作品	表演地点	师承、收徒	其他说明
1	白大爷	约1870—1955	否	是	老罕王、布库里雍顺、今古奇观、石头记	永陵		
2	张化云	约1891—1988	是	是	响马传	城郊		会算命、弹弦
3	丁子荣	约1915—1976	是	是	响马传、薛礼征东、呼延庆打擂、老红灯记	城郊	师承张化云 收徒崔、罗、马	会算命
4	戴师傅	约1910—2000	是	是	罗成算卦、草船借箭	南四社	师承霍树棠 收徒贾振海	
5	谭师傅	约1930—2004	否	是	打狗劝夫、刘伶醉酒、小段	东四社		

附录四 新宾县艺人情况一览表

续表

序号	姓名	生卒年	盲人	艺人	代表作品	表演地点	师承、收徒	其他说明
6	潘师傅	约1912—2011	是	是	隋唐演义、封神榜	西四社	收徒张金芳 收徒上官孝东	会算命
7	罗师傅	约1930—2009	是	是	响马传	城郊	师承张化云	不太会说
8	马师傅	约1930—2004	是	是	响马传	城郊	师承张化云	不太会说
9	李广平	约1910—2004	否	是	杨家将、呼延庆、千里走单骑	刘家村	收徒罗师傅	籍贯山东，会唱西河大鼓和评词
10	魏二大爷	约1880—1958	否	半艺半农	民间故事、忠孝节义故事、聊斋	老城		
11	张金芳	约1920—2008	是	是	百字忍	汤图	师承潘师傅	女艺人
12	上官孝东	约1940—2012	是	是		西四社	师承潘师傅	
13	王瑞云	约1905—1980	是	是	金精戏窦、李存孝过江	后仓	收徒徐中贵	弹弦
14	王尊令	约1916—2011	否	半艺半农	龙凤再生缘、十把穿金扇	北四平		打渔鼓
15	李茂枝	约1925—2000	否	否	神话传说、民间故事	县城		供销社工作
16	徐仁山	约1886—1963	否	否	武松传、三侠剑	县城		供销社工作
17	吕松山	约1880—1960	否	否	儿女英雄传	县城		药材公司工作
18	王言	约1880—1958	否	否	民间故事、笑话	老城		
19	李方春	约1900—1976	否	否	民间故事、风趣故事	北四平		供销社工作

附录 五

努尔哈赤传说文本类型总表

（本表依文本出处，按照音序排列）

序号	篇名	功能	主题	情节结构	讲述者	搜集整理者	讲述时间	流传地域	出处
1	大清国号的由来	描叙事件、解释风物	逃难	单一	宁秀云	那立川			《阿城民间故事集成》
2	小罕	描叙人物	逃难	复合	袁波乡	高树启		大孤山	《鞍山市旧堡区资料本》
3	努尔哈赤迁都	解释风物	神仙	单一	王文金	赵吉田、王烈君		辽东	《本溪平山区资料本》
4	老罕王传说	解释风俗	逃难	单一	佟铁山	隋敏	1985	本溪	《本溪市补遗资料本》

续表

序号	篇名	功能	主题	情节结构	讲述者	搜集整理者	讲述时间	流传地域	出处
5	老罕王与白山桦的传说	描叙事件、解释风物	配角报恩	单一	朱明春	王德富		吉林抚松	《长白山奇观》
6	努尔哈赤的黄金肉	解释风物	食物	单一					《吃的故事》
7	努尔哈赤历险记	解释风俗	逃难	复合	马广忠	马传勤		丹东	《丹东市卷》（上卷）
8	老罕王的器量	描叙人物	征战德行	单一	李兆军	宋传玉		丹东宽甸	《丹东市卷》（上卷）
9	李成梁与洗脚盆	解释风俗	逃难	单一	周如贤	吕敬德	1986	辽阳	《灯塔资料本》（一）
10	吴三桂和老罕王的故事	描叙人物	智慧	单一	王景权	李福朋		黄花岭	《法库县资料本》
11	老罕王祖先的传说	描叙人物	出世	单一	舍旺扎布	那木汗		泡子镇	《阜新蒙古族自治县资料本》1
12	黑帝庙的传说	描叙事件、解释风物	逃难	复合	齐国风	韩国权（翻译马稀里）		富荣镇乡	《阜新蒙古族自治县资料本》1
13	老罕王传艺	描叙人物	武功	单一		刘振操、金玉华		沈阳	《鬼狐新传》
14	老罕王的传说	描叙人物	出世	单一	王树和	王清民	1965	黑龙江海林	《海林民间故事集成》
15	龙头山和黄花山	描叙事件	八旗、配角	复合	孙书山			新宾	《罕王传说》

续表

序号	篇名	功能	主题	情节结构	讲述者	搜集整理者	讲述时间	流传地域	出处
16	马耳岭写晒马集	解释地名、风物	金口玉言	单一	孟广平			新宾	《罕王传说》
17	前仓、后仓、哈达营	描叙事件	配角	复合	关赵氏、富宝山			新宾	《罕王传说》
18	义夫寻宝记	描叙事件	配角	复合	刘绍林、富宝山	苏胜春		新宾	《罕王传说》
19	哈达与黄喜女	描叙事件、解释风物	配角	复合	王祥、苗德奎			新宾	《罕王传说》
20	罕王红参	描叙事件、解释风物	人参	单一	孙秉文、马桂清、佟世新			新宾	《罕王传说》
21	双龙环绕兰旗村	描叙事件	征战	单一	孙秉文、马桂清			新宾	《罕王传说》
22	千巴河（二）	描叙事件	征战、金口玉言	单一	赵成玉、孙秉文、那明昌			新宾	《罕王传说》
23	达布哈化军饷	描叙事件	配角	单一	高洪月	地丁	1983		《罕王的传说》

续表

序号	篇名	功能	主题	情节结构	讲述者	搜集整理者	讲述时间	流传地域	出处
24	老罕王坐北京	描叙事件	出世	复合	白福顺	白清桂			《罕王的传说》
25	佛头妈妈	解释风俗	报恩	单一	肇李氏	雷雨田			《罕王的传说》
26	烟筒山的传说（一）	解释风物	配角	复合	洪福来	徐奎生	1983		《罕王的传说》
27	哈达营	解释风物	配角	复合	那文福、关赵氏	孙英、杜玉祥			《罕王的传说》
28	赶马退敌兵	解释风物	征战智慧	单一	林长大	徐奎生	1983		《罕王的传说》
29	罕王出世	描叙人物	出世	单一	徐谢氏	宋德胤			《黑龙江民间文学》7
30	卡伦山与依嗽叽	描叙事件	逃难	复合	傅长友	高歌今			《黑龙江民间文学》7
31	老罕王和吴三桂	描叙事件	得民心	复合	潘氏珍	董镇宇	1982	阿城	《黑龙江民间文学》7
32	老罕王和刘兵部	描叙人物、解释风物	错杀	单一	关永林	文展		黑龙江阿城	《黑龙江民间文学》13
33	老罕王坐北京心满意足	描叙事件	地盘	单一	那文德	文展	1984	黑龙江阿城	《黑龙江民间文学》13
34	老罕王气性大	描叙人物	性格	单一	佟广山				《呼和浩特满族民间故事选》
35	老罕王吃小豆腐	描叙事件	逃难	单一	洪青山	洪青林	1986	吉林柳河	《吉林省民间文学集成·柳河县卷》

续表

序号	篇名	功能	主题	情节结构	讲述者	搜集整理者	讲述时间	流传地域	出处
36	小罕子与紫貂	解释风物	逃难	单一	金联墀	金鑫	1962	吉林通化	《吉林省民间文学集成·通化市区卷》
37	乌鸦救驾	描叙事件、解释风物	逃难	复合	佟玉兰	李荣海			《鸡西民间故事集成》
38	老罕王的来历	描叙事件	出世	单一	萧为红	薛文强		胶南县	《胶南民间故事》
39	老罕王与下马台	解释地名	德行	单一	赵殿臣	王德胜		锦县	《锦县资料本》第2集
40	罕王的传说	描叙事件、解释风物	逃难	复合	高淑清	于三江	1978	辽北一带	《开原资料本》（一）
41	老罕王的传说	描叙事件、解释风物	逃难	复合	谭宝纯	张文儒	1981	沈阳、开原一带	《开原资料本》（一）
42	罕王巧计破叶赫	描叙事件	征战	复合	宫学昌	刘明		辽阳一带	《历代罕王传奇》
43	努尔哈赤下瓜园	描叙人物	德行	单一	许志华	王世安	1986	辽阳	《辽阳市弓长岭区资料本》
44	老罕王的一些传说	描叙事件、解释风物	逃难	复合	马成骥	邸玉瑄、杜金拳		辽阳城乡	《辽阳市文圣区资料本》
45	李闯王、吴三桂、老罕王	描叙事件	转世	单一	曲桂东	邸玉瑄、杜金拳			《辽阳市文圣区资料本》

续表

序号	篇名	功能	主题	情节结构	讲述者	搜集整理者	讲述时间	流传地域	出处
46	小罕哥儿	描叙事件	逃难	复合	王春元	邸玉瑄、刘晖	1986	辽阳城乡	《辽阳市文圣区资料本》
47	老罕王的传说	解释风俗	逃难	复合	伊葆力	金启孮	1987	黑龙江阿城	《龙江当代文学大系·民间文学卷》
48	罕王的传说	解释风俗	逃难	复合	周文江	姚天葆	1985	黑龙江密山县	《龙江当代文学大系·民间文学卷》
49	老罕王名字的来历	描叙事件、解释风物	出世	单一	富察德升	郭永平、刘先福	2008	桓仁	《满族民间故事·辽东卷》
50	先祭乌鸦后祭永陵	解释风俗	出世	复合	富察德升	郭永平、刘先福	2008	桓仁	《满族民间故事·辽东卷》
51	义犬救主的故事	描叙事件	狗救主	单一	查树颁	孙超	2008	新宾	《满族民间故事·辽东卷》
52	努尔哈赤封蛇王	描叙事件	金口玉言	单一	那永胜	苗莉莉	2008	东陵	《满族民间故事·辽东卷》
53	皇太极继位	描叙事件	难题考验	单一	金绍俊	李东汉	1986	东陵	《满族民间故事·辽东卷》

续表

序号	篇名	功能	主题	情节结构	讲述者	搜集整理者	讲述时间	流传地域	出处
54	大妃衮代	解释风物	配角	单一	富察德升	郭永平、刘先福	2008	桓仁	《满族民间故事·辽东卷》
55	驸马坟的传说	描叙事件	配角	单一	韩玉福	王育民	1985	本溪	《满族民间故事·辽东卷》
56	努尔哈赤为什么葬东陵	解释风物	配角	单一	王玉龙	罗正贵	1984	东陵	《满族民间故事·辽东卷》
57	老罕王登点将台	描叙人物	仁义	单一	穆宝桢	徐延顺	1985	本溪	《满族民间故事·辽东卷》
58	努尔哈赤收秦亮	描叙人物	仁义	复合	薛天智	刘敏	1985	东陵	《满族民间故事·辽东卷》
59	花翎顶戴的来历	描叙事件、解释风物	萨满	单一	罕讨子·胜山	徐延顺	1985	本溪	《满族民间故事·辽东卷》
60	满堂沟的来历	解释地名	杀儿	单一	肇恒昌	黄明明	2008	东陵	《满族民间故事·辽东卷》
61	罕王采参	描叙人物	神助	单一	富察德升	郭永平、刘先福	2008	桓仁	《满族民间故事·辽东卷》

续表

序号	篇名	功能	主题	情节结构	讲述者	搜集整理者	讲述时间	流传地域	出处
62	罕王放山	描叙人物	神助	单一	徐仲武	刘铁民	1985	本溪	《满族民间故事·辽东卷》
63	努尔哈赤与圣水泉	解释地名	神助	单一	肇桓昌	黄明明	2008	东陵	《满族民间故事·辽东卷》
64	努尔哈赤迁都沈阳	描叙事件	神助	单一	姜淑珍	那向果、杨喜君	1986	东陵	《满族民间故事·辽东卷》
65	龙胆草	解释风物	神助治病	单一	康喜鹏	王思雯	2008	清原	《满族民间故事·辽东卷》
66	桔梗为啥叫"狗宝"	解释风物	食物	单一	爱新觉罗·庆凯	王庆福	1985	本溪	《满族民间故事·辽东卷》
67	满族吃青背灯肉的传说	解释风俗	逃难	单一	爱新觉罗·庆凯	张莹	2008	本溪	《满族民间故事·辽东卷》
68	青马义犬索伦杆	描叙事件、解释风俗	逃难	单一	富察德升	郭永平、刘先福	2008	桓仁	《满族民间故事·辽东卷》
69	万历妈妈	解释风俗	逃难	单一	关恩泽	罗正贵	1984	东陵	《满族民间故事·辽东卷》

续表

序号	篇名	功能	主题	情节结构	讲述者	搜集整理者	讲述时间	流传地域	出处
70	种姓来历	解释风俗	逃难	单一	姜淑珍	李桂凤	1986	东陵	《满族民间故事·辽东卷》
71	努尔哈赤脱险	解释风俗	逃难	单一	肇恒昌	黄明明	2008	东陵	《满族民间故事·辽东卷》
72	小罕子放山	描叙人物	挖参、金口玉言	单一	孙德旭	王东	2008	清原	《满族民间故事·辽东卷》
73	狗儿汤的传说	解释风俗	洗澡	单一	爱新觉罗·庆凯	王庆福	1985	本溪	《满族民间故事·辽东卷》
74	努尔哈赤的猎鹰塞	描叙事件、解释地名	征战	单一	那永胜	苗莉莉	2008	东陵	《满族民间故事·辽东卷》
75	太子河的传说	描叙人物	征战	单一	王德文	王庆福	1985	本溪	《满族民间故事·辽东卷》
76	金龟山的来历	解释地名	征战渡河	单一	那永胜	罗正贵	1986	东陵	《满族民间故事·辽东卷》
77	努尔哈赤征服乌拉国	描叙事件	征战联姻	单一	那永胜	黄明明	2008	东陵	《满族民间故事·辽东卷》

续表

序号	篇名	功能	主题	情节结构	讲述者	搜集整理者	讲述时间	流传地域	出处
78	努尔哈赤智取哈达部	描叙事件	征战联姻	单一	那永胜	黄明明	2008	东陵	《满族民间故事·辽东卷》
79	罕王嫁女	描叙事件	征战智慧	单一	富察德升	郭永平、刘先福	2008	桓仁	《满族民间故事·辽东卷》
80	努尔哈赤劝降潞王	描叙人物	征战智慧	单一	刘晓翔	张有海	1986	东陵	《满族民间故事·辽东卷》
81	努尔哈赤巧取辽阳	描叙事件	征战智慧	复合	赵淑英	张其卓、董明	1983	岫岩	《满族民间故事·辽东卷》
82	小罴的故事	描叙事件、解释风物	逃难	复合	赵玉喜	林永琨		辽宁丹东	《满族民间故事选》
83	七星泡	描叙人物	淘金	单一	郎宜祥、董荫华	李果钓		吉林敦化	《满族民间故事选》
84	成亲坐账的来历	描叙事件、解释风物	婚姻	复合	田文普	田荣双、一毛		辽宁岫岩	《满族民间故事选》
85	索伦杆子和影壁的来历	描叙事件、解释风物	逃难	复合	钱玉祥	隋书令		黑龙江黑河	《满族民间故事选》

续表

序号	篇名	功能	主题	情节结构	讲述者	搜集整理者	讲述时间	流传地域	出处
86	罕王赏参	描叙事件、解释风物	人参	单一	胡庆玉	富育光	1970	辽宁铁岭	《满族民间故事选》第一集
87	"鸡陵参"传说	描叙事件	配角	单一	石文清	富育光		吉林通榆	《满族民间故事选》第二集
88	怒斩褚英	描叙人物	杀儿	单一	巴屿山、徐仲武	吴非		辽阳	《满族民间故事选》第二集
89	龙旗和八旗	描叙事件	挖参	单一	徐仲武	刘铁民		辽阳	《满族民间故事选》第二集
90	老罕王招贤	解释风俗	德行	单一	赵连璞	张超			《满族民间故事选》第一集
91	小罕逃生记	解释地名	逃难	单一	赵连璞	刘琪华			《满族民间故事选》第一集
92	老罕王杀儿	解释风俗	征战	单一	张德元	刘琪华			《满族民间故事选》第一集
93	穿云剑和数兵草	解释风俗	征战神助	单一	那国军	刘函、刘流			《满族民间故事选》第一集
94	马鞍山的传说	描叙事件	配角	单一		那立川		黑龙江阿城	《满族民间文学集》

附录五 努尔哈赤传说文本类型总表

续表

序号	篇名	功能	主题	情节结构	讲述者	搜集整理者	讲述时间	流传地域	出处
95	努尔哈赤结拜兄弟	描叙人物	挖参	复合	从国安	周承武		黑龙江阿城	《满族民间文学集》
96	罕王封树（二）	解释风物	逃难	单一	李成明			辽宁岫岩	《满族三老人故事集》
97	罕王的传说（一）	描叙事件、解释风物	出世、逃难	复合	周文江	姚天祺	1987	密山一带	《密山民间故事集成》
98	罕王的传说（二）	描叙人物	征战德行	复合	姚天祺	姚天祺	1986	辽宁、吉林、黑龙江	《密山民间故事集成》
99	罕王	描叙人物	出世	复合	王华山	滕永宏			《蜜棱河的传说》
100	罕王进京	描叙事件	得民心	复合	吴凯	滕爱丽			《蜜棱河的传说》
101	努尔哈赤与钓鱼台	描叙事件、解释风物	征战神助	单一		贾春林		本溪南芬	《南芬风物传说》
102	鸡蛋石	解释地名	逃难	单一		刘文泽		黑龙江宁古塔	《宁古塔传说》
103	老虎洞	解释地名	逃难	单一		刘文泽		黑龙江宁古塔	《宁古塔传说》
104	马鞍山	解释地名	逃难	单一		刘文泽		黑龙江宁古塔	《宁古塔传说》
105	三块石	解释地名	逃难	单一		刘文泽		黑龙江宁古塔	《宁古塔传说》
106	卧龙泉	解释地名	逃难	单一		刘文泽		黑龙江宁古塔	《宁古塔传说》

续表

序号	篇名	功能	主题	情节结构	讲述者	搜集整理者	讲述时间	流传地域	出处
107	青灯的传说	解释风俗	逃难	单一	富希陆	富育光		黑龙江瑷珲	《七彩神火满族民间传说故事》
108	黄狗救罕王	解释风俗	逃难	单一	关志远	富育光		吉林永吉	《七彩神火满族民间传说故事》
109	乌鸦和"窝裸"	解释风俗	逃难	单一	赵小凤	富育光		黑龙江瑷珲	《七彩神火满族民间传说故事》
110	八旗和启运殿	解释风物	八旗	单一		张炳旭		新宾	《启运的传说》
111	神鹰转世	描叙事件	出世	单一		王洁		新宾	《启运的传说》
112	瑞榆	解释风物	出世	单一		单玲		新宾	《启运的传说》
113	神龙二目	解释风物	出世	单一		蔡雅文		新宾	《启运的传说》
114	启运山	解释地名	出世	单一		蔡雅文		新宾	《启运的传说》
115	贤内助	描叙事件	配角	复合		赵维和、李铁睿、刘贺		新宾	《启运的传说》
116	老罕王与王杲	描叙人物	配角	复合		曹文奇		新宾	《启运的传说》
117	满族的孔子	描叙人物	配角	单一		曹文奇		新宾	《启运的传说》
118	佟家性认祖归宗	描叙人物	配角	单一		曹文奇		新宾	《启运的传说》
119	十三副铠甲的来历	描叙事件	起兵	单一		单玲		新宾	《启运的传说》

续表

序号	篇名	功能	主题	情节结构	讲述者	搜集整理者	讲述时间	流传地域	出处
120	穆喜驿	解释地名	萨满	单一		曹文奇		新宾	《启运的传说》
121	哈的由来	解释风物	萨满	单一		赵世伟		新宾	《启运的传说》
122	凤凰山的传说	解释地名	萨满	单一		赵维和、李铁礤、刘贺		新宾	《启运的传说》
123	观音点化人姓助汗	解释风物	神助	单一		赵世伟		新宾	《启运的传说》
124	女神助小罕	描叙事件	神助	单一		张炳旭		新宾	《启运的传说》
125	地藏菩萨为老罕王指点迷津	描叙事件	神助征战	单一		曹文奇		新宾	《启运的传说》
126	启运石	解释地名	挖参	单一		单玲		新宾	《启运的传说》
127	萨尔浒大战的传说	描叙事件、解释地名	征战	复合		蔡雅文		新宾	《启运的传说》
128	努尔哈赤计除诺密纳	描叙事件	征战	单一		单玲		新宾	《启运的传说》
129	尼堪外兰之死	描叙人物	征战	复合		曹文奇		新宾	《启运的传说》
130	天兵退敌	描叙事件	征战	单一		赵世伟		新宾	《启运的传说》
131	清太祖怒斩老龙敌	描叙事件	智慧	复合		单玲		新宾	《启运的传说》
132	何和礼招亲	描叙事件	智慧	单一		单玲		新宾	《启运的传说》
133	参娃	描叙人物	出世	复合		赵世伟		新宾	《启运的传说》

续表

序号	篇名	功能	主题	情节结构	讲述者	搜集整理者	讲述时间	流传地域	出处
134	大妃阿巴亥	描叙人物	婚姻	复合		王洁		新宾	《启运的传说》
135	大石沟	解释地名	建城神助	单一		蔡雅文		新宾	《启运的传说》
136	古勒城的丹参蟒	描叙事件	征战神助	复合		孙相适		新宾	《启运的传说》
137	关东三件宝	解释风物	封神	单一		赵世伟		新宾	《启运的传说》
138	黑牛	解释地名	帮助	单一		曹文奇		新宾	《启运的传说》
139	老罕王说啥算啥	解释风俗	帮助	复合		曹文奇		新宾	《启运的传说》
140	人参姑娘救小罕	描叙事件	神助	单一		赵维和、李铁睿		新宾	《启运的传说》
141	水手	解释地名	建城	单一		曹文奇		新宾	《启运的传说》
142	西三关	描叙人物	征战	复合		曹文奇		新宾	《启运的传说》
143	一女亡四国	解释婚姻	征战婚姻	单一	两世罕王传	王洽花、富育光		辽阳	《清太祖传说》
144	罕王受诏	描叙人物	德行	单一	孙容	蓝飞		辽阳	《清太祖传说》
145	磨旗山	描叙人物、解释地名	德行	单一	孙容	蓝飞		辽阳	《清太祖传说》
146	罕王求贤	描叙人物、解释地名	德行、救驾	复合	宋跃五、关玉森	杨永信		沈阳	《清太祖传说》
147	公主岭和打虎山	描叙事件、解释地名	配角	单一	董蕴华、董镇欧	董镇宇		吉林公主岭	《清太祖传说》

附录五 努尔哈赤传说文本类型总表　247

续表

序号	篇名	功能	主题	情节结构	讲述者	搜集整理者	讲述时间	流传地域	出处
148	小罕挖棒槌	描叙人物	神助	单一	罗治中、关世英	佟丹		吉林长白山	《清太祖传说》
149	罕王搬家	描叙事件	神助	单一	赫心如	李春秋、赫豫靖		沈阳	《清太祖传说》
150	神箭分旗	描叙事件	神助	复合	两世罕王传	王洽花、富育光			《清太祖传说》
151	小罕子逃生	描叙人物、解释风俗	逃难	单一	关永林	马名超		东三省和河北	《清太祖传说》
152	糖李子树和吃油炸糕	解释风俗	逃难	单一	关永林	马名超		黑龙江阿城	《清太祖传说》
153	桑树和杨树	解释风物	逃难	复合	赫心如	李春秋、赫豫靖		沈阳、新宾	《清太祖传说》
154	安福屯	解释地名	逃难	单一	张云波	张志文		新民	《清太祖传说》
155	野老鸹滩和枯井子	解释地名	淘金	单一		徐光荣		辽中	《清太祖传说》
156	七颗红豆子	描叙人物		单一	陶明杰	马文业		黑龙江勃和哈达	《清太祖传说》
157	老罕王吃小米粥	描叙事件	忆苦思甜	单一	关凌云	李广源		吉林四平	《清太祖传说》
158	抓嘎拉哈	解释风俗	游戏	单一	白友寨	刘振操		沈阳	《清太祖传说》
159	马官桥	解释地名	征战	单一	那永胜	项扬		沈阳	《清太祖传说》
160	三打松山城	描叙事件	征战帮助	单一	栗世忱	宋海泉		锦州	《清太祖传说》

续表

序号	篇名	功能	主题	情节结构	讲述者	搜集整理者	讲述时间	流传地域	出处
161	引龙山	解释地名	征战救驾	单一	项大用	项扬		沈阳	《清太祖传说》
162	氍毹草	解释风物	征战神助	单一	赵荚林	刘多学		海城	《清太祖传说》
163	智取水鬼军	描叙事件	征战智慧	复合	两世罕王传	王洽花、富育光			《清太祖传说》
164	老罕王的传说三	解释风物	逃难	单一					《神话传说三百篇》
165	智修沈阳城	描叙人物、解释风物	错杀	单一		王铁柱、王绍祥		沈阳	《沈阳传说故事选风物集》
166	挨金堡的传说	解释地名	配角	单一	吴锡元	胡廷烈		沈阳	《沈阳传说故事选风物集》
167	白脸关帝庙	解释风物	配角	单一		徐万祥、邵秉权		沈阳	《沈阳传说故事选风物集》
168	魁星楼	解释风物	神助迁都	单一		张凯		沈阳	《沈阳传说故事选风物集》
169	皇姑屯的传说	描叙事件、解释风物	私访	单一		项扬		沈阳	《沈阳传说故事选风物集》
170	莲花池的传说	描叙事件、解释风物	私访	单一		关玉森		沈阳	《沈阳传说故事选风物集》

附录五 努尔哈赤传说文本类型总表 249

续表

序号	篇名	功能	主题	情节结构	讲述者	搜集整理者	讲述时间	流传地域	出处
171	宫殿群鸦	解释风俗	逃难	单一		金玉华、刘振操		沈阳	《沈阳传说故事选风物集》
172	邓大人庙	解释风物	逃难	单一		金玉华、刘振操		沈阳	《沈阳传说故事选风物集》
173	辉山的传说	解释风物	征战杀儿	单一		刘振操		沈阳	《沈阳传说故事选风物集》
174	瞪眼佛的传说	解释风俗	逃难	单一	何长顺	边占山		沈阳	《沈阳传说故事选风物集》
175	桑树的传说	解释风物	逃难	单一	阎文玉	张志文		沈阳	《沈阳传说故事选风物集》
176	螃蟹盖儿上的凹印	解释风物	征战杀儿	单一		张振家		沈阳	《沈阳传说故事选名人集》
177	罕王智取沈阳城	描叙事件	征战智慧	单一		刘肃勇、段建华		沈阳	《沈阳传说故事选名人集》
178	老罕王箭劈东山咀	解释地形	勇猛	单一	张兴武	马中	1986	沈阳	《沈阳大东本资料本》（一）

续表

序号	篇名	功能	主题	情节结构	讲述者	搜集整理者	讲述时间	流传地域	出处
179	老罕王的护身佛	解释风物	配角	单一	常海峰、安景山	赫豫靖、李春秋		辽宁	《沈阳和平本资料本》（一）
180	李成梁再次考察努尔哈赤	描叙人物	智慧	单一		马亚川		黑龙江双城	《双城民间文学集成》
181	努尔哈赤计陷李成梁	描叙人物	智慧	单一		马亚川		黑龙江双城	《双城民间文学集成》
182	迎战之夜	描叙事件	征战	单一		马亚川			《双城民间文学集成》
183	互定计谋	描叙事件	征战	单一		马亚川			《双城民间文学集成》
184	佛像收服赤完部	描叙事件	征战	单一		马亚川			《双城民间文学集成》
185	古勒山大破九部兵马	描叙事件	征战	单一		马亚川			《双城民间文学集成》
186	美人计	描叙事件	征战	单一		马亚川			《双城民间文学集成》
187	萨尔浒之战	描叙事件	征战	单一		马亚川			《双城民间文学集成》
188	计夺沈阳	描叙事件	征战	单一		马亚川			《双城民间文学集成》
189	旗人的来历	描叙事件	征战	单一		马亚川			《双城民间文学集成》
190	逃出总兵府	描叙事件	征战	单一		马亚川			《双城民间文学集成》
191	老罕王出世	描叙事件	逃难	复合		王峰庆		黑龙江泰来	《泰来民间文学集成》

续表

序号	篇名	功能	主题	情节结构	讲述者	搜集整理者	讲述时间	流传地域	出处
192	老罕王的传说	描叙事件	征战神助	单一		白宝成		黑龙江泰来	《泰来民间文学集成》
193	大清国号的由来	描叙事件、解释风物	逃难	复合	陶福生	陈万毅	1986	嫩江流域	《泰来民间文学集成》
194	努尔哈赤的故事	描叙事件	征战神助	单一	白宝成				《泰来民间文学集成》
195	老罕王出世	描叙事件、解释风物	逃难	复合		王峰庆			《泰来民间文学集成》
196	老罕王封娘娘	解释风俗	逃难	单一	刘延波	吴会山	1986		《西丰资料本》
197	努尔哈赤与黑帝庙	解释风俗	逃难	单一	包国庆	周兴隆	1985		《细河区资料本》
198	大伙房的来历	解释地名	避雨	单一	张秀华	张连余	1986	新宾	《新宾资料本》（一）
199	小罕学艺	描叙人物	成长	复合	查树顺	徐奎生	1984	新宾	《新宾资料本》（一）
200	悬龙的传说	描叙人物	出世	单一	丁建芳	丁儒刚	1983	新宾	《新宾资料本》（一）
201	罕王出世（一）	描叙人物	出世	复合	洪福来	徐奎生	1981	新宾	《新宾资料本》（一）
202	神树	解释风物	出世	单一	刘同伦、石长青、马桂清	孙英		新宾	《新宾资料本》（一）
203	罕王出世（二）	描叙事件	出世	单一	那文深	地丁	1983	新宾	《新宾资料本》（一）
204	罕王送酒	描叙事件	德行	复合	查树顺	徐奎生	1984	新宾	《新宾资料本》（一）

续表

序号	篇名	功能	主题	情节结构	讲述者	搜集整理者	讲述时间	流传地域	出处
205	罕王求贤	描叙事件、解释地名	德行	复合	洪福来	徐奎生	1984	新宾	《新宾资料本》（一）
206	罕王问路	解释地名	金口玉言	单一	查树源	徐奎生	1984	新宾	《新宾资料本》（一）
207	蝲蝲蛄晒马屈	解释地名、风物	金口玉言	单一	洪福来	徐奎生	1985	新宾	《新宾资料本》（一）
208	腰站和流地	解释地名	金口玉言	单一	赵承玉	傅连胜		新宾	《新宾资料本》（一）
209	赫图阿拉城	描叙事件、解释地名	救驾	单一	查树源	徐奎生	1983	新宾	《新宾资料本》（一）
210	五副铠甲的故事	描叙事件、解释地名	救驾	单一	查树源	徐奎生	1983	新宾	《新宾资料本》（一）
211	石柱子的来历	描叙事件、解释地名	救驾	复合	查树源	徐奎生	1984	新宾	《新宾资料本》（一）
212	栢石哈达的来历	描叙事件、解释地名	救驾	单一	洪福来	徐奎生	1984	新宾	《新宾资料本》（一）
213	石人沟的来历	描叙事件、解释地名	救驾	单一	洪福来	徐奎生	1984	新宾	《新宾资料本》（一）
214	老城的来历	解释风物	难题	单一	查树源	徐奎生	1983	新宾	《新宾资料本》（一）

续表

序号	篇名	功能	主题	情节结构	讲述者	搜集整理者	讲述时间	流传地域	出处
215	黄寺的传说	解释风物	难题	单一	查树源	徐奎生	1983	新宾	《新宾资料本》（一）
216	一夜抓起一座土城	描叙事件、解释地名	难题	单一	佟相臣	徐奎生	1982	新宾	《新宾资料本》（一）
217	石柱冤	描叙事件、解释地名	配角	复合	洪福来	徐奎生	1982	新宾	《新宾资料本》（一）
218	烟的传说	描叙事件、解释地名	配角	复合	洪福来	徐奎生	1983	新宾	《新宾资料本》（一）
219	富尔江里的鱼为啥点点红	描叙事件、解释地名	配角	单一	刘德清	徐奎生	1984	新宾	《新宾资料本》（一）
220	王八泡子的传说	描叙事件、解释地名	萨满	单一	李英林	李法生		新宾	《新宾资料本》（一）
221	兴兵堡来历	描叙事件、解释地名	神助	复合	洪福来	徐奎生	1985	新宾	《新宾资料本》（一）
222	地蹍蚰救小罕	解释风俗	逃难	单一	包英杰	傅连胜		新宾	《新宾资料本》（一）
223	笊篱姑姑救小罕	解释风俗	逃难	单一	查树源	徐奎生	1984	新宾	《新宾资料本》（一）
224	两匹神马	解释风俗	逃难	复合	代凤珍	徐奎生	1971	新宾	《新宾资料本》（一）
225	小罕脱险	解释风俗	逃难	复合	韩凤	徐奎生	1985	新宾	《新宾资料本》（一）

续表

序号	篇名	功能	主题	情节结构	讲述者	搜集整理者	讲述时间	流传地域	出处
226	罕王封树	解释风物	逃难	单一	林长海	傅连胜	1982	新宾	《新宾资料本》（一）
227	半拉砬砬	描叙事件、解释地名	逃难	单一	刘德清	徐奎生	1984	新宾	《新宾资料本》（一）
228	罕王脱险	解释风俗	逃难	复合	赵子阳、佟相臣、高景全	徐奎生	1983	新宾	《新宾资料本》（一）
229	找话佛	描叙人物	孝顺	单一	查树源	徐奎生	1984	新宾	《新宾资料本》（一）
230	小罕玩虎	描叙人物	勇敢	单一	蔡克玉	地丁	1984	新宾	《新宾资料本》（一）
231	小罕打虎	描叙人物	勇敢	单一	赵春山、关福清	孙英	1984	新宾	《新宾资料本》（一）
232	插佛拓的由来	描叙事件、解释风俗	征战	单一	查树源	徐奎生	1984	新宾	《新宾资料本》（一）
233	癞蛤蟆、长虫多	解释风物	征战	单一	查树源	徐奎生	1984	新宾	《新宾资料本》（一）
234	老城为什么马粪包多	解释风物	征战	单一	查树源	徐奎生	1984	新宾	《新宾资料本》（一）

附录五 努尔哈赤传说文本类型总表 255

续表

序号	篇名	功能	主题	情节结构	讲述者	搜集整理者	讲述时间	流传地域	出处
235	欢喜岭上夫妻团聚	描叙事件、解释地名	征战	单一	查树源	徐奎生	1984	新宾	《新宾资料本》（一）
236	萨尔浒	解释地名	征战	单一	何春才	傅连胜		新宾	《新宾资料本》（一）
237	巴巴沟	解释地名	征战	单一	何春才	傅连胜		新宾	《新宾资料本》（一）
238	太子河与太子城	描叙事件、解释地名	征战	单一	洪福来	徐奎生	1982	新宾	《新宾资料本》（一）
239	三宝汤	解释地名	征战	单一	刘德清	孙茂		新宾	《新宾资料本》（一）
240	马尔墩	解释地名	征战	单一	王贵良	傅连胜		新宾	《新宾资料本》（一）
241	旺清河	描叙事件、解释地名	征战	单一	袁鸿镐	刘仲元	1962	新宾	《新宾资料本》（一）
242	榛子	解释风物	征战	单一	袁鸿镐	刘仲元	1962	新宾	《新宾资料本》（一）
243	石门岭石门开	描叙事件	征战帮助	单一	查树源	徐奎生	1984	新宾	《新宾资料本》（一）
244	马虎成网户	解释地名	征战、金口玉言	单一	富成祥	徐奎生	1984	新宾	《新宾资料本》（一）
245	五凤楼	解释风物	征战、金口玉言	单一	郭景绵	地丁	1983	新宾	《新宾资料本》（一）

续表

序号	篇名	功能	主题	情节结构	讲述者	搜集整理者	讲述时间	流传地域	出处
246	羊台、和睦与木奇的来历	解释地名	征战、金口玉言	复合	韩凤	徐奎生	1985	新宾	《新宾资料本》（一）
247	长不粗的腊木	解释风物	征战、金口玉言	单一	王庆华	傅连胜		新宾	《新宾资料本》（一）
248	一剑扎出个龙泉来	解释地名	征战勇猛	单一	刘德清	徐奎生	1984	新宾	《新宾资料本》（一）
249	锁阳城的传说	描叙事件	征战智慧	单一	查树源	徐奎生	1984	新宾	《新宾资料本》（一）
250	千巴河	解释地名	征战智慧	单一	何春才	傅连胜		新宾	《新宾资料本》（一）
251	火石嘴子	解释地名	征战智慧	单一	刘德清	孙英		新宾	《新宾资料本》（一）
252	催笾堡	解释地名	征战智慧	单一	王庆华	傅连胜		新宾	《新宾资料本》（一）
253	半拉子背	描叙事件、解释地名	智慧	单一	查树源	徐奎生	1985	新宾	《新宾资料本》（一）
254	罕王断案	描叙事件	智慧	单一	初秀敏	邸洪亮	1983	新宾	《新宾资料本》（一）
255	一字王侯	描叙人物	报恩	单一	查树源	徐奎生	1984	新宾	《新宾资料本》（一）
256	老罕王之死	描叙事件	心愿	单一	查树源	徐奎生	1984	新宾	《新宾资料本》（一）
257	鱼多	解释风物	少年经历		查树源	徐奎生	1984	新宾	《新宾资料本》（一）

附录六

查树源讲述的"罕王传说"

说明：讲述内容的号码为正文部分提及的30个片段。

讲述片段	讲述内容	录音文件	时间节点	讲述时长	采录时间	采录地点
1	7、9	C140702_003	2451—4451	20'00"	7月2日	兴京宾馆

咱们新宾县往东走五里多地啊，有个地方叫五副甲，现在还叫五副甲。它是一个村，叫五副甲村。为什么叫五副甲村呢？这就是和老罕王有关系，为什么呢？

想当初前儿，那时候老罕王还不叫罕王，叫小罕子。他是给李总兵当一个，就是杂童，书童似的，牵马坠蹬，端茶倒水，打扫卫生，喂马，干个杂役，这么个活儿。后来怎么回事呢？他给李成梁李总兵洗脚不是嘛，给他洗脚，他发现李总兵脚上有三个痦子，三个红痦子。

他说："李大爷你这脚有三个红痦子呢。"

"啊，那是啊，要不我怎么能当总兵呢，全靠这三个痦子，这就是主富主贵的事啊。"

"哎，那我脚也有啊。"

"你脚也有？"

"我这脚四个，这脚也三个。"

"尽扯，小孩你赖大旋吧。你脱下来我看看。"

他一看，是左脚三个，右脚四个。哎呀，红痦子。这小子怎么这么厉害呢，他怎么还有红痦子呢？这不是凡人啊。就问："你哪还有痦子啊？"

"我心口还有痦子。有五个，也是红。"

（李总兵心想），哎呀，听人家说，脚上有七个痦子是脚踏七星，怀里抱五子，帝王之相啊。这两天，崇祯皇爷找各地云游道士，遥哪就找访这个人，说有个真龙天子降生了。降生可能是在咱们这东北长白山老龙岗一带，不知在哪儿。说这些龙脉都破了，这人在哪儿现在也不知道。说是这人"怀抱五子，脚踏七星"，没想到你就是啊！我要把你抓住，交给皇上，能给我官上加官，职上加职。我立下大功劳了。

他一看，我得先稳住他啊。等明天天亮了，就说跟我走吧，接你上京办事去。这就可以了嘛。就暗中起下不良之心，想要害小罕子。小罕子那时候也不知道，也就是十七八岁那样子，经历还是比较差一些，有事就直说了，没藏着也没掖着。小罕子（给总兵）洗完脚了，倒完水。

总兵就说："出去吧，你休息吧。"

这个总兵有一个大老婆，还有一个小老婆。他就跟这个小老婆说，"明天你给我准备多拿一套衣裳，准备行囊，我要上趟京城。"

"干什么去呢？"

"这事你就不知道了，这回咱俩可发了，将来啊，我能升大官啊！"

"你当总兵官也不小，还升什么升？"

"这算什么？我还得升，我得官上加官，职上加职。"

"你干什么升，你做梦吧。"

"不对，我告诉你，皇帝这找真龙天子，那找真龙天子。踏破铁鞋无觅处，得来全不费工夫。咱们家小书童他就是，他脚下有七个痦子，怀中有五个痦子，脚踏七星，怀抱五子，这是贵人相，将来能当皇上。我要把他献给崇祯皇爷，将来我立了大功了，你也跟着借光了。"

这么说完了。说者无心，听者有意。他就做准备去了。这个小老婆心比较善良。小罕子这么小一个小孩，虎头虎脑，多好一人，要死了，太可惜了。她就去告诉小罕子，说："小罕子你过来。"

"怎么的？"

"你惹大祸了！"

"我惹什么大祸了？"

"你不应该说的话,你把它说出去了。我放你逃命去吧,你别等亮天了,赶快走吧。从槽头牵出马,你赶快逃命,越远越好。"

这么的,他拉出两匹马,有两匹宝马,大青、二青。(小罕)拉的是二青马,他骑在马上,慌不择路,跑下去了。

这个时候李总兵传小罕子来,让他陪我去进京。还不来呢,去追去,一打听,说找不着了,说这不对啊。一看,这马缺一匹。缺一匹马就知道,他跑了,指定是他媳妇,小老婆给说出去了,要不然(小罕子不知道)。他就要找那个小老婆算账。小老婆一看不好,自己在梨树下悬梁自尽了。有人说是光着身子吊死在门后,在我听不是那么讲的,而是吊死在梨树下。那时梨树三四月份,正是罕王逃跑这段时间。她为了不说出罕王的去处,自己上吊而死。这么的,小罕子骑着这匹二青马就跑了。一开始就快马加鞭,一路上经过草地放火烧,掉到枯井里头(让)马给救了。

可是呢,就这么跑,他也没逃脱危险。跑到这个叫东大甸子,一片荒草甸子。他连困带饿带累,躺在那就睡着了。躺着睡着了的时候,李总兵领着人马就追来了。有人说就看着他跑了。他的兵马一看,说:"甸子里头有一个死人,乌鸦待那叨肉吃呢。"

"能是他不?"

"不他谁啊?哪还有别人?"

"那死了回去报个信吧。"

于是,回去报信,说这个小罕子死了。乌鸦在吃肉呢。

"死了那真是他,尸首也得捞回来啊。"

第二趟去,没有了。这不对啊,这没死啊,没有了嘛。这还得撵,就这么的,这小罕子跑到什么地方呢,很远很远的地方。现在话,他就跑到咱们新宾县这个地方,那时不叫兴兵堡,老罕王以后改叫兴兵堡。就是这一溜,都是草甸子里,抄近道奔五道岭翻过去,奔新宾县了。到了新宾县东头这个地方了。他手下有几个朋友,过去在一块儿挖参、打猎、喝酒的朋友,有五个人。这五个弟兄加他六个人,那个说,咱们眯一会,不行还得跑。咱们抓山吧,就上了茶壶吊山了。抓山的时候,官兵四处打探着,找啊,画影图形,悬赏捉拿,非得抓住,杀了他不可。

这些人连累带饿带困，就在山根底下的草丛底下眯着了。就这个时候，在那边来了一个白发苍苍的老太太，打着一个灯笼，就这么走道，就问这五个人是怎么回事？

小罕说，"我们是逃难的人，官兵抓我们，要杀我们！"

"你们跑这里来，一会儿官兵就撵过来，你们跟我走吧！"

这个老太太打着个灯笼，领着五个朋友加上小罕子走到茶壶吊山。这个地方五个屯儿，没有村庄，在山洞里头住，在那里头有一个洞。她把早头铁的水壶，悬挂起来烧水用，用茶壶吊子烧水。茶壶吊子，就是水壶，有的用它来熬药，实际就是把茶壶吊起来烧水。（老太太）烧水给他们解解渴。问道："你们吃饭没？"

"三天没吃饭了，有什么吃的给我们点吧！"

"那好吧，你们就跟我走吧！"

这个老太太就领他们进了石洞。走着走着找到一个大铁锅，木头锅盖，一出锅，蒸的都是黏饽饽，黏苞米面的，蒸的还不是窝头。蒸的牛形、虎形、圆豆包形。就这么，他们大伙就开始吃。那五个弟兄，一人吃了五六个黏豆包就吃饱了。这锅就都没了。没了，那里边还有一锅，揿开一看，这锅有牛头和虎头形状黏豆包。你没吃着，都让你的弟兄吃了，你吃这个是一样的，吃吧！吃了什么呢？小罕子吃了牛形的，牛的没吃饱，又吃虎的，吃了九个牛饽饽，又吃了两个虎饽饽。这个小罕子身上就嘎吧嘎吧响，很有力气了。

（老太太）问："你吃什么了？"

（小罕）说："我吃的九个牛饽饽和两个老虎饽饽。"

"你小子有福啊，他们没吃到这个你吃到了，你是一个贵人，你有九牛二虎之力，将来你能发达呀！你要发达得好那天，可不能忘了穷人啊，得替穷人打天下呀！"

"那就多谢你了。（现在）外边画影图形、悬赏捉拿我，你得救救我吧！这也冲不出去呀！外边都是兵的，乱箭像飞蝗虫直射呀！那还有个好吗？冲不出去啊！"

这个老太太说："我有办法啊。我祖上啊，留的盔甲还有五副，五副盔甲给你们都穿戴上，这样箭就射不透了。"

五个弟兄加小罕子共六个人，就五副盔甲怎么穿啊？（老太太）就拿出来了，金光闪闪啊。要说起这五副盔甲，是金闪闪，黄皎皎，千锤打，万锤敲，蓝缨顶，素缨飘，前琥珀，后玛瑙，结彩凤，瑞云飘，巧手丹青难画描，金银铜铁锡五副铠甲。这个包裹小心拿出来，纸包纸裹里三层外三层的，就送给了老罕王。咱们六个人怎么穿呢？

大伙说："小罕子你先穿吧！谁不穿你也得先穿，俺们这些人，谁没穿就没穿吧。"

（小罕子）说："不行，你们哥五个吧都穿，就我不穿。我比你们武功好一些。"

怎么说不行了，五个弟兄就都穿了，只有他没穿。

老太太说："这有一个锅盖，给这位壮士，你拿着吧！木头的，就当个盾牌吧！"

他们这哥五个围着他在外边穿着，你在当间儿就拿着锅盖，趁着天不亮冲出去。就这么，这位老奶奶，怎么报答你呀？忘不了你啊，留个名姓吧！

（老太太）说："不用留名姓了，你要将来得天下，别忘了老百姓就行，但行好事，莫问前程。"

大伙就给老太太磕头作揖千恩万谢，以后我们一定要报答你啊！这个老太太嘱咐了一些话，送走小罕子他们后，才自己回家。他们就往外逃，这边追兵看见几个人出来了就乱箭齐射，可是这五个人都身穿铠甲箭射不透。老罕王在当间拿着盾牌杀出重围，杀到东边半拉背对那个方向冲出去了。（官兵）找不到他们就无影无踪了。

后来，老罕王得势回来的时候，就到这个地方找那个老太太，没找到。说老太太被官兵杀害了。为了纪念这个老太太，把这个村就叫作五副甲村，直到今天还叫作五副甲村。那个用茶壶吊烧水的地方，现在就叫茶壶吊山。茶壶吊山的来历就是这么来的。要知道小罕子他们这几个人，六个弟兄跑到什么地方，下回分解。

讲述片段	讲述内容	录音文件	时间节点	讲述时长	采录时间	采录地点
2	12、13	C140703_005	0727—2612	18'45"	7月3日	兴京宾馆

  现在开始,书接上回。上回说到,小罕子努尔哈赤在九顶铁刹山八宝云光洞,前后学艺六年,学会了刀枪剑戟斧钺钩叉鞭锏流锤挮带爪十八般兵刃,样样拿手。唯独最厉害的还有一刀一枪,这是他的看家本领。这还不说,他还有百步穿杨箭,一百步之内,射杨柳树叶箭无虚发。杨柳树叶画上小红点,一百步之外,百步穿杨。他学会了这么些本事,又会造炮,又跟佛托老母学会了摆兵布阵。后来在九顶铁刹山八宝云光洞跟佛托老母推金山倒玉柱前八拜后八拜三八二十四拜,挥泪而别。老罕王得了一杆宝枪,骑着大马下山而来。

  (小罕子)告别了师傅,从九顶铁刹山八宝云光洞出来。这次下山和前一次来山就大不一样了。那个时候,他才十四五岁,现在二十出头,相当是壮年时期,人高体壮。从山上下来回家心切,简直往哪奔呢?奔新宾县,有个横岗,现在说叫赫图阿拉。他来到了赫图阿拉,这原先是他的第二家乡,到这里来呢,那个时候是一片荒凉呢!什么也没有,他呢就想重新竖起大旗,招兵买马积草屯粮。

  可是他想要这么做,不那么容易啊。招兵买马积草屯粮,首先你得有钱有势力有人。他有几个磕头弟兄,就是说在以前,都找他来了,还有过去在一起放山打猎的,挖参采药的一些穷哥们,听说小罕子回来了,都奔走相告。等来的时候,现在说在蓝旗这个地方,里边有个赵家,赵家有个西岔,那个西岔一岔可老远了。那里边外面看不着,一进到沟里面,老深的大岔子。罕王在那里操练兵马,竖起大旗,招兵买马。

  后来,有很多人都慕名而来,人越来越多。通过一年的光景,赫图阿拉当时还什么也不是。罕王就在蓝旗练兵,在那儿兴的兵。(这块)唱两句也行,用东北大鼓调,跟丁师傅学的调子,满族的新词儿。

  "火红的太阳刚东升,朝霞普照着故都兴京。老龙岗山是多苍翠,苏子河水清又清。赫图阿拉风光好,努尔哈赤在这逗英雄。东有白旗兴修水利,西是红旗筑墙深挖坑,北有黄旗囤积着粮草,南有蓝旗操练精兵。"

单说老罕王在蓝旗西岔操练精兵,四面八方招兵买马积草屯粮,莫名来投的人特别多。过去的磕头弟兄朋友都来了。这么的,老罕王的兵马日渐壮大。后来,就在现在的赫图阿拉城,那个时候水还挺稀少,没有水,就有一个干巴河。在这个地方建个都城不行啊,缺水,不适合。挺愁!后来,罕王在视察这个地方说不行。可是不行怎么的呢?老罕王在愁的情况下,这个老头来了,白胡子老头,白眉白发白胡须,身穿黄袍,没戴帽子,挽发,别个大银针。这个白胡子老头第二次出现。

"哎呀!这不是,老阿达来了,哎呀多年不见呢,我正想你呢,你来得太好了,我正愁呢!我在哪建都城,不知道怎么好了,这里还缺水。你老人家,多给我指点。"

这个老头说了,"我告诉你,这个地方是神仙道。怎么说呢!我看见了红面五绺长髯……"

"那是关公啊!"

"对。那是关老爷,左边是周仓,右边是关平,关平这边是白眉毛马良,周仓旁边是皇甫,这五个人胳膊挎着胳膊在天空哈哈大笑。要想在这建都城必须先修关老爷庙,先修庙后你再建城,这是一个神仙宝地,神仙保护着你。"

努尔哈赤他有点儿文化,也看过三国的书。他特别敬重关公,关公赤面红心忠心耿耿,他就欣赏这个人。既然他老人家在这经常通过,那就先建个庙。就在赫图阿拉先修筑了关老爷庙。这五个人的塑像,关老爷在当间,这边周仓这边关平,再旁边是皇甫和马良,前边马殿,一匹白马一匹红马。修这个关帝庙,上面还有个对儿,上联写,玄德兄翼德弟德兄德弟,下联写,卧龙师子龙友龙师龙友,横批是,亘古一人。封他为关老爷,风雨大士,又管刮风又管下雨,保他打下江山。

开始,四面八方招集人马积草屯粮,投军的也不少,义务劳动的也不少。就有一样不好,没有水啊!这个吃水太困难,就是巴拉有个瓦子沟,离着五里地有一个山泉眼,跑那里去接水去,一宿能接一大缸水,端回来喝。这解决不了问题,怎么办呢?就得打井,要不然没有办法。东边打井西边打井,南边打井北边打井,四面八方打了七七四十九眼井,一个井也没有水，都干了。这不愁啊！没有水呀，庙是建起来了，光靠这么老远（背水），将来怎么吃、怎么喝？把老罕王努尔哈赤愁得天天苦思冥想，怎么办？怎么办？这水也不够啊！河离着太远，也犯不上啊。

老罕王正愁着没法时候，话说那个白胡子老头又来了。这个白胡子老头第三次来了，来了告诉他，"你老城，四面八方野草干干巴巴，为什么有一棵大榆树长得这么好，这棵大榆树叫它长得根深叶茂枝叶繁华，在风中迎着阳光，闪着银亮的叶子沙沙作响。多壮大啊，树下必有泉眼。"这是这个白胡子老头老神仙，第三次点化努尔哈赤。说话之间，这个老头就没了。

然后，老罕王就下令大伙挖这棵树，七七四十九个人轮班挖这个树。为了不伤害这个树，把它挪走，下面有个石板，打了老深老深了，能有一丈多深，是长方形的天然大石板。把石板揭开，往外冒白浆水，比饭米浆能淡点，凉哇的，甜丝丝的水咕嘟咕嘟往外冒。这眼井就叫"汗王井"，就是现在赫图阿拉那眼神井。

我一小，生在老城的那个时候，井没有那么深，用瓢扠着喝，特别甜。后来镶上了一个木头栏杆，离那个地面也就二尺来深，用葫芦瓢扠喝。这井水千军万马饮也不干，十年大旱水不减，十年大涝水不增，可称是神井。

当时，罕王在旁边立了一个木头牌，写的是"老营缺水最堪怜，儿受摧残母熬煎。榆树下面有井水，石板底下涌甘泉。"有了这眼井，饮水问题就解决了。这么的，努尔哈赤修好了赫图阿拉城池。修好了以后，东南西北四门，西门风大，特别厉害，这个风伤人，吹坏了庄稼，庄稼不开花不结籽。就用这个大石板，挡住了西门，封死了西门。所以，赫图阿拉城只有三门，南门、东门和北门，堵上了西门。

从此以后，四面八方、方圆百里庄稼保证收成，多会儿也不待遭虫灾旱灾涝灾雹灾，保证收成。老城方圆五十里地，年年丰收，三百多年，没遭过各种灾害。城池修好后建立了汗王大衙门。先修的关老爷庙，后修的大衙门。

讲述片段	讲述内容	录音文件	时间节点	讲述时长	采录时间	采录地点
3	19	C140703_007	1108—3252	21′44″	7月3日	兴京宾馆

  书接上回吧，来到了五月端午节。想当初在兴兵堡这个地方，气候还是比较寒冷。青草刚发芽，老罕王的养马队都在这马塘沟，就是现在新宾县北边。那个地方沟口吧瞅着不大，里边呢，一望无边的大深沟，卷圈是山，中间是水。把马放到沟里。那是千匹马，万匹马在沟里放牧，草也肥水也美，山清水秀正是养马的好地方。沟口一挡万马奔腾，正是放马的地方。老罕王就看中了这个地方专门放马。大概能有多少匹呢？大约有四百匹战马。

  因为八旗兵全仗着骑兵，马到成功，马是最主要的，没有马是不行的。所以老罕王特别重视马匹，在外面购的好军马训练，在这边放养。这一冬吃的黄草熬过来了。到春暖花开，五月端阳的时候青草发芽，这马放到大沟里去，非常地奔波跑跳，非常欢喜快乐，尽情地喝水吃草。吃什么草呢？都吃一些黄草，青草刚刚发芽。这些马领丁儿见到青草，不管什么，是见青就撵啊。这么多马中，有一匹宝马是老罕王的宝马。这匹马来病了，怎么来病呢？躺在地上嘴吐白沫，四肢抽搐，浑身直出冷汗，也不能吃草了，也不能喝水了，趴在地上起不来了。两个眼睛发锈发死，不活分了。养马的亲兵非常害怕，这匹马是罕王的宝马，不是一般的马，这匹马三次救过罕王的命，在战场上立过多次功劳。这马要有病那还了得。这是罕王的心尖宝贝，就报告罕王，"大事不好！"

  "何事惊慌？"

  "您的那匹宝马得病了。"

  "去看看。"

  马躺在沟口那里浑身抽搐，身体出虚汗，也不吃草也不吃料，眼看要死了。赶紧找兽医来看，谁也看不了。说是有一个叫多九的老先生会相马，那是真正的伯乐，会治马会养马。他来一看，一掰开马嘴，拿那个银针，在马的耳朵血管上扎一下滴了几滴血，说："哎呀！罕王爷，这匹马中毒了。"

"何人大胆给我的马下了毒药。"

"不是谁给下的毒药，是这个沟里的一种毒草，这个毒草叫作路里，非常有毒，特别是刚一发芽，毒性更大。这个马是见青就撩啊，就吃了路里草了。"

"怎么治啊？"

"不好治啊！没得治啊，治不了。"

罕王说："这个马，救过我的命啊！东挡西杀南征北战立过多次的汗马功劳，在战场上三次救过我的命，这可是宝马，不是一般的马。"

这匹马身长一丈二身高八尺半，蹦得高跳得涧，日行八百还嫌慢，这么样的马死了不是可惜吗？老罕忙愁得呀，眼泪都出来了，说："这位老先生，你要能给我治好这匹马，你要多大官儿给你多大官儿，要多少钱给多少钱，一定重重地谢你。"

"这有一个方法，但是我不敢保准，能不能治好说不上。"

"你快试快试。"

"我要治好啊，死马当活马医了。"

就留下这么一句话，形容人有病要死了不能好了，就治治看，好就好，不好拉倒。死马当活马吧！后话咱先不表。

这个多九老先生用红矾这种毒药。这种毒药最毒，人喝了没救，是最毒的那种毒药。用这个红矾还有其他几味药配成解毒散，然后熬成水，装在一个瓶子里头给马灌下去了。又拿银针在马耳朵上放几滴血，马蹄子边也放血。看看怎么样吧。不一会儿这个马乱蹦乱蹬，折腾得难受身上出汗，更厉害了。后来报告罕王，这个马（病得）更厉害了。连蹦带跳，连出冷汗，再打喷嚏。

（罕王）问："多先生，这可怎么办，倒重了。"

"这不是重，这是药力发作了，以毒攻毒，说明是见效了，再进一步观察。这个马狂躁得要命，毒性发作了，五心烦热，正是热的时候，得饮活流水，你得把它送到河边儿淌的活水，不能喝井水其他水，叫它自己喝，还不能灌。这也走不了了，抬吧。"

大伙就把马抬到河岸边，头浸在水中。这个马在红矾的作用下五心烦热，就开始喝水，喝了老多老多的水，这个毒素在血中运转排开了。

之后，这马就强了，打嘟噜。报告罕王大喜。这马可算活了，死不了了。但是，还得在这里继续喝水排毒，得过一段时间，过两个时辰，一个时辰两个点，两个时辰四个小时。这么的吧，咱们庆贺吧！这个宝马活着多好。大摆宴席，大小三军都在吃喝。

正在高兴的时候，有一个亲兵前来报告说："启禀罕王。"

"何事惊慌？"

"大事不好，那匹宝马不见了。"

"快找快找啊！"

"四面八方哪里找都没有了。"

"不行，还得找。"

又派了四个亲兵到远点地方去找。这个马是不是跑了呢？

这个多九老先生说："不能，这个马是有病，根本跑不远。不过两个时辰它站都站不起来。"

"那它怎么走了呢？"

"这不是走，是被人抬走了。"

"谁这么大胆敢给我抬走？"

"那就很难说了。"

看看怎么回事？不一会儿，那四个亲兵回来了。"报告罕王爷，大事不好。不知道哪来那么多难民啊。"

"有多少人？"

"少说七八十，多说一百来号。干什么呢？都是穷人，有的光着大膀子，有的露着大腿，一身是泥，穿的破衣烂衫。在那里笼火要吃马肉呢！他们人多，我们也不敢惹，回来报告了。"

这可把老罕王的亲兵亲将气着了，他们吃了熊心豹胆，还敢到太岁头上动土，吃罕王的宝马，这还了得，赶快带着亲兵去杀他们，还有两个偏将一声令下，上来百十号亲兵，拿着刀枪，骑着快马准备杀向难民去了。

正在这个时候，罕王说，"且慢。"问多九老先生，"你说这个马毒素没解，人吃了能行吗？"

"人吃了准死。你不用去杀他们，他们吃得自己都死了，一个不待剩的。"

这些人听了说:"活该,他们是自作自受。"

罕王叹气,"哎呀!你说,这些难民,他们也不知道这马是我的宝马,都要饿死的人了,那马肉他们就吃了,他们也不知道啊!不知者不罪。再说,这马已经死了,再杀那些无辜百姓,就更残忍了。杀他们干啥呀。"

大伙说,"罕王,不用杀,他们中毒都得死,他们是活该,报应。"

老罕王打了个唉声,问多老先生:"您看,还有办法救他们吗?"

(多九)说:"我不明白,老罕王你怎么还要救他们呢?这些人可恶至极,罪有余辜,死了活该。他们吃了你的马肉,药死才好呢,怎么还能救他们呢?"

老罕王仰天长啸打了个唉声,说:"兵荒马乱的时候,这些难民无家可归流离失所,他们也不知道马是我的马,马有没有毒,你说百十多号人都死了,岂不可惜,无辜之人。"

"那么说,你还有想救他们之意啊?"

"是,问你有什么办法可以救他们呢。"

"吃你马怎么还能救呢?"

"他们吃我的马是出于饥饿,再说他也是事出无奈,饥饿难忍,怎么知道是我的宝马,都是一些无知的难民,还是救一救吧。"

这个多先生说:"哎呀,罕王,你真有再生之德呀!真是宽宏大量,仁慈之心,既然要救他,除非是喝酒,酒随血行,能把这些毒给排出来,我得再灌一点药,把这个解毒药,其中有一味叫甘草,另有一味叫绿豆。这两味药泡在酒里,然后再喝这个酒,就能解毒,就能解红矾的毒,一物降一物卤水点豆腐。"

罕王说:"那好吧。"

就派四个亲兵抬两坛大酒,后边也跟着不少人。到那去了,一看,七八十人百十来号,有的是光着大膀子,有的裤子前边露着波棱盖,后边露着屁股蛋,人不像人,鬼不像鬼。这么一帮难民,老的少的都有,还有十七八岁的小孩,还有老头,也有青壮年,他们大嚼马肉,正在吃呢,马皮放在一边。

"哎呀,你们别吃了,你们吃的马肉有毒啊!谁吃了谁死,你们知道是谁的马吗?是罕王的宝马啊。老罕王给你们送来酒给你们解毒来了。"

"解毒?不能吧!这是蒙汗药吧!咱们可防着点。"这百十来号人,也有老也有少,还有拿着镐头锄头,问还有这事?

"这个马是什么马?这是罕王的坐骑,宝马千里驹啊!它有病了,给灌了毒药了。你们一个吃一个死,两个吃两个死。罕王有好生之德啊,来给你们送这个御酒,这里有解毒药,你们快喝了吧。"

(难民)不相信,哪有这个好事,还有这好人,蒙汗药吧!那你们喝给我们看看,这些兵喝了一点,你看是蒙汗药吗?这个七八十号人上前抢碗就喝,这个说肚子疼,那个说肚子也拧劲儿,快喝酒,这帮人中毒了。大伙把好酒喝个溜光,喝完之后也不说谢谢,撒腿都跑了,一个不剩。

就这么帮无知的难民啥话不说都走了。罕王说:"何必怪罪他们呢,救人都救了就算了。"把那个马皮拉回去。马皮拉回来,罕王说,像葬一名将士一样,把这匹马埋在河边。马躺着这个地方就叫作马躺沟,直到今天,这是它的来历。

这些人扬长而去,也不知张王李赵。老罕王以后又选了第二匹宝马。这第二匹宝马是浑身上下去青,没有一根杂毛,就是四个蹄子是白的,膝盖下边是白蹄。这匹宝马跑得也快,叫作雪里站。浑身去青,唯有四个白蹄,好像在雪里站着一样。在老城的塑像骑的就是这匹马。

得了这匹马之后,在山上继续养马。前后大仓积草屯粮招兵买马,准备跟明朝打仗,兵马未动粮草先行。这个时候,单说明朝大军听说老罕王在建州兴兵造反,酿成大祸。明朝派出大批官兵,二十多万来围剿,说要来清剿老罕王。老罕王刚准备迎敌,要和明朝在萨尔浒摆开一场决战。敌人是来兵四路。罕王是我不管四路几路来,我就一路对敌,到这儿算一段,下回再分解。

讲述片段	讲述内容	录音文件	时间节点	讲述时长	采录时间	采录地点
4	3、4、5、6	C140705_002	1724—4624	29'00"	7月5日	兴京宾馆

小罕子，他的生身母（在他）小时候就死了。她的继母对他不好，百般地虐待，对小罕子看不上，老嫌他干活干得少，吃饭吃得多，老给他使坏，对他虐待。这天小罕子自己就走了，出走，他抱着特别仇恨的心理，受你这个气，想法我得报复。我得找谁能报复他呢？我得找活佛。（这段叫）小罕子找活佛。

　　他想要报复他母亲，找到活佛，学到真本事，有能耐，我能治别人。（她）老逼我干活，逼我受累，在他父亲面前老给他使坏，老挨打，还吃不饱，干重活，穿得还少，净干些累活、苦活，也让他放羊打草，吃饭吃不饱。

　　努尔哈赤，小名叫小罕子，像野猪皮的名字，自己私自出走了。自个寻思，我去找活佛，将来要能学到本事，我就制服你。他也不知道方向，随便乱走，打听哪有活佛？这一走多少天呢？走了能有十八天。家里冒烟了，他的那个讷讷和玛玛非常着急，大家都埋怨他的继母，说你说什么话？办什么事，对他不好，让他走了，都是因为你，都说他的继母。他继母也后悔了，成天也是坐卧不安，十分焦急。

　　小孩子走哪去了？小罕子往东边走，走到新宾和通化搭界的地方，有个玉皇庙，那是佛道两教庙，既有佛又有道，有一个老和尚。

　　小罕子说："哎呀，我在这认师傅来了。"

　　"你哪来的？"

　　"建州老城来的。"

　　"走多少日子了？"

　　"也不知道走多少天了。"

　　"来干什么来？"

　　"我来找活佛来了。认师傅找活佛。"

　　"为什么呢？"

　　"在家怎么怎么受苦受累，为了找活佛练真本事。"

　　"你找错方向了，这是东边，佛在西边，你得回个人家。"

　　"那我怎么能找到？"

　　我告诉你，"活佛是反穿皮袄，羊皮袄反穿，人家面冲外，他毛冲外；倒趿拉鞋，满族穿高碗的鞋，这个人指定是活佛，你拜他，你就找到真正的活佛了。往回走吧!"

走了这么多天,他又回来了,一反一复的时间有半个多月过去了。小罕子家在赫图阿拉老城。到他家去,家里头上上下下都埋怨他继母,说你指定是说他什么了?要不他能走吗?七上八下,七嘴八舌地乱说。她也后悔着急了。

就在这天半夜的时候,十一二点钟,就听外边哐哐有敲门声,他的那个讷讷也后悔,问道:"谁呀敲门呢?"

"是我啊,努尔哈赤小罕子回来了。"

"哎呀!"他的继母说,"你可回来了,把我埋怨死了。"(慌忙中)把那个皮袄拿来就穿,鞋也没有反正就穿了就往外走。

小罕子一看他继母,反穿皮袄倒趿拉板,怎么她是活佛呢?最恨她,那你是活佛呀,就拜她。她的继母就哭了,怎么拜我,我对你也不好啊!你饿了吧?又饥又渴。

继母从此对小罕子好,又供他吃,又供他穿,教他读书识字,对他好起来了。后来,遇到高人仙人啊指示我,遇到反穿皮袄毛朝外,倒趿拉鞋,见面就是活佛,跪下没错。我看见讷讷你就是。就这么从今以后,继母就对小罕子好了,改变了对他原来非打即骂的虐待,变了过来。这个说意思什么呢?在家孝父母,何必远烧香。

这个小段以后,说努尔哈赤小罕子家庭条件好了以后,不让他外边放猪放羊,叫他念书去了,学点文化,到私塾请满族人汉族人,教学习文化满族字汉族字。在他幼小的心灵中,增加了知识,他越来越大。这么的吧,小孩跟俺们去放山去吧!

放山有山把头,什么意思呢?上山去挖药材挖人参,以人参为主,也有仅次于人参的药材叫何首乌。这个药也挺好。大伙去放山,有山把头。努尔哈赤就跟着大伙和山把头放山去。怎么叫放山?这里头有个规矩,山里头有个头儿叫把头,山把头就是在一起开会,老的少的都找来了,都是有名有姓的,不能是随便下去的,有山规。

首先,要到山神爷、土地佬庙。到那去跪拜起誓。拜完山神爷,给大伙讲山规。我们这些放山的人,都在一起,统一什么时间集合,统一分散,见到山货怎么做法怎么说法?不能私自挖到宝贝吞下,统一交到一起，统一分配，按照作用大小多少来分货。有个规矩，什么规矩呢？我们这里任何人谁要挖到棒槌都把东西交到我这里来，按照作用的大小分配，但是规矩必须得有，也有仨一伙俩一群的，也有单独一个人的。谁要遇到大货了，最好的人参，不能私自吞了。

（要发现人参了）得首先用小红线绳，比如说挖的人参，给它系上。系上以后它就不能跑了，不系就得跑。系上红绳，喊一嗓子，"棒槌"可劲地喊，让大家都能听到。那边有答话"什么货？""四品叶，还是登台子，二甲子"。看什么喊什么？什么叫登台子呢？就是一年的小参。什么是二甲子呢？二年的小参。四品叶就是大货。这个人参有个特点，牲口踩一蹄子不发芽，人踩一下再不发芽，得憋一年。它那个脖儿，一年长一个碗，这个参几年了，一看有几个碗就知道几岁了。像大树的年轮一样。人参等到秋天的时候开红花，那是结的籽。把这个参，手拿拨索棍，遇到野草和蛇什么的，好打蛇。放山人都有。把人参小心地挖出来以后，得用青苔包上，再用桦树皮上下一扣，绑好背在身上。相当精贵、相当珍惜，不容易。大伙出山之前，先拜山神爷，然后拜参把头，大伙分路找货，到达深山老林，必须得分散开，太远就喊两嗓子，互相照应点，也有走丢的。

小罕子第一次跟大伙上山，别人家都走远了，找不着他，他自己在一边。小罕子走到新宾县南边王八盖山那地方。早头那个山山高林密，树林中獐狍野鹿什么都有。小罕子第一次上山，就走麻达山（迷路）了。找不到哪是哪了？别人找不到他他也找不到别人。人家大帮往别的地方转移了，他还在这磨磨呢。

小罕子挖到一棵参，小红线一绑，喊一声"棒槌！"没人答话。那我自己挖吧！挖参啊，卷圈的土可以用刀挖，接近参了不能使用刀，用竹子或者木头，削得溜尖的刀，慢慢开那土，一点一点细细的，参须子碰坏一个就不值钱了，得全须全尾才值钱。小罕子挖这棵参，从早晨五六点钟出发，到了九点快到十点才发现这棵参，到了下午五点多钟快落山了，才挖完这棵参。怎么这么慢呢？那真就这么慢。挖那个参是半尺长一棵参，三尺长的须子。努尔哈赤挖这棵参，搁手掂量掂量，没有半斤也有七两。怎么说话呢？半斤不是五两吗？早头的秤是十六两，半斤是八两。这棵参是什么参呢？是四品叶。好大的参，他拿小木棍，一点儿一点儿地挖。这个参，紧皮细纹，一摸参蹬硬，有一道纹特别紧，须特别长，从根到梢足有三尺长，须上有疙瘩，像小米粒，号称珍珠疙瘩。这个芦头一瞅啊，八十来个碗，这棵参有八十多岁了。挖到悠悠一天，黑了才挖完。小罕子可乐坏了，带的干粮带的水都吃完了。天都黑了，找来青苔包好这棵参，用桦树皮一卷，秋子皮一缠，往后边一绑，心中高兴。这回我可是扬眉吐气了。

一下山看不到道了，黑了。走到什么地方呢？新宾县门口转盘的地方，是哪里呀？找不到了，哎呀！正好过来一个老头，他上前打听道，说："这位老者呀，我打听到个道啊？"

老头耳朵有点背，"啊？"

"我打听道啊！"

"庙啊！"

"老阿达，你聋啊！"

"灵啊？灵不灵的说不上，初一十五都有烧香的。"

"你真聋啊？"

这句听着了，"真龙，真龙上天行雨去了。"

"你假聋啊？"

"啊！俩龙，一公一母，可不俩龙吗？"

"我跟你打听道！"

"这是龙王庙啊！"

这叫罕王问路，这个"老聋头"，（后来）就把咱们这个地方叫老龙头。直到今天，新宾县一进街就叫老龙头。小罕子挖参问路，老龙头的来历，既是一个地名又是一个故事。

小罕子得了这棵宝参，再去卖参。上哪去卖呢？上抚顺、沈阳一带的市场。等到他们别人挖参的，看小罕子发财了，就问他来了，说小孩有福啊！说你了不得，挖到了宝参，认为小罕子不是一般人，高看一眼。他就有经验了，参越挖越多。后来参多了赶上雨季，要是卖不出去，遇到大雨就要坏了，坏了就损失了。后来，他们寻思怎么弄？也不晴天，咱们全靠这个参卖了钱，才能换来米面油盐、刀具、马匹。大伙都着急没法。

老罕王跟他一起放山的伙伴说："这些参，咱们个人回家分一分吧，在一起就烂了，不能混一起了。"那就弄吧！都拿回家了。

其中，有一个老头把人参拿回家了，往哪里搞啊？有个筛子，搞到筛子里了。家里的老太太，一看见参，她也没看明白，就跟地瓜混到一块上锅都给蒸了。第二天，参把头要来收参。问那老头，"你参呢？"

"都在一块儿呢。"

"在哪呢？"

"哎呀坏了，回家我问问人参放哪里了？"

（回家问老太太）"哪去了？"

"完了，我都烀熟了，在一块儿呢，没细看呢。"

那么大一棵参和地瓜一块都烀了。那就晒吧！把参就晒了，那须子都掉了。这个还能卖吗？拿到集市上一卖还卖贵钱了，红参。大伙一看这招可好了。说以前的参卖不出去都愁啊。这一弄不要紧，无意之中变成红参了，变成了晒干的红参，就像烀地瓜一样。

也有说这方法是小罕子发明的，他告诉老头这么做的。这好啊！这是红参值钱。以后大伙都会蒸参做参了。小罕子越来越有名，越来越好，大伙都看着让他当个头啊，封个头，叫牛录的头。上面最大的官儿就是建州卫，千总什么的，还没有正式称谓。小罕子开始以后，他手下带着一帮人，都拥护他当牛录了，管五十个人。初步显示出来了努尔哈赤的智慧和才华。后来，小罕子开始给人当一个打杂的亲随。他出名以后，招兵的时候他就去了，当勤务兵去了，喂个马当书童，马前马后什么都行，还懂一点武术，总兵挺器重他，在这就接上头来了。

讲述片段	讲述内容	录音文件	时间节点	讲述时长	采录时间	采录地点
5	26、27、28	C140806_003	5728—8505	27'37"	8月6日	查树源家

明朝大将洪承畴有万夫不当之勇。那个时候他把守松山。老罕王屯兵在石山，看松山城东有大河，西有高桥镇，南边有山，北边是锦州，

在西北方向有一个沟相当相当深。松山在南边，容易屯大兵，登山一望，看得特别真切。在那安营扎寨，埋锅造饭，选好了地形以后，安上大炮，就开始准备要攻打松山城。

那个时候的大炮就是老罕王在九顶铁刹山八宝云光洞跟佛托老母学会造的铁炮，佛三娘又给安上两个轮子，在山里面推，比较行动自如又轻快。攻打松山，"咣！"一炮就把城门墙被打倒了。大伙就说攻进去得了。老罕王为了慎重起见，说先不要攻了，等到天亮的时候再攻，想到有埋伏。

第二天他往那去了，怎么观察比较细，城怎么修上了呢？这一夜之间。早头有用一个筒的望远镜一照。哎呀，修得更好，比原来还好修的。真这厉害呀！修得这么好，怎么回事呢？那个时候，守松山城的有一个谋士，说："咱们的城池，这么打的话可够呛啊。咱们那么地吧！学学孔明弄一个空城计，挖一个陷阱，陷阱顶上铺上席子，埋上垛草，打开门让他们进来，让他们都陷进去，咱们在松山城上杀进来，就能获胜。"这个时候洪承畴不听他的，这种做法他不相信，不听他的，怎么办呢？就找能工巧匠，画上的图形一挡一挂，真的像真的好城墙。

后来，（老罕王想）怎么这么厉害修得这么快了，没敢贸然进攻。等到下晚黑了再打，又用大炮连放两炮，推山墙像推火柴盒似的推倒了。咱们攻吧！不攻，等亮天再攻吧！亮天一看又修好了，比原来修得还好。真厉害呀！这怎么回事呢？什么原因呢？

第三次，我得亲自去到前面查看一下地形，看看到底怎么回事？这个时候，那边大伙提意见，要摆个空城计，设下埋伏陷阱来活捉老罕王。但是洪承畴不听，他说不行，老罕王诡计多端，进来的时候要是识破，咱们不能束手待擒。等待援兵坚持住，虚张声势，遍插旌旗，把城墙修得比原来还好。（大家一看）这么厚的城墙，怎么修得这么快？真厉害啊！再打吧。

老罕王忙说先别打了，我得亲自去查看一下地形，看看怎么回事？跟着亲兵化装成老百姓上山打柴，挑着柴火到了城附近。山里头有这么一家有个老头是一个猎户人家，到他们家打了点柴火，找点水喝，罕王亲自带了四个亲兵，都是身怀绝技有武艺的人，化装成樵夫上山，挑着柴火到他们这来了。

"你说这边天天炮火连天，俺们不敢出来打柴了，今天一看没有打炮，家里也没有烧的了，年头还不好。你说前面这城墙不是打坏了，怎么修得这么快啊？"

"你哪的？"

"附近的山上的当地人。"

"新搬来的吧。"

"新搬来的不多，在这弄点柴火烧，没有烧的了，到你这有点米我换点。"

"行，有。"

"红米白米黄米什么米都行，小米更好了，给多少算多少，都换了，打柴容易弄。"

"你不知道呀，都说老罕王用兵如神啊，其实不怎么地。"

"是吗？"

"都说了老罕王神仙一般，神仙下界，可是他光打炮，不敢来攻城。"

"听说打炮攻城，城墙连项儿就修上了。"

"修上了？你不知道呀！那是修的吗？那是画的啊。用布画好了砖，可厚了。外围吧，有侦察兵，罕王光打炮，不来实际看。"

"能是这么个情况吗？"

"可不是怎么的。"

"俺们要是进城卖柴火能让吗？"

"不行吧。要弄点柴火，卖点钱也好过一段时间吧，现在危险。"

"柴火就送到你家，给我们点吃的就行。"

"可以可以都给你吧。"

换了一升米，四个人放了四挑柴火都给他了。老头还乐够呛。罕王这回看明白了，不是真城墙，是假的，是画的城墙，大砖头画得可好了，老远看跟真的一样，露馅了。这回老罕王第三次用大炮攻城，布的还抗打吗？这人就死了，进来了。（罕王）进来了，洪承畴还不知道怎么回事呢？一炮打过来，离他不远，把他眼睛震得什么都看不着了，耳朵听不见了，打雷也听不见。这回不能打了，主帅都完了。洪承畴赶紧往回撤退去搬兵。

崇祯皇帝说，你说话打雷也听不着了？你还得继续去。皇帝不相信，能听不着吗？找大夫给他看是真聋，还是假聋？是真聋。你在家休息不行，实在不能挂帅，你也得押送粮草，不能告老还乡，要他押送粮草，第二次再去。整个松山城第三次轻而易举拿下来了。

拿下来松山城之后，下边开始是去辽阳，守将是侯世禄。老罕王带领亲兵亲将和精兵来到辽阳。侯世禄镇守辽阳挺有勇有谋，打仗相当有一套。老罕王分兵三路，北路由二贝勒代善，南路派皇太极，正面进攻是罕王自己，兵分三路大军向辽阳进发。攻打辽阳是最难打的一仗，也是城池比较坚固，地形也险峻，易守难攻，攻打辽阳是非常吃力的地方。

侯世禄有勇有谋，武艺高强。这个北路二贝勒代善亲自打先锋，从城西准备去偷袭辽阳。那边城墙又高又厚，外围是护城河水，又深又急，罕王大军拼死拼活，架着云梯攻城，城上防守严密，用滚木雷石往下砸，把罕王兵马三次血战，死伤惨重，都死在护城河里。水又急又深，罕王失利。

后来一看怎么办呢？得先派出一个细作侦察兵去调查一下，看看地形。老罕王亲自带领亲兵在正面上护城河，沿着水这么走。把马尾巴上拴上树枝，打马一跑，飞天尘土啊！搞得尘土飞扬，车骑滚滚不知来了多少兵马。罕王沿着护城河水挨着走。你看你讲怎么办？护城河东边有一个水口，把太子河的水引进来的。西面是一个闸门，一堵，这个水都憋在城墙一圈了。太子河水哗哗流，水又深又急又大。

罕王寻思，这回事儿，那么多水这急，要是把上面给截住，把下边儿闸打开水放走，没有河了，咱们戳梯子，伤亡就不能怎么大了。这就能胜利。老罕王就派精兵连夜偃旗息鼓悄悄地把太子河水，这个断流的地方，就砌上一个大坝。这样加高后水过不来了，但是护城河水相当深，还有水。西边下面有闸门啊，把闸门给它放开，派几个能人，精明强干的，像敢死队一样现在说的话，守住阵脚，像水鬼似的下去了，大伙一起用力把闸门给撬开了。这水就给放出来了，光出水不进水。这大水滔滔，西边放水东边截水，太子河水进不来了，大坝高高筑起，不一会儿护城河就干涸了，烂泥塘了，没有水了，全都放出去了。

这时候机会来了，罕王说告诉怎么办呢？告诉士兵们背土运石，把这边加固加高。好几万大军一个人背点填土就老了。太子河水进不来了。这边吧，闸门打开放干了。这护城河一干，大伙一看太好了。辽阳总兵袁应泰一看大势已去啊，一看不行了，老罕王的兵马，从城墙四面八方都架着云梯上来了。代善和皇太极嘴里含着刀上去了，前面有一个人拿着盾牌，到城墙上一顿乱砍，像切西瓜似的，把官兵杀得鬼哭狼嚎，巧哇乱叫。人越来越多了，这边站到城头了相当多，把整个城四面八方团团围住了。

这个时候，袁应泰一看大势已去，我怎么向朝廷交代呢？自己点了一把火，自己把自己烧死了，他自焚致死。底下守城的将军，文的武的一看回去也是死，就拔刀自刎吧，悬梁自尽吧，一头碰死了，做个忠臣吧，死得挺壮烈的。

有一个巡按大人御史张铨挺厉害，他刚要上吊自杀被皇太极一把抓住了，他没死成。皇太极就劝他让他投降，皇太极也劝他，老罕王也劝他，给他加官进爵。他说，"只有断头将军，没有投降的将军。"他宁死不屈，怎么也不投降。后来，老罕王长叹一声，"这么的吧，实在不降送他个全尸。"这个皇太极就把用弓弦勒在他脖子上，用脚蹬他的后腰，给他勒死了。这个人是个忠臣，死得挺刚爆。老罕王虽然恨他，但也是为了国家，给他埋上吧，留个全尸。给他起了个坟埋了，还给他立了块碑，说这个人挺好叫张铨，也是明朝的一员大将。

就在这个时候，老罕王的兵马都进城了，大获全胜，兵将大部分都降了，死的死降的降，全都解放了。重新把护城河打开了，把水又放回来了，闸门又关上了，重新修护城河，贴了安民布告，安定民心按部就班，公买公卖，大伙都不用担心，不用害怕，宣布纪律。

老罕王进城前，大部分兵马都来了，有一个唱段，"老罕王马上传军令，大小的三军都要听，公道买来公道卖，不准欺压老庄农，大道宽了排队走，大道窄了拧成绳，鞭子掉了架枪挑，不准下马胡乱行。"

老罕王到了辽阳以后，张榜公布安民，秋毫无犯，在外面检查看看地形，领着亲兵四面八方瞅。看到东边的山上，有一个，咱们说的是，叫锦鸡，野鸡，大公野鸡。脑袋是个凤凰头，身上穿的花的红的绿的特别好看，尾翎特别长，在这叫唤打鸣。叫什么呢？什么意思？这边有个大臣，他说，"你听不懂我能听懂，说的是王者兴王者兴。"谁叫王者兴？这个锦鸡是锦上添花，好上加好，你没看锦鸡上面有一个花，锦鸡长得美，上面还有个花。它唱的声音是鸟语，我多少学过一点鸟语能听懂一点。大意就是王者兴，你是罕王啊，你开始兴旺了。

"怎么能证明是兴旺呢？"

"在它叫唤的地方指定是有财宝。"

去看看。公野鸡五颜十色的是好看。它站在一个土包，上面有一个平石，它踩着石头顶上在上面叫唤。到巴拉锦鸡就飞走了。它踩的石头下边有宝吧。看看石头怎么回事？把石头扒拉开了，这个地方看到什么东西，把石头搬开一看里面有个盘子，盘子里有一卷画。拿出来一看画的是有棱有角的宫殿图。画的是前殿、后殿、中殿、城门。这是什么意思呢？有谋士说是上方神人点化。王者兴是当罕王事业兴旺，宫殿图是应该在这修建宫殿，你别在赫图阿拉了，搬这里来吧，就是迁都到这个地方。这就叫"东京"。后来罕王采取了他的建议，就开始兴建新的京城"东京"，在辽阳开始坐天下。

讲述片段	讲述内容	录音文件	时间节点	讲述时长	采录时间	采录地点
6	22、23	C140808_001	6908—9032	21'24"	8月8日	查树源家

矬子王凯将军把军粮押送到大营，再就回去取军饷，但没有取回来，困在山中。矬子王凯在沿路之上专门征收老牛。什么牛呢？黄牛，没有就黑牛或者白牛，再就是犁牛。犁牛最多，特别是颜色还不太黑，青色的。这个牛的角特别长且大，他想这种牛将来训练一下，能帮老罕王打仗，弥补一下我的损失。我把军饷丢失了得想怎么交代啊。将来向大姑奶奶佛三娘一说，没有脸啊，我得将功补过。

想当初，王凯和他的师傅也是个异人，学过火牛阵法。他心中有数就开始准备四处购买牛，他就买了前前后后五百多头牛。这五百多头牛，他没事在家就训练牛。他把明朝官兵的衣服都给草人穿上了。这牛啊，也不给吃草吃料，给它简单地草吃，得不到好草吃，得不到好料吃，有时候也得不到水喝。就这么地把牛弄得又饿又饥又渴，牛脾气就上来了。因为他懂得牛脾气，上来就犟劲儿，利用这些牛互相打架，先不让打架。他就用明朝官兵穿的衣服，盔甲和帽子，扎成草人，四面八方摆好。把牛饿得鸡头白脑的，就让敲聚将鼓，让兵士轰这些牛，往草人身上撞。牛不敢撞，轰也不行，打鼓也不行。怎么办呢？那个时候商铺卖点小鞭儿挺便宜，就买了一百挂小鞭扯两半，一个牛尾巴上挂了五十个小鞭。给这些小鞭炮一点着，这些牛噼里啪啦直跑直蹦，没有地方躲，就撞到了穿官兵服装的草人，肚子就穿开了，里面是草，这些草用的是黑豆，炒得糊香糊香的和草拌在一起藏在草人的肚子里。这牛一看，真好的香料，还有细草这好吃，就都吃了，里边不多呀，就又豁开那个人，看那边还有。这牛就得到便宜了，见到草人就拱，专拱草人吃草吃料，最后把牛又收回来了。

第二天，有意给牛饮点水喝，让牛半饥半饿。又把草人重新扎上，衣服又穿上，里面放上草料。这时候，牛有经验了，简直奔向那边撞去了，里面又有草料，就吃，不太多呀！天天这么训练，天天这么训练。这边一打战鼓，咚咚三响。这牛就来了精神了，就上穿有明朝官兵服装的肚子上撞去，有香草香料。牛都给吃了。老么训练形成了条件反射了。你一打鼓，一喊一冲，牛就杀过去了。一连练了18天，都差不离了。

王凯就把民间的铁匠和军中的铁匠都请过来，打了一千把尖刀。五百犁牛，一千把尖刀，都绑在牛角上了，叫牛耳尖刀这么来的。牛耳尖刀，其实是从老罕王传下来的。实际是燧子王凯受过仙人指教，会用尖刀绑到牛角上，叫牛耳尖刀训练。

怎么叫火牛阵呢？说书的不能说白话，得有讲究啊。还得有火。这个时候，王凯训练好了，赶来五百头牛，来到罕王面前来交差来了。

王凯说："启禀罕王，牛已经训练好了，我摆了一个火牛阵，将来能帮助罕王，大立奇功，打一场漂亮仗。"

罕王问："怎么打呀？"

王凯回答："敌将叫杨镐，有四路大兵，向咱们这包抄来。"

"咱不管那个，哪个近咱们先打哪个，最好把他们的服装偷来。"

"我自己有。"

"那更好了。"

（王凯）就把草人扎好穿上明朝官兵的服装。都弄好了以后，做训练保证成功。演习一遍，果然真好。一打鼓，牛简直就撞了过去，就知道里面有草有料，看到明朝官兵的服装就顶，顶倒了就吃肚子里面的草料。咱们坚持打呀，不能得把牛饿两天，若时间长了没有劲儿了。饿一两天以后，这王凯有心眼子，把这些牛耳尖刀，磨得飞快就绑在牛的两个角上。一千把刀绑了五百头牛。绑这个干什么？绑这个有用。小个儿不大，心眼不少。给牛绑上了尖刀，在屁股上面还绑了五十个小鞭儿。这边准备好了火把，就开始选出五百名管放牛的牛奴，一人一个牵着走。牛事先饿了一阵。

这个时候，明朝的杨镐大兵从四面八方杀了过来。王凯告诉罕王压住阵脚，摆开兵士，先不要冲锋。那边的大鼓敲的追命，杀呀！这边让他来偏不打，先让他来。到了跟前儿了，放箭，箭像雨点一样射出去。明军一溃，得躲箭啊，有的用盾牌挡！这阵型就乱了。放牛，怎么放呢，大鼓打响点，五百牛奴饲养员把这些牛尾巴上的小鞭儿用香火点着。把红旗一摆就开始点牛。鞭炮上的小捻点完了以后，噼里啪啦一爆，这鼓一响。这牛一看，后边着了火了，就直冲，饿得够呛，简直奔官兵去了。看见都穿着明朝官兵的服装见着就顶。

那牛角本身就狠，绑上刀了还有劲儿，把人都甩起来了。这一顶看肚子里没有贺儿，急眼了。这个没有就顶那个，这五百头牛见到官兵横冲乱撞。你要射它一箭不当回事儿，砍一刀也砍不死。把明朝官兵撵得大败。这个时候罕王下令，四面八方进攻。后来那些人刷刷都投降了。牛一看草料都急眼了，这个顶完顶那个。但是明朝官兵也是人呢！有刀也有枪也射箭，牛当时也死了不老少。互相对着打，乱杀乱打，这五百头牛，个个带伤了，挺惨痛的代价，但是那官兵就不是五百了，这边牛五百了，官兵也就是两三千人被牛撞死了。这一场火牛阵杀得官兵胆战心惊，鬼哭狼嚎，官兵纷纷跪下就都投降了，罕王取得了大胜。

这个时候，明朝官兵一场大败，罕王取得全面的胜利。明朝又派了一员大将，叫作刘綎，外号叫作刘大刀。他武艺高强，前来救援。这个时候，杨镐死在乱军之中，几乎全军覆没。这场火牛阵大获全胜。

　　说话时间就到了十一月前儿，天头冷了，大雪滔滔，河套都结冰了。雪下三尺多深，后来，老罕王一看不好，就赶快派人回家调鞋。什么鞋呢？靰鞡鞋。送来了上万双靰鞡鞋，还有靰鞡草，这鞋在哪呢？在北旺清大甸子。红根子的靰鞡草，专门用民工砸得柔软柔软的，捆成把，用车往前线拉。到萨尔浒，准备冬天给大伙穿这个鞋，要不冻脚。

　　满族人都穿靰鞡，穿牛皮做的靰鞡鞋续上靰鞡草，绑上带子，系上腿绷里面还插着一把匕首，以防打交手战的时候，能杀人，是一种防身武器，可以败中取胜。

　　官兵因为他们穿的布的棉鞋。在雪地里冻得像猫咬似的。但是不行，两军打仗棉鞋也不好使，那时候太冷的，都到零下38度到40度。好人都冻坏了，别说打仗了，外面冷，在家都冻得直要命。可是前面有一条浅河，可是不太深，人能趟过去。这冰冻了一层，小河沟还有点水，冻得不是太厚，刚要封河还没太封好，兵丁还都能走。罕王的人马穿着靰鞡鞋，掉在河里一点事没有不湿。官兵就不行了，掉河里就不行，脚都冻得像猫咬似的，搞雪一拌像冻梨似的滚球，脚都冻木了。

　　明朝官兵比我们两三倍还要多，分东南西北四面八方向我们杀来。咱们走到淤泥河这个地方是暖流，里面还有一点活水。虽然冻点冰，里面还有活水，禁不住人在上面走。罕王的兵马在上面趟过去了，鞋没有湿，遇雪不湿，遇冰不化。这就是靰鞡草的作用相当好。

　　结果刘綎的大兵，他们两三万人都把脚冻坏了，不能打仗了。再加上，咱们这边的满族人，北方人经常在雪地上摸爬滚打，再冷穿靰鞡鞋不冻。结果咱们轻而易举地大获全胜，老罕王说这个鞋太好了，没有伤亡，他们都投降了，跪倒了一大片，都不能动了。

　　这一次投降上万人，冻伤了怎么呢？有的说用火烤吧，那个要命了！怎么办？把冰窟窿砸开，让他们把脚都封在水里泡着，有的不够了用水桶用盆打哇凉的水泡脚，脱不下来鞋了，两个人就按着他，疼得爹妈的叫唤。因为用火烤，用热水烫，你的脚就都烂掉。你得用冰水，像消冻梨那么消。这些兵腿上出来冰打掉，这鞋才能脱下来。然后，再用雪搓，用凉水拔。官兵上万人都给救活了，他们都投过来了，都投到了罕王的旗下。这些人都痛哭流涕，感谢罕王的救命之恩。罕王大获全胜真高兴，他说："这靰鞡草真正的宝啊，关东山三种宝，人参貂皮靰鞡草。"不是人参貂皮鹿茸角吗？鹿茸角不是宝，靰鞡草不但是宝，还是宝中之宝，穿上它就不冻脚。

后来留下这么一句话，"关东山三种宝，人参貂皮靰鞡草。靰鞡草不是宝，穿上它就不冻脚。"由于有了靰鞡草使得罕王军队大获全胜，敌人的兵马不战而败。老罕王有好生之德，用这种办法救了这些人。老罕王节节胜利，引得明朝震惊，可了不得了，这太厉害了，赶快派重兵来围剿，下回再说怎么围剿的事。

讲述片段	讲述内容	录音文件	时间节点	讲述时长	采录时间	采录地点
7	24、29	C140809_001	0539—2853	23'14"	8月9日	查树源家

话说老罕王接到了密报军情，说明朝大将刘綎已经带兵杀到了，距离赫图阿拉城不太远的地方，就叫作夏园、大和睦一带。明军偃旗息鼓，不声不响，偷着从锁阳城发来兵马，准备要来消灭老罕王，把赫图阿拉围而歼之。

明军来的时候在七月，天气炎热，大约能有十五万军队，先遣部队先到了五万。到了时候，探子细作报告罕王。罕王在赫图阿拉坐阵。听说刘綎挂帅，领兵不少人马前来叫阵。怎么办呢？不用慌张。罕王说，咱们先稳住阵势。派了一股小分队，去侦查一下敌情。

这个时候就派了几个身材矮小的人，就是什么人呢？像小矬子王凯这样的人，还有八怪这些有特殊的能人，化装成打柴的、打渔的这些老百姓，到各个地方去了解敌情。

一了解敌情说，明军都驻扎在离咱们不远了，有五十来里地左右，已经兵临城下了，还在等着主帅下令，来偷袭咱们。这到了水手这一带，分兵把守，扎下营寨。

细作回来向了罕王报告，说零零星星加在一起，不下七万人马，都驻扎在什么地方。老罕王说，"好"。咱们先派去一股人马，精干的人马大约能有五千人，专门挑选出的精兵能攀援上山能走，身体矫健灵活，挑这样的人，这样的精兵，专门在赫图阿拉城乔装打扮，不是大张旗鼓的，偃旗息鼓地装扮成一些乡民，种地的，挖参的，跑山的这样的人，来到了烟筒山一带。在那个顶上居高临下，四面观察一看，明军他们这些人呢，都驻扎在低洼之处。他们在埋锅造饭，屯兵都在那个地方。

　　因为是七月的天气酷暑，天气炎热，热得没法，他们都上河里去洗澡，去密林里面去避暑，上凉快的地方待着，但都比较低洼。（细作）把这些详情都画成图，侦查的地图，派人向罕王报告。罕王一看那好，带着三千御林军亲兵，来到了烟筒山附近，到这个地方怎么呢？非常炎热，但特别晴朗，烟筒山顶上"戴帽子"了，山间顶上长着一层云雾，就把这个山给戴了一个帽子，这是怎么回事呢？怎么戴帽子了，大伙都奇怪，看不清，雾气昭昭。

　　后来，努尔哈赤老罕王一想，这是说明什么呢？大雨要来了。大雨要来了，赶快得做好防雨的准备。把这个军队的兵士都调过来，堵在险要的地方关口，兵士粮草都屯在高山之处。然后，从侧面绕到敌人的背后，把敌人要走的必经之路堵上。

　　这个时候，大部队开始运土运石，把主要道路都给堵上，用石头用沙子都给堵上，不能被发现。堵到以后，就留这一个小道崎岖小路，安排了五百校刀手，拿着捆人的绳索，准备将来要在这里抓人。

　　大伙说，那能行吗？就五百人，人家人马多，五百不当回事儿。但也不敢说别的就照办了。五百专门捆人绑人的校刀手准备绑人，埋伏在这里，屯聚在山口，用石头和土堵住了。大伙问，这大热天干这个活干什么？（罕王回答）不要多问照办听令就是。

　　等到七月天气酷暑炎热，明朝的官兵都热得没法，去河里洗澡洗脸，在水里泡着。这边，来打仗叫战，罕王闭关不战。老罕王一看，烟筒山的帽子越戴越大，越戴越大，笼罩得看不真切了。罕王断定，大暴雨要来临了。下令兵士们，都准备好防雨的设备。

　　这能下雨吗？这不扯呢吗？军机就是命令啊！谁都得听，不听不行。

都准备好防雨的油布，往人身上披，粮草什么都盖好了，一切都准备好了，准备好干柴，别被淋湿了。他们都埋锅造饭。

这一天正是七月初七，天上阴云密布，霎时之间，霹雷闪电瓢泼大雨哗哗从天而降。因为什么呢？老罕王努尔哈赤跟佛托老母学会了观天测云，看到这个山如果戴帽，大雨指定是来到。

"烟筒山戴帽，大雨来到。"满族人都会说这句话，叫作农谚。这烟筒山带这么大的帽子，这雨指定得大。这大雨，没有这么大的，说是倾盆大雨，像盆泼似的，哇哇大雨。

罕王军队都顶着雨，带着雨具。这个时候，鼓声大作金鼓齐鸣喊杀震天，只是雷声大雨点儿小，光是喊，并不真的冲杀。

敌人慌了手脚，乱了营了。他们住在低洼之处大雨霎时间就来了，趁机罕王就把河口给挑开，必要的小道都堵塞了。大水像万马奔腾，直扑明朝官兵的大营，纷纷被水淹了，奔于逃命。外边是连喊带叫，带放冷箭，并不是真的进攻，而是扰乱明朝的官兵，睡也不得睡，吃也不得吃，行也不得行，他们就慌不择路，到底下一看出不去了，主要的路都被堵上了。明军被逼到水口里头了。这大水就下来了，人被淹了，山石滚动和淤泥，再加上大暴雨不停地下，足足下了三天三夜大暴雨。

这一场大暴雨，把官兵大部分都给淹死在深山沟涧里面大深坑里。有的拼死拼活杀出重围，只有一条路可以走，都被五百校刀手拿绳锁捆绑，有的就缴械投降。这个时候明朝的官兵没想到老罕王借着天气靠着雨水，靠着决口，有事前有防备，给他们吓得。明军溃败，主帅自己受了浑身的刀伤和箭伤，落荒而逃，不知去向。罕王方面大获全胜。

这个时候休息几天，继续练兵，来到了离萨尔浒不太远的一个小地方，在那屯兵，重新修整一下部队。这个时候，就接到了军情报告，说刘綎又回去调兵去，又借来不少兵，准备要报水淹之仇，要来重新来打二战萨尔浒。

这回能有五万多兵众，罕王的人马也就两万来人，再说打完一仗了，也都很辛苦很累的。（罕王心想）他们调来了新生力军，明朝江山大，人多倍于我。我的人马就两万人，人家这边都是生力军。我们已经累够呛了，还有受伤的病的，再有减员的，需要休整一段时间才能打，这边就来了报仇围住了。

因为罕王带的粮草比较少,军队粮饷不足,就攻不上去了。一天就吃一顿饭,早上不吃,就中午吃一顿饭,尽量保存体力,追调军粮,但是后续的粮草还没有到,先前的粮草吃得已经剩不多了。所以一天只吃一顿饭维持生命,去找救兵还没到。

这时候,敌兵已经围进来了。杀进来的时候,老罕王这个时候有点困难,累得筋疲力尽没得到修整。没想到敌军这么快,反而把他围住了。这一天是晴朗,雨虽然不下了,还零零星星的有点小雨,偶尔还有点打闪和打雷,外边都经湿经湿的。但是官兵也挺辛苦,四面八方包围也心有余悸也都挺害怕,因为吃过大亏,不敢贸然去。

总的来说,罕王人马处于被动,出不去了,前进也进不了了,在这守不住了,没有多少吃的。有受伤的和有病的也不得救治。正在困难的情况下,这个时候,晚间的时候,挺黑的时候,老罕王仰天长叹,莫非我今天要在这要天绝于我?

就在这个时候,听到外面喊杀震天,一看说官兵又来偷袭了。官兵来偷袭打老罕王的人马。老罕王是筋疲力尽,慌忙应战。外边黑压压的来了不少人,这些兵士们一个个累得不行正在睡梦之中,老罕王急忙下令,准备应战。

跟敌人正在交战的时候,就听见天空咔嚓打了几个响雷。松树林里走出了一些人不是人,鬼不是鬼,怪不是怪,一个个是青脸黑发、巨口獠牙,穿得破衣啰嗦,手拿着都不是什么好兵刃,都是棍子棒子锄头镐头镰刀光锹铁耙这些东西。看起来能有两三千人,这些两个眼睛冒着蓝光,从嘴往外喷火,手里拿着火把,出来了。

这是什么玩意?不像人呢,叫得动静难听,那巧哇乱叫,不是好动静,都是鬼啊。有说是鬼来了,有说是山精,有说是野鬼,他们来了。鬼来干什么,帮助老罕王打仗。这些人不打他们,专打官兵,是援兵来了,援兵到了。

罕王人马一听援兵到了,都来精神了。人要是在困难的时候精神也萎靡不振,一听援兵来了,一个当十个打,十个当百个打,精神倍长。援兵来了不能等死啊。这里外夹攻,外边是妖魔鬼怪当援兵,里边是老罕王的亲兵往外冲杀，两下夹攻，杀得鬼哭狼嚎，巧哇乱叫啊！杀得天崩地裂！

这些人还往外喷火，妖不是妖，鬼不是鬼，怪不是怪，明军自然就害怕。他们又喷火又喷烟。一个个赤膊上阵披散着头发，这是什么玩意，打人还狠，都有劲，都挺猛，拼命往上上。官兵在这种惊慌失措的情况下，慌不择路，人心涣散，就开始逃散。这个时候罕王的兵马擂起金鼓，一起喊，"援兵来啦！"金鼓齐鸣，精神百倍，内外夹攻，这一战打得明朝官兵大部分死的死，降的降，伤的伤，全军大败。老罕王取得了胜利。

胜利后天就放亮了，天晴了。罕王就问，"你们是什么人啊？前来救驾。"这些人来到罕王面前都跪倒在地，说："我们是有罪之人啊。"

"你们何罪之有？"

"俺们当初偷了你的宝马，用火烧了吃肉了，说马是中毒的，俺们都得死，后来罕王大仁大义，给了俺们送来御酒，给俺们解了毒了，都没死，活过来了。大恩大德终身难忘，必得报答。俺们四处宣传，一传十十传百百传千，集合了两三千人马，都是好人，无家可归的人。听说你在这被困了。俺们前来救驾。"

罕王大喜过望，说："都起来，你们这些人，有家的回家，愿意投军的投军，没有路费的，我给发路费让你们回家去，愿意留下的，在我这当兵。"

这么的，走了一多半，有的回家了。还有一些人不走，特别有一千多号人，他们死心塌地跟着老罕王打天下。俺们不走了，有家也不回了。这老罕王把这些人都收下来了，安抚他们，给他们发了军装，让他们参加了亲兵部队。这些人都是好样的，都有点本事。另外，这些人有报恩的心理，打仗特别的勇猛。罕王派教官来教他们演习兵法，演习刀枪，好好培养。

后来，在第三次萨尔浒大战的时候，这帮人都立下了赫赫战功。第三次萨尔浒大战，佛托老母就下山了。

附录 七

努尔哈赤年谱[*]

原说明：

1. 自1583年（万历十一年）起，按月、日记事。
2. 《年谱》仍同《努尔哈赤传》，月、日用阴历。

1559年（嘉靖三十八年　己未）1岁

出生于明建州左卫苏克素浒河部赫图阿拉。

安费扬古生，后为五大臣之一。

明总督蓟辽保定[①]右都御史王忬被以贻误军机罪逮赴京师，以杨博代之，又以许论代杨博。明以路可由，寻以王崇，又以侯如谅巡抚辽东。

1560年（嘉靖三十九年　庚申）2岁

辽东大饥。蒙古数万骑犯广宁，大掠。明蓟辽总督兵部右侍郎王忬坐疆事死。

1561年（嘉靖四十年　辛酉）3岁

二弟穆尔哈齐生[②]。

何和里生，后为五大臣之一。

明以吉澄为都察院右佥都御史、巡抚辽东。

1562年（嘉靖四十一年　壬戌）4岁

---

[*] 本年谱引自阎崇年《努尔哈赤传》，北京出版社2006年版。

[①] 《明世宗实录》第四○四卷，嘉靖三十二年十一月癸亥："自庚戌虏闯近畿，乃设蓟辽保定总督大臣。"

[②] 申忠一《建州纪程图记》载：穆尔哈齐"壬戌生"，壬戌年为1562年（嘉靖四十一年）。

额亦都生,后为五大臣之一。

建州王杲结土蛮犯东州、凤凰,明副总兵黑春死之。

明以王之诰代吉澄巡抚辽东。

1563 年(嘉靖四十二年　癸亥)5 岁

始习骑射。

明以蒙古骑兵自墙子岭溃墙入犯,京师戒严。总督蓟辽侍郎杨选以失事罪枭首示边,由刘焘代之。

明万历皇帝朱翊钧生。

1564 年(嘉靖四十三年　甲子)6 岁

三弟舒尔哈齐生。

费英东生,后为五大臣之一。

明以刘应节为都察院右佥都御史、巡抚辽东。

1565 年(嘉靖四十四年　乙丑)7 岁

明以张西铭为都察院右佥都御史、巡抚辽东。

1566 年(嘉靖四十五年　丙寅)8 岁

四弟雅尔哈齐生①。

明以魏学曾为都察院右佥都御史、巡抚辽东。

1567 年(隆庆元年　丁卯)9 岁

明廷从辽东巡按御史李叔和言,辽东总兵官在辽河冰合后移镇辽阳。

张居正为吏部左侍郎兼东阁大学士,预机务。

1568 年(隆庆二年　戊辰)10 岁

母喜塔拉氏死。

明以险山参将李成梁为辽阳副总兵,以戚继光为总理镇蓟门。

1569 年(隆庆三年　己巳)11 岁

明以方逢时为都察院右佥都御史、巡抚辽东。

1570 年(隆庆四年　庚午)12 岁

黄台吉等犯锦州大胜堡,辽东总兵官王治道等死之。明升李成梁为辽东总兵官。

---

① 雅尔哈齐生年待考,暂附于此。

明都察院右佥都御史方逢时调职，以李秋代之；又以毛钢代李秋为都察院右佥都御史、巡抚辽东。

1571 年（隆庆五年　辛未）13 岁

明以张学颜为都察院右佥都御史、巡抚辽东。

土蛮等犯辽东，总兵官李成梁大破之，斩首五百八十余级。

明发兵讨建州，杀五百余人。

明封俺答为顺义王，许纳款贡市。

1572 年（隆庆六年　壬申）14 岁

辽东巡抚张学颜奏，建州王杲犯抚顺，肆劫掠。

1573 年（万历元年　癸酉）15 岁

土蛮等犯辽东，明死伤官兵一千一百一十四人。

1574 年（万历二年　甲戌）16 岁

十月，建州都指挥王杲诱杀明备御裴承祖，李成梁谋讨之。

十一月，李成梁提兵火攻王杲寨，破之，先后斩首千余级，"杀略人畜几尽"。后王杲走哈达，投王台。明升李成梁为辽东总兵官。

1575 年（万历三年　乙亥）17 岁

哈达贝勒王台缚执王杲以献。献俘王杲于午门，旋杀之。明授王台为龙虎将军。

叶赫贝勒杨吉努幼女纳喇氏孟古姐姐生，后为努尔哈赤之福晋，生皇太极，死后被清尊为高皇后。

1576 年（万历四年　丙子）18 岁

扈尔汉生，后为五大臣之一。

明于宽奠设仓、建学，并于永奠北互市，准市米、布、猪、盐等。

明命建州右卫阿台（王杲之子）袭都督佥事。

1577 年（万历五年　丁丑）19 岁

家里分居，得产独薄。

明以周詠为都察院右佥都御史、巡抚辽东。

1578 年（万历六年　戊寅）20 岁

到抚顺关市易人参、松子、蘑菇等。

长女东果格格生，母佟佳氏。

祖父觉昌安等入市贸易。

李成梁击斩土蛮等一千八百九十三级。

1579 年（万历七年 己卯）21 岁

明封辽东总兵官李成梁为宁远伯。

1580 年（万历八年 庚辰）22 岁

长子褚英生，母佟佳氏。

建州王兀堂率千骑入永奠，李成梁大破之，斩首七百五十四级，俘一百六十名口。

额亦都始从附。

1581 年（万历九年 辛巳）23 岁

明以"烧荒一事，边防要务"，命蓟、辽二镇，派哨远出烧荒。

是岁，俄国武装势力越过乌拉尔山，进入西伯利亚。

1582 年（万历十年 壬午）24 岁

五弟巴雅喇生。

明总兵李成梁提兵出塞破阿台部，斩首一千五百余级。宣辽东捷，叙功晋张居正为太师，旋死；命宁远伯李成梁世袭锦衣卫指挥使。

哈达贝勒王台病死。

1583 年（万历十一年 癸未）25 岁

正月，王杲子阿台等从静远、榆林入犯，李成梁督兵大败之。二月，成梁复合兵围古勒寨，阿台、阿海死，寨破。李成梁先后斩二千三百余人。

是役，祖觉昌安、父塔克世被明军误杀。

五月，以父祖"十三副遗甲"起兵，攻尼堪外兰，寻克图伦城。

七月，次子代善生，母佟佳氏。

八月，以计杀诺米纳，取萨尔浒城。同母妹妻噶哈善。

十二月，李松、李成梁设"市圈计"，伏兵中固城，诱斩叶赫贝勒清佳努、杨吉努并三百一十一级，又设伏邀斩一千二百五十二级。

是岁，受明敕书三十道，马三十匹，袭建州左卫指挥使。

1584 年（万历十二年 甲申）26 岁

正月，征李岱，克兆佳城。

四月，袁崇焕生，后为明蓟辽督师。

六月，率兵四百攻取马儿墩寨。

九月，领兵攻翁科洛城，被鄂尔果尼与洛科射中，伤重几死；创愈后，又率兵往攻，俘鄂尔果尼与洛科，授为牛录额真。

1585年（万历十三年　乙酉）27岁

二月，攻界凡，斩其城主纳申、巴穆尼。

四月，攻哲陈部，在浑河畔以少胜多。

六月，明以顾养谦为都察院右佥都御史、巡抚辽东。

八月，第三子阿拜生，母兆佳氏。

九月，率兵攻取苏克素浒河部安土瓜尔佳城。

十一月，第四子汤古代生，母钮祜禄氏。

1586年（万历十四年　丙戌）28岁

五月，率兵攻克浑河部播一混寨。

七月，率兵取哲陈部托漠河城。统兵攻克尼堪外兰驻地鹅尔浑城，被创三十余处。时尼堪外兰出走并受明军庇护，派斋萨往取；明执尼堪外兰付斋萨，斩之。明自此岁与银八百两，蟒缎十五匹，通好。

九月，辽东水灾。

十一月，明以佟养真为参将，分守复州地方。

1587年（万历十五年　丁亥）29岁

正月，筑费阿拉城，并建宫室。

六月，始定国政，立法制。在费阿拉"自中称王"。率兵攻哲陈部阿尔泰，克其山城。

八月，派额亦都率兵攻取哲陈部巴尔达城。率兵攻克哲陈部洞城。

十月，辽东巡抚顾养谦统兵攻哈达部，哈达受重创。

十一月，辽东巡抚顾养谦奏言："奴儿哈赤日骄。"

是岁，第五子莽古尔泰生，母富察氏。第二女生，称嫩哲格格，母伊尔根觉罗氏。岁以人参、貂皮等于抚顺、清河、宽奠、叆阳四关与明互市。

1588年（万历十六年　戊子）30岁

正月，辽东巡抚顾养谦奏言："奴儿哈赤者，建州黠酋也，骁骑已盈数千。"

三月，李成梁率师攻叶赫，破其二山城，斩首五百余级。

四月，娶哈达贝勒扈尔干女哈达纳喇氏为妻。苏完部主索尔果归附，以其子费英东为一等大臣，后以褚英女妻之；董鄂部主何和里归附，授为一等大臣，并以长女妻之；又收雅尔古部主扈拉瑚子扈尔汉为养子，后授为一等大臣。

九月，娶叶赫贝勒纳林布禄妹叶赫纳喇氏为妻。率兵征取王甲城（完颜城），灭其部。

1589 年（万历十七年 己丑）31 岁

正月，率兵攻克兆佳城，斩城主宁古亲。

二月，第六子塔拜生，母钮祜禄氏。

六月，第七子阿巴泰生，母伊尔根觉罗氏。

七月，分其兵为环刀军、铁锤军、串赤军和能射军。明以郝杰为都察院右佥都御史、巡抚辽东。

九月，受明封为建州左卫都督佥事。

1590 年（万历十八年 庚寅）32 岁

四月，始到京"进贡"，受明廷宴赏。

六月，养女生，其父为舒尔哈齐，母瓜尔佳氏，后养育宫中。

是岁，乌拉贝勒满泰女乌拉纳喇氏阿巴亥生，是为多尔衮之母。第三女莽古济生①，母富察氏。

1591 年（万历十九年 辛卯）33 岁

正月，遣兵并长白山鸭绿江部。叶赫、哈达、辉发三部遣使建州索地讹诈，挥刀断案斥之。

十月，明命成逊速赴辽东任总督事。

十一月，明辽东总兵官李成梁解任，以杨绍勋代之。

1592 年（万历二十年 壬辰）34 岁

八月，上奏文四道乞升赏冠带、敕书及龙虎将军职衔。

九月，明以鲍晞颜，寻以赵燿为都察院右佥都御史、巡抚辽东。

---

① 第三女莽古济生年待考，暂附于此。

十月二十五日，第八子皇太极生，是为清太宗，母叶赫纳喇氏，名孟古姐姐。

十一月，第九子巴布泰生，母嘉穆瑚觉罗氏。

是岁，日军侵朝鲜，入汉京、抵平壤。明应朝鲜国王请求，发兵朝鲜。努尔哈赤请求明兵部尚书石星允准师援朝鲜，不答。

1593 年（万历二十一年　癸巳）35 岁

正月，明李如松率师入援朝鲜，攻日本军于平壤、开城，克之。

六月，叶赫、哈达、辉发、乌拉四部兵劫建州户布察寨，率兵追击之。

九月，大败叶赫等九部联军于古勒山，自此威名大震。

十月，遣兵收取朱舍里部。明以韩取善巡抚辽东。

闰十一月，第二次到北京"朝贡"，受到明廷宴赏。命额亦都等率兵攻讷殷部佛多和山寨，围三月而下。明以尤继先为辽东总兵官。

1594 年（万历二十二年　甲午）36 岁

正月，蒙古科尔沁部贝勒明安、喀尔喀部贝勒劳萨遣使建州通好。

五月，明以李化龙为都察院右佥都御史、巡抚辽东，以董一元为辽东总兵官。

七月，明以孙鑛代顾养谦为蓟辽经略。

1595 年（万历二十三年　乙未）37 岁

六月，率兵攻辉发，克多壁城。

八月，弟舒尔哈齐赴京"朝贡"，受到明廷宴赏。

十一月，在费阿拉接见朝鲜通事河世国，并致朝鲜国王书。

十二月，朝鲜南部主簿申忠一受命至费阿拉。

是岁，以"保塞有功"受明晋封为龙虎将军。第四女穆库什生，母嘉穆瑚觉罗氏。达海生。

1596 年（万历二十四年　丙申）38 岁

正月，在费阿拉接见并宴请朝鲜南部主簿申忠一等，申氏后著有《建州纪程图记》，即《申忠一书启及图录》。

二月，明游击胡大受遣余希元至建州，礼迎之。

七月，派人送布占泰回乌拉，并立为乌拉贝勒。

是秋，患疠疫，几至死。

十月，明革辽东总兵官董一元职，以王保代之。

十二月，乌拉贝勒布占泰送其妹与舒尔哈齐为妻。

是岁，第十子德格类生，母富察氏。第十一子巴布海生，母嘉穆瑚觉罗氏。

1597年（万历二十五年　丁酉）39岁

正月，与叶赫、哈达、辉发、乌拉四部使臣盟誓通好。

三月，明以杨镐为右佥都御史、经略朝鲜军务。

四月，明以张思忠为都察院右佥都御史、巡抚辽东。

五月，第三次到北京"进贡"，受到明廷宴赏。

七月，弟舒尔哈齐赴京"朝贡"，受明廷如例宴赏。

十二月，明内旨以李如松镇守辽东。炒花、土蛮等众逾十万，结营百里，犯辽东，略沈阳。第五女生，母嘉穆瑚觉罗氏。孙、褚英长子杜度生。

1598年（万历二十六年　戊戌）40岁

正月，命其五弟巴雅喇、长子褚英等率兵征安褚拉库路，获人畜万余而回。赐褚英号洪巴图鲁。

四月，土蛮犯辽东，总兵官李如松败殁；命其弟李如梅继之。

五月，明以李植为都察院右佥都御史、巡抚辽东。

六月，明以杨镐在朝鲜弃师，命回籍听勘。

七月，日本丰臣秀吉死，寻朝鲜事平。

十月，第四次到北京"朝贡"，受泰宁侯陈良弼接待。

十二月，在费阿拉接见乌拉贝勒布占泰，并以弟舒尔哈齐女妻之。

是岁，孙、代善长子岳讬生。日本军从朝鲜退出。

1599年（万历二十七年　己亥）41岁

正月，东海渥集部虎尔哈路长王格、张格至费阿拉，贡狐皮、貂皮。

二月，命额尔德尼、噶善创制无圈点满文。明辽东总兵官李如梅革任，后以孙守廉代之。

三月，始开金银矿及铁冶。

五月，应哈达贝勒孟格布禄之请，派费英东率兵驻防其地，以防叶赫兵。

六月，明税监高淮至开原，以克剥激变。

九月，率兵攻哈达，克哈达城，俘孟格布禄，后杀之。明以马林为辽东总兵官。

十一月，在致朝鲜文书中自称"建州等处地方国王"。

1600 年（万历二十八年　庚子）42 岁

二月，耶稣会士利玛窦至京师。

三月，明李成梁以原总兵官镇守辽东。

七月，明以赵楫为都察院右佥都御史、巡抚辽东。

八月，辽东金得时起义，旋被平息。

是岁，第六女生，母嘉穆瑚觉罗氏。侄、舒尔哈齐第六子济尔哈朗生。

1601 年（万历二十九年　辛丑）43 岁

正月，以三女莽古济与哈达孟格布禄子吴尔古代为妻。灭哈达。

八月，李成梁复任为辽东总兵官。

十一月，娶乌拉贝勒布占泰之侄女（满泰女）乌拉纳喇氏阿巴亥为妻。

十二月，第五次到北京"朝贡"，受泰宁侯陈良弼宴待。

是岁，令整编三百人为一牛录，设牛录额真管辖。

1602 年（万历三十年　壬寅）44 岁

二月，何尔健巡按辽东，后上《御珰疏稿》三十疏。

三月，辽阳罢市。

九月，明总督蓟辽右都御史万世德死，以蹇达代之。

十月，明巡抚辽东右佥都御史赵楫，以税监高淮请开广宁夏马市、义州木市疏奏。

1603 年（万历三十一年　癸卯）45 岁

正月，再以弟舒尔哈齐女与乌拉贝勒布占泰为妻。由费阿拉迁至赫图阿拉。

五月，明诸臣交章劾奏辽东税监高淮罪五款。

九月，妻叶赫纳喇氏孟古姐姐死，以四婢殉之，哀泣不已，停灵院内，三载方葬。

1604 年（万历三十二年　甲辰）46 岁

正月，率兵攻叶赫，克张城、阿气兰城而还。

三月，第七女生，母伊尔根觉罗氏。

是岁，孙、代善第三子萨哈璘生。

是岁，蒙古察哈尔部林丹汗（1592—1634 年）立，年十三岁。

1605 年（万历三十三年　乙巳）47 岁

二月，明辽东总兵官李成梁年八十，乞休，不许。

三月，发明人参"煮晒法"。

七月，第十二子阿济格生，母乌拉纳喇氏。

八月，明弃宽奠等六堡，汉人壮勇者逃入建州。

十一月，明朱由校生，是为天启帝。

1606 年（万历三十四年　丙午）48 岁

八月，受明廷赐赏银两等。

十二月，受蒙古台吉恩格德尔率喀尔喀五部贝勒之使臣尊为"昆都仑汗"。弟舒尔哈齐赴京"朝贡"。

1607 年（万历三十五年　丁未）49 岁

三月，派弟舒尔哈齐、长子褚英、次子代善统兵搬接东海瓦尔喀归附部众，乌拉来争，遂激战于乌碣岩，败乌拉兵。因赐褚英号阿尔哈图土门，赐代善号古英巴图鲁。

五月，派幼弟巴雅喇等统兵征渥集部，取赫席赫、俄漠和苏鲁、佛纳赫拖克索，俘二千而归。

九月，率师攻辉发，灭之。

1608 年（万历三十六年　戊申）50 岁

三月，明大学士朱赓等言："建酋桀骜非常，旁近诸夷，多被吞并，恃强不贡。"派兵攻占乌拉宜罕阿麟城。

八月，明辽东总兵官李成梁解任。与明辽东副将、抚顺备御盟誓镌碑，各守边境。

七月，明以张悌为都察院右佥都御史、巡抚辽东，以杜松为辽东总兵官。

九月，以第四女穆库什给予布占泰为妻。明以李炳为辽东巡抚。

十二月，第六次到北京"朝贡"，弟舒尔哈齐赴京"朝贡"，俱受明廷宴赏。

是岁，以第五女给予额亦都之子达启为妻。李成梁以原官致仕，年八十三。

1609 年（万历三十七年　己酉）51 岁

二月，上书明万历帝，请令朝鲜国王查出归还散入其境的瓦尔喀部民一千户，从之。

三月，幽禁弟舒尔哈齐。孙、皇太极长子豪格生，母乌拉纳喇氏。

四月，明辽东总兵官杜松解任回籍，以王威代之。

五月，明兵部尚书李化龙援辽东按臣熊廷弼言谓："今为患最大，独在建奴。"

六月，派精骑驻扎抚顺关外。

九月，虎尔哈兵攻宁古塔城，建州兵败之。

十二月，派扈尔汉率兵征取滹野路。

1610 年（万历三十八年　庚戌）52 岁

二月，扈尔汉夺取滹野路，俘获二千而还。

三月，明以麻贵为辽东总兵官。

闰三月，明以杨镐巡抚辽东。

十一月，派额亦都率兵略渥集部之那木都鲁、绥芬、宁古塔、尼马察四路，带回部民编户。

十二月，派额亦都等率兵击取雅揽路，获人畜一万而回。

是月，朱由检生，是为崇祯帝。

1611 年（万历三十九年　辛亥）53 岁

二月，命对因贫穷没有娶妻的千余人，给布匹，资婚娶。

六月，明兵部奏：建州奴儿哈赤初以车价迟贡，又以疆界停贡。

七月，派兵征取渥集部之乌尔古宸、木伦二路。

八月，弟舒尔哈齐死。

十月，第七次到北京"朝贡"，受明颁给双赏、绢匹、银钞。

十二月，第十三子赖慕布生，母西林觉罗氏。派何和里等统兵征虎尔哈部，克扎库塔城，并招抚环近地区部民。

1612 年（万历四十年　壬子）54 岁

正月，娶蒙古科尔沁贝勒明安女博尔济锦氏为妻，后称侧妃。

五月，明以张承胤为辽东总兵官。

七月，养孙女生，后称肫哲公主，其父为舒尔哈齐第四子图伦，母王佳氏。

九月，统兵征乌拉，克其临河六城。

十月二十五日，第十四子多尔衮生，母乌拉纳喇氏。

十二月，第八女生，母叶赫纳喇氏。明以张涛为都察院右佥都御史、巡抚辽东。

1613 年（万历四十一年　癸丑）55 岁

正月，统军灭乌拉。乌拉贝勒布占泰逃往叶赫。

二月，蒙古科尔沁部贝勒塞桑女博尔济锦氏生，是为清世祖福临生母。

三月，下令幽禁长子褚英。

四月，第五女死。

九月，率师征叶赫，克兀苏等十九城寨。叶赫奏报于明，明派兵助叶赫守城，并遣官责之。遂修书申辩，并派第十一子巴布海入质于明，明不纳而返。

十一月，明以郭光复为都察院右佥都御史、巡抚辽东。亲至明抚顺所，见明游击李永芳。

是岁，令每牛录出十男四牛在空地屯田。以第六女嫁给叶赫纳喇氏苏鼐为妻。东北境疠疫严重。

1614 年（万历四十二年　甲寅）56 岁

二月，第十五子多铎生，母乌拉纳喇氏。

四月，在赫图阿拉迎接明萧备御，以婉言折之。次子代善娶蒙古钟嫩贝勒女为妻。第五子莽古尔泰娶蒙古纳齐贝勒妹为妻。

六月，第八子皇太极娶蒙古科尔沁贝勒莽古思女博尔济锦氏为妻，后清尊为孝端文皇后。

十一月，派兵袭击锡林、雅揽二路。

十二月，第十子德格类娶蒙古额尔济格贝勒女为妻。

1615 年（万历四十三年　乙卯）57 岁

正月，娶蒙古科尔沁部孔果尔贝勒女博尔济锦氏为妻。

三月，第八次往北京"朝贡"。后遂绝。

四月，命在赫图阿拉始建喇嘛庙、玉皇庙等七大庙。

六月，已聘叶赫贝勒布扬古之妹（叶赫老女），叶赫又将其改嫁蒙古。

八月，将长子褚英处死。

九月，受蒙古科尔沁贝勒明安第四子噶尔斋台吉叩谒。

十一月，派兵征渥集部额赫库伦，后俘获一万而还。

是岁，确定八旗制度。再命按牛录屯田。设置理政听讼大臣五人，扎尔固齐十人。

1616 年（万历四十四年　天命元年　丙辰）58 岁

正月，在赫图阿拉称"覆育列国英明汗"，建立后金，年号天命。

二月，明以李维翰为辽东巡抚。

四月，明以李维功为辽东总兵官。

五月，发布"汗谕"，称用人之道，在随才器使。

六月，杀明采木兵卒五十余人，明系纲古里、方吉纳，又取叶赫俘人杀之，明亦释放使者。

七月，派扈尔汉等统兵征萨哈连部。

十月，扈尔汉等招服使犬路、诺洛路、石拉忻路路长四十人。

十一月，扈尔汉等师回赫图阿拉。

是岁，命国人种棉养蚕，缫丝织缎。建州水灾，饥馑严重。铸"天命汗钱"①。

1617 年（万历四十五年　天命二年　丁巳）59 岁

正月，蒙古科尔沁贝勒明安至赫图阿拉，郊迎百里，盛宴接待。派兵往攻东海沿岸散居未服诸部民。

二月，以弟舒尔哈齐第四女嫁与蒙古喀尔喀部恩格德尔台吉为妻。

---

① "天命汗钱"始铸年代待考，暂附于此。

派兵尽取东海沿岸散居之民。

九月，明以杜松为新设山海关总兵。

十月，受蒙古科尔沁贝勒明安第五子巴特玛台吉叩谒。

是岁，命杀死离间汗与四贝勒关系的大臣伊拉喀。颁布禁杀农奴的法令。后金灾荒严重。

1618年（万历四十六年　天命三年　戊午）60岁

正月，谕诸贝勒大臣："吾决心已定，今年要出征。"

二月，命对归服的使犬路等路长四十人各授官、赏赐有差。

三月，命整械肥马，准备攻明。

四月，十二日，颁布《兵法之书》。十三日，发布"七大恨"誓师。十四日，率师攻明。十五日，袭破抚顺，明游击李永芳降。明儒生范文程降。二十一日，明总兵张承胤率师援救抚顺败殁。二十八日，明以李如柏为辽东总兵官。

闰四月，明起升杨镐为辽东经略。将其第七子阿巴泰之女与李永芳为妻。

五月，率师攻明，连克十余屯堡。明命杨镐为辽东经略兼巡抚。

六月，明革辽东巡抚李维翰职为民。明派陈王庭巡按辽东兼监军事。

七月，率兵攻取清河堡。

八月，明以周永春为都察院右佥都御史、巡抚辽东。

九月，命筑界凡城。明始加派辽饷。

十月，御殿宴赐虎尔哈部长纳喀达等。

十一月，叶赫贝勒金台什派兵袭击辉发城。

是岁，原明辽东总兵李成梁死，年九十三。

1619年（万历四十七年　天命四年　己未）61岁

正月，率兵征叶赫，以明军驰援而回师。派穆哈连带兵收取东海虎尔哈散处部民。明兵部刊印榜文："能擒斩奴儿哈赤，赏银一万两，升都指挥世袭。"

二月，派夫役一万五千人筑界凡城。明经略杨镐于辽阳誓师，分兵四路进攻赫图阿拉。得到明军师期之谍报。

三月，破杨镐四路之师，获萨尔浒大捷。十八日，袁崇焕中庄际昌榜进士。

四月，明以李如桢为辽东总兵官。筑界凡城。

五月，接见朝鲜使臣。

六月，率兵攻陷开原。迁驻界凡。明命熊廷弼为辽东经略。盛宴款待东海虎尔哈部降民。

七月，率兵占铁岭。擒蒙古喀尔喀部贝勒介赛。

八月，率师攻克叶赫东、西二城，叶赫灭亡，扈伦四部尽归后金。明逮问辽东经略杨镐。

九月，明从经略熊廷弼请，以李怀信代李如柏为辽东总兵官。

十月，以第七女给予纳喇氏鄂托伊为妻。以蒙古林丹汗来使语极傲慢，命留其使臣。

十一月，派额克星格等与喀尔喀五部贝勒誓盟。派骑入开原松山堡收获。

十二月，命遣还介赛子克石克图。派谍工扮成妇女，谋焚明海州刍粟。明再加派辽饷。

1620 年（万历四十八年　泰昌元年　天命五年　庚申）62 岁

正月，遣使报林丹汗书。

二月，释放介赛之子色特希尔台吉。继妃富察氏死。

三月，一等大臣费英东死，年五十七。命修建温德亨、扎克丹、德里斡赫、扎库木等城。达海巴克什以通奸罪被免死锁禁。以大妃乌拉纳喇氏阿巴亥倾心于大贝勒代善，与之离弃。明复加派辽饷。

四月，与喀尔喀五部诸贝勒书。

五月，派兵略明花岭山城。派兵入明边掠王大人屯，挖取窖藏粮食。

六月，派人去东海边开始煮盐。明经略熊廷弼奏"奴贼招降榜文一纸内称后金国汗，自称曰朕"。

七月，朝鲜李民寏曾于萨尔浒之役被俘，至是获释归国，著有《栅中日录》《建州闻见录》。致朝鲜国王书。明万历帝死。

八月，明泰昌帝立。率兵取明懿路、蒲河二城，尽夺其粮食。明以袁应泰为辽东巡抚。

九月，明泰昌帝死。明天启帝立。后金陷十三山寨。弟穆尔哈齐死。

由界凡迁至萨尔浒城。明辽东总兵李如柏闻逮自缢。李如桢下刑部狱。明罢辽东经略熊廷弼。

十月，第十六子费扬古生。明以袁应泰为辽东经略。明以薛国用为辽东巡抚。

是岁，辽东大旱，赤地千里；后金尤甚，乞丐塞路。

1621年（天启元年　天命六年　辛酉）63岁

正月，率四大贝勒等焚香祝誓。

二月，率军略明奉集堡。命按男丁分配食盐。

闰二月，筑萨尔浒城竣工。

三月，率八旗军连陷沈阳、辽阳及辽河以东大小七十余城堡。命将明朝法规律例削删呈报。明起用熊廷弼为兵部右侍郎。

四月，迁都辽阳。乌拉纳喇氏已复立为大妃，并迁居辽阳。明以辽东巡抚薛国用为兵部侍郎，经略辽东；以王化贞为右佥都御史，巡抚广宁。明金复卫军民及东山矿工多结寨自保，拒不剃发投降。

五月，定诉讼审理程序。派兵镇压镇江拒绝剃发投降之汉民。辽阳、海州汉民向井中投毒，以反抗天命汗的统治。

六月，一等总兵官额亦都死①，年六十。任命管理贸易的额真。下达文书至村领催，严防汉人在食物中投毒。萨哈尔察部派人来贡貂皮。明以熊廷弼为兵部尚书兼右副都御史，经略辽东，驻山海关。

七月，命八旗设巴克什，召儿童入学。颁布"计丁授田"令。以镇江汉民执城守游击佟养真投毛文龙，派兵前往镇压，俘一万二千人。

八月，明擢毛文龙为副总兵，驻镇江城。与介赛盟誓联姻后释放之。派兵镇压长山岛、盖州等地汉人反抗斗争。始命筑辽阳新城，是为东京。

九月，准辽东商人继续开店做生意。派兵镇压汤站堡、镇江、复州等地汉民的反抗。

十一月，济尔哈朗等四贝勒以私授财物，命监禁之。命废止明以户

---

① 额亦都之死，《清太祖高皇帝实录》系于六月甲申（十四日），《满文老档》则系于五月十四日。

征赋旧制，实行按丁贡赋制度。蒙古喀尔喀台吉固尔布什等众归附，以第八女妻之，并予二牛录、授为总兵官。下令迁徙镇江、凤凰、汤山、长奠、镇东汉民至奉集、萨尔浒一带，五城空若无人。

十二月，下令清查粮食，诸申计口给粮。明辽东"经抚不和"。

1622 年（天启二年　天命七年　壬戌）64 岁

正月，率师破西平、占广宁。获明右屯卫粮食五十万石。

二月，命辽河以西汉民迁居河东地区。大贝勒代善杀义州汉民三千余人。下令派夫役、牛车赶运右屯卫粮食。后妃等至广宁叩谒。宴迎蒙古率数千户部众归附之诸贝勒等。明以孙承宗为兵部尚书兼东阁大学士，预机务。明逮王化贞，罢熊廷弼职。

三月，颁行"八大贝勒共治国政"制度。令辽东新旧民户房合住、粮合吃、田合耕。命筑东京城。命在辽阳修喇嘛庙塔。始设蒙古旗。明以王在晋为兵部尚书兼右副都御史，经略蓟辽、天津、登莱军务。

四月，发布文书称，北京应由女真与汉人轮换居住。

五月，明从镇江袭击后金汤站等地。

六月，明加毛文龙署都督佥事平辽总兵官。命店主书名立牌于店前，以备稽查。废止穿刺耳鼻之刑。

七月，一等大臣安费扬古死，年六十四。明以袁崇焕为监军道兵备副使。

八月，明命大学士孙承宗督师，经略山海关及蓟辽、天津、登莱军务；孙承宗巡边，支持袁崇焕主守宁远之议。明以阎鸣泰巡抚辽东。

1623 年（天启三年　天命八年　癸亥）65 岁

正月，蒙古喀尔喀扎鲁特部贝勒巴克至辽阳朝见。"汗谕"称汗与贝勒大臣为君臣父子关系。明赐辽东总兵马世龙尚方剑。

二月，任命每旗都堂二人，断事官二人，蒙古、汉断事官各一人。定淘金、炼银男丁赋额。明赐平辽总兵官毛文龙尚方剑。明遣太监刺边事。

四月，派兵征喀尔喀扎鲁特部，斩贝勒昂安父子并获其妻子、军民、畜产。禁辽东汉民制造、买卖和收藏兵器。试验焊接技术。

五月，额尔德尼巴克什私收财物，命杀之。第十二子阿济格娶蒙古孔果尔贝勒女为妻。

六月，明以张凤翼代阎鸣泰为辽东巡抚。始制作黄色火药。训教诸公主不得恣意骄纵。派兵镇压复州汉民的反抗。

七月，令诸子与蒙古兀鲁特诸贝勒盟誓。派兵镇压岫岩汉民反抗，俘虏人畜万余。

八月，诸贝勒上书自责。

九月，卖仓粮与汉民，每升银一两。同母妹死，二女同殉。以蒙古扎鲁特贝勒劳萨之女与代善子瓦克达为妻。

十月，一等大臣扈尔汉死，年四十八。

十二月，明以魏忠贤提督东厂。

是岁，荷兰侵占澎湖。

1624 年（天启四年　天命九年　甲子）66 岁

正月，额驸恩格德尔台吉偕妻定居东京，赏给田庄、奴仆、金帛等。再命逐村逐户清查辽民粮食，并下令屠杀"无粮之人"。

二月，弟巴雅喇死。派库尔缠等与蒙古科尔沁台吉奥巴会盟修好。明以喻安性为辽东巡抚。

四月，移景祖、显祖、孝慈皇后诸陵，葬于东京。

五月，明总兵毛文龙遣兵沿鸭绿江越长白山入辉发地方，被守将击败。蒙古科尔沁部台吉桑阿尔寨送女与多尔衮为妻。

六月，明左副都御史杨涟抗疏劾魏忠贤二十四大罪，东林党与阉党决裂。

八月，一等大臣何和里死，年六十四。遣将袭击毛文龙，斩五百级，尽焚岛中粮食而还。

九月，明袁崇焕筑宁远城工竣，并偕总兵马世龙东巡广宁。

十一月，明大学士孙承宗请入觐、奏机宜，受魏忠贤阻遏。

十二月，派兵征东海瓦尔喀部，进至柯伊。

是岁，荷兰侵占台湾南部。

1625 年（天启五年　天命十年　乙丑）67 岁

正月，朝鲜韩润、韩义来降，分别授予游击、备御之职。遣将率兵往攻明旅顺城。以第八女与蒙古台吉固尔布什为妻。派兵征讨东海瓦尔喀部。

二月，命子皇太极娶蒙古科尔沁部贝勒寨桑之女博尔济锦氏为妻，后清尊为孝庄文皇后。攻破旅顺，歼守兵，毁其城。

三月，迁都沈阳，始建沈阳宫殿。征东海瓦尔喀军还，俘获甚众。明杨涟、左光斗下狱。

四月，宴赏出征瓦尔喀凯还之将士及编户降民。

五月，以银子充足，命停铸铜钱。命对诸贝勒大臣家的太监严加限制。

六月，派将统兵出征瓦尔喀部。汉文师傅图沙以罪被杀。青加努和那代之妻，以杀毛文龙夜袭耀州兵功，命授为女备御。

七月，明副都御史杨涟、佥都御史左光斗死于狱中。

八月，明派兵袭击耀州城，被守将击败。出城迎接征瓦尔喀部凯归将士。宴迎出征卦尔察部归来将士。明前经略熊廷弼被弃市，传首九边。

九月，明辽东总兵马世龙遣副将鲁之甲等谋袭耀州，败殁于柳河。蒙古科尔沁部台吉奥巴以林丹汗来攻，请援。

十月，颁布"按丁编庄"令。出城迎接子塔拜率师征东海北路虎尔哈部俘获而归。重新按汉制考选秀才三百余人，各优免二丁贡赋。明大学士孙承宗以忤魏忠贤罢，兵部尚书高第佩尚方剑，经略辽东。

十一月，林丹汗围奥巴城，遣将率兵往援，旋围解。

1626 年（天启六年　天命十一年　丙寅）68 岁

正月，率师攻明，围攻宁远城，被袁崇焕所败。又派军攻明觉华岛，焚其船只、粮料而还。

二月，谓："自二十五岁征战以来，战无不胜，攻无不克，惟宁远一城不下"，遂胸怀忿恨而回沈阳。

三月，明升袁崇焕为右佥都御史、巡抚辽东。明以王之臣代高第为兵部尚书、经略。

四月，以蒙古五部喀尔喀贝勒背盟，率师征之。皇太极射死其贝勒囊努克。

五月，出城设帐迎接蒙古科尔沁部奥巴台吉，并以养孙女号肫哲公主嫁与为妻。明毛文龙派兵袭鞍山驿与萨尔浒，被守将击退。

六月，以蒙古科尔沁部台吉奥巴盟誓缔好。

七月，因病至清河温泉沐养。

八月，十一日，在由清河返回沈阳途中，至叆鸡堡而死。

后　　记

　　本书是在我的博士论文基础上修改完成的。回想起论文选题的过程，可以说并不如想象般顺利。当时我刚从爱沙尼亚访学归来，曾经计划的题目因为田野现实以及学养积累等原因不得不暂时放下。因此，我急于找到一个合适的题目来完成学业，也让获取的北欧民俗学新知找到应用平台。

　　恰巧此时江帆老师向我推荐了故事家查树源，并为我联系调查访谈事宜。查树源老人因此成为我的合作者，本书能够完成一定程度上有赖于他。查老师好客健谈，他丰富的人生阅历和高超的讲述技艺，让我的研究进展非常顺利。由衷感谢江老师一直以来的热心帮助。事实证明，查树源正是我想要寻找的民间艺人类型。这样一来，努尔哈赤传说研究便成为本书的主题。

　　虽然对沈阳人来说，老罕王并不算陌生，但关于他的传说藏量如此之大，却也在意料之外。在这次长篇写作中，我重新检视了自己的理论储备与表述能力，对清前史和民族学的知识欠缺也逐渐显露出来，很多的文本分析还没有讲得通透。不过，我也尽力在吸收前辈学者研究成果的基础上，尝试用新思维带来一些突破。

　　答辩后，我又对书稿做了数次修订。虽然没能按计划增加有关文本形态研究的章节，充分展示出257则传说的集群魅力，但仍对部分内容与结构做了较大调整，特别是重写了超长版的结语，力图让题旨更加明确。我在正文后补充了七个附录，将书中提到的空间、人物、文本、事件一一归纳整理，以方便读者整体理解与阅读。需要说明的是，为更好地还原讲述状态，附录六的传说文本依照声音文件记录，保留了口语的重复与脱节等特征。

本书的顺利完成离不开导师尹虎彬先生的悉心指导。选题阶段，尹老师就抽出时间，亲自带我做田野调查。之后，在我撰写论文的每个阶段都得到许多教诲与点拨。无论是平日里引导读书思考，还是访学时关心日常生活，与尹老师的交流都让我获益良多。毕业后的这几年也是如此，每次见面总能得到启发。出版之际，尹老师还为本书撰写了内蕴深刻的序言。

在写作中，我参考了大量北欧学者的最新研究成果，这都得益于在爱沙尼亚的访学经历。如果没有朝戈金老师热心推荐的这次难得而轻松的访学机会，就不会有这本带有"航柯模式"的写作试验。访学期间，塔尔图大学于鲁·瓦尔克（Ülo Valk）教授给予了热情指导，还专门提供多次国际学术考察机会。芬兰民俗档案馆劳里·哈维拉提（Lauri Harvilahti）教授的指点也让我对芬兰民俗学及劳里·航柯的学术思想有了更充分的认识。至今我还十分怀念那段无忧无虑而亲近自然与学问的日子。

在博士论文的选题、开题、评阅、答辩等环节，我还得到了孟慧英、汤晓青、巴莫曲布嫫、阿地里·居玛吐尔地、王宪昭、高荷红、王杰文、吕微、安德明、陈泳超、萧放、户晓辉、赵志忠、徐文海等老师的指教和勉励，在此深致谢意。当然，还要感谢我的同学和朋友们在搜集文本和写作过程中贡献的力量。

感谢文化部民族民间文艺发展中心领导对我选择读博的支持与体谅，这些年的工作实践让我各方面都得到了锻炼和成长。

感谢新宾县文化馆和辽宁省非物质文化遗产保护中心各位老师的热情接待，他们为我的调查提供了大量资料和方便条件。

本书有幸列入中国社会科学院民俗学研究书系，要感谢朝戈金老师的大力支持。此外，好事多磨，施爱东老师也为促成出版做了不少的努力和工作。责任编辑张林老师严谨而细致的审校使我改正了许多错误，让本书得以更好地呈现给读者。

最后，特别感谢父母与家人多年来的默默付出，让我可以坚定而自由地在学术道路上前行。

刘先福

2019 年 2 月